La collection « Passages »
est dirigée par Jacques Michaud

Le mal du Nord

Du même auteur

Portulan, poésie, Éditions Beauchemin, 1961.
Ballades du temps précieux, poésie, Éditions d'Essai, 1963.
Toutes Isles, récits, Éditions Fides, 1963.
Au cœur de la rose, théâtre, Éditions Beauchemin, 1964 ; Éditions de l'Hexagone, 1988. Prix du Gouverneur général, 1964.
Le Règne du jour, description et dialogues du film, Éditions Leméac, 1968.
Les Voitures d'eau, description et dialogues du film, Éditions Leméac, 1969.
En désespoir de cause, poésie, Éditions Parti Pris, 1971.
Un pays sans bon sens, description et dialogues du film, Éditions Lidec, 1972.
Chouennes, poésie, Éditions de l'Hexagone, 1975. Prix du Gouverneur général, 1975.
Discours sur la condition sauvage et québécoise, album de photos et témoignages, Éditions Lidec, 1977.
Gélivures, poésie, Éditions de l'Hexagone, 1977.
La Bête lumineuse, description et dialogues du film, Éditions Nouvelle Optique, 1982.
De la parole aux actes, essais, Éditions de l'Hexagone, 1985.
La Grande Allure I. De Saint-Malo à Bonavista, description et dialogues du film, Éditions de l'Hexagone, 1989.
La Grande Allure II. De Bonavista à Québec, description et dialogues du film, Éditions de l'Hexagone, 1989.
Pour la suite du monde, description et dialogues du film, photographies de Michel Brault, Éditions de l'Hexagone, 1992.
Irréconciliabules, poésie, Éditions de l'Action nationale, 1995 ; Écrits des Forges, 1999.
L'Oumigmatique ou l'Objectif documentaire, récits du tournage du film et essais sur le cinéma documentaire, photographies de Martin Leclerc, Éditions de l'Hexagone, 1995. Prix Victor-Barbeau, 1996.
Cinéaste de la parole, entretiens de Paul Warren et de Pierre Perrault, Éditions de l'Hexagone, 1996.
Le Visage humain d'un fleuve sans estuaire, poésie, Écrits des Forges, 1998.

Passages | récit

Pierre Perrault
Le mal du Nord

Données de catalogage avant publication (Canada)

Perrault, Pierre
  Le mal du Nord

  (Passages. Récit)

  ISBN 2-921603-90-X

  I. Titre.   II. Collection

PS8531.E675M34 1999   C843'.54   C99-940337-0
PS9531.E675M34 1999
PQ3919.2.P47M34 1999

Nous remercions le Conseil des Arts du Canada de l'aide accordée à notre programme de publication. Nous remercions également la Société de développement des industries culturelles et Patrimoine canadien de leur appui.

Dépôt légal —   Bibliothèque nationale du Québec, 1999
                       Bibliothèque nationale du Canada, 1999

Révision : Stéphane-Albert Boulais et Colette Michaud

Correction d'épreuves : Colette Michaud

Saisie : Diane Laberge

© Pierre Perrault et les Éditions Vents d'Ouest inc., 1999

Éditions Vents d'Ouest inc.
185, rue Eddy
Hull (Québec)
J8X 2X2
Téléphone : (819) 770-6377
Télécopieur : (819) 770-0559

Diffusion au Canada : Prologue
Téléphone : (450) 434-0306
Télécopieur : (450) 434-2627

Diffusion en France : DEQ
Téléphone :   01 43 54 49 02
Télécopieur : 01 43 54 39 15

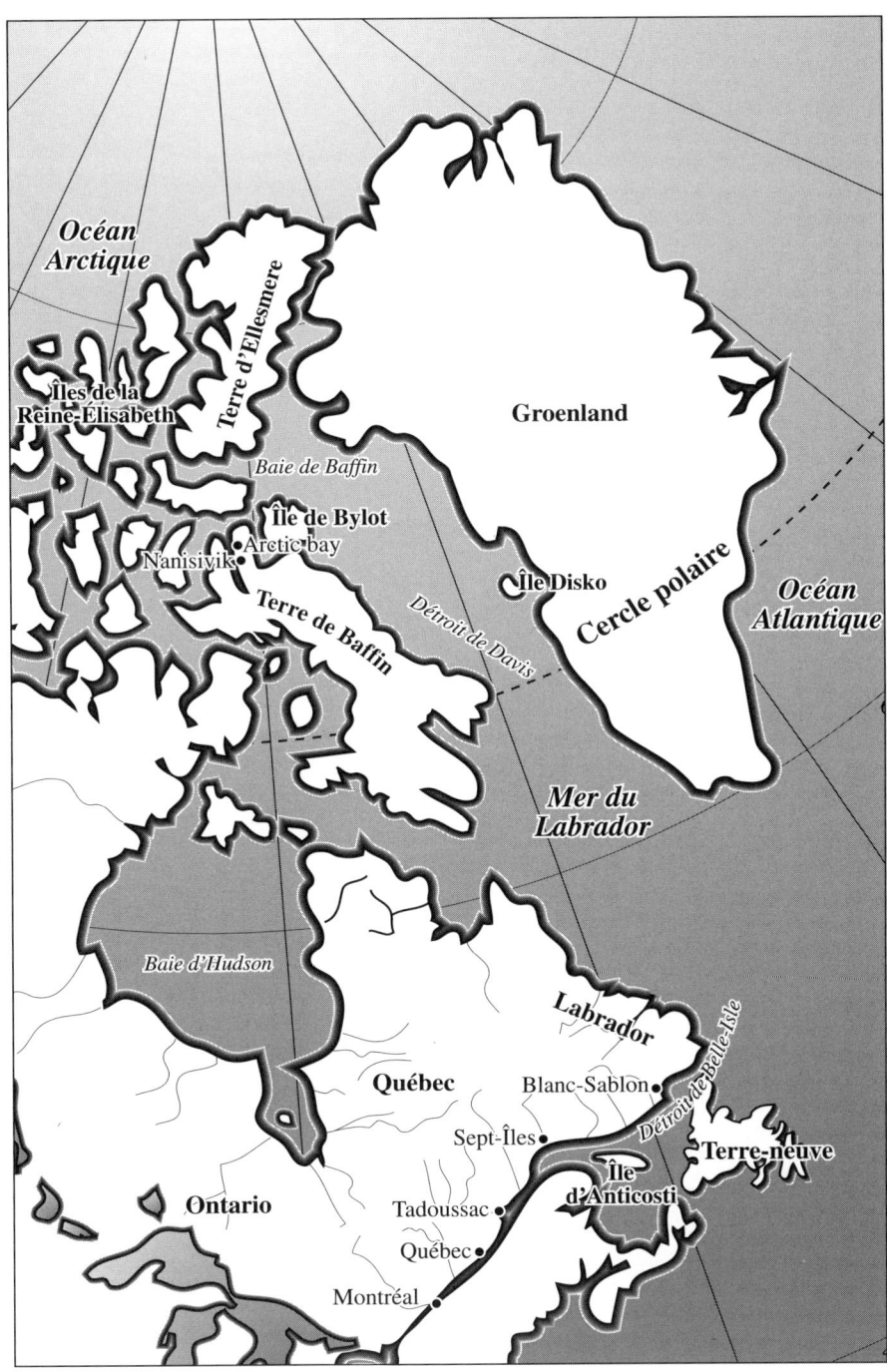

Carte I. – Région parcourue par le *Pierre-Radisson*
(Illustration : Pierre BERTRAND).

Avant-propos

Quand Doris Dumais, de Radio-Canada, Rimouski, m'a téléphoné pour nous proposer, à Yolande et moi, un voyage dans l'Arctique sur un brise-glace, le *Pierre-Radisson*, qui ne savait pas encore la date de son départ ni même sa destination exacte, j'ai accepté sans réfléchir au fait qu'on nous demandait, en échange, de participer à une série d'émissions radio sur *L'Appel du Nord*. Comment refuser une rencontre avec les glaces de la baie de Baffin ? Comment ne pas se laisser tenter par le détroit de Lancastre, qui a vu passer souvent et qui a parfois enfermé dans ses serres durant des jours, des mois et même des années tant d'expéditions polaires en quête de l'incroyable chimère du XIXe siècle qui se nommait le Passage. Le fameux passage du Nord-Ouest. La route des Indes. Le Passage vers l'Inde.

On ignore souvent que Cartier avait reçu de François Ier le mandat d'aller…

aux Terres Neuffves
découvrir certaines ysles et pays

où l'on dy que doyt se trouver grandes quantitéz d'or...
ainsi que trouver, par le Nort, le passage au Cathay...

Autrement dit le passage vers l'Inde, vers le rêve de paradis, de richesse, d'or, qui trouve encore le moyen d'envoûter ceux qui préfèrent le rêve à la réalité. Et pourtant, c'est la réalité qui justifie le voyage et propose l'inconnu. Autrement, est-ce la peine d'armer le navire ?

D'autant que c'était le navire qui, avant tout, m'intéressait. Je l'avais en haute estime. Je savais que toute une géométrie céleste l'environnait de ses mystères. Qu'il était au début de la connaissance. Qu'il contredisait, en vérité, toutes les chimères qui l'entouraient. C'était le navire d'abord, puis bien sûr, le voyage, le parcours, la randonnée. On me proposait le but en blanc du voyage, le petit à petit du fleuve, le privilège d'une baie des Chasteaulx fréquentée par le convoi des icebergs turquoise, les mers de glace dentellière, la monotonie du large, le froid comme maître à penser, les glaciers comme un défi, la banquise comme un tableau. Et je n'ai pas songé le moins du monde à la perspective d'avoir à répondre du nord. Au départ, je me suis laissé persuader par le plaisir anticipé, presque enfantin, de voir de mes yeux ce que d'autres ont imaginé, de comparer notre petit savoir à l'immense réalité, de rencontrer des tonnes d'inconnus, l'inconnu du navire, les questions sans réponses et les réponses sans questions. Mais petit à petit, j'ai pris la mesure de mon ignorance océanique. Je me suis rendu compte qu'on me demandait de m'expliquer sur tout ce que j'ignorais, sur toutes ces vies dilapidées à poursuivre le fameux passage de l'Atlantique qui commence à Saint-Malo, sur le chimérique illimité, sur la distance qui sépare le rêve de la réalité, sur la réalité elle-même qui contredit le rêve. Et j'ai hésité. J'ai douté. J'ai quasiment paniqué. Je n'arrivais par à me trouver un propos. Je cherchais une cohérence. Je creusais une connaissance approximative. Que dire de la nordicité de Louis-Edmond Hamelin, des fleurs de toundra de Marie-Victorin et de Porsild, des bœufs musqués de David Gray, des voyages de Franklin, de Parry, de Ross, de Nansen, des vantardises de Peary, des chimères de la *Royal Navy* et de la dure réalité esquimaude? Le peu que je savais, je le leur devais. Pour avoir un peu lu. Beaucoup oublié. Je voulais, avec l'aide de Yolande, de ses fleurs et de ses archéologies, dire pourquoi et comment cet inconnu polaire fascine les hommes, les bêtes et les lichens. Pourquoi certains êtres comme le bœuf musqué, l'ours polaire et l'Esquimau et quelques explorateurs n'apprécient pas le soleil des lézards et lui préfèrent le soleil de minuit en dépit de la nuit polaire? Pourquoi les oies blanches s'entêtent, chaque année, à faire leur nid sur l'île Bylot, au nord de la terre de Baffin? Voilà bien des questions sans réponses. Un inconnu de l'âme. Un défi des bêtes et des hommes.

Je me trouvais en bien mauvaise posture. Indigne d'une telle mission. Comment donc dénoncer le connu, l'arpenté, le cartographié? Que dire de l'indicible, de l'inconnu, de la vie? Ma connaissance me paraissait bien fragile. Elle reposait sur l'ignorance des uns, de plusieurs, de la plupart. Mais se trouvait mise en cause par la science des autres. J'hésitais à tout rompre, même à lever les amarres. D'autant que tout a été dit pour ainsi dire. Il ne reste qu'à répéter. Nous ne savons que le connu. Il ne reste plus d'inconnu à la portée du profane. Nous ne savons que la connaissance. Des bribes de connaissance. Des approximations. Qui suis-je pour en répondre? Je n'ai à mon crédit que quelques expéditions sur l'île d'Ellesmere dans le but, un peu frivole peut-être, de filmer et raconter le bœuf musqué que David Gray a fréquenté en long et en large durant dix ans. Il me semble bien que je n'ai rien à dire maintenant que le départ devient imminent.

Mais je ne peux plus reculer. Je suis au pied du mur. Déjà les amarres sont larguées. Il ne me reste plus qu'à me jeter tête baissée dans le jour après jour d'une navigation, dans le vide sans filet des questions qu'on nous posera, des questions que nous poserons au navire. Et maintenant que je suis de retour, je dois rendre hommage à la question. On ne voyage vraiment que dans les questions qu'on se pose, qu'on nous pose. La question comme une escale. Comme un mandat. Non pas celui, de François Ier à Cartier, de rapporter le passage vers la chimère. Mais celui de Cartier à lui-même de rapporter le récit. Celui d'admettre l'absence de passage. Celui de raconter la réalité. Et ne voilà-t-il pas que ce sont les questions, celles de Doris, celles de Dominique, celles du voyage lui-même, qui fondent la connaissance, qui font surgir le savoir. Je croyais ne rien savoir. Je me fiais à celle qui est instruite des fleurs. Mais, petit à petit, de question en réponse, nous avons fait un voyage dans la connaissance. Nous avons, pour ainsi dire, fait escale dans le savoir, sans le savoir. Empruntant à nos souvenirs, à l'équipage, aux livres. Nous avons en quelque sorte suivi le conseil de Cartier qui, passant dans les environs des îles de la Madeleine, nous donne la plus belle définition du voyage :

> *... et pour ce que voullions*
> *abvoir plus emple congnoissance*
> *desdits parroiges*
> *mismes les voiles bas et en travers...*

À vrai dire, voyager, c'est s'arrêter. C'est se questionner. Et trouver en soi, si possible, ou ailleurs le plus souvent, les réponses qui rapportent du voyage plus et mieux que le simple passage d'un endroit à l'autre. Une mémoire de ce qui est, bien plus qu'une image de ce qui n'existe qu'en rêveries. Et j'ai fait, je l'avoue, un merveilleux voyage dans la connaissance, grâce à l'escale des questions qui sont des révélateurs. Et parfois des révélations. Et pour autant nous avons *mis les voiles bas et en travers* aussi souvent que possible.

Je n'ai certes pas réussi à exprimer le nord du monde ni compris pourquoi et comment les outardes chaque printemps retournent depuis toujours, depuis bien avant les compas, dans cette invraisemblable direction. Pourquoi le bœuf musqué a choisi d'habiter le sud des glaces et le nord des neiges. Il reste encore beaucoup d'inconnu à explorer. Pourvu qu'on se pose des questions. Je salue la question qui fait le voyage.

Chapitre premier

Destination inconnue

Partismes du havre et port de Sainct Malo
... le vingtiesme jour d'apvril
au dit an, mil cinq cents trante-quatre...
et avecques bon temps navigans...

C'est ainsi que débute la première relation de Jacques Cartier. C'est ainsi que débute tout voyage. Par une date. Une mince balise dans l'immensité du temps.

Nous partirons demain du port de Québec sur le brise-glace *Pierre-Radisson*. Nous sommes donc sur le pas du voyage. Déjà en voyage en quelque sorte. À l'amorce d'un inconnu sans borne, la mer toujours à recommencer. Nous entreprenons un périple dans le connu des uns dans l'inconnu des autres, dans le but de bousculer la banquise des uns, de raconter la surprise des autres. Nous serons les simples passagers d'un brise-glace et nous aurons plus de cinquante membres d'équipage à la merci de nos questionnements, de nos ignorances, de nos émerveillements. Responsables en quelque sorte de la curiosité. Nous ne demandons pas mieux. On nous impute l'innocence. On présume de notre ignorance. On nous propose de comprendre le navire, de fréquenter la banquise, de nous confronter à l'immense polaire qui calotte la planète, de suivre une navigation, d'accompagner un équipage, de surveiller un horizon, de poser des questions à notre tour.

Le brise-glace

Et d'abord et de but en blanc le navire lui-même, premier inconnu.

Un brise-glace n'est certes pas un navire comme les autres ; il navigue, mais il n'est pas construit pour naviguer. Il navigue en toute médiocrité. Lourdaud, il est incapable de vélocité. Il roule quand la mer creuse. En vérité, il n'est pas fait pour l'eau mais pour la glace, la glace impitoyable.

Il a fallu des siècles pour vaincre la glace. Je me souviens des premières tentatives pour maintenir le fleuve ouvert à la navigation d'hiver. J'ai vu passer les premiers brise-glace entre le cap aux Corbeaux et l'île aux Coudres. Ils labouraient les champs de glace en dérive, laissant derrière eux un mince sillage qui se refermait. L'entreprise semblait vouée à l'échec. Nous avions grimpé dans la neige, en suivant les *coteillages* tracés par les chevaux, jusque sur les hauts du cap Cabaret pour filmer l'abattage des grands pins solitaires. C'était vers la fin des années cinquante. De temps à autre on se donnait la peine de contempler le fleuve et son charroi de glaces bousculées par les marées et une île aux Coudres *qui est bort à la terre du nort*. Déjà cette petite île sans prétention ni renommée m'attirait. Attirait le regard. Sans doute parce qu'elle n'est plus tout à fait la terre. Sans doute parce que je la soupçonnais de savoir, depuis toujours, grâce à la gazelle de ses canots d'hiver, surmonter les entraves du gel. Mais c'était déjà la fin des belles batelées. Le début des brise-glace. Le commencement d'un autre fleuve. Plus puissant. D'acier. D'hélices. De moteurs. La voile était déjà rangée dans les *ravalements*, les *fournils*, les greniers. Bientôt les goélettes de l'île aux

Coudres, de Saint-Joseph-de-la-Rive, de Petite-Rivière, de baie des Rochers, de l'Anse-aux-Saumons, des Escoumins, de La Malbaie, de Tadoussac se retrouveraient dans l'anse des échoueries. Le fleuve changeait de mains sans nous avertir, sournoisement. Un fleuve de nos mains insensiblement devenait un fleuve de la main des autres. Personne ne s'était rendu compte qu'un fleuve tirait à sa fin.

Et nous regardions, du haut de ce cap Cabaret, de ce *cap des gens de l'île,* comme ils disent, là où les navigateurs, l'hiver, allaient bûcher le bois d'un prochain navire, dans ce beau temps-là où *les montagnes n'étaient pas hautes* (Eloi Perron, capitaine de l'île), nous regardions les premiers brise-glace s'efforçant de libérer de l'hiver et du froid le grand fleuve endormi par le froid, prisonnier du gel. Et nous ne savions pas, nous n'avions pas pressenti qu'en se frayant à force un chemin à travers les glaces, ils abolissaient les jambes alertes d'une batelée, les canots delphinidés, la véhémence des avirons dans la *bouillie* des neiges et la soupe du *frasil,* la nage à toutes rames dans l'eau claire des *saignées,* et tous ces gens de l'île en *bottes de beu avec des jambes de vache,* en mitaines de laine, en surtout de coutil, couverts de glace comme d'une armure, la main sur le *carreau* et *l'ambine* à l'épaule, la *bebitte aux doigts,* le frimas dans les moustaches, la morve au nez, en un mot le bel exploit des traverses d'hiver qui relient l'île à la terre du nord, du Cap-à-la-branche au cap aux Corbeaux, de la Bourroche aux Ecorchats. Nous ne soupçonnions pas que la canne à pommeau d'or n'aurait bientôt plus de sens. Que nous étions au début de la navigation d'hiver. À la toute fin des traverses en canot. À la fin d'une étrange navigation qui sollicitait l'aviron, les rames, la toutes jambes sur les glaces fières, les rescousses des *bourdignons,* les roulis du canot qu'il faut *brasser* de gauche à droite pour échapper à l'étreinte du frasil, autant de gestes qui s'ajoutent pour accomplir une chimérique chasse-galerie. Nous ne nous rendions pas compte que toute une science de la glace et des courants n'avait plus d'objet et qu'on n'aurait bientôt plus besoin de savoir apprécier de loin, par la couleur, pour établir les stratégies, la qualité des glaces qui sont tantôt *fières,* tantôt *pourries,* parfois en *chandelles* fragiles, en frasil, en *bouillie*, semées de *bourdignons*, percées de *saignées*. Et que dire de la science des courants qui tourbillonnent, qui s'engouffrent, des marées qui s'ajoutent ou rebroussent les courants et provoquent *l'arrêté*, le *drivant*, le *redoublé*, les *rompis*, les *bouscueils*, les *ramas*, qui construisent autour de l'île des *remparts* de glace, comme pour *l'emmurailler*, la défendre contre le fleuve en bataille.

Un tout autre voyage nous attendait, un tout autre navire, chargé de seconder les printemps là où l'hiver arrive avant l'été.

La débâcle

Ici à Québec, en juillet, c'est déjà l'été et pourtant nous serons bientôt responsables de la débâcle dans une baie de Baffin. Une débâcle qui ne ressemble en rien à celles qui autrefois faisaient le printemps sur un fleuve tombé dans l'oubli. Nous partions à la rencontre du soleil de minuit et d'un printemps encombré de glaces.

Bien sûr nous avons lu, un jour d'enfance, *Les Anciens Canadiens* de Philippe Aubert de Gaspé, nous savions les puissances de la glace, les grandes colères de la débâcle, les forces colossales accumulées par le froid, les inerties, les résistances, mais le spectacle grandiose de la tourmente sur le fleuve n'existe plus et le printemps s'en trouve comme amenuisé, diminué, quelconque.

Nous savions… nous croyons savoir… sans avoir vu… pour avoir lu : bien mince savoir en vérité. Je relis pour vérifier ma mémoire. Même si ma mémoire ne repose que sur les souvenirs d'un autre. Pour restaurer mes souvenances, il me semble bien entendre le bonhomme Jos Giguère, un ami de mon père, raconter la débâcle. Dans les parages de Varennes. Mais mon souvenir est vague et je n'ai pour évoquer un fleuve furibond, sauvage, que des impressions littéraires : Philippe Aubert de Gaspé évoque…

un mugissement souterrain
comme le bruit sourd
qui précède une forte secousse de tremblement de terre…

Et il parle avec effroi et pour effrayer ses lecteurs sans doute...

*d'une explosion
semblable à un coup de tonnerre
qui succède à ce mugissement...*

Tout y est : le tremblement de terre, le coup de tonnerre et le mugissement, mais je ne vois pas bien ce qui subsiste dans nos mémoires de ce grand événement qui délivre un fleuve enfoui. Je rapaille dans ma tête une immense bataille, des lances, des boucliers, des cris, des chevaliers, des tambours. J'essaie de réinventer de toutes pièces la bête monstrueuse...

*des glaces qui éclatent de toutes parts
sous la pression...
un désordre affreux...
un bouleversement de glaces...
un fracas épouvantable...*

Et pourtant je n'arrive pas à me satisfaire de ce tohu-bohu. Il me semble qu'il devait y avoir quelque chose de splendide dans ce délire, de magnifique dans cette débandade, de pathétique dans la débâcle. Mais nous n'avions rien d'autre que cette écriture ancienne pour nous raconter le printemps en catastrophe d'un fleuve révolu, aboli par l'arrivée des brise-glace.

Sur notre cap Cabaret, nous sommes bien à l'abri des avenirs qui pourtant nous concernent, contemplant le spectacle. Le superbe spectacle. Mais rien n'est innocent pas même la beauté. Les brise-glace qui déambulent sur le fleuve, qui ont l'air de naviguer la glace, qui sont minuscules d'aussi loin, nous priveront bientôt de la belle aventure des canots d'hiver, dont on ne sait pas très bien qu'elle a commencé par une pirogue creusée dans un grand pin. Nous privant aussi de la débâcle et même de son souvenir. Et nous filmons les grands pins qui se jettent dans le vide comme dans une autre débâcle.

Bien sûr, on connaît les modestes débâcles qui bousculent, parfois à l'occasion d'un redoux, les rivières qui affluent. Elles ont causé d'importants dommages ces dernières années. J'en ai vu les vestiges. De grands blocs de glace blanche comme des oies, échoués sur le parvis des églises, à la porte des maisons, en plein champs, qui fondaient en dégoulinant, paisibles comme des vaches à l'herbe. Mais le grandiose événement d'un fleuve à l'épouvante qui chevauche la bête monstrueuse des débâcles n'existe plus que dans les récits désertés. Et le printemps du fleuve s'en trouve pour autant diminué. Presque banal. Les brise-glace nous privent de cette image grandiose d'une délivrance, en échange d'un fleuve qui se navigue à l'année. Pourquoi sommes-nous si heureux de partir vers le nord de toutes les démences sous la protection du brise-glace, sinon pour constater une victoire sur ce superbe ennemi des navigations, sinon pour apprendre le brise-glace, son assiette de roulis, son propulseur d'étrave, sa carte des glaces ? Sinon pour voisiner l'épouvante... sans risque. À la rencontre du polaire.

Premier inconnu donc le navire et ces grandes eaux polaires encore bouleversées, contraintes ; prisonnières du froid un peu barbare. Vestiges de la banquise qui résiste au soleil de minuit. Sans la débâcle mécanique des brise-glace, la baie de Baffin résiste aux navigations, empiète de toutes ses glaces sur tous les avenirs, menace la planète et la vie quoi qu'il arrive, soit que la terre se réchauffe, soit que le glacier reprenne du service. Nous habitons la corde raide d'un hiver bien tempéré. Ce que notre époque désigne par le mot environnement résulte d'une promesse instable d'équilibre entre le chaud et le froid. Là où les brise-glace ne font pas toute la différence. Et même si on accuse à cet égard l'homme de salir son nid, il faut bien admettre que la planète n'est pas en reste. Et même sans l'intervention de l'homme, mais à la faveur du temps, elle n'en est pas à ses derniers soubresauts, autrement plus menaçants que les paisibles brise-glace qui remontent le fleuve ce jour-là en laissant dans leur sillage une *saignée* que les cargos, moins alertes, n'arrivent pas toujours à emprunter. Et il fallait que les brise-glace rebroussent chemin et recommencent l'étrange labour pour dompter le fleuve et l'hiver. Pour ouvrir la voie.

Je m'accommode assez de l'hiver et de ses contraintes, comme si je pouvais lui emprunter un courage. L'hiver m'inspire confiance. Je l'avoue en dépit de tous ceux qui grelottent chaque matin à la chaleur du café en écoutant la radio qui panique dans la nuit polaire des studios et ne rêvent que des *quatorze soleils*. En toute innocence et en dépit du bon sens, j'espère encore la grande débâcle des âmes fortes, un avenir qui se modèle sur un fleuve et les exubérances des baromètres. Un avenir qui est prêt à tout et s'attend au pire. J'accrédite la débâcle et lui dérobe le meilleur et le pire. Le nord m'inspire une épopée. J'en ai assez de vivre dans la fiction. Il n'est pas évident de chevaucher un fleuve inédit à la rencontre du polaire. Je me cherche une existence à tout propos. J'abandonne le rêve à ses fausses routes. J'interroge le polaire pour apprendre la véhémence. Pour devenir irréductible. Irréconciliable.

1. … j'interroge le polaire pour appréhender la véhémence…

Chapitre II

Le pays de la chouenne

On m'interrompt dans mes élans. A-t-on idée de s'enthousiasmer pour le froid, la neige, le vent, l'hiver ? Doris Dumais, qui réalise l'émission, et Dominique Beauregard, qui en est la recherchiste, se chargent de nous repousser dans nos derniers retranchements. Comme des sourciers, elles brandissent le coudrier des questions. D'où me vient cet amour inconditionnel du pays ? Faut-il l'avouer, encore une fois, que je vivais dans le nulle part total de la littérature avant de rencontrer une Yolande de Baie-Saint-Paul qui m'accompagne, c'est le cas de le dire, depuis lors de bout en bout du fleuve. Car elle avait un pays et les mots pour le dire sans avoir rien à emprunter aux écritures. Étant de source. Elle me racontait, en s'exclamant, les marées d'hiver qui soulèvent les glaces du bout du quai de son village, construisant d'incroyables chrysanthèmes, fleurs de l'hiver. Je me souviens du mot chrysanthème qu'elle employait pour me faire partager son délire. Son privilège. Et je l'imagine au bout du quai, dans le froid et le vent, qui regarde de tous ses yeux. Car elle n'avait pas froid aux yeux. Et elle nommait pays cette véhémence. Sans hésiter. Sans paniquer. C'était avant les brise-glace.

Mais comment échapper à la question, fatalement, qui se pose d'elle-même, qui vient à l'esprit de toutes les curiosités? Est-ce le pays qui m'a révélé la fille du pays? Ou la fille qui m'a révélé le pays, le fleuve, les rivages, les montagnes, les fleurs, les oiseaux, la mer, les poissons? Et le blanc dauphin blanc qui marsouine *entre la mer et l'eaue doulce?* Et les hommes du marsouin. De la mer : les navigateurs de voitures d'eau. De la forêt : les draveurs, les bûcherons, les *brancaniers*. De la terre : les laboureurs, les moissonneurs, les meuniers du Ruisseau Michel. Et je dois l'avouer, il m'arrive de les confondre, elle avec le pays... le pays avec elle. Quand j'ai rencontré Yolande à l'Université de Montréal, en mil neuf cent quarante-neuf, j'ai bien vu qu'elle était sans pareille parce que justement elle avait un pays et le savait. Elle en était parfaitement consciente. Elle nous cassait un peu les pieds avec son pays. Elle nous infligeait son village. Nous proposait ses oncles. Vantardisait son fleuve.

Nous n'avions à opposer à son lyrisme qu'un peu de littérature étrangère. J'ai fini par capituler faute de paysages. Un peu incrédule. Plein d'ironie. En vérité ce fut une reddition sans condition. J'ai appris à regarder avec ses yeux superlatifs son pays qui était aussi le mien. Ce fleuve qui centrifuge tous les regards, bordé par la majesté sereine de ses caps sonores, bouleversé par ses marées qui fomentent les gouffres et acheminent les glaces, ses dauphins plus neige que blancs, n'est-ce pas justement le superlatif du possible? Et j'ai appris à apprendre ce pays du fleuve grâce à la *chouenne* incomparable de ses oncles, de ses voisins, de toutes gens de Charlevoix. Et la sienne bien sûr. Et à mon tour, maladroitement, petit à petit, ayant abandonné le droit, j'ai enregistré pour la radio leurs discours, leurs récits, l'épopée de leur modestie, j'ai engerbé leurs paroles pour dire leur pays. Pour le diffuser sans doute. Mais peut-être surtout pour lui offrir des bouquets de pays. Pour amener l'eau au moulin de l'intarissable. Pour corroborer son amour du pays. Pour le partager. Pour en prendre possession à mon tour. Pour l'apprendre mot à mot. Par cœur! Car je ne me rendais pas compte qu'un fleuve m'appartenait, que j'appartenais à un fleuve.

Car elle avait un pays. Ostensible. Et même ostentatoire. Et l'âme épique. L'âme des fondations. Elle habitait une géographie et une conscience du paysage. Tandis que nous vivions dans les livres, elle fréquentait les hommes et leurs discours. À cause d'elle, le code civil et les grands auteurs me devinrent étrangers, lointains, de peu d'intérêt. Et j'ai eu envie à mon tour d'avoir un pays. En l'épousant d'abord. Elle et son pays. Puis en donnant des yeux et des oreilles à sa mémoire vibrante et à la mienne grâce aux *Chroniques de terre et de mer*, grâce au magnétophone indéniable et au caméramage incontestable. Depuis lors, j'engrange le voyage. J'image les paysages. J'illustre le verbe. Sans relâche. D'abord en Charlevoix où je découvre le bucolique des gestes et l'épique du discours. Puis dans un long voyage qui dure toute une année à parcourir par tous les moyens et de long en large tout ce nord du fleuve et du golfe, de Québec à Blanc-Sablon. Et puis, magnifiquement, ce pays de *Toutes Isles*, bien nommé, en poésie, du premier coup d'œil, par un dénommé Cartier, plus poète que découvreur, jusqu'aux confins du boréal, là où l'*oumigmag* poilu se *cornouaille* avec la dernière extrémité pour changer en royaume le glacier imperturbable et la linaigrette fragile.

Comment et pourquoi j'en suis arrivé, insensiblement, à défroquer des littératures pour endosser le vulgaire, le vernaculaire, le sauvage, en un mot les *grandes eaux populaires* dont parle Ferron? J'ai d'abord nommé Yolande. Elle m'a fait connaître ses oncles sages, ses tantes laborieuses, les amis de son père dont Alexis Tremblay. Et ces hommes modestes et sans prétention m'ont révélé leur humanité. Une humanité de gestes, de métiers, de traditions, de chansons, de tout ce qui nourrit l'ethnographie. Mais surtout une humanité qui construisait inlassablement un monument de paroles. À les entendre je m'émerveillais. À m'entendre ensuite les raconter je me désespérais. Leur discours s'effondrait dans mes mémoires. Il était fugace, fragile, évanescent. Pourtant, je m'en rendais bien compte, il traduisait leur humanité. En les écoutant, je découvrais que je ne parviendrais jamais à transcrire leur réalité. L'homme se révèle par la parole.

Et petit à petit j'ai voulu leur emprunter leur discours pour les connaître vraiment et les faire connaître.

J'étais cependant informé par la littérature. Je croyais comme tout le monde que l'homme est plus vrai dans la fiction que dans la réalité. Sans discernement, je lisais tout ce qui me tombait sous la main. Le léger et le grave. L'épique et le romantique. Le comique et le mélancolique. Buffalo Bill et Cyrano. Jules Verne et Léon Ville. Tout sauf l'opéra. Mais chacun a ses limites.

J'en suis arrivé à préférer la réalité à la fiction. L'humanité aux humanités. Comment insensiblement au lieu de lire les livres j'ai choisi de lire les hommes, de parcourir passionnément la réalité des hommes… et surtout les hommes de la réalité. En un mot, je suis devenu disponible au quotidien de leur humanité sans écriture, sans littérature. Pour dire un fleuve qui pourtant me paraissait banal à première vue et négligé par l'écriture, j'ai navigué *attaché à la roue, les bottes pleines d'eau*, autant leur réalité que les mots de leur réalité. Un moment modeste de la littérature orale m'est apparu comme l'instrument indispensable pour dire un fleuve inédit. Pour en prendre possession. Pour m'identifier à moi-même et à mes paysages d'hommes et de bêtes.

J'avais pourtant appris à me méfier de cette langue qu'on méprisait dans les écritures et qu'on méprise encore et toujours. Bien sûr, les gens du monde la récusent cette langue qui leur paraît *désastreuse, indigente, informe, invertébrée, jouale, meneu-meneu, dérivé incompréhensible de la langue française*. Un avatar. Un avorton en somme. Ces mots sévères à l'égard de la langue d'ici ne sont-ils pas le fait de l'aliénation, d'un inévitable complexe d'infériorité ? Ou encore d'une ignorance ? À force de ne pas les connaître, de ne pas les écouter, on finit par ne pas les entendre. Mais se peut-il qu'à force de les entendre, de les écouter, de les enregistrer, de les filmer, de les transcrire, on éprouve au contraire un sentiment d'orgueil, de satisfaction, d'émerveillement ? Autant à Montréal qu'en Charlevoix, j'ai fréquenté l'éloquence. Éloquence brute, me direz-vous, mais je préfère le discours de Grand-Louis et sa poésie à celui d'un habit vert qui me fait mourir d'ennui. Qui me dira en quoi le *moi et toi* est plus français que le *mail et tail* des Cancalaires ou le *moé et toé* de Louis XIV et des Québécois ? La langue qu'on dit vulgaire, la langue de tout le monde est l'instrument qui forge toutes les langues. Nos ancêtres les Gaulois n'étaient-ils pas les Québécois d'aujourd'hui ? Ils ont cuisiné le latin à faire rougir les latinistes. L'image de la forge exprime bien l'idée du travail phonétique qui a fait passer les mots d'une langue à l'autre en les soumettant au soufflet, à l'enclume, au fer, au marteau de la vie quotidienne. Et petit à petit les mots ont fini par ressembler à la France et la France aux mots pour le dire. Et les mots ressemblent aux hommes et à leur vie. J'ai rencontré des hommes de misère. Peut-on souhaiter qu'ils parlent comme des seigneurs ? Or, je les préfère aux seigneurs. Ils sont de ma race. En conséquence, leur discours et leurs mots ont plus à m'apprendre sur le pays qu'ils ont vécu que les rondeaux de Ronsard et son *amelette ronsardelette*. Voilà pourquoi je préfère *marde* à *merde*, *mange-marde* à *stercoraire*, etc. Qui sait que les paysans d'Île-de-France disaient *marde* tandis que ceux de Touraine en toute égalité disaient *merde* pour nommer la même chose et le fumier ? Et les deux mots avaient la même odeur que vous devinez, jusqu'au jour où les seigneurs ont entrepris de fréquenter la Loire des châtelleries. Et le mot *merde* a perdu toutes ses odeurs tandis que *marde* n'a pas cessé de désigner le *train* quotidien. En sorte que le piéton qui écrase une crotte de chien sur les boulevards peut s'exclamer en disant *Merde, c'est de la marde !* respectant les nuances et les significations que le dictionnaire néglige parfois.

Je réclame la parole qui véhicule les pays. Car dans ces pays peu scolarisés, toute connaissance est transmise par le discours. Et c'est grâce à leur langage, petit à petit, que je me suis identifié à moi-même. Sans doute. Et que j'ai échappé à l'écriture impériale, dominante qui me proposait ses modèles, qui envahissait le territoire de l'âme, les derniers retranchements de ma fragile identité.

Et je veux vous raconter le beau parlement que j'ai rencontré à Baie-Saint-Paul quand j'y suis venu les premières fois. Je venais voir la fille, je me suis retrouvé dans la chouenne. C'était après et avant la messe du dimanche. Celui qui est devenu mon beau-père peu de temps après, un maître en généalogie, habitait une belle grande maison aujourd'hui démolie pour faire place à une quelconque caisse populaire, juste en face de l'église. Quel lieu pour tout voir et tout entendre! Et il avait fait construire une écurie où toute la parenté venait dételer en attendant la messe. La maison était pleine de tous ces gens qui arrivaient de tous les rangs et surtout du rang de la Mare, avec des nouvelles, des vantardises, des récits, des préoccupations. Et ils ne citaient pas les auteurs mais leur vie. C'était l'université de son enfance. Et ce fut aussi la mienne plus tard, car j'avais tout à apprendre. Bien sûr, il m'arrivait de ne pas tout comprendre. Mais il m'arrive souvent de ne pas comprendre les poissonnières de Cancale, les fermiers d'Auvergne et les parisiens du Danube quand on me propose leur discours à TV 5. Car une langue est faite de toutes ces langues. Autant celle de Montréal que celle de Charlevoix. Et petit à petit, patiemment, la langue commune choisira ses mots dans cette forge des mots qui ne cessent de corriger les dictionnaires et de les améliorer. Et à chaque voyage, je ramenais des mots nouveaux que je m'empressais d'oublier. Mais quelque chose de précieux prenait place dans ma petite tête chercheuse. Je découvrais que la langue du pays transmettait des images du pays et que le pays façonnait la langue, inventait des mots susceptibles de traduire les gens, les choses, les métiers, les paysages que les littératures lointaines et les dictionnaires hautains ne parvenaient pas à décrire. L'idée m'est venue de naviguer ce fleuve du langage pour découvrir le langage du fleuve.

Voilà pourquoi je me réclame de ces mots de la bouche qui ont vécu une vie de misère. Je réalisais petit à petit que la langue du lieu et des hommes a toujours raison dans la mesure où elle devance les dictionnaires et rend compte de la réalité vécue des hommes et des lieux. La langue d'un peuple vivant décante l'histoire et récuse toute écriture qui se nourrit d'écritures. Je maintiens qu'il faut prendre source dans la parole pour rendre compte de la vie.

J'ai appris la connaissance dans les manuels et dans les écoles. Et je ne savais pas qu'elle se trouve aussi ailleurs, secrète, cachée, modeste, jusqu'à ce qu'un jour en participant, par caméramage interposé, à la construction d'un canot dans *l'entrepôt sus Nazaire*, j'ai surpris les gens de Charlevoix et leur manière de transmettre le savoir : par la parole et surtout par la démonstration exemplaire. Pas le moindre tableau noir en ce siècle de la craie blanche. Il subsiste donc en silence quelque part un autre savoir qui s'adresse sans détour à la soif enfantine d'apprendre. À l'île aux Coudres, pas besoin d'aller à l'école pour apprendre à construire un canot. Il suffit de regarder de tous ses yeux et de toutes ses mains. De se laisser stigmatiser par l'exemple. Et quand il revient de *l'entrepôt sus Nazaire* où il donnait un coup de main aux constructeurs de canots, Rémy Tremblay, fils de Léopold, petit-fils d'Alexis, en silence, en secret, dans sa cave, obstinément, patiemment, de ses mains de cire impressionnable, sans aide que sa mémoire, construit une maquette impeccable. Un monument de savoir. Un chef-d'œuvre en somme qui l'accrédite mieux qu'une carte de compétence. Il est devenu, preuve en mains, une sorte de savant. Le *savant du temps* comme ils disent des anciens constructeurs de voitures d'eau. Les littéraires rêvent de chefs-d'œuvre et songent à devenir immortels. Les manuels, ceux qui apprennent avec leurs mains, n'ont pas à s'intercéder les manuels scolaires de ceux qui apprennent dans l'écriture. Tous ceux qui apprennent à *vivre en vivant* (Léopold Tremblay), à travailler en travaillant, à faire en faisant, débutent par un chef-d'œuvre, comme les compagnons du Tour de France. C'est pourquoi on dit qu'ils sont *chef-d'œuvreux*! Ils s'imposent par un chef-d'œuvre. Un *chef-d'œuvreux,* comme on dit en Charlevoix pour désigner un homme habile de ses mains ; voilà bien un mot de pays qui défie les dictionnaires, un mot du vécu.

Et c'est ainsi qu'en écoutant parler et se raconter et se vantardiser et controverser les gens de Charlevoix, de la Côte-Nord, de Tête-à-la-Baleine, de l'Anse Tabatière, de tous ces villages de terre et de mer, de Québec à Blanc-Sablon, j'ai appris un fleuve et ses rivages, un pays et ses habitants que j'identifie par son langage. J'ai en quelque sorte navigué leur chouenne et leur poésie pour comprendre les eaux et les voitures d'eau. Le langage n'est-il pas le brise-glace de l'aliénation ? Est-ce la raison pour laquelle j'ai accepté avec empressement ce voyage sur le *Pierre-Radisson* ? Est-ce la raison pour laquelle, ce soir, à la veille du départ, je me parle de cette langue des rivages comme pour défendre une forme de vie, comme pour faire l'éloge d'un fleuve qu'ils ont vécu en silence des écritures, comme pour instaurer, dans ma tête sollicitée de toutes parts par toutes les camelotes du présent, un pays encore clandestin, souvent incertain à leurs yeux, vaguement dauphin, en quelque sorte souterrain dont j'attends la résurgence prochaine ? Pour qu'enfin ce pays se rende à propre évidence.

Le mal du Nord

Dans ce pays de cultivateurs et de meuniers, de navigateurs et de pêcheurs, de bûcherons et de braconniers, de quelques notaires et de docteurs, de cidre de pommes et de miel de roses, Yolande a aussi fréquenté l'hiver, le superbe hiver. N'était-elle pas dès l'enfance une nordique qui souffrait de la chaleur de Montréal ? Elle se plaignait à sa mère : *Il faut que j'aille sur la batture à Baie-Saint-Paul... à Montréal je n'ai rien à respirer.*

Déjà elle cherchait le nord, le plus nord, le plus que nord. *Pour mieux respirer.* Un goût du large et de l'espace lui venait de ses ancêtres. *Je rêve d'aller comme allaient les ancêtres !* (Alfred Desrochers) Une épopée d'aventures traînait dans ses mémoires. L'hiver à *Malvina* ! Comment y échapper ? Charlevoix recommençait chaque hiver la cathédrale de la neige. J'ai connu à mon tour la belle véhémence du vent qui s'empare de la neige et l'écharpe dans tous les sens, la tourbillonne, la *foudreille* (Acadie). La bavette du poêle devenait le haut lieu des échanges. Socrate n'était nul autre que l'oncle Joseph. Il pontifiait. Contredisait. Interbolisait du haut de sa papauté. On le respectait. Il enseignait. Il vérifiait les connaissances. Il chouennait. Il avait *le point du maître* comme disait Grand-Louis d'Alexis. Il controversait. La controverse servant à vérifier les dires de chacun. Et l'hiver à approfondir le savoir de tous. Et Yolande, inlassablement, comme pour me redorer le blason, pour me renouveler l'âme, m'imposait un soir après l'autre de fréquenter cette académie du ruisseau Michel, du rang de la Mare, de l'hiver au coin du feu, de l'île aux Coudres. La belle université de la littérature orale :

> *Moi je viens d'un coin de pays où il n'y avait pas de bibliothèques, où la connaissance était orale; on se traduisait ce qu'on savait les uns les autres. Ce qui désavantageait les contacts, c'était le fait qu'il n'y avait pas tellement de routes dans Charlevoix. L'hiver, le chemin n'était pas ouvert. Quand j'étais pensionnaire à Québec, je venais par le train et je ne pouvais pas sortir du village tant que je ne reprenais pas le train pour retourner à Québec. Nous étions donc tous là, repliés les uns sur les autres, à échanger nos connaissances. Quand quelqu'un arrivait avec quelque chose de nouveau, tout le village le savait.*

L'hiver parfois nous marchions dans le village. À la brunante. Dans la nuit noire. Sous un ciel où il y avait d'autant plus d'étoiles que moins de réverbères. Nous allions jusqu'à la sortie du village. Sur la neige durcie et craquante de la rue, jusqu'au bout de la rue, jusqu'à la dernière maison. Jusqu'à la neige accumulée par les charrues. Et le chemin s'arrêtait là. Ensuite, la neige régnait. Nous revenions sur nos pas. Le nord était au-delà. Nous revenions vers le village où ne s'éteignait pas le fanal du discours. Mais le nord était à nos portes, comme une pensée, un mystère, une tentation permanente, une sorte de *plus oultre* (Jacques Cartier).

Justement il s'est trouvé que Baie-Saint-Paul est devenu le lieu de rencontres de toutes sortes de gens qui s'intéressaient à ce nord de plus en plus nordique. Et d'abord et avant tout René Richard, le peintre des brûlés, des chicots, des arrachis, des fardoches, du froid sous la tente, des chiens, des bivouacs, de la toundra, de la forêt boréale et des grands arbres, un homme étrange, qui se disait coureur des bois, à l'écoute de la sauvagerie, du silence et de la solitude. Il nous accueillait dans sa belle maison de Baie-Saint-Paul avec une extrême civilité et nous racontait sans cesse ses voyages, ses hivers de trappeur, ses randonnées en canot sur la rivière Churchill, son amour des nénuphars, des canots, des chiens de traîneaux, de la tente au large du monde, des feux de camp au soir des longues journées et ses projets. Comme pour recommencer sa jeunesse vagabonde. Il n'a cessé de parler toute sa vie (il est mort à 86 ans) de partir vers ce nord qu'il vénérait et à me proposer des voyages chimériques dont il était devenu bien incapable, même s'il avait gardé la silhouette d'un portageur. En vérité, il n'a jamais abandonné le voyage puisqu'il puisait dans ses esquisses, pochades et notes innombrables, une inspiration et une mémoire renouvelables qu'il ne cessait d'évoquer autant dans ses discours que dans ses tableaux. Il était habité de mémoire et quand il peignait à grands traits ou nous parlait à grands gestes de ses grands bras, il revivait inlassablement ses voyagements de trappeur, de coureur des bois, de canotier, de portageur, de grand solitaire. Et dans la quiétude de Baie-Saint-Paul, il avait ce qu'il nomme *le mal du Nord*. Et à vrai dire il le transmettait ce mal étrange. Et j'en souffre toujours. Et Yolande tout autant. Quand on regarde ses grands tableaux et plus encore peut-être ses crayonnages, ses montagnes à peine esquissées, ses arbres torturés, ses chiens pitoyables, le silence évident, on a envie d'y pénétrer. On dirait qu'il nous attend, qu'il a prévu notre venue, qu'il nous invite à boire avec lui le thé du soir et parler longuement de la dernière étape. Comme s'il était lui-même dans l'image ou sur le point de revenir de lever ses pièges. Malgré la sauvagerie de ses tableaux, sa peinture est une forme d'accueil, une introduction à la vie nordique. Et nous faisions de grands projets chimériques qui tant effrayaient sa femme, Blanche Cimon, originaire de Baie-Saint-Paul. Épouser une fille de Baie-Saint-Paul, c'est mettre son âme en péril. On n'en sort pas indemne. Mais Richard avait déjà le goût du pays dans les veines. Il faut être déjà du nord pour épouser le nordique. Et comme tant d'autres peintres de Charlevoix, il peignait l'hiver, le froid, la neige et, peut-être par-dessus tout, la fonte des neiges en lambeaux des premières chaleurs. Et il n'était pas le seul. Qu'il suffise de nommer Clarence Gagnon ou Marc-Aurèle Fortin qui ont privilégié ce pays tourmenté de neigeries.

Les peintres ont accrédité son pays en quelque sorte, ce dont elle s'enorgueillit. Elle n'était pas seule à l'aimer. Et à un certain Noël, alors qu'elle n'avait que quinze ans, elle a demandé des sous comme cadeaux à ses parents et, le lendemain, elle est allée chez René Richard lui acheter un petit tableau, représentant les caps qui contiennent la baie Saint-Paul, cette superbe ouverture à bras ouverts sur le large fleuve. Déjà le départ, la randonnée, le pays à inventorier de tous les regards disponibles pour le mettre au monde d'une apothéose.

2. … ce pays encore bouleversé de fond en comble par les gros sabots des glaciers…

Chapitre III

René Richard
rôdeur des bois et du nordique

Chacun cherche un passage pour justifier son passage. Mais pourquoi avoir choisi ce pays encore bouleversé de fond en comble par les gros sabots des glaciers, sinon pour suivre la piste fragile de l'aventure et le mystère de l'inconnu ? Pour retrouver le passage du Nord-Ouest qui ramène chacun à lui-même ? Pour affronter l'inaccessible et fréquenter le sublime.

Pourtant à première vue, quelle austérité ! C'est le pays de la pierre polie par le glacier rémouleur mais aussi le pays de la mousse qui moquette les ruisseaux moqueurs, le pays des lichens qui dévorent la sécheresse des pierres, des lichens qui échevellent la tignasse des branches mortes, tout un monde de forme à l'assaut de l'inerte pour recommencer la botanique au début du monde… pays aride de la pierre qui roule… de la mousse qui fait mentir les proverbes… de la neige qui efface toute trace… multiplie toutes pistes… élabore les sentiers… signale chaque passage comme une signature plantigrade, des fleurs qui rasent-mottes comme pâquerettes, haut lieu d'un nomadisme sans mesure que la solitude inévitable, là où il n'y a ni café, ni place, ni église, ni clocher.

Et cette côte nord qui rivage le golfe et cette toundra creusée par l'arbre des rivières où cheminent les chasses millénaires n'ont rien d'autre à proposer qu'une incessante marche entre la mer et la forêt, le fleuve et la montagne, la banquise des loups-marins accoucheurs et les prairies blanches comme neige des cladonies sillonnées par les passages millénaires du caribou, les archipels d'oiseaux et les fosses où s'entassent les saumons.

Aucune bête, ni le caribou empanaché, ni le lièvre familier, ni l'oumigmag pouilleux, ne saurait expliquer ni motiver les hommes en perpétuelle mouvance et toutes vies parcimonieuses qui ont choisi la dernière extrémité, qui n'arrivent pas à raciner sur les sablons en douceur, les moraines turbulentes, les îles à bras ouverts, les épaves grandiloquentes, les échoueries de l'indolence phocidée parmi les baleines folâtres et jubilantes, dans la toundra qui nomadise, la forêt barbelée, les rivières en maraude jusqu'à la tête des eaux. Et pourtant elles habitent à l'encontre de tous les froids le nomadisme des iglous à deux pas de la famine. Comme s'il s'agissait d'une apothéose.

Et les hommes de ce pays invraisemblable, sublime et hostile, ont tout inventé, pour survivre, traçant à chaque cheminement des chemins nouveaux, à chaque entreprise une vie nouvelle. Quel serait le motif commun à ces multiples formes de nomadisme? Bien sûr, ils poursuivent les bêtes, ils chassent les oiseaux, ils pêchent les poissons, ils cherchent l'or des mines. Mais ne dirait-on pas qu'un immense désir indéfinissable les pousse, les incite, les motive secrètement : désir de découvrir, de voir et de passer. D'aller *plus oultre*. Quel mobile secret commun à tous les hommes volatils? Quel désir unique parmi toutes ces randonnées des barques du Havre-Saint-Pierre *dans l'espoir fou des filets pleins*, des goélettes qui voiturent d'eau, des forêts à transborder, des naufrages pour légitimer une baie des Rochers, autrement dérisoire, une dérive blanche parmi les marsouins fugaces qui se prennent pour des *bourdignons*, des phares abandonnés par les gardiens démobilisés par l'électronique, mais je garde souvenir des homards de cap aux Bruyères en Anticoste et d'un Landry de Natashquan qui poétise et du pain de ménage de sa femme qui enfance de plus loin que loin… des longues marches sans boussole dans ce pays sans route… des raquettes en lanières de caribou tressées comme dentelle qui pistent sans rémission l'inaccessible inconnu de la page blanche, des attelages magnifiques des chiens de traîneaux qui jappent et tempêtent pour apporter au bout du monde un message de l'autre bout du monde sans jamais s'arrêter, cométique-chasse-galerie qui passe inaperçu partout ailleurs et dans nos petites vies… des canots légers d'écorce fine ou de toile peinte qui remontent à l'aviron, à la perche, à la cordelle, la Moisie jusqu'à la tête des eaux, les deux Romaines peuplées de saumons et de tentes et de feux qui fument l'omble et l'incroyable *ouananiche*. Je trouve admirable ce mot onomatopée forgé sur les rives de la Manicouagan harnachée comme bœufs de labour et de la belle rivière aux Outardes qui célèbre l'automne de ses toutes ailes…

Et nous n'avons trouvé qu'une seule commune mesure pour définir, décrire, dénoncer ce seul rêve partagé par autant d'hommes de toutes les couleurs, ce rêve dénoncé par le poète de l'inouï et de cette race de monde…

race de violents, de forts, de hasardeux
et j'ai le mal du pays neuf que je tiens d'eux
quand viennent les jours gris que septembre ramène…

Cela justement qu'il a nommé le *mal du nord,* comme on dit le mal du pays, parce que ce pays sauvage regorge de merveilles… parce que l'aventure dépasse le voyage… parce que le quotidien ne reproduit que l'inattendu… parce que les rêves les plus modestes rencontrent les paysages les plus invraisemblables… parce que la beauté propage les horizons… Et toutes ces vies solitaires s'émerveillent de la vie comme l'aiguille des compas qui ne propose jamais que le nord du monde. L'obstination des boussoles arrive-t-elle à persuader cette *race de violents, de forts, de hasardeux*?

Pourtant un homme soudé à son canot comme dauphin à ses nageoires, un homme de nulle part a investi dans ses passages, a contenu dans ses canotages une vision du monde sans ambition territoriale. Un homme a rêvé de recommencer le monde à l'inconnu, au *plus oultre*. Un homme sans prince mandataire ni désir de conquête, ni promesse de rédemption. Et il n'a nulle part planté nulle croix à l'encontre de personne. N'ayant rien à justifier.

Nous admirons dans la vie secrète comme une montagne de René Richard, le grand peintre sauvage de ce pays toujours à recommencer, l'absence de cupidité, l'absence de royauté. Il ne demandait qu'un droit de passage. Le droit de regarder, d'admirer, de naviguer, de chasser. De peindre surtout. De raconter par le fait même sans la moindre prédation. D'aussi loin qu'il vienne, il arrive à pied ou à dos de rivières. Et il retourne de la même manière, ayant rempli ses cales de mémoire et de formes. Il a des épaules à soutenir toutes les couleurs de tous les ciels, des gestes d'oiseaux comme la brume qui se prend pour une montagne, la tête haute des caps et le visage imberbe des Indiens, la démarche sanglée, le port houleux des portages, les yeux salés des marins qui s'enrêvent d'espace... et des jambes de caribou pour aller jusqu'au bout des passages forestiers.

D'aussi loin qu'il vienne, il n'en continue pas moins à courir les lendemains pour oublier la veille comme s'il n'était que commencement... comme s'il n'était que départ... comme pour omettre le retour.

Quand sa vie a commencé, au loin des ailleurs atocas, sans rien savoir d'une *batoche* approximative, il ne connaissait que son métier... mais le plus invraisemblable et pathétique... le plus rude et authentique... le seul qui pénètre droit au cœur des confidences du farouche et recommence le nord à chaque pas : le métier de trappeur. Quand sa vie a commencé, il ne connaissait qu'un métier, la chasse... il ne fréquentait qu'un lieu, la sauvagerie... et il n'avait qu'un rêve, la couleur... et pour toute richesse, que vingt-deux ans!

... ce qui m'a le plus intéressé
dans ma vie
c'est le jour où,
en rôdant dans les rues d'Edmonton

> *où nous allions faire des achats*
> *pour l'hiver,*
> *j'avais remarqué dans une vitrine de magasin*
> *une boîte de couleurs…*

Sur le point de quitter le monde pour le cloître de la blancheur, en travers du départ, s'interpose la couleur prisonnière d'une boîte. Était-elle préalable, dans son esprit, la couleur présente partout, mais à laquelle souvent on ne prend pas garde ? Peut-elle tenir dans ses nuances toute une vie déjà dévolue à l'espace blanc ?

> *… cette boîte de couleurs*
> *a changé ma façon de vivre…*
> *j'étais le vrai rôdeur de bois à l'époque…*
> *ça m'a fait comprendre des choses que j'ignorais…*
> *je me suis aperçu que ça allait changer ma vie…*

Il se définit lui-même comme *rôdeur de bois* et il part vers son destin. Avec armes et bagages. Pièges et nourriture. Rien ne le distingue sauf le secret d'une boîte de couleurs. Un simple indice.

> *… d'abord je suis allé dans la forêt*
> *avec mon associé…*
> *l'hiver a été complètement nul…*
> *il n'y avait rien à chasser*
> *en sorte qu'après un mois d'efforts*
> *mon associé m'a quitté*
> *et je suis resté tout seul…*

Tout seul avec une boîte de couleurs. Quel étrange dialogue s'est-il établi entre le rôdeur et la couleur ?

> *… comme il n'y avait rien à chasser*
> *excepté l'orignal…*

> *heureusement parce que je serais mort de faim...*
> *j'aurais été obligé de sortir de la forêt...*
> *mais je ne voulais pas sortir...*
> *je ne savais pas où aller...*
> *il n'y avait rien à faire*
> *nulle part...*

Entre ce nulle part où il n'y a rien à faire et l'orignal empêtré dans ses ravages, il choisit l'orignal et le grand silence solitaire, et de *m'hiverner tant bien que mal,* et il se raconte toutes sortes d'histoires à cause de *cette boîte de couleurs...* il poursuit un rêve de boîtes de couleurs... il obéit à l'idée fixe des boussoles qui indiquent le nord...

> *ça me donnait une idée de m'exiler*
> *dans le Grand Nord...*
> *pour réussir un grand coup*
> *c'est-à-dire faire de l'argent pour aller faire des études...*

La couleur dans sa boîte l'invitait à s'instruire de la couleur, mais pourquoi prendre le Nord justement, s'exiler, abandonner tout le reste, Edmonton, sa famille, les hommes... sinon parce que

> *le Nord avait toujours été mon point faible...*

Autrement dit, la couleur mais aussi le Nord et pourquoi le Nord sinon à cause de la couleur d'un pays sans paysage que celui de la couleur... et l'hiver a continué son lent travail de poser sur les objets d'innombrables bonnets de nuit et de velouter le silence qui donne à rêver et d'écrire, à la trace, toute la nuit des passages furtifs. Et pourquoi le Nord à moins que l'on ne songe à fendre l'âme ?

> *... alors là,*
> *dans mon campe,*

> *j'avais une belle grande carte de géographie*
> *qui représentait le Nord*
> *et je suivais avec mon doigt sur la carte*
> *la rivière Mackenzie...*

La rivière Mackenzie qui mène droit au Nord du monde, là où les glaces calottent le pôle, ce haut lieu qui contemple la Polaire, comme un immense nénuphar qui espère la libellule improbable d'une voilure en quête d'un pôle dans le droit fil d'une rivière Mackenzie... du bout des doigts sur la carte, il se randonne un avenir...

> *si bien qu'à la fin de l'hiver*
> *en parcourant la carte avec mes doigts*
> *pas toujours propres,*
> *on pouvait suivre mes idées sur la carte*
> *par les traces de graisse*
> *que j'y avais laissées...*

Les traces du rêve balisées par les taches de graisse. Nouvelle et magnifique cosmographie. Sur l'infaillible correction d'une carte publiée par un ministère, l'itinéraire imprécis mais grandiose vers le passage du Nord-Ouest, la trace graisseuse d'un rêve sans limite à longueur d'hiver...

> *l'hiver s'est passé tant bien que mal...*
> *naturellement*
> *je ne pouvais pas exécuter mon plan*
> *d'aller dans le Nord*
> *car au printemps j'étais aussi cassé qu'à l'automne...*

Il investit toutes ses énergies dans le projet de longue haleine à une époque où les rêves ne sont pas subventionnés par les Conseils des arts. Alors il doit donc se rabattre sur les *runnes*, à savoir les emplois temporaires... pour ne pas dire le travail au noir...

*je suis reparti faire la runne
des battages
et j'ai réussi à me ramasser quelques sous
pour retourner faire une autre
runne de chasse...*

Ils sont nomades du travail. Des récoltes d'automne. Des battages. D'une place à l'autre. De Saskatchewan en Colombie. Pour retourner dans la forêt. Comme si son rêve ne trouvait nulle part ailleurs la trace qu'il voulait suivre... la trace du rêve... il retourne à ses pièges...

*j'ai retrouvé mes vieux pièges
que j'avais enfouis dans la mousse
pour être sûr de les retrouver...
il y avait beaucoup de gibier cet hiver-là
je me sentais ambitionné
j'ai dû marcher au moins vingt-cinq milles
par jour
tous les jours de l'automne...
je partais le matin
des fois deux heures avant le point du jour
et je revenais à mon campe le soir
deux heures après la nuit...*

D'une étoile à l'autre, comme disait Grand-Louis en parlant du métier de bûcheron. Avait-il le temps de rêver son rêve quand le poids du jour empiétait sur la nuit ? Dans la rudesse d'un petit *campe* où il avait résolu de s'exiler...

*du reste c'était pas réellement un exil
parce que j'aimais trop le Nord
pour appeler ça un exil...*

Et le trappeur René Richard entretenait un rêve du bout du monde aussi vaste et merveilleux que le rêve en toute innocence de ceux qui prenaient possession des terres nouvelles au nom des anciens rois. Et ce sont les rois qui ont détourné les désirs et les ambitions. À leur seul profit. Et tout est à recommencer. Et ce rôdeur des bois recommence la conquête en posant une boîte de couleurs sur la carte de sa vie comme l'astrolabe des anciens navigateurs sur le destin de leur navire. La couleur peut-elle un tant soit peu changer le monde des cupidités, des royautés ?

… j'ai fait quelques petites peintures…
mais comme on peut bien se l'imaginer
une petite boîte que j'avais payée
six ou sept dollars…
les tubes de couleurs étaient gros comme mon petit doigt…

alors j'ai calculé qu'avec la disparition de la boîte
peut-être que le rêve allait disparaître

alors je l'ai conservée
j'ai pas voulu la faire disparaître…

Sur une tablette de son *campe*, une petite boîte conserve le reste de la couleur, les vestiges du rêve…

je ne voulais pas laisser mourir l'idée…
je ne voulais pas faire des saletés avec mes couleurs
parce que je voulais m'initier à la peinture…

Et chaque soir, la chandelle vaillante et vacillante d'un *campe* de trappeur au nord du monde maintenait sur la neige impeccable la trajectoire d'un destin. Et le rêve ne pouvait s'éteindre même s'il n'en tenait qu'à la flamme d'une chandelle en graisse d'orignal et à quelques tubes de couleurs déjà éventrés.

*... l'année suivante
on s'est ravitaillé puis on est parti
pour le grand voyage dans le Nord...*

*nous avons descendu le fleuve Mackenzie
jusqu'à Aklavik
ou plutôt jusqu'à Pointe-Séparation...*

*à la Pointe-Séparation
nous avons pris le canal de l'Est
jusque dans le delta
où nous avons fait la chasse durant trois ans...
trois ans sans sortir...
trois années bien dures
parce qu'on avait pas pitié de soi-même
au point que peu s'en fallut qu'on crève
du scorbut...*

Tout à coup le scorbut comme au premier temps des découvrances. Comme en 1535 à Stadaconé. La mort blanche qui agresse l'homme de glace. Le vieil ennemi, la maladie de la neige, la maladie de la solitude, le grand mal du pays de cristal, blanc de neige, éblouissant de verglas, scintillant de soleil, frimassant, givrant, englacé, maladie de toutes les choses immobilisées par le gel sauf le vent, sauf la neige en crinières de vent, sauf les rêves des hommes abasourdis par la fatigue, le bout de force, le bout de chemin. Maladie du silence à perte de vue.

Les hivers sont longs...

ajoute-t-il, d'autant que les jours sont courts, engloutis dans la nuit polaire. Et il reconnaît l'immense danger de l'inaction, la tentation de dormir...

*les hivers sont longs
et pour peu qu'on reste un peu trop souvent*

*dans le campe
à cause des tempêtes
vous êtes sûrs que vous allez mourir de scorbut...*

*ce qui nous a tenus en vie
c'est qu'on a développé une énergie à toute épreuve...*

*seulement les plus formidables tempêtes
nous ont tenus au campe...*

*on était toujours sur les sentiers...
même les bonnes tempêtes
ne nous retenaient pas au campe...
la semaine comme le dimanche...*

Le dimanche et les jours de fête et les jours de congé, dans nos vies méticuleuses, servent de refuge à l'ennui, de trompe-l'œil au quotidien. Mais pour ceux qui partagent en deux saisons inégales une vie polaire, ces misérables consolations des calendriers n'ont aucune signification...

*du reste je doute qu'on ait jamais su
durant ces trois ans
quand c'était le dimanche...
dans le bois on ne va pas tous les jours
marquer au calendrier
ni les jours... ni les semaines*

*par la longueur du jour
on avait une idée de la date...*

Ils ont vu passer les années par les saisons. Trois années de chasse intensive à côtoyer la nuit polaire, le scorbut menaçant, le givre des aurores musicales. Peu de rêves pourraient franchir autant d'espace, résister à cet apprentissage de la nuit polaire et du soleil de minuit, fréquenter un tel noviciat du silence. Étrange et majestueux prélude, en blanc et noir l'hiver, en fleurs à fleur de terre l'été, à un destin de toutes les couleurs. Et si peu que rien pour nourrir le rêve. Si peu que la neige traversée par les divagations de la lune, les ombres du soleil, les foudres du vent, le velours des neiges, le granit du gel qui turquoise le silence. Mais une boîte de couleurs n'a pas dit son dernier mot, et les regards finissent par s'entendre avec le plus blanc que neige. Encore que le hasard parfois tisonne le rêve...

> *j'ai rencontré dans le Nord un Français*
> *qui m'a parlé du Louvre, de Rembrandt...*
> *il me nommait quelques grands hommes*
> *je ne savais rien de Rembrandt...*
> *peut-être habitait-il Paris?*
> *mais ça m'intéressait...*
> *je voulais aller voir l'Europe...*

Trois années de chasse, ça n'était pas le Klondike et c'était bien durement gagner de quoi nourrir ses ambitions. Mais le destin ajoute parfois son écu au maigre magot d'un nomade de la neige en quête d'un royaume. Ce coureur des bois qui jouait la carte du Vieux Monde aurait bien pu revenir bredouille. Car Paris et ses lumières, et ses paradoxes, et ses ombres, et ses équivoques ne peut pas remplacer une aurore boréale, et déjà l'aiguille des compas cherche le pôle... s'inquiète de ce qui lui arrive... Peut-être a-t-il fait fausse route? Il n'a pas l'impression d'être à sa place derrière un chevalet dans une Académie à peindre sur modèle. Il lui manque sans doute l'espace et la sauvagerie...

> *au bout de quelques mois*
> *je m'étais mis dans l'idée de revenir...*
>
> *ça ne m'intéressait pas énormément*
> *d'étudier à l'Académie*
> *où j'allais prendre des leçons...*

> *j'entendais toutes sortes de controverses*
> *qui ne me plaisaient pas toujours...*
> *il est vrai que j'étais d'une ignorance extraordinaire...*

Il est vrai qu'il devait se sentir bien étrange parmi tous les jeunes gens des beaux-arts avec leur grand cartable et leurs discussions sans doute un peu théoriques. Sans doute souvent oiseuses. Et on se demande s'il racontait ses randonnées de neige, ses lignes de trappe, ses rivières fougueuses... à ses condisciples. Il ne m'a jamais parlé d'aucun d'eux d'ailleurs. Comme s'il avait traversé Paris sans se lier d'amitié avec personne. Sauf peut-être Clarence Gagnon dont on lui avait parlé et qui se trouvait à Paris justement. Comme un destin... à corriger...

> *ça me taquinait un peu*
> *d'aller voir Clarence Gagnon*
> *que je ne connaissais pas...*
> *je me disais à moi-même*
> *qu'il n'aimerait pas*
> *qu'on vienne frapper à sa porte...*

On l'imagine un peu timide avec ses bras trop longs, sa tête haute et mélancolique, ses chemises toujours trop grandes, car il est maigre et presque décharné. On lui avait dit que c'était un homme de grande valeur. Ce qui l'intimidait et le séduisait à la fois. Un jour, pourtant, il se décide. Sans lettre de recommandation sans doute. Comme s'il se suffisait à lui-même...

> *pour moi*
> *sa rencontre a été une révélation...*
> *d'habitude dans le Nord*
> *quand on rencontre des hommes influents*
> *des hommes importants dans la Compagnie*
> *de la Baie d'Hudson*
> *ils nous regardent de haut comme chien galeux...*

> *je m'imaginais qu'un grand artiste*
> *regardait un peu les autres*
> *de la même façon...*
> *mais je m'étais certainement trompé...*
> *je me suis aperçu que les gens de valeur...*
> *de vraie valeur...*
> *étaient des gens simples...*
> *tout à fait naturels...*

Quand on a foulé l'Amérique et le Nordique, quand on est métissé d'espace et de sauvagerie, quand on est un peu perdu dans la ville de tous les possibles, on cherche fatalement son chemin, on rêve de boussole pour corriger la course, on songe qu'il n'y a plus rien à découvrir dans ce pays hors d'âge qui archéologise comme si le futur était sur le point de faire marche arrière pour s'engouffrer dans le trou noir des nostalgies. Il cherchait confusément à fuir *en quête d'une autre âme* (Jean Morisset)...

> *j'ai suivi les idées de Clarence Gagnon...*

Clarence Gagnon, cet homme du pays des gourganes qui peignait à *mains nues à moins quarante*, comme un certain Joseph-Elzéar Bernier, capitaine des mers polaires, un capitaine Bernier...

> *muni d'un doctorat en alphabétisme*
> *de l'université de Berthier-en-bas,*
> *un héros magané,*
> *l'homme-auquel-on-enjoignit-de-rebrousser-chemin*
> (Jean MORISSET)

de peur qu'il n'atteigne le *North Pole* de la *Royal Navy*, avant la *Royal Navy*... Clarence Gagnon, cet homme nordique parmi tant d'autres, qui se consacre à la gloire des neiges sur les toits à coyau des maisons, rencontre à Paris, à la porte des Académies, ce jeune homme des neiges instruit de canots et de rivières, qui souffre du mal du pays en dépit d'une boîte de couleurs... qui souffre du mal du Nord... qui se cherche une boussole...

> *j'ai beaucoup suivi les idées de Clarence Gagnon*
> *qui me conseillait d'aller dans les rues*
> *plutôt que d'aller à l'Académie...*
> *de rôder dans les rues de Paris*
> *pour dessiner et peindre...*

Et il reprend ses *rôdages* pour ne pas se sentir tout à fait étranger à lui-même dans ce monde nouveau qui ne ressemble en rien au pays qui lui donne le mal du Nord...

> *sachant que je sortais des grands bois*
> *habitué à toutes les libertés*
> *au grand air*
> *il calculait que je pourrais tomber malade*
> *enfermé dans une académie...*

Malade du scorbut, malade de l'Académie. Pour vaincre ces deux dangers, il a choisi la liberté des rues, comme pour retrouver le grand air de tous les temps. Il a résisté à l'Europe, à Paris, à la Suisse, durant trois longues années. Cherchant à apprendre un métier. Peignant à gauche et à droite, dans les rues et dans les campagnes, des paysages trop civilisés, trop loin de la sauvagerie et il n'arrivait pas à trouver sa manière. Il peignait comme tout le monde, ce que tout le monde peignait... pour apprendre avant de savoir... pour comprendre avant de deviner... pour raconter avant de prophétiser.

Puis enfin, il est revenu d'Europe pour retrouver le vieux métier de trappeur, pour retrouver au cœur de l'espace la perte de vue, pour éliminer l'Europe de sa peinture, pour retrouver la toundra de toutes les couleurs. C'était le début de vivre. Pour René Richard, l'idée de vivre ne pouvait se satisfaire de l'apprentissage d'un métier. Il ne voulait pas monnayer le prestige de l'Ancien Monde sur le dos du Nouveau Monde. Il ne voulait ni gloire ni richesse. Il savait la couleur. Il lui restait à apprendre son propos. À découvrir son poème. Quelque chose à dire. Le comment et le pourquoi de peindre. Et son choix nous renseigne sur l'importance de trois années polaires et de trois années scolaires dans l'avenir qui l'attendait. Il a quitté les rues pour retrouver les bois.

> *… ensuite je suis revenu*
> *dans l'Ouest dans ma famille*
> *où je suis resté deux… trois mois…*
>
> *puis le goût de l'aventure s'est emparé de moi…*
>
> *j'ai réussi à m'acheter un canot*
> *et à reprendre mes courses*
> *par monts, lacs et rivières…*
>
> *je suis parti vers la fin de l'été*
> *vers l'Est du pays*
> *en allant dans la direction de la baie d'Hudson*
> *et j'ai voyagé pendant trois ans*
> *à traverser ce pays-là que j'ai bien aimé…*

C'est ainsi qu'il est devenu vernaculaire. C'est ainsi qu'il a investi un autre fleuve dans sa vie. Après le Mackenzie glacial, le bouillonnant fleuve Churchill. Comme une immense mémoire. Et il m'a souvent montré les croquis accumulés sur du papier brun d'emballage, pour ne rien oublier, pour tout apprendre de la terre elle-même, pour devenir lui-même le pays qu'il traverse, pour se laisser informer par ce grand maître géologique, ce professeur de géographie, pour s'imprégner de la philosophie des rivières, de la poésie des neiges, de la grandeur de l'espace.

En parcourant seul, durant trois ans, en canot, en raquettes, chassant l'orignal, trappant la fourrure, approfondissant le silence sans borne, conversant avec le feu du soir, ce grand pays de la grande rivière l'imprégnait des pieds à la tête. Richard le rôdeur des bois est devenu Richard le peintre du nord. Il a imposé à la couleur de sa boîte de couleurs l'Académie austère de la sauvagerie. Il a choisi son maître. Il a changé sa manière. Il s'est inspiré d'une géographie du silence à double tour, à perte de vue. Il n'a rencontré personne durant des jours, dialoguant avec l'imprévu des rivières. Pour lui, une rivière est devenue toute une pensée, une aventure sans limites dans l'action et dans la contemplation. Un exploit secret qu'on ne refuse pas à la perfection du canot… une prudence aussi et, tout compte fait, une sagesse. Il pénètre jusqu'à l'âme les pays qu'il parcourt à coups d'avirons, à coups de rivières. Et cette sagesse accumulée et cette mémoire crayonnée le préparent à aborder la mouvante et austère Côte-Nord du fleuve et du golfe comme une immense réserve de couleurs et de paysages qui alimentera ses curiosités de peintre et de rôdeur. Car dans son esprit rebelle aux Académies, la démarche du peintre se doit d'être associée aux préludes grandioses de la marche, du canot, de la solitude et des arbres et des taïgas et des toundras, enfin de tout ce que le Nordique procure à l'âme nulle autre pareille. Un jour, il aborde ce pays du fleuve comme un maître à voir et à vivre. Mais encore une fois sur son chemin, il rencontre le même bon génie du bon conseil.

> *… j'ai suivi un conseil de Clarence Gagnon*
> *c'est la raison que je suis venu à Baie-Saint-Paul…*

Baie-Saint-Paul étant en quelque sorte le commencement du monde, comme chacun sait, d'un monde du fleuve qu'ils nomment la mer, d'un langage qu'ils nomment *chouenne*, des montagnes qu'ils nomment Câpes Raides (ou Cabarettes) ou cap Maillard, ou cap aux Rets ou cap aux Corbeaux… d'un pays capuchonné…

*et puis Clarence Gagnon connaissait
la maison de la famille Cimon
et il m'a dit
pourquoi tu n'irais pas pensionner là...
alors je suis venu à Baie-Saint-Paul
dans cette maison où nous sommes actuellement
puis je me suis marié ici...*

La maison en bordure du village, parmi les arbres près de la rivière du Gouffre. La maison, la femme, fille Cimon. C'était tout Baie-Saint-Paul qu'il prenait en ménage. Une baie entre deux caps. La mer qui monte sur les battures drapées d'oiseaux. Et tout le fleuve du même coup. On n'en sort pas et j'en sais quelque chose. Un pays à l'emporte-pièce pour nourrir une âme aventureuse et une boîte de couleurs. Une vie n'épuise pas un fleuve. Un fleuve peut nourrir toute une vie. Sans parler d'une belle lignée, la vieille maison, une fameuse femme, de celles qui savent ajouter au labeur artisan la fine fleur de beauté, qui savent imprégner un tissu de laine ou de lin de la délicatesse d'un dessin, l'exubérance de la courtepointe, l'enluminure d'une trame multicolore. Il retrouvait la couleur du ciel et de l'automne, dans le lin et la laine, dans le rouet et le métier. Sorte de préface villageoise à l'immense fluvial...

*somme toute
ça a pas été une trop mauvaise direction
que j'ai pris cette fois-là...*

Il a donc rencontré, parcouru, navigué les plus belles rivières, la rivière du Gouffre et de la Malbaie, du Saguenay et des Outardes, de la Manicouagan. Il a parcouru la route qui s'arrêtait alors à Baie-Comeau, puis plus tard à Havre-Saint-Pierre, qui se rend désormais jusqu'à Natashquan, qui finira bien par rejoindre Blanc-Sablon. Mais que de ponts encore à construire dans ce pays de rivières. Sans parler d'un fleuve océan qu'on n'a pas fini de nommer… Mais il n'en demandait pas moins…

> *quand je parle de Baie-Saint-Paul*
> *je veux dire tous les parages*
> *toute la Côte-Nord*
> *parce qu'on ne peut pas m'associer*
> *rien qu'à un petit village…*
> *il me faut des horizons vastes…*
> *il me faut des chaînes de montagnes…*
> *il me faut des rochers…*
> *il me faut des rivières…*
> *il me faut un fleuve…*

Ayant éprouvé dans ses rôdages les leçons de l'espace, il est devenu le peintre de l'étendue, de la perte de vue, de la désolation, de la solitude. Il s'est employé à associer les couleurs inattendues de la mer, de la montagne, des rivières et des saisons aux sentiments arides d'un décor où la vie ne semble pas pouvoir s'enraciner. Sauf les vies nomades, sauf les fleurs monastiques, sauf le grand silence sauvage. Les scènes domestiques, le bucolique, les pâturages, ne l'intéressent pas beaucoup. Il réclame pour disposer des couleurs l'action des glaciers furibonds, la tourmente des neiges, la désolation des brûlés, la méditation du feu, le secret des tentes, la patience du canot sur une grève du soir, l'austérité des blocs erratiques et parfois, comme une œuvre de la généalogie, la ténacité d'un village au sommet d'un morne autour d'un clocher. Et toute cette ingratitude apparente, pour Richard, contenait à outrance l'opulence et toutes les couleurs. Une sorte d'apothéose délirante qui l'enchantait plus que la verdoyance uniforme des prairies, des champs et des bois francs…

> *et puis*
> *si on veut aller même plus loin encore*
> *il y a l'Ungava…*
> *l'Ungava où j'ai eu l'occasion d'y aller*

> *quelques années passées*
> *avec Jacques Rousseau…*
>
> *j'ai trouvé que ce pays était vraiment*
> *ce qu'il y avait de plus beau*
> *qu'on puisse imaginer…*

Je regarde une huile sur masonite intitulée *Rivière Ungava*. Au premier plan, des chicots desséchés d'épinettes. C'est la tragédie. Derrière un lac serein, c'est la tendresse du regard sauvage, et les yeux de Richard étaient ce genre de miroir profond qui contemple les alentours. Au bout du lac, un cap de roche, une muraille, l'aridité précambrienne, granitique : le bouclier. Comment le sévère et le rebelle peuvent-ils se traduire par une telle exubérance de couleurs que Richard applique à grands traits comme pour architecturer toute la géologie, soutenir les prétentions du précambrien ?

> *… je pourrais pas m'imaginer*
> *un pays plus merveilleux*
> *que l'Ungava…*

Il connaissait le nord des arbres. Voilà qu'il rencontre le pays de la terre sans arbre. La perte de vue dont il parle comme d'un compagnon de voyage…

> *là où finissait le regard*
> *la pensée… allait bien plus loin encore…*

Il se devait de rejoindre *le plus oultre* que se propose Cartier. Et pour bien assumer son nouveau destin, Richard a posé, dès son arrivée à Baie-Saint-Paul, un grand geste machinal et princier, un geste d'alliance et de connivence avec la mer. Comme un chef indien magnifique, il a traité d'égal à égal avec un fleuve orchestre. Et il a conclu une sorte d'alliance secrète avec un fleuve inévitable et sans bornes que d'épaves et d'échoueries, un échange qui devait lui procurer, à lui, le peintre de l'étendue, de la perte de vue, une autre dimension, un surplus d'âme, une nouvelle envergure : l'immensité...

> *en arrivant à Baie-Saint-Paul*
> *je me suis construit un bateau*
> *et j'allais souvent rôder*
> *n'importe où sur le fleuve*
> *à Port-au-Persil... à Tadoussac*
> *dans le Saguenay...*
> *et jusqu'à Chicoutimi parfois...*

Mais le fleuve, c'est plus qu'une simple rivière, c'est plus qu'un fleuve George ou encore une rivière Churchill, là où il a poursuivi son apprentissage de la couleur. De retour de Paris, il commence par s'offrir une rivière qui se jette dans une baie d'Hudson.

> *... je courus six cents milles sur le fleuve*
> *remontant des rivières inconnues*
> *pêchant l'été*
> *chassant l'hiver*
> *faisant la traite des belles peaux*
> *de martre, de vison, de renard, de rat musqué...*
> *dessinant toujours*
> *inspiré par la beauté sauvage, rude et grandiose*
> *de ces... solitudes...*

> *une belle course, une vraie... trois ans...*

Après trois ans d'une belle course sur le fleuve Churchill, voici qu'il se prend d'amitié pour un fleuve qui...

> *va si loing*
> *que jamais homme n'avoit esté*
> *jusques au bout*
> *qu'ilz eussent ouy...*

Voilà bien de quoi nourrir et enchanter un rôdeur des bois et un navigateur de rivières surtout dans ces parages où nagent les grands cétacés au début d'un estuaire qu'on n'arrive pas à bien situer, à l'approchant d'un golfe entrouvert sur deux océans, d'un golfe déjà mer presque océan, balisé de marsouins, parcouru d'outardes, transpercé de huards grandiloquents, de cormorans en croix comme les cimetières, de phares à grands cris et à bout de bras qui ovationnent la nuit, qui bornent les brumes, qui répondent aux sillages de leur position… et qui abritent la solitude d'un vieux gardien de phare, heureux, sage et modeste sur le point d'être expulsé par l'électronique hélicoptère…

> *lorsque j'avais mon p'tit bateau*
> *en partant parfois…*
> *en revenant souvent…*
> *je m'arrêtais au phare de l'île*
> *pour rencontrer monsieur Pedneault*
> *le gardien*
> *et parler de la mer avec lui*
> *la mer qu'il connaissait bien*
> *et parler du vent et des courants*
> *et des marées qu'il connaissait tout autant…*
> *il me donnait toujours des bons conseils…*
> *mais ce qui m'intéressait particulièrement*
> *d'aller lui rendre visite*
> *c'est qu'il avait toujours une belle grosse plie*
> *à me cuire pour mon dîner*
> *qu'on mangeait ensemble*
> *en parlant de la mer…*

En toute majesté, au sommet d'un phare, loin du monde, deux hommes parlaient de la mer, pendant qu'une belle grosse plie frétillait dans son beurre sur le poêle d'un gardien de phare. Était-il question de couleurs ? Sans doute implicitement. Deux hommes égaux en splendeur et en liberté, s'échangeant des royaumes.

Comme une borne blanche immobile près du Quouessant, face au cap aux Corbeaux et à la rivière du Gouffre, le gardien du phare restitue les directions, indique les embûches à tous ces nomades de la mer, de la forêt, de la chasse, à ces navigateurs de voitures d'eau et à ces rôdeurs de l'aventure et de la beauté... il devine peut-être le mal du Nord qui entraîne sur les traces du rêve celui qui se consacre à la couleur à cause d'une petite boîte achetée à Edmonton pour quelques dollars. On est loin de la ruée vers l'or ou des voleurs de chevaux ou des cow-boys à bout portant. Il y a, sur la planète, des découvreurs qui ne dérobent que la beauté.

Et c'est ainsi que ce livre qui poursuivait l'appel du Nord a fini par s'intituler, grâce à René Richard, *Le mal du Nord*, comme on dit le mal du pays.

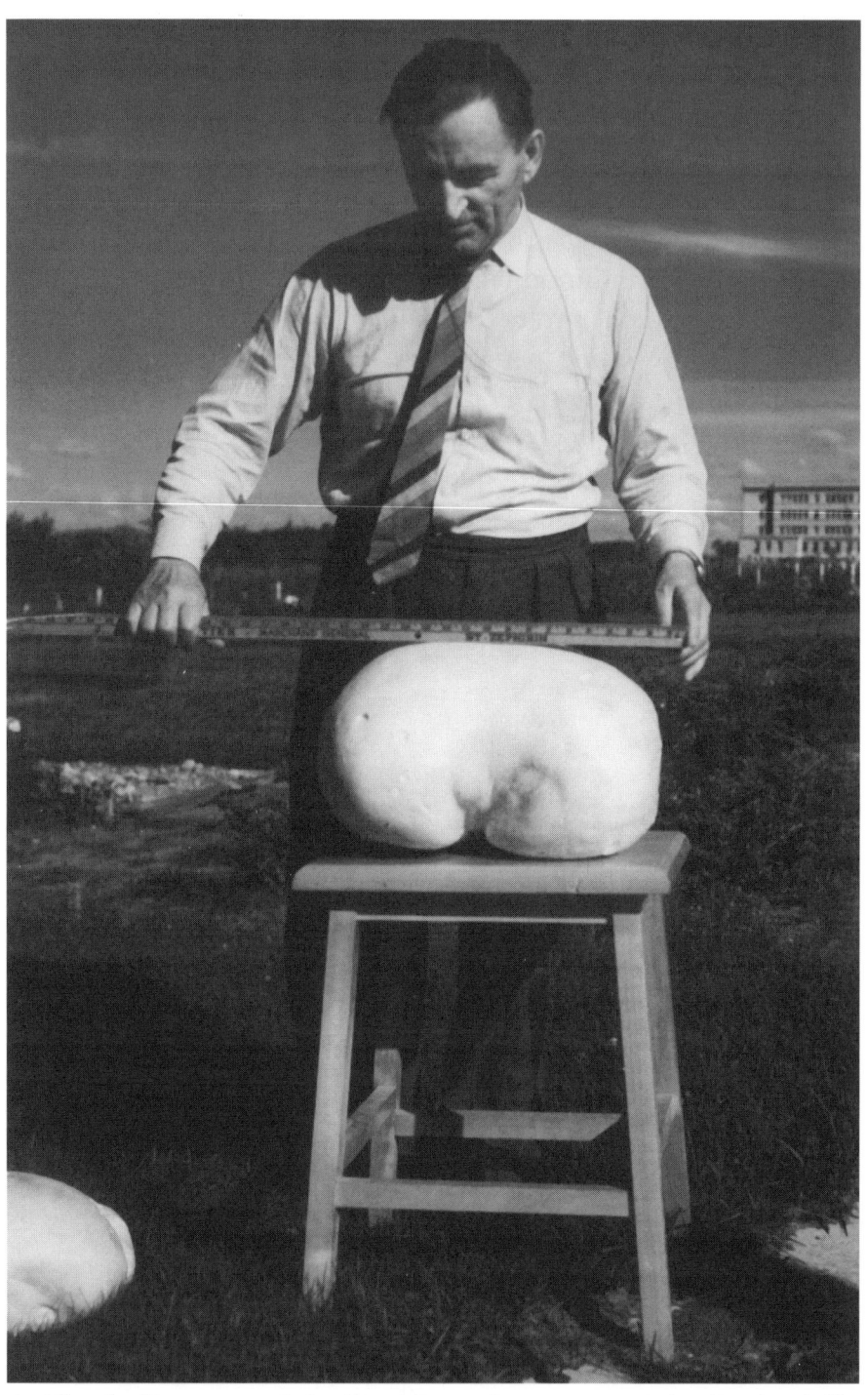

3. L'oncle Georges, ami de René Pomerleau, a trouvé derrière la vieille maison d'énormes lycoperdons qui pesaient jusqu'à vingt livres.

Chapitre IV

Le Pomerleau des champignons

Il y avait les peintres qui avaient élu Charlevoix et ne cessaient d'en parler. J'allais oublier Palardy, qui peignait les hommes dans leurs lieux, leurs vêtements, leurs gestes, leurs métiers. Mais il y en avait beaucoup d'autres qu'une fille du pays ne cessait d'écouter. Qui avaient d'autres motivations. Sans parler de Cartier qui déjà me servait de guide comme si les premières paroles du premier venu pour dire le pays nouveau restaient pour toujours irremplaçables. Mais Yolande avait, elle aussi, ses références pour parler de son fleuve riverain.

> *Je suis d'accord pour dire que Cartier est le premier qui soit venu parler du fleuve, mais j'ai vu chez nous des grands visiteurs. J'ai connu Marius Barbeau, un des premiers ethnologues québécois, Luc Lacourcière, Jacques Rousseau qui a fait l'inventaire des plantes autour de l'île aux Coudres. Pomerleau est aussi venu dans Charlevoix pour travailler à son fameux livre sur les champignons. Il fréquentait la maison de mes grands-parents en compagnie de mon oncle Georges, l'entomologiste, le seul universitaire de la famille de ma mère, et que mes oncles*

> *écoutaient passionnément, pour apprendre. Et ils allaient, l'oncle Georges, l'oncle Joseph et Pomerleau dans les écorres, derrière la vieille maison, traversaient la rivière Arnaud d'une enjambée (c'était à peine un ruisseau où l'on gardait les anguilles dans des coffres de bois), grimpaient les coteaux pour aller cueillir le fameux lycoperdon géant. Ils en ont trouvé d'énormes qui pesaient jusqu'à vingt livres.*

C'était pour ainsi dire des globes terrestres, blancs comme neige. Ne pourrait-on pas dire qu'il s'agissait de champignons superlatifs et que la terre de Charlevoix favorise le superlatif? Et j'ajouterai que Yolande n'a pas seulement écouté les grands visiteurs. Elle a aussi fréquenté *La Flore laurentienne* de Marie-Victorin qu'elle connaît quasiment par cœur. Par cœur dans le sens d'amour. À croire qu'elle pourrait nommer non seulement les champignons de Pomerleau mais aussi toutes les fleurs des champs et des bois et de Marie-Victorin par leur prénom. Et les fleurs et les lichens de la toundra et de Porsild. J'étais entre bonnes mains. D'autant que je considérais déjà Cartier, Rousseau, Marie-Victorin comme des maîtres à penser. À penser le pays. À le nommer pour en prendre possession. Pour le mettre au monde du langage. Et ces maîtres savaient respecter et se réjouir du vernaculaire, de la parole vulgaire qui sait mieux nommer que le latinage. En tout état de cause, nous nagions l'un et l'autre dans le superlatif. Tous ces noms de fleurs et ces champignons nous paysaient, nous identifiaient, nous justifiaient à nos propres yeux de randonner un terroir qu'on accusait de régionaliste…

Comme Richard, le coureur des bois Pomerleau a beaucoup couru Charlevoix. Les mots *courir les bois, battre la campagne* pèsent lourd dans leur discours, dans leur savoir.

> *Pomerleau nous a appris à regarder, à nommer, à fréquenter la réalité. Il aimait aussi le petit boisé de la plage, près du quai, là où poussaient les amélanchiers qu'on nommait petites poires et toutes sortes de champignons dont d'innombrables chanterelles,*

> *des bolets, etc. Et comme Marie-Victorin pour les plantes, il préparait son beau livre sur les champignons. Et il y avait aussi des écrivains comme Gabrielle Roy ou Félix Antoine Savard qui venaient se ressourcer chez nous. Il y avait des peintres qui nous révélaient nos paysages, comme Clarence Gagnon, René Richard, A. Y. Jackson, Marc-Aurèle Fortin. À cause d'eux sans doute, il y a eu un virage dans les universités. Tout à coup, on s'est intéressé aux gens d'ici, ce qui a amené des scientifiques à venir étudier le fleuve et des sociologues aussi. Yves Martin entre autres, a fait sa thèse sur l'île aux Coudres.*

Et, si mon souvenir est bon, Guy Maufette est venu goûter au miel de la lune à l'hôtel de la Roche Pleureuse de l'île aux Coudres. Et aussi Michel Brault, le caméraman de *Pour la suite du monde*. Quelque chose les attirait je suppose. Quoi donc? Le superlatif des champignons? La chouenne des gens? Le fleuve des glaces? La majesté des caps? En vérité, tous ces gens venaient apprendre, comme moi, et peut-être sans trop s'en rendre compte, le fleuve de la bouche même de ceux qui l'avaient vécu et nommé de père en fils. Parce qu'un pays, c'est aussi les champignons… et tant de choses. Il faudrait finir par tout connaître, ce qui n'est pas à la portée d'un seul homme. Aussi bien s'aventurer à deux.

Dans mon cas, c'est Yolande qui m'a d'abord initié. Elle a été mon premier professeur de pays. Elle m'a appris que j'avais un pays à une époque où je me déclarais satisfait de randonner en littérature. Mais je m'en voudrais de ne pas mentionner Jacques Rousseau, le botaniste qui se passionnait pour tout, pour le vernaculaire des plantes et des oiseaux, pour tout le langage et les mots de pays comme on parle d'un vin ou d'un fromage de pays, pour la toponymie de l'île aux Coudres, la gastronomie, l'amérindianité, le fluvial, les rivières, la toundra, la taïga, jusqu'au pays du caribou. À mes yeux, il est une sorte de Cartier dans la mesure où il s'emploie à connaître et à raconter le réel au lieu de poursuivre les chimères. Une sorte d'initiateur, de guide, de maître à penser les paysages, un maître à poétiser comme Cartier, un maître à légender la réalité comme Grand-Louis et un maître à prophétiser comme Alexis. Et il ne reculait pas devant le froid, le nord, comme si l'homme d'ici n'avait pas le choix d'un ailleurs. Comme les plantes elles-mêmes, nous dirait Yolande.

> *Les plantes se sont adaptées au froid, pourquoi pas les Québécois ? Pense aux plantes de l'Arctique qui ont des petits poils sur leur tige pour se protéger du froid. En anthropologie physique, on apprend que l'Esquimau, le Paléo-Esquimau, s'est adapté au froid en réduisant les apertures de ses narines. Les trous du faciès se sont réduits par sélection naturelle pour que le froid entre moins rapidement dans les poumons et ait ainsi le temps de se réchauffer en passant par les narines. Le Paléo-Esquimau s'adapte au froid, les plantes aussi. Pourquoi pas nous ?*

Comment savoir ? Ont-elles choisi le froid ? Ont-elles migré vers la chaleur celles qu'on retrouve au sud et qui sont parentes de celles qui poussent au pied du glacier ? C'est peut-être une question de courage ou de vigueur. C'est toujours le courage qui découvre. Ceux qui préfèrent la chaleur ont imaginé le hamac. Les autres, l'iglou. Sans parler des oies qui vont et viennent suivant les saisons et se rendent jusqu'à l'île Bylot recouverte de glaciers pour nicher dans la ceinture d'herbe qui l'entoure. Sans parler des sternes qui s'offrent deux étés par année, l'un au pôle Nord, l'autre au pôle Sud. Un aller et retour de 35 000 kilomètres. Sans parler des papillons monarques, plus fragiles que feuilles au vent, qui retournent au Mexique pour l'hiver ; ceux qui entament la migration du nord n'atteindront le sud que dans leur descendance. D'étranges passions animent les plantes et les bêtes. Et on dirait que les hommes sont porteurs des mêmes passions. Que toute biologie cherche à se situer dans des lieux spécifiques. Sans qu'on sache si ces passions s'adaptent à des lieux ou les devancent. Qu'est-ce qui a motivé tous les marins qui ont cherché le passage du Nord-Ouest ? La gloire peut-être ? Cela me paraît une réponse insuffisante. Faut-il chercher ailleurs l'origine de ce *mal du Nord*, dont s'enorgueillissait René Richard ?

Il ne faut surtout pas négliger ni omettre un seul champignon pour établir les dictionnaires du présent, pour saluer un avenir désarmé. Nous ignorons ce que l'évolution nous réserve. Je salue un Pomerleau qui nous ouvre les yeux sur l'avenir des paysages qu'il nous incombe de nommer à notre tour. Même les glaces définissent le territoire. Seul l'empire prétend s'émanciper du territoire.

4. Le N.G.C.C. *Pierre-Radisson* (Garde côtière canadienne).

Chapitre V

L'équipage

Deuxième inconnu, l'équipage. Nous voici donc sur le quai, franchissant la passerelle. Un 8 juillet 1991. Nous sommes attendus. Laure-Anne nous remet les clés d'une cabine. Qui est Laure-Anne? Aurons-nous le temps de l'apprendre? Elle nous conduit jusqu'à la cabine qui nous est réservée. Discrètement. Nous laisse avec nos valises. Sommes-nous des intrus? À tout le moins des étrangers? Des privilégiés? Comment franchir cet espace toujours un peu troublant de l'inconnu au connu? Il nous incombe de faire connaissance. On recommence la découverte au premier abord. Elle est… ils sont les autochtones du navire. Nous avons tout à apprendre. Du navire et de son équipage. Nous aideront-ils à comprendre le mal du Nord? Chaque navire a son équipage, chaque équipage son secret, des tonnes de mystères dissimulés derrière une extrême gentillesse. Il s'agit même peut-être d'aller plus loin que la politesse.

Nous n'avons que quinze jours à notre disposition et des différences à dédouaner. On ne découvre pas l'Amérique en quinze jours. Un équipage n'est-il pas un morceau d'Amérique? Cinq siècles après avoir franchi la passerelle d'une découvrance, que savons-nous de l'Amérique ? De l'autre ? Sinon la conquête. Et l'oppression. Le conquérant a-t-il appris le conquis ? L'Américain, que sait-il de l'Amérindien, le mal nommé ? Nous sommes aveuglés par la légende, les mythes, le grand rêve des Indes, par le paradis à l'ouest de la terre, par toutes sortes de fictions qui nous tiennent lieu de réalité. Il y a aussi une fiction de l'équipage, du navire. Une fiction du passage vers l'Inde. Une sorte d'hypothèse qu'on se fait de l'avenir. Encore faut-il la vérifier. Peut-être la corriger. Car l'imagination ne sait rien de la réalité.

Nous avons franchi la passerelle, nous avons salué Laure-Anne. Échange de bons procédés. Nous sommes pleins de bonnes intentions, comme l'enfer. Le bateau part demain pour trois mois de navigation. Nous serons quinze jours à bord. Ils seront trois mois en mer. L'inconnu commencera à peine à se laisser deviner au moment de notre départ, et nous serons restés des touristes, ayant refusé l'épreuve du temps, de la monotonie, de la solitude, de la grisaille des jours, du pareil au même. Toutes ces dimensions du voyage nous échapperont, qui forgent l'humanité d'un équipage. Nous sommes en grand danger de fabuler. De compenser. D'imaginer ce qui nous aura échappé. De combler par l'imaginaire les trous de la mémoire.

Que savons-nous par exemple de Cartier ? Que savons-nous de ses équipages ? De Cartier, ses relations ? De ses équipages, les noms de soixante-quatorze marins sur une liste incomplète puisqu'il y en avait en tout cent douze. Et il s'agit du deuxième voyage seulement. Et à part Cartier, aucun ne nous a fait parvenir le compte rendu de ses états d'âme. Mais était-on autorisé à avoir des états d'âme à cette époque où le métier de marin était encore une servitude sans doute analphabète ? Nous savons qu'ils ont traversé en vingt jours en 1534, en soixante-neuf jours en 1535. Nous savons que plusieurs sont morts du scorbut au deuxième voyage et que

trespassa Philippes Rougemont, natif d'Amboise
de l'aige de envyron vingt deux ans...

Un nom et un prénom, un lieu de naissance, un âge, et une sépulture…

> *et pour l'heure*
> *y en avoyt ja plusieurs de mors,*
> *lesquelz il nous convynt mectre,*
> *par féblesse,*
> *soubz les naiges ;*
> *car il ne nous estoit possible de pouvoyr,*
> *pour lors,*
> *ouvryr la terre, qui estoit gellée*
> *tant estions foibles et avyons peu de puissance…*

Car ils n'étaient pas acclimatés pour ainsi dire. Amarinés, comme disent les marins. Pouvons-nous pour autant raconter les équipages, imaginer les dernières paroles de ce Philippes Rougemont qu'on enterre sous la neige ? De ce monde de peu de paroles, que savons-nous vraiment ? De ces équipages, de ce voyage, de cette découvrance… sinon les relations. Ce qui est mieux que rien peut-être. Aussi bien nous entreprenons d'écrire une relation dans l'espoir de traduire une réalité. À même notre perception du monde. Nous possédons l'ignorance. Peut-être l'innocence nous fait-elle défaut ? Nous sommes prêts à nous émerveiller, c'est facile. Mais comment aller au-delà ? En quinze jours seulement. Il faudra bien s'en déclarer satisfait. C'est bien plus que la plupart des gens qui rêvent n'auront jamais pour naviguer au-delà des apparences. Jusqu'à *plus oultre*. Pour changer l'inconnu en connu. Non sans savoir que rien n'est facile et que l'autre se dérobe.

5. … même les glaces définissent le territoire, seul l'empire prétend s'émanciper du territoire…

Chapitre VI

Les *Relations* de Cartier

Et justement, au début du voyage, on me pose la question. Je me dois de répondre. De répondre de Cartier. De son témoignage. Et de l'importance que je lui accorde. De la différence que j'observe entre l'imaginaire d'un Colomb et le documentaire de Cartier. Je me suis souvent expliqué là-dessus. J'ai souvent prétendu que les *Relations* n'ont pas le caractère inspiré des *Écritures*. Cartier raconte ce qu'il a découvert au lieu de découvrir ce qu'il a imaginé. Il parle au présent de ce qu'il voit. Il ne force pas la réalité à corroborer les mythes qui circulent, à soutenir sa quête du passage vers l'Inde, mais il l'autorise à contredire tout ce qu'il croit connaître, ses espérances, celles du prince qui arme le navire, les espérances fabuleuses d'une époque fertile en merveilleux. Et il ne m'est pas permis de modifier son texte. J'en parcours le long et le large, car il m'instruit de la réalité d'un fleuve et non des rêves d'un Colomb. Las Casas lui-même n'a-t-il pas écrit à propos de Colomb sans doute et de plusieurs autres :

C'est merveille de voir comme
quand un homme désire beaucoup quelque chose

et s'y attache fortement dans son imagination,
il a l'impression à chaque instant
que tout ce qu'il entend et voit plaide
en faveur de cette chose…

C'est ainsi que celui qui a découvert l'Amérique a ramené les Indes dans ses bagages. Dès lors, tout le monde l'approuve et ne demande qu'à le croire. Et pourtant, Montaigne nous met en garde pertinemment contre cette dérive de l'âme qu'il a bien observée chez ses contemporains :

Le genre humain
est vraiment trop avide
de récits imaginaires.

Et c'est cette avidité que le cinéma souvent cherche à satisfaire. Mais qui encore se donne la peine de lire Montaigne ? ou Cartier ? En sorte que l'imaginaire du Français, pourtant reconnu pour ses cocoricos, accorde plus d'importance à Colomb qu'à Cartier, à la fiction qu'au documentaire en somme.

Pour ma part, je reconnais que je lui dois un fleuve de la même façon que je dois un pays aux gens de Charlevoix qui me racontent leur vie de peine et de misère. Non sans parfois la superlativiser. Cartier m'a donc transmis un fleuve qu'il est loin, bien loin d'avoir découvert. Mais le découvreur n'a pas d'importance. Cartier est le premier à avoir nommé. Raconté. Réalisé ! L'équipage du *Radisson* soupçonne-t-il seulement Cartier, le grand ancêtre de toute navigation fluviale ? Bien sûr, il y a une modeste bibliothèque sur le bateau. Des romans déjà. Quelques livres de mer. Mais il n'y a pas Cartier, le premier poète du fleuve.

Plus souvent qu'à mon tour peut-être, je me le raconte à moi-même, car son récit est inépuisable. Et très souvent très beau. Et pour ainsi dire fondateur. Et ne m'en tairai point. Car il m'empêche de m'égarer. Il me ramène inlassablement à la réalité, à une géographie, à une humanité qui n'a rien à envier aux mirages, aux chimères qui tant séduisent le *genre humain* dont parle Montaigne. Cartier me fait penser à René Richard, l'un en couleurs, l'autre en paroles qui m'instruisent d'un fleuve qui nous fonde en Amérique. D'un fleuve qui nous démesure.

Et, je dois l'avouer en toute innocence, je me sens à l'écoute de ses *Relations* de la même manière que je m'instruis à même les discours des oncles de Yolande, les prophéties d'Alexis, les chouennes de Grand-Louis, la sagesse de Léopold, les controverses de Joachim, la philosophie d'Éloi, la science innombrable des capitaines de voitures d'eau, de l'*inrompable* père Abel et ses certitudes sereines, jalonnées de chicots et de harts, de maître de pêche. À l'écoute de sa poésie et de son regard documentaire. Fondateur. On ne fonde pas la chimère. On fonde un village. On fonde un pays.

Les *Relations* comme une Bible dépouillée de la fable, une odyssée débarrassée de ses mythes (dès lors qu'en reste-t-il?) balisent le fleuve de nominations, de récits. Cartier m'ancêtre par son écriture qui ressemble à une *parlure* d'homme à homme. Plus souvent qu'autrement, on a l'impression qu'il raconte son voyage à des voisins plutôt qu'il ne rend compte à son roi avec les révérences d'usage. Et je ne peux m'empêcher de penser aux récits des amis chasseurs de mon père qui ont parsemé mon enfance de leurs histoires vécues la veille. Car il est le premier venu et il résiste à la tentation de s'affubler de la fable comme tant d'autres voyageurs. Le père de Charlevoix prétend que Cartier…

> *se plaît à embellir son récit,*
> *à inventer des fables :*
> *Cartier est bien le digne descendant du modèle des voyageurs*
> *c'est-à-dire des menteurs :*
> *Ulysse…*

Mais le bon père, un peu jésuite et avocat, a bien mal lu *l'Odyssée*, car c'est Homère qui ment par la bouche d'Ulysse. Et Cartier, quand il raconte pour satisfaire le prince lecteur toutes sortes de fables mensongères, il les met dans la bouche de Donnacona pour bien démontrer qu'il ne les accrédite pas lui-même. Il faut savoir distinguer ce qui a été vu de ce que le voyageur a entendu. Et il attribuait toujours la fable au ouï-dire, à la rumeur, à Donnacona, sans l'endosser. C'est pourquoi je ne cesse de solliciter ses témoignages. Le terrain solide de ses récits. Comme une révélation. Non pas celle de l'Esprit saint ou de la divinité, mais de la terre nouvelle qui a beaucoup à dire pourvu qu'on l'interroge. Et il m'inspire confiance. Je me laisse emporter par le navire des *Relations*. Il m'instruit de mes rivages. Sans la parole des rivages, il n'y a pas de rivages ; il n'y a que des mirages, que poésie de poètes. C'est la poésie des découvertes qui m'intéresse. Sans la parole du découvreur, il n'y a pas de découverte ; il n'y a que la fable qui traînasse dans les écritures. Il n'y a pas de fondation ; que des illusions. Et je me fonde sur les relations pour nommer à mon tour. Pour contredire la fable.

J'invoque à ma rescousse Cartier, ce premier témoin, ce *simple marinier de présent.* Je consulte l'obscurité des navigateurs de voitures d'eau, les capitaines de goélettes, les charpentiers de navires, les membreurs, les calfats, les bordeurs. Je me raconte les fleurs et le vernaculaire de Marie-Victorin… les lieux, les oiseaux, la gastronomie amérindienne, les fleurs de Minganie de Jacques Rousseau… les caps aux Corbeaux, les caps aux Chiens, les clochers de Saint-Siméon et les ormes de Sainte-Rose de Marc-Aurèle Fortin… les neiges, le froid, les raquettes, les chiens, les feux de camp, les arbres décharnés, les rivières tumultueuses de René Richard, le trappeur peintre, mince comme une lanière, large d'épaules, la crinière épique, qui a épousé comme moi une fille de Baie-Saint-Paul pour se raciner au bord du fleuve inépuisable, pour oublier sa Suisse natale, les prairies de son enfance, les sentiers de l'Alaska, les Rocheuses de Trudeau et l'invraisemblable fleuve Churchill qu'il a navigué dans son canot de trappeur en mal de devenir peintre, en mal du Nord qu'il a parcouru durant trois ans, de source en estuaire, pour le plaisir de la solitude et de la liberté. Et inlassablement à l'âge où l'on se survit dans la mémoire, il nous a raconté autour du feu, bien calé dans son grand fauteuil, parmi ses toiles furibondes, inlassablement, sur les brisés de Clarence Gagnon, il nous a raconté les neiges de Charlevoix, les tumultes des rivières, l'impassible vigilance des phares, la sérénité des îles, l'indigence des arbres, les échouages de la *démanche* et les ailes de la transhumance et de l'automne que Savard, le poète, son presque voisin, nous a signalées à son tour de ses grandes écritures volatiles.

Ils sont tous et chacun des modèles. J'emprunte leur regard qu'il m'importe de prolonger si possible, de fréquenter, de poursuivre comme une trace. Et c'est ce même cheminement attentif que Yolande poursuivait, dans sa grande maison de brique et d'enfance, en face de l'église et du dimanche, là où ses oncles venaient dételer avant la messe. Et nous prenions connaissance de leur sagesse. Et nous apprenions à nommer à notre tour, en s'intercédant leur mémoire vivante.

Passager quasi clandestin d'un brise-glace, je rêve de partager avec l'équipage le peu que j'ai appris dans mes voyages. J'espère parvenir à transmettre un commencement. Autrefois, on légendait les fondations. Nous ferons l'économie de la légende pour mieux voyager. La réalité d'un fleuve nous servira d'apprentissage. On ne peut pas décemment le passer inaperçu. Qu'on se le dise. Un fleuve est au commencement du monde et de nous-mêmes. Qu'on se le dise, nous sommes quelque chose de plus que chacun de nous, quelque chose comme un fleuve.

6. … un fleuve sans fin se propose à nos voyagements…

Chapitre VII

La cabine et le cap Diamant

Déjà, je me sens un peu mal à l'aise dans cette cabine spacieuse, confortable, que me révèle cette femme officier, chargée de la logistique. J'ai l'impression de m'approprier un espace privilégié, de dérober des apparences pour ornementer un récit. La plus belle cabine, après celle du commandant. De quel droit ? C'est peut-être la question que se pose à notre sujet cette femme qui nous quitte en souriant de toute son affabilité. Et pourtant je lui concède le droit à la méfiance à l'égard de ces intrus, de but en blanc, qui s'accaparent le princier et s'apprêtent à raconter à tout le monde et à Laure-Anne ce qu'elle sait bien mieux que nous.

Nous inspectons les lieux. Grand confort. Rien de plus que le nécessaire et l'indispensable. Mais tout le nécessaire et l'indispensable. On est loin du club Med mais le club Med ne fréquente pas le privilège du polaire. On est loin de la *Grande Hermine* surtout qui naviguait le rudimentaire. Cependant, nous constatons que nous ne verrons pas la mer, ou si peu, en dépit d'une belle fenêtre qui regarde en proue. La vue en est obstruée par le volume sans fantaisie d'un immense conteneur rouge… par un camion bleu… et par une grue jaune pleine de bras, de pattes et d'articulations, le tout emprisonné par la toile d'araignée des arrimages, car les brise-glace transportent aussi du cargo jusqu'aux avant-postes du Grand Nord. Et c'est tant mieux, car nous serons forcés de sortir du confort de la cabine, d'arpenter les ponts, de prendre connaissance du large, d'échapper à l'abri du confort où rien ne se passe pour aller à la rencontre des glaces qui nous attendent de pied ferme. Qui sont notre raison d'être. Pour atteindre une connaissance qui ne soit pas livresque, il faut tout subir, tout éprouver, affronter tous les obstacles, toutes les contradictions. Avoir froid dans un été couvert de glaces. Comment dire le Nord sans l'éprouver? Sans en souffrir quelque peu? Sortir de la cabine, c'est abolir le rêve, affronter le froid, effacer les fastes de l'imaginaire, rencontrer le néfaste, découvrir le tant soit peu, vivre sa propre vie. Et au retour, en faire une relation. Ce que je débute ici par une réflexion sur notre condition passagère.

Entre le jaune grue, le rouge conteneur, le bleu camion, le blanc bateau, le rouge feuille d'érable garde-côtes, on aperçoit un peu de cap Diamant. Des miettes triviales de réalité. Mais on ne voit rien briller, scintiller, promettre, rien que de la rocaille aride et quelques verdures buissonnantes agrippées aux parois hostiles. Quelqu'un l'a nommé cap Diamant. Par dérision peut-être, ou pour corroborer l'illusoire. On ne navigue alors vers l'inconnu que pour soutenir la chimère et débouter la réalité. Cartier, prudemment, amène avec lui deux orfèvres lapidaires. Pour juger. Pour apprécier les pierres précieuses que François Ier lui réclame. La réalité du fleuve contredit le rêve de François Ier et le verdict des orfèvres. De toute manière, les rois s'emparent toujours des choses précieuses, abandonnant la terre rugueuse au commun des mortels dont nous sommes, de père en fils, depuis 1535. Au pied d'un cap Diamant que faut-il espérer du voyage?

Après avoir inventorié une fenêtre laconique, nous examinons les murs de la cabine. J'ai connu les murs et les cabines de plusieurs paquebots. Elle n'existe plus guère la mer des paquebots. Il ne reste plus que quelques cargos, des pétroliers, des minéraliers, des porte-conteneurs cubiques et laids et des brise-glace pour proposer quelques cabines confortables à la nostalgie des uns et à la curiosité des autres. Faut-il pour autant admettre que la mer n'existe plus vraiment ? Qu'elle est devenue un immense club Med indéterminé ? Quelconque. Bien cabiné. Que les glaces sont abolies par les brise-glace ? Autant sur le fleuve presque apprivoisé jusqu'à Montréal que dans la baie de Baffin où les icebergs passent l'hiver à dormir ? On nous propose de vérifier la présence des glaces, de revivre si possible à travers les récits et d'évoquer un peu le fameux passage du Nord-Ouest et l'époque où le navire contenait toute la connaissance du monde et invoquait les mystères de la géométrie pour situer le ciel et la terre. Je continue l'inventaire, cherchant à situer notre présence. Bien sûr, les lits sont superposés, mais on est loin du hamac qu'autrefois on nommait *branle* et dont il ne nous reste guère que le branle-bas. Autrement, on n'est pas trop à l'étroit. C'est le voyage qui commence, bien loin de l'aventure. L'aventure est-elle incompatible avec le confort ? Et comment serons-nous perçus par l'équipage, par chaque matelot qui doit se satisfaire d'un hublot ? Nous sommes logés dans la cabine que les souverains du Danemark occupaient l'an dernier pour saluer un anniversaire viking à ce qu'on nous a dit. Et ils ont laissé sur les murs de la salle à manger des officiers leur photo majesté. Une majesté médaillée qui nous regarde du haut du protocole. Nous ne sommes ni princes ni de ce monde des médailles et des uniformes. Mais pour ainsi dire logés à la même enseigne. Il reste que nous ne serons pas invités à la table du commandant, ce qui nous vulgarise un tant soit peu. Parviendrons-nous à passer pour rien de plus que nous-mêmes aux yeux de ceux qui ne mangent pas dans la même salle ? À être plus et mieux que simples touristes privilégiés ? Une terre désormais cartographiée de fond en comble, de Cartier à Champlain, de Frobisher à Hudson, de Peary à Nansen, nous repousse-t-elle dans la banalité du voyage sans exploit ? Nous n'avons aucune envie de parcourir la terre d'Ellesmere ou de traverser le Groenland en ski de fond. Ne reste-t-il à dire du polaire que l'exploit sportif ? Comme si les îles polaires, les banquises impassibles, la transhumance indolente des icebergs, les pensées impénétrables des glaciers, les herbes et les bêtes acculées aux limites du possible, n'avaient plus rien à nous apprendre, rien à proposer à nos clichés que l'exploit sportif. En vérité, j'ai mon appareil photo en bandoulière et mes jumelles autour du cou et je songe à ces touristes américains qu'on a vu au col de Sverdrup vêtus de combinaisons gonflables, ce qui leur permettait de se coucher sur la rocaille du sol pour photographier à leur aise les fleurs arctiques et merveilleuses. Pour illustrer leur passage. Pour justifier leur présence. Je ne résiste pas à la tentation de citer un texte de Jacques Rousseau qui évoque la flore de la toundra… pour ne pas succomber à la facilité de la pellicule pourtant infaillible… mais elle ne sait pas le nom des fleurs…

à la neige des hivers succède celle des dryades
bouleau glanduleux prostré sur le sol…
saule qui mime les herbes…
et cassiopée qui mime les mousses…
camarine des courlis…
raisins d'ours et bluets…
plaquebière aux fruits ambrés…
lédons veloutés…
linaigrettes balançant des boules de duvet…
boutons d'or, immortelles et kalmia,
rhododendron pourpre, arabette et drave…
fougère odorante…
épilobe charnu…
saxifrages, loiseleuria et diapensia…
toutes les fleurs arctiques éclatent
dans le tapis de lichens blancs…

Pourquoi Rimbaud dit-il :
« Les fleurs arctiques, elles n'existent pas ? »

Rousseau propose une réalité. Et la nomme. Faut-il préférer Rimbaud ? D'ailleurs, comment dire mieux et plus ? La photographie nous laisse sur notre appétit. Comme Rimbaud. Autant poursuivre le cours de route. S'agit-il d'une banalité à la portée de toutes les nostalgies ? Est-ce une mission impossible ? Faudra-t-il se contenter du tant bien que mal ? J'avoue que je ne suis pas tellement rassuré à la veille d'un départ pourtant que je souhaite. Mais que dire du boréal, déjà entièrement ficelé dans la légende ? D'autant que notre science est bien fragile qui repose sur l'ignorance des autres. Et elle pourrait sans doute être facilement contredite par la science des savants. Nous espérons qu'ils ne prendront pas la peine de nous écouter. Surtout comment intéresser un auditeur sollicité de toutes parts par la fiction et ses effets spéciaux ? Quand Internet le transporte dans le virtuel. Quand le vaisseau spatial lui propose la planète de son choix. Qu'est-ce qu'un iceberg pour un spectateur de *La Guerre des étoiles* ou d'*Agaguk* ? Qu'une baleine fugace ou un narval évasif auprès d'un *Moby Dick* en carton-pâte ? Qu'une aurore boréale auprès d'un ballet de rayons laser pour célébrer un Super Bowl ? La concurrence est déloyale. Pourtant, j'accorde la plus haute importance à un botaniste qui se cramponne à quelques fleurs parcimonieuses comme à une révélation… et s'en émerveille comme s'il était Cartier, comme s'il n'était pas Rimbaud.

Pourtant, déjà, sans s'inquiéter outre mesure de mes appréhensions, Yolande déploie ses cartes pour voir venir, pour anticiper le voyage. Mais nous ne savons que le connu, nous ne connaissons que la connaissance, des parcelles de connaissance. Ce Nord qu'on nous propose de dire, ce Nord quasi inoccupé, immense désert de sable, de neige et de glace, est déjà entièrement quadrillé, cadastré, énuméré, nomenclaturé par la connaissance et par l'histoire. Ce Nord a-t-il encore quelque chose à nous raconter ? On a tout exorcisé, franchi tous les obstacles, apprivoisé toutes les distances, vaincu tous les monstres. Il ne reste plus rien à raconter. Il ne reste plus que l'horizon inaccessible. Pas même un clocher pour distraire le regard. Peut-on s'en tenir au connu pour intéresser, pour distraire le distrait, pour payser le dépaysé ?

Cependant, chaque année, des centaines de chercheurs, botanistes, biologistes, archéologues, géologues, glaciologues, se retrouvent, sous la tente, un peu partout, à analyser le moindre indice, à observer toutes formes de vie, à tutoyer l'invraisemblable, *à creuser la moindre brindille* (Didier Dufour), à aller au fond des choses. Des milliers d'explorateurs ont laissé des milliers de squelettes et des centaines de récits sur cette terre impitoyable. Je n'ai à mon crédit que quelques petites expéditions sans panache, au col de Sverdrup sur l'île d'Ellesmere, dans le but de filmer et de raconter la bête ultime, l'énigmatique bœuf musqué. Sans le moindre risque. Faut-il dramatiser l'aventure? Retrouver, de mémoire, l'océan affronté par *les simples mariniers de présent* dont nous parle Cartier? Pour nous indiquer un itinéraire, une vision du monde, Cartier oppose…

> *les simples mariniers de présent*
> *non ayans eu… de craincte*
> *d'eulx mectre en l'aventure*
> *d'iceulx périlz et dangers…*

il les oppose comme une contradiction aux

> *saiges philozofes du temps passé*
> *[qui] prenoient leur fondement*
> *par aucunes raisons naturelles*
> *sans aventurer ny mectre*
> *leurs personnes aux dangers*
> *esquelz ilz eussent peu encheoirs [rencontrer]*
> *à chercher l'expérience de leur dire…*

Dans le tout confort de notre cabine, sommes-nous comme les *saiges philozofes du temps passé* ou encore les *simples mariniers de présent*? Pour en dire plus que le ouï-dire de leurs récits, je me propose de rencontrer à mon tour la banquise et les icebergs. J'ai affronté les cornouailles du bœuf musqué, dialogué avec les laines des quatre vents, les fleurs au pied des glaciers, le soleil de minuit dans l'œil impassible de l'oumigmag énigmatique, le vent de mai dans les neiges abrasives. Il me reste à traverser la banquise où tant de navires n'ont laissé d'autres traces que leurs récits. Pour devenir *simple marinier de présent*. Si possible.

Mais nos expéditions étaient assistées d'hélicoptères. Et que signifie la banquise qu'on rencontre en brise-glace ? Et le lointain qu'on franchit par radio satellite ? En suis-je irrémédiablement réduit à être l'habitant d'une cabine ? À ne pas pouvoir déborder mon statut de touriste ? Il me reste l'alternative de me renseigner à un équipage. Un équipage à l'abri des intempéries lui aussi, qui navigue dans une bulle. Je navigue dans une bulle. Encabané dans le tout-confort. Et je me sens démuni. Il me faudra user de subterfuges, solliciter les témoignages et les relations. Me méfier des *saiges philozofes du temps passé*… jusqu'à nos jours. Car il s'agit d'un fleuve en réalité et du *plus oultre* jusqu'au polaire en froidureté.

7. … ils abordèrent et ne virent d'herbe nulle part… (Saga d'Éric le Rouge).

Chapitre VIII

Troisième inconnu : le Nord en personne

Enfin le troisième inconnu, l'insondable celui-là, celui qui envoûte à ce qu'on dit : le Nord en personne. Celui des banquises qui naviguent à la voile, celui des glaciers qui pondent des icebergs, celui des icebergs qui naviguent à la rame, parce qu'ils ont plus de gouvernails en proie aux dérives que de voiles entraînées par les quatre vents de la rose, celui des oiseaux migrateurs plus anciens que la boussole qui retrouvent chaque année les quelques brins d'herbe du natal et le nord, celui des hommes qui ont accepté de vivre là où la vie s'arrête, au pied des glaciers, celui aussi des bêtes qui préfèrent le froid. Qu'est-ce donc qui empêche le bœuf musqué, le lièvre arctique, le fragile lemming de venir brouter au sud de la terre ? Le Nord peut-être ?

Mais qu'est-ce que le Nord ? Est-ce une destination, un passage, un exploit, un mystère, cette mystérieuse Thulé où le jour dure six mois et la nuit tout autant, où le soleil de minuit autorise la saxifrage héroïque, où la nuit polaire tolère à peine la *mèche de linaigrette… dans la lampe de pierre* (Jacques Rousseau) ? N'est-ce pas la plus étroite des niches écologiques, le plus aride des déserts entre sable, glace et pergélisol, là où les précipitations sont si minces qu'aucune herbe ne pourrait y vivre sans l'eau de fonte du glacier, sans l'humidité qui remonte du sol gelé, sans une patience séculaire qui a emprisonné dans le glacier assez d'eau pour arroser un maigre pâturage? Huit cents mètres de pergélisol tolèrent la saxifrage, le bœuf musqué, le caribou de Peary, le lièvre neige, le lagopède camoufleur, l'oie hyperboréenne, le canard eider qui donne l'édredon, le plectrophane neigeux, le lemming innombrable, l'ours polaire, le loup carnivore, le renard méfiant.

Le nord est-il l'extrême limite du possible? Pourtant le glacier immuable et sans âme autorise parfois la prolifération d'insectes fragiles et d'algues minuscules. Ne dirait-on pas que la vie repousse le glacier? Pourtant le froid, la neige, l'hiver menacent la moindre fleur. Et les hommes eux-mêmes parfois.

Veille du départ. Je m'inquiète des neiges, du froid, du scorbut, du frimas sur les parois des navires. Je m'inquiète du polaire, cet inconnu, que nous allons rencontrer. Parviendrons-nous à comprendre ce qu'il a signifié en 1535 pour les équipages de Cartier?

> *… et tellement se esprint ladicte maladie*
> *que à la my febvrier*
> *de cent dix hommes que nous estions*
> *il n'y en avoit pas dix sains,*
> *tellement que l'un ne pouvoyt secourir l'aultre*
> *qui estoit chose piteuse à veoyr*
> *considéré le lieu où nous estions…*

Le nord est-il une maladie mortelle? La vie est-elle plus vivante que le froid? Le scorbut a été vaincu. Peut-il nous servir à quelque peu comprendre le nord? Destination Nanisivik, c'est-à-dire nulle part au nord de la terre de Baffin. Mais en vérité, un brise-glace n'a pas vraiment de destination. La glace elle-même est sa seule et véritable destination. Il ne va qu'à sa rencontre, il randonne le danger, il court à la rescousse, il escorte les destinations des autres. Sa seule véritable destination, c'est un peu partout où la glace interpose ses obstacles. Il entre en guerre. S'attaque à la banquise. Libère les eaux. Sans état d'âme. Il règne par la force. Il anéantit le nord. Il repousse le scorbut. Il empiète. Il nous achemine dans sa démonstration jusqu'à nier l'hiver, jusqu'à ne plus croire au nordique.

C'est la détresse qui le nolise, qui lui donne sa raison d'être. Il fréquente le nord du danger, il police le boréal, il patrouille le polaire, il fréquente le fameux passage du Nord-Ouest, le détroit de Lancastre que j'ai eu l'occasion de survoler, que je rêve de rencontrer à mon tour comme si on pouvait y retrouver des lambeaux d'histoire, de la plus folle histoire de tous les temps, celle qui, pendant deux siècles, a persuadé des hommes d'aller crever de froid pour la *gloire*, pour un roi ou pour une reine, pour moins que rien, pour tout simplement découvrir le chimérique passage du Nord-Ouest, l'impraticable passage. Pour tout bêtement rentrer dans la légende. Et ils sont devenus légendaires mais ils n'en ont jamais rien su, car ils sont morts sans retour de cette étrange maladie...

*d'une merveilleuse sorte
et la plus incongnue...*

qui s'empare des hommes et épargne les bêtes. Le rêve d'un passage du Nord-Ouest pour comprendre le Nord.

Mais puisqu'on a éliminé le scorbut, puisqu'on arrive à briser la banquise, que reste-il du nord ? Encore faut-il se rendre compte qu'il y a toutes sortes de nord sans parler du Nord de Montréal qui est à portée de la main et qui exaspère tant de citadins qui ne tolèrent pas la neige. Sauf sur les pentes. Il y a donc bien sûr ce tout Petit Nord à l'ouest de Montréal. Il y a le Moyen Nord de la forêt boréale. Le Nord de la taïga. Celui de la toundra. Et aussi le Grand Nord des îles de l'Arctique, le royaume de l'ours polaire comme son nom l'indique. Et enfin, il y a le Nord du Nord, celui qui s'accouple aux quatre vents pour atteindre l'impossible, celui qui fait rage et impose sa loi à l'iglou, ultime refuge.

Nous voudrions un peu comprendre ce qui motivait ces hommes qui consentaient aux morsures du froid et au cloître des nuits polaires, deviner peut-être le secret de ceux qui s'engagent sur la prison d'un brise-glace et qui restent dans l'enclos des bastingages et des pavois à contempler durant trois mois la banquise monotone… les fulmars grand large… et les icebergs grandiloquents. Nous poserons au navire des questions qu'il ne se pose pas lui-même. Il est d'avance programmé pour combattre l'hiver et ses inerties. Un brise-glace se doit de briser la glace. Il n'a pas d'opinion sur le Nord. Il exécute les ordres. Il n'est que force mécanique. Brutale. Nous demanderons aux marins d'aujourd'hui ce qu'ils pensent du Nord d'autrefois. Leur vision du Nord. Chacun la sienne, sans doute. Un brise-glace est peuplé de motivations diverses. Le Nord n'appartient à personne :

> *le nord n'est pas dans la boussole*
> *il est ici,*

écrit Pierre Morency de son île, quand il regarde neiger sur le gris des battures du printemps le blanc des ailes hyperboréennes qui s'arrêtent un mois durant avant de s'envoler vers le nord du nord. Est-il dans leur tête d'oiseau le nord des oies blanches ? Est-il prisonnier de la boussole le nord du berger du cap Tourmente ? Est-il tombé dans l'oubli… dans l'autrefois des navigateurs qui ont vécu le frimas des parois…

> *et par dedans nosdits navires*
> *tant bas que hault*
> *estoit la glasse contre les borz*
> *à quatre doidz d'espesseur…*

Pourtant, j'ai placé une boussole sur ma table. Une aiguille mouvante, nerveuse, comme une oie pointe vers son nord. Le nord magnétique. Une aiguille a-t-elle de bonnes raisons d'être ? D'ailleurs, le nord de la boussole presque jamais n'indique le nord de la terre. Contredit la Polaire. Le pilote connaît les déclinaisons. Il corrige la boussole. Le nord magnétique se déplace. Nous naviguerons vers un nord aléatoire. Nous ferons confiance à la navigation. Sans trop bien comprendre les approximations. Car la navigation a aussi parcouru l'aléatoire. Autant que le scorbut. Le nord devient exact, possible, probable. Il n'a plus de mystère. Les instruments n'ont plus de marges d'erreur. Je cherche le cœur du nord. Existe-t-il ? Est-il dans la boussole ? La boussole sur ma table ne cessait d'être approximative à nos yeux. Nous n'avions pas le choix. Tous les nords se proposaient. Nous savions qu'au pôle la boussole ne reconnaît plus que le sud pour nous mystifier. Nous resterons longtemps perplexes.

Que faire à la veille d'une navigation ? Sinon rencontrer le navire. Visiter les lieux. Nous sommes un peu perdus. Comment s'y retrouver dans l'enchevêtrement ? Dans les coursives, les escaliers, les portes closes, les ponts. Personne ne prend garde à nous. Nous parcourons l'évasif des salutations. Nous visitons d'abord les ponts qui nous attendent. Qui seront notre domaine. Pour échapper à la cabine. Notre cloître. Pour situer la proue sans beaupré, la poupe sans château. Pour démêler le bâbord du tribord. Nous n'y parviendrons pas tout à fait. D'autant que le nord varie, bien fol est qui s'y fie. La course le déplace. Il est tantôt à bâbord, tantôt à tribord. Et nous ferons face au soleil de minuit en proue. Le soleil se couchera donc franc nord au-delà du cercle arctique. De quoi perdre le nord.

Et que dire du bruit des entrailles qui nous bourdonne dans les oreilles, nous privant de tout autre son ? On finira par s'y habituer. Autour de nous, les goélands argentés circulent comme enfants dans une cour d'école. On ne les entend même pas. On se contente de les voir s'égosiller.

Nous allons vers l'avant. Au lieu des anciennes figures de proue qui donnaient une âme au navire, nous devons nous satisfaire d'un drapeau de la garde côtière où figurent deux dauphins jaunâtres, comme deux harpes en tête-à-queue. Maigre vestige du légendaire d'autrefois, que personne n'invoque. Les navires ont défroqué de la fable. Ils se sont banalisés. Peut-être sont-ils trop puissants. Ils ne craignent rien. Ils ne sentent pas le besoin d'être protégés par *la madone en poupe et par le col*. Ils ont apprivoisé le nord. Tous les nords. Le magnétique et le géographique. Avec des instruments. Comment perdre le nord ?

Chapitre IX

Les plaines de la déconfiture

À QUAI, deux autres brise-glace : le *J.-E.-Bernier* et le *Sir Wilfrid-Laurier*. Ils « brisent glace » en anglais ceux-là. Un *Pierre-Radisson* suffit pour satisfaire le bilinguisme constitutionnel. Mais qui sait que ce Pierre-Esprit Radisson fut à l'origine de la célèbre et honorable Compagnie de la Baie d'Hudson qu'il a fondée pour le compte des Bostonnais ? Le nom de ce brise-glace n'est pas inoffensif. Il est ambigu. Pour que chacun trouve midi à sa porte.

Passe le *Louis-Jolliet*, pavillon haut ! Il pavoise ! Il pavane ! Pour attirer les touristes et leur faire visiter le port. Les porte-voix parlent anglais, les touristes sont États-Uniens sans doute. Comment ne pas être Anglais sur cette terre ? Ils ont gagné. Je refuse de perdre. Comment s'en tirer ? Le partage est un usage qui n'a plus cours que chez les Amérindiens. La Terre n'est-elle pas assez grande pour faire place à autre chose que les *Big Mac* ?

Ailleurs, au loin, un clocher comme il y en a des centaines le long du fleuve et qui nous servaient de navire dans la détresse du temps de la misère encore à nos portes, encore en mémoire. Il brille… il flambe de tous les feux d'un soleil qui se couche tard en juillet. Le temps de me rendre compte d'un ciel nordet et le soleil a disparu. Un clocher de feu n'est plus qu'un clocher de tôle... là-bas... sur la rive sud... en amont.

Doris et Dominique à leur tour sont arrivées. L'une de Rimouski, un peu nerveuse d'avoir à mettre en branle une aventure polaire, modeste aventure qui sera plutôt *parlure*; l'autre de Montréal, un peu en retard. Pour faire plus ample connaissance, nous randonnons au hasard dans le Québec de juillet occupé par les touristes. C'est une véritable invasion. On y risque son âme. Il fait plutôt frisquet. Nous déambulons après avoir escaladé les escaliers de bois du cap Diamant plutôt abrupts et récalcitrants. La foule est bigarrée et estivale, attablée et bruyante, malgré un petit temps d'automne prématuré, plutôt piquant, sur les terrasses des anciennes maisons bourgeoises pavoisées et aguichantes : il s'agit de séduire le passant avec des lanternes et de la musique et autres pacotilles. Les bourgeois sont ailleurs. Les touristes sont là et insistent pour prétendre que c'est l'été.

On se connaît à peine. Un projet de voyage nous réunit. On s'était déjà rencontrés une fois à Montréal, il faisait trop chaud. Nous avions essayé d'imaginer le voyage ensemble. Mon for intérieur s'inquiétait déjà ! Yolande jonglait avec les glaciers, opposait les Thuléens aux Dorsétiens, racontait les fleurs qui lui venaient à l'idée. Comme pour me rassurer, je leur racontais des histoires de bœufs musqués. Pour ne pas être en reste. En furent-elles rassurées pour la suite ? Ce soir, à quatre, nous ne sommes qu'une aventure polaire à mettre en branle qui vagabonde sur une Grande-Allée de Québec envahie par l'armée des touristes comme pour une conquête.

Nous faisons nos premiers pas dans l'inconnu. Nous traversons les plaines de la déconfiture pour déboucher sur la Grande-Allée. Tout est restaurant, boutique, maison de chambres. La vieille bourgeoisie de Québec a capitulé. Encore une fois ! Elle a cédé la place aux touristes. Au nouvel envahisseur. Conquête en apparence pacifique, inoffensive. Obèse. Nous déambulons dans le passé restauré comme si le présent n'existait pas. Le touriste est de plus en plus exigeant, il ne se contente pas d'acheter la carte postale! Ce qu'il désire, c'est marcher dans la carte postale, parler aux sentinelles en costume d'époque, rencontrer Champlain lui-même ou Frontenac en personne. J'ai le sentiment de faire mes premiers pas dans l'imprévu. On ne peut s'empêcher de songer, d'appréhender un avenir. Le fait de partir modifie le regard. Nous devenons plus critiques à l'égard d'une ville qui cherche à séduire par tous les moyens. Presque un peu honteux d'un présent pavoisé qui nous raconte. Qui nous exhibe comme ours en cage.

De temps à autre, d'anciens habitants de ces beaux quartiers recyclés, chassés par les restaurations, reviennent visiter cette nouvelle ville à l'ancienne et ne s'y retrouvent pas. Ils ont du même coup perdu leur enfance. Leur mémoire s'en trouve dévaluée au profit d'une mémoire (plus attrayante) pour touristes. Il ne faut surtout pas perdre de vue la rentabilité. Je cherche un peu partout au Québec un Québec que j'aimais. Un Québec plus secret. Moins ostensible. Plus populaire. Où en est rendue la superbe rue Sous-le-Cap? Je ne rencontre que vieilles pierres restaurées. À grands frais, on ravale le passé tandis qu'ailleurs un présent itinérant court les rues et dort à l'étoile; la mémoire a chassé la pauvreté. La pauvreté se cherche une mémoire. Comme les grands bourgeois, les pauvres s'exilent. Pour mieux passer inaperçus. Est-ce là vraiment une façon de débuter un voyage polaire? De comprendre un peu ce qui nous attend?

On déambule en regardant. On regarde en déambulant. On regarde les touristes qui nous regardent. Sans nous voir. Comme s'il n'y avait que des touristes sur la terre. Comme eux. Sommes-nous irrémédiablement prisonniers de cette incroyable religion qui s'est emparée du siècle des vacanciers? Qui remplace le voyage? Qui nous tient lieu de découvrance et d'aventure? Personne ne soupçonne que nous partirons demain vers le polaire. Rien ne nous distingue des touristes, caméra en bedaine, casque à palette à l'effigie des Expos, chemisette proposant la Californie, veste arborant l'insigne U.S. ARMY. Nous sommes en grand danger de remplacer la mémoire par des souvenirs en plastique, des sculptures esquimaudes provenant du Japon... Le tourisme abolit le voyage. L'homme du voyage-vacance est pris au piège des boutiques. Comment se faire une idée ? Les idées sont toutes faites. D'avance. Allons-nous échapper à cette fatalité ?

Il est bientôt dix heures du soir. Il fait déjà nuit et presque froid. Il y a par conséquent un peu moins de monde. Les vieux murs dévoyés, discrètement éclairés, plus ou moins désertés, deviennent vaguement évocateurs. On se prend à croire qu'il y a peut-être eu une Nouvelle-France dans un autrefois plus ou moins inaccessible, à imaginer que tout ceci n'est pas tout bêtement un décor où demain on viendra filmer une histoire qui se passe en Louisiane ou en Californie... ou peut-être dans un autrefois dont nous sommes dépossédés.

Je suis perplexe, je l'avoue. Comme banni de l'image que je me faisais de moi-même. Embrigadé dans la cohorte des curiosités qui s'achètent des souvenirs, pour se donner l'illusion d'avoir vécu, d'avoir voyagé. Mais tout cela ressemble plutôt à une comédie musicale dont je serais complice. L'histoire m'échappe. Je me laisse conter *Peau d'Âne*. Vivement que je quitte l'illusoire. Un bateau à quai m'attend... heureusement.

Chapitre X

Les trois navires

Petit matin après une nuit sans histoire dans une cage sonore amarrée à un quai de la Reine, au pied d'un cap Diamant, près d'un boulevard Champlain, sur le brise-glace *Pierre-Radisson*. Un 9 juillet 1991. Des mots, des toponymes qui en disent long sur le présent qui nous est dévolu par un passé tourmenté, indécis, qui cherche à ménager la chèvre pour mieux apprêter le chou. Des mots qui dénoncent l'ambiguïté qui nous reste à dénouer pour entrer de plain-pied dans un présent qui n'ose pas dire son nom. Qui cherche à se nommer. Il est sept heures trente de ce petit matin qui part en voyage sans trop se poser de questions. C'est l'heure du petit déjeuner. Les nappes blanches et les couverts bien ordonnés nous saluent. On a éprouvé petit à petit le sentiment d'appartenir quelque peu au bateau. Une familiarité semble possible et même probable. Mais comment concilier une Reine à quai, un Champlain boulevardier, les diamants du Canada, et un Pierre Radisson plus ou moins fondateur de l'Honorable Compagnie de la Baie d'Hudson ? Un Pierre Radisson ambigu comme un sénateur qui cherche à s'accommoder du pour et du contre pour devenir inoffensif.

Première rencontre avec l'équipage du *Radisson*. Savent-ils seulement l'histoire de cet étrange aventurier d'autrefois dont personne n'a osé faire une épopée ? On peut raisonnablement en douter. Nous n'aurons pas l'occasion d'approfondir la question, de toute manière sans intérêt, même si le choix du nom d'un bateau ne se fait jamais sans arrière-pensée. De toute façon, à notre arrivée, tout ce monde d'officiers en chemise blanche comme les nappes quitte la table. La vie d'un bateau à la veille d'un départ mobilise tout un chacun. Nous sommes les seuls à n'avoir rien à accomplir pour l'instant. On nous a mis en charge de la curiosité. Arriverons-nous à la satisfaire ? Que dire d'une salle à manger désertée ? Nous restons seuls, entre nous, à la recherche d'une justification, d'un sens à notre présence désœuvrée autour d'une table opulente.

La conversation n'est pas facile, les bruits du navire dérobent les sons de la bouche. On a constamment l'impression que nous sommes sur le point de lever l'ancre. Je dois tendre l'oreille qui ne s'affine pas avec le temps. Les mots ont l'air de couler à pic dans ce gargouillis infernal. Il faut deviner plus qu'entendre. Nous bavardons sans but, sauf celui de prendre pied dans la familiarité. Sinon avec les gens, du moins avec les lieux. Le temps est précieux et compté pour les équipages. Ils n'ont pas le temps. Nous avons tout notre temps. Du moins pour l'instant. Les temps morts ne sont pas nécessairement improductifs. Il s'agit de prendre son souffle, de s'élancer, de prendre le pouls, de vérifier une destination. Apprendre petit à petit à être du voyage.

Doris en profite pour nous expliquer son projet. Elle compte sur nous pour raconter les trois navires. Car il y a toujours trois navires sur le bateau, comme dans l'espérance. Celui de la logistique, en charge du logement et de la bouffe. Celui de la mécanique, des entrailles, qui ne cesse de bourdonner, qui nous achemine, nous éclaire, nous propulse, nous fournit l'eau, nous propose ses hélicoptères ; c'est le plus secret et le plus bruyant. Celui, enfin, de la timonerie qui compose avec la géométrie, l'astronomie, les satellites, qui nous expliquera le sextant pour mieux nous confondre et qui ne sait plus rien de l'astrolabe ; c'est le plus mystérieux... et le plus envoûtant... car il regarde de haut et voit venir de loin. Même quand il brume, grâce aux grands bras du radar, il navigue à tâtons comme en plein jour de soleil. C'est aussi le plus silencieux. Aseptisé comme un bloc opératoire. Doris donc nous propose d'essayer de comprendre les trois navires.

On nous propose aussi de nous familiariser avec les gens de mer confinés à leur cabine et à leur télévision et à leurs fonctions diverses. Et peut-être même jusqu'à exprimer leur humanité. Dès ce premier matin, on finit par comprendre que ceux-là qui s'affairent autour de nous, qui servent et desservent les tables sont également en charge des chambres. Donc à notre service une fois de plus. Responsables de notre confort. Suffit-il d'être reconnaissant ?

Déjà le couvert est en place pour le prochain repas. Le temps presse pour les uns. Les autres prennent tout leur temps. Que pensent-ils de ces gens qui prennent du café, qui mangent lentement, qui conversent longuement ? Pour eux, au bout du temps, le temps s'arrête. Il est vide, c'est le repos, la délivrance. Ils s'isolent dans la cage de fer. Pour nous, le temps n'a pas de fin. Nous le naviguons comme un navire, n'ayant aucune envie de l'interrompre puisqu'il fait notre parfait bonheur. Tout est matière à curiosité. Nous avons tout à apprendre. Même le silence. Parfois la solitude. Les objets. Les œuvres et les manœuvres. Un navire contient toute la connaissance. C'est une sorte d'encyclopédie vivante. Nous n'en découvrirons que des bribes. C'est ainsi qu'on mesure l'ignorance et qu'on l'agrandit. La plus émouvante de nos ignorances n'est-elle pas la navigation ? Et la plus belle de nos navigations, la géométrie ? Toute l'histoire des sciences préside à la construction du navire et de la navigation. Comprendre un tant soit peu le navire, c'est avoir une porte d'accès à l'univers par la connaissance. Nous essaierons d'entrouvrir la porte.

Mise en marche d'un aspirateur dans le salon attenant : faut-il comprendre que nous sommes indésirables ? À l'improviste, les haut-parleurs prennent la parole. Ils sont partout, même dans les toilettes ; nous sommes sous influence. Et partout les moteurs qui grondent. Ce bruissement incessant est-il responsable d'une certaine morosité ? On dirait que personne n'a envie d'engager la conversation. Comment franchir ce mur du son ? Après chaque repas, en catastrophe, chacun retourne à son poste ou à son poste de télévision. Car il y a un téléviseur dans chaque chambre comme pour favoriser la solitude. Ne dirait-on pas que les marins prennent la mer pour mieux choisir la solitude ? Comme un cloître. Ou alors n'est-ce pas plutôt l'appel du Nord qui les rend misanthropes ? À moins qu'il ne s'agisse de l'effervescence des départs qui fait qu'ils ne nous aperçoivent même pas. Vivement le départ et que change le régime des bruits ! Pour l'instant, un aspirateur nous tient lieu d'ambiance.

Brève rencontre avec le capitaine Guesneau, responsable de l'avenir du voyage et du navire. Autrefois les capitaines construisaient leur navire de l'étrave à l'étambot. Ils étaient encyclopédiques. Les capitaines d'aujourd'hui, que savent-ils du navire ? Et de l'astronomie ? Ils dépendent en grande partie de l'intelligence des instruments. Ils connaissent bien la réponse des étoiles sans peut-être pouvoir formuler la question. En quelque sorte l'ignorance s'agrandit dans la mesure où la connaissance augmente et n'est plus accessible à un seul homme, à un capitaine responsable de la course du navire. Les instruments en savent-ils plus que les navigateurs ? Un capitaine nous prévient d'un avenir, d'un itinéraire. Dès le départ se pose la question de l'instrument.

Nous partirons à 14 h. Tout de suite après le départ, nous devons faire la compensation du compas magnétique au large du chantier de Lauzon. Tout de suite après, nous prendrons le départ pour l'Arctique. Notre première assignation se trouve dans le détroit de Lancastre, dans le Haut Arctique. Nous avons rendez-vous avec un navire de commerce qui doit charger du minerai à Nanisivik, une mine qui produit du plomb et du zinc. C'est un navire d'environ 35 000 tonnes. On doit se rencontrer au début de la glace qui se trouve proche du Groenland, à Disko, qui est notre point de rendez-vous. Au large de Disko, nous procéderons pour Nanisivik en passant par le détroit de Lancastre.

Il nous propose les grandes lignes du voyage. Notre avenir est tout tracé s'il faut en croire un capitaine. Que sait-il de l'imprévu ? Y aura-t-il un imprévu ? En vérité, la navigation dépend aussi et surtout désormais des instruments. Et de celui qui les connaît.

La légende, les croyances n'ont plus d'usage. L'astronomie est réduite à quelques cadrans. L'intelligence n'est plus qu'un artifice, qu'une mécanique, qu'une électronique. La timonerie s'emploie à lire les instruments et à obéir à des résultats. Le mystère reste entier au profane. Une partie de la connaissance demeure inaccessible au capitaine. On fera le voyage les yeux fermés : c'est la confiance sinon la croyance. Nous ne parviendrons pas à connaître la connaissance contenue dans le navire. C'est le navire qui connaît l'univers. L'ignorance s'agrandit dans la mesure où les frontières de la connaissance s'éloignent, comme les limites de l'univers. La connaissance ne se déplace pas à la vitesse de la lumière.

Pour nous distraire de nos inquiétudes et de la transcendance, nous allons jeter le dévolu de notre curiosité sur ce qui se passe sur le quai. L'humanité des départs intéresse-t-elle les instruments de la connaissance ? Effervescence. Parviendrons-nous à comprendre tout ce qui converge vers le départ ? Voilà celui qui décharge son camion : céleri, échalotes, pommes, fraises ; c'est justement la pleine saison des fraises. La philosophie et la géométrie n'ont rien à voir dans ce déchargement. Et nous en ignorons autant la provenance que la fabrication. Le navire dépend aussi de l'agriculture. En accumulant ces résultats à fond de cale, le navire est bientôt prêt à partir. C'est l'heure des adieux.

On observe un marin qui embrasse un enfant qui réclame des cartes postales. Le navire complète sa cargaison. Il accueille aussi les émotions, les souvenirs. Il mémorise les adieux. Nous cherchons à savoir. Nous utilisons l'instrument de la parole pour un peu, si possible, mesurer l'absence. L'enfant en toute naïveté nous répond :

> — *Qui es-tu venu saluer au départ ?*
> — *Mon papa !*
> — *Pour combien de temps part-il ?*
> — *Pour trois mois.*
> — *Est-ce que c'est la première fois qu'il part pour le Grand Nord ?*
> — *Je pense que c'est la deuxième fois.*
> — *Est-ce que cela te fait de la peine ?*
> — *Ça me fait un peu de peine parce que je l'aime.*

La peine reste à quai. Le marin embarque. La mère de l'enfant nous confie qu'elle n'est par trop triste parce qu'elle sait que son mari aime la navigation. Parce que le *Radisson* est un bon bateau qui contient tout le savoir disponible à la navigation. Sécurisant. Une autre femme pense que la vie du marin n'est pas toujours rose en dépit de la télévision et du confort, et que la femme du marin connaît d'autres ennuis :

> *La vie d'une femme de marin est une vie de veuve en puissance, parce qu'elle doit élever les enfants toute seule. Les hommes sont souvent partis et pour assez longtemps. J'aime mieux les retours !*

Les ennuis de la femme, la tristesse de l'enfant montent-ils à bord avec le marin ? C'est l'heure des mouchoirs. Un passant serre des mains chaleureusement. Quelle est sa motivation puisqu'il ne part pas et salue ceux qui partent ?

> *Je suis un ancien marin de la Garde côtière. J'ai pris ma retraite il y a trois mois et je suis venu saluer mes amis avant leur départ. Des départs comme celui-là, j'en ai connu au moins 22 !*

Maintenant que je ne pars plus avec eux, je suis venu saluer le commandant et M. Cormier, l'officier de la logistique. J'étais d'ailleurs officier de la logistique sur ce bateau. Je profite de l'occasion aujourd'hui pour venir leur serrer la main et jaser avec eux.

Je retourne à la salle à manger. Pour continuer le voyage de l'écriture. Pour préserver la mémoire si fragile de l'instant. Pour réfuter d'avance l'imaginaire qui ne mène nulle part. Sylvie s'affaire autour des tables en désordre. Je me retrouve seul avec le sel, le poivre, ce bourdonnement incessant et mon carnet. Sylvie s'empresse. Elle met la dernière main aux tables. *La salle à manger vous inspire!* me dit-elle en souriant. Elle ne veut pas me chasser, il me semble, mais je l'intrigue avec mon petit carnet où je note les impressions fugaces qui m'envahissent. Comme des repères! Comme si j'en pouvais éventuellement tirer un propos! J'ai sans doute l'air un peu curieux à ses yeux qui narquoisent. Je lui réponds pour me tirer d'embarras : *Je lis dans ma tête.* En fait, j'écris le fur et à mesure. Écrivain-résident, écrivain de service. Comme autrefois sur les bateaux d'exploration on engageait des peintres pour mémoriser les paysages, aujourd'hui Doris me demande de tenir un journal. Je me prête au jeu sans trop savoir où cela me mènera. Il me semble que l'entreprise est téméraire, que la vie de bateau ne me fournira pas d'histoires à raconter. Est-ce qu'on peut exprimer le moindrement le nord du monde dans un petit carnet vert? Dire les trois navires de l'espérance déçue?

8. … quinze jours de brise-glace n'arrivent pas à contenir toutes les mers…

Chapitre XI

La rue Sous-le-Cap

Nous quittons le navire pour une ballade. Tout le monde s'occupe du navire. Le navire ne s'occupe pas de nous. Il ne reste que quelques heures avant le départ. En profitons pour marcher dans Québec. Pour regarder de terre vers la mer qui n'est encore que le fleuve. La mer qui monte, la mer qui baisse entre les rives étroites. Les traversiers qui traversent inlassablement, se croisent, se saluent. Québec est un haut lieu du fleuve. D'où on prend le départ. On ne peut partir que de quelque part. C'est à partir d'ici que le fleuve se libère des rivages pour couler sa majesté entre deux rives avant de s'épanouir entre trois côtes, la côte nord, la côte sud et la côte de Terre-Neuve, pour devenir golfe et se perdre dans les océans par deux embouchures, le détroit de Belle-Isle et le détroit de Cabot. En amont, les navigateurs de voitures d'eau ne parlent que de *la rivière de Montréal.* En aval, il est question du fleuve, de l'estuaire et du golfe mais c'est toujours la mer. Le fleuve part-il d'ici ?

Dans Québec nous cherchons Québec. Il y a plusieurs épaisseurs de Québec. Le lointain Québec des trois navires qui a remplacé celui des canots d'écorce. Celui des *cageux* qui arrivaient de la rivière des

Outaouais. Celui des innombrables chantiers maritimes à l'époque où Québec était un des premiers constructeurs navals du monde. Je regarde une photo du port de Québec en date de 1868, où on peut compter une trentaine de voiliers et apercevoir en premier plan des piles de bois provenant vraisemblablement des *cages*. Une autre photo de 1881, signée Livernois. C'est un temps et un monde révolus. Six voiliers mouillés devant Québec, une forêt de mâtures à quai, un bateau à roue et quelques vapeurs. Toute une vie portuaire, de beaux édifices, des chevaux, des lucarnes, des entrepôts, complètement disparus à la fin du siècle dernier.

Ensuite, il y a eu le Québec des goélettes de Charlevoix, petits caboteurs populaires qui animaient le bassin Louise. Celui plus récent des grandes barges de la Consol qui ont ruiné les voitures d'eau. Et enfin celui de l'Expo 67 qui a inauguré la plaisance et la course Québec–Saint-Malo comme pour renouer un tant soit peu avec une navigation plus humaine, intuitive, d'avant l'électronique, les satellites. Pour évoquer les trois navires de la nostalgie. Et nous voici en face d'un Québec restauré. Le Québec d'aujourd'hui à l'image des centres d'interprétation et des touristes. Un Québec d'aujourd'hui déguisé en Québec d'autrefois.

Et dans le petit matin nordet, frisquet, nous marchons, désœuvrés, attendant le départ imminent. Au pied d'un cap Diamant. Entre le fleuve sillonné de toutes sortes de navigation et l'imperturbable rempart de la montagne. Dans une ville d'autrefois qui n'a jamais existé vraiment. Une ville dévoyée en quelque sorte. Imaginaire. Est-ce qu'on peut partir de ce Vieux-Québec récent, de cette Neufve-France restaurée, de ces vieilles pierres ravalées, sans avoir un peu le sentiment d'avoir l'âme falsifiée ? Nous croisons la horde multicolore des touristes infatigables. On traverse la place Sainte-Victoire parmi les déclics des caméras. On cherche la victoire. On trouve la défaite. Est-ce qu'on peut habiter ce monde qui est devenu destination ? Est-ce qu'on peut encore avoir le sentiment de voyager dans un monde parcouru dans tous les sens ? Randonner dans un monde entièrement balisé ? Québec est-il encore un lieu de départ ? Ou le cul-de-sac d'une mémoire reconstituée ? Mais il faut bien partir de quelque part. Et ce quelque part n'est pas tout à fait n'importe où. Pour échapper à ce sentiment de parcourir une fiction bien aménagée, nous allons vers la rue Sous-le-Cap. Qui la connaît ? C'était autrefois la rue qui me parlait du Québec que j'aimais. Le plus authentique si on peut dire, car tout est authentique en vérité. Même l'artifice ! Même le simili-véritable ! Mais je reste séduit par une popularité. Comme si je me sentais plus à Québec, dans cette rue coincée entre une falaise sévère et un fleuve diamantaire, que sur une Grande-Allée détournée par le tourisme florissant. À tort ou à raison. Mais chacun choisit son Québec.

Qu'en reste-t-il de cette rue que j'ai rencontrée, jadis, un jour d'hiver, il y a déjà une cinquantaine d'années ? Déjà ! Je me souviens vaguement du détail mais clairement d'un sentiment chaleureux. J'avais fait quelques photos que je ne retrouve pas. Photos de neige et d'escaliers de bois. De *tourelles* au pied du cap. De passerelles enjambant la rue pour aller des maisons aux hangars. Je revois une cuvette pendue au mur. Des enfants dans la neige pleine de cris d'enfants qui se chamaillent. En vérité la rue Sous-le-Cap était à peine une ruelle étroite. Née du hasard et de la plus totale liberté. Sans le moindre plan d'urbanisme rationnel. Qui donc avait construit ces invraisemblances ? C'était avant l'époque des entrepreneurs sans doute. On improvisait sans contrainte. En toute poésie. Dans le plus parfait désordre. Dans le non-pareil et le semblable. Dans la plus délirante fantaisie. Sans la moindre contrainte, mis à part un cap Diamant avec lequel on compose. Et pour autant rien n'était raté. Rien ne sonnait faux. Ni laid. Le plus vrai est-il le plus pauvre ? Je me souviens d'une incontestable familiarité. D'un accueil. D'une vibrante popularité. Qu'en reste-t-il ?

Et voilà que nous y parvenons après avoir parcouru les restaurations, les vieilles pierres ravalées de l'ancien port, des vieux quartiers de Neufve-France, une authenticité théâtrale, une copie conforme, détournée, proposée au tourisme déambulatoire. Du simili-Neufve-France. Nous longeons le cap. Pénétrons dans la rue-ruelle.

Toujours en place. En haut du cap, en silhouette sur fond de ciel, les maisons bourgeoises, non restaurées, belles et majestueuses, solides, disparates, ordonnées. Datent-elles de l'époque des intendances? De loin elles inspirent confiance. Mais peut-être sont-elles converties en *Tourist Room*. Il faut bien loger les visiteurs. Il reste que ce Québec-là me désarçonne et m'inquiète. Comme s'il m'expulsait. Comme s'il expirait.

Qu'a-t-on fait de ma petite rue Sous-le-Cap? Je suis plein d'appréhension. Est-ce que nous pourrons partir de là? De cette familiarité accueillante ou si tout cela est dévoyé, transformé en Disney World? Je me cherche un organeau pour amarrer mon départ. Nous avançons, un peu inquiets de confronter un souvenir et la réalité. Comme autrefois, voici, côté fleuve, les vieilles maisons dont on aperçoit les arrières… voici, côté cap, les tourelles en beau désordre et sans contrainte… et voici entre les deux un espace ouvert sur un ciel disparate, un espace franchi dans tous les sens par les passerelles à toutes les hauteurs, parfois horizontales, parfois obliques : on dirait des nacelles… et voici les murs, tantôt à moellons Neufve-France, tantôt en briques régime anglais… tandis que tout le reste est en bois, renouvelé depuis longtemps, et qui n'est pas peint en gris par le temps qui passe, comme autrefois, mais la même fantaisie persiste… on dirait que rien n'a été déplacé… moins de tôles sur les tourelles cependant… quelqu'un a-t-il supervisé les réparations qui ne sont pas tout à fait des restaurations… tout est presque pareil… le souvenir se conforme au présent… en tout cas tout est semblable… même sentiment de familiarité… des chats et des enfants… des femmes qui s'interpellent… du linge à sécher sur les cordes qui font grincer des poulies… Sauf que c'est l'été… Je sens que nous partirons d'ici… le voyage redevient probable… le départ justifié.

Nous retournons vers le *Pierre-Radisson* par la rue Saint-Paul, je crois. Nous longeons les façades des maisons dont on vient de contempler les arrières. Et on se rend compte d'une reconversion des rez-de-chaussée. On a tout réinvesti dans le patrimoine. Bien sûr, on a respecté la fantaisie mais les fantaisistes ont été relogés. À chaque porte, une enseigne. Les boutiquiers ont tout envahi. Chaque enseigne propose ses antiquités. Et des souvenirs. De quoi faut-il se souvenir ? Bien sûr, les *antiquiaires* (comme on dit en Charlevoix) respectent l'authenticité... ils la vénèrent en quelque sorte... ils la valorisent aussi... à leur avantage bien sûr... et ils ont transformé la rue Saint-Paul en mausolée... ils ont transformé la rue Saint-Paul en poste de traite. Retour aux sources ?

L'authenticité finira par abolir la popularité. Si ce n'est déjà fait. Irrémédiablement. Les vieux murs de la rue Saint-Paul sont restaurés comme un tableau. Comme pour échapper au temps qui les patine. Et ceux qui ne savent pas lire dans les livres pourront apprendre en lisant les murs que le temps et l'espace ont pris naissance ici, dans le mortier et les moellons. Pour autant nous mouillons le navire du présent dans la désuétude organisée. Je me cherche une âme relogée dans les banlieues. On reconstitue le passé, on confie la mémoire aux musées, notre nouvelle âme. On confie notre authenticité aux antiquités. Comme si on ne pouvait plus voyager que dans le passé. Comme si le quotidien n'était plus à parcourir que dans le souvenir. Importe-t-il de sauvegarder une poésie et une actualité ? Jean O'Neil et Pierre Morency parviendront-ils à authentifier un fleuve, celui qui occupe le présent, celui qui n'est pas le spectacle ? Et on arrive à se demander si le voyage a encore un sens. Si on peut traverser les paysages en dehors du spectacle. Comment échapper aux baleines de croisières pour rencontrer celles de l'Anse-aux-Basques ? Regarder le monde sans l'intercession des images du monde. Les cartes postales nous précèdent en tous lieux.

9. Devant le capitaine Dussault, sorte de jeteur de sort qui corrige le compas magnétique, je n'ai à proposer que la foi du charbonnier…

Chapitre XII

Le sorcier du compas

*Que s'est-il passé au fond de la réalité,
dans le lointain du paysage
derrière l'apparence des choses?*
Pierre MORENCY

Retour au navire en attendant de prendre le départ vers les glaces, de voisiner avec les icebergs, de pénétrer dans le détroit de Lancastre qu'on pourrait appeler le *détroit des Désastres*, de contourner l'île Bylot au cœur de glace où viennent nicher les oies du cap Tourmente. Nous essayons d'assister au départ. Témoins de notre propre départ.

Dans la timonerie impeccable comme un bloc opératoire, le capitaine discute avec l'homme de roue. On interroge le compas. On s'échange des chiffres qui leur parlent… qui ne nous disent rien.

Où est-il le départ? On le cherche. Pour ne pas le rater. Tout est mystérieux. Faut-il s'en tenir aux amarres? Au verbe *larguer*, qui est une ancienne façon de prendre le large? Nous voilà sur le dernier pont. Au-dessus de la timonerie! Vue panoramique! Premières loges! L'amont et l'aval! Le bâbord et le tribord! Yolande, un peu nostalgique de cette petite mort, est appuyée aux pavois. Je fais quelques photos pour témoigner de notre présence dans cet instant qui change le monde. À nos yeux.

Sur le quai, les gens de toutes sortes jouent au rituel des amarres. Des mouchoirs s'agitent pour prolonger le bout de bras. Ce départ est bien réel. Quelque chose commence. Pour les uns, le voyage. Pour les autres, l'absence. Pour nous, c'est la fin du musée, des restaurations, des antiquités. Le début d'une réalité. Y a-t-il quelque chose à dire de la réalité? Plusieurs en doutent. Préférant vivre dans une fiction. J'ai choisi le voyage. J'aperçois au loin les montagnes du nord, dont le cap Tourmente qui veille de toutes ses oies blanches sur l'île de Félix Leclerc et de Pierre Morency. Le bateau se détache du quai. Imperceptiblement. Il n'est déjà plus à Québec, le navire. Il est dans le fleuve et dans le départ. L'équipage au poste. Chacun s'occupe à quelque chose. Des tas de gestes dans les entrailles du navire obéissent aux commandements de la timonerie. À notre insu.

Une communication radio : le *Pierre-Radisson* avise les autorités du port qu'il quitte le quai de la Reine, section 97, pour aller aux battures de Beauport afin de faire les ajustements de compas. Le quai de la Reine répond que la voie est libre. Nous regardons le navire naviguer. Sommes-nous du voyage? Celui qui regarde le départ fait-il partie du départ? Ou se laisse-t-il porter par l'avenir des autres, par une timonerie sophistiquée par les machinations de la mécanique? La dernière amarre est larguée, éclabousse l'eau, s'engouffre dans l'écubier en dégoulinant. Nous ne sommes déjà plus à Québec. Nous sommes déjà dans le fleuve, dans le départ, dans le voyage.

Arrive à toutes jambes un homme empressé. Il grimpe les escaliers de fer qui résonnent, jusqu'au dernier pont. Affairé. Sans s'arrêter, il nous prévient que nous sommes en grand danger de nous faire casser les oreilles par les coups de sifflet qui annoncent au monde notre départ. On dirait qu'ils craignent, les navires, de partir inaperçus. Ils se saluent eux-mêmes pour que la ville n'oublie pas qu'elle est portuaire, pour que le navire n'oublie pas de revenir.

L'homme, lui, ne regarde pas le départ. Il en fait partie. Rapidement, il enlève la toile qui recouvre un instrument sur le haut-pont, à l'avant du navire. Notre curiosité nous rapproche. J'admire l'homme, ses gestes sûrs, son visage brûlé par les reflets, ses cheveux gris et drus, son coupe-vent bleu. Il est le seul, avec nous, à ne pas être costumé en marin. Et pourtant il s'affaire à la marine. Il nous explique qu'il est chargé de l'ajustement du compas magnétique, un compas désuet dont on ne se sert plus qu'en cas de détresse. Simple prudence. La détresse est de plus en plus rare. La navigation est-elle en train de dompter la mer et *les flots bleus qui font semblant…* Il répond à notre ignorance sans se faire tirer l'oreille. C'est un capitaine, originaire de l'Islet. Il a navigué sur les goélettes de bois. Puis dans la marine marchande. Il a connu le long cours. Depuis plusieurs années, il pilote sur le fleuve les transatlantiques. Il se nomme Michel Dussault. Il nous explique :

> *C'est ce qu'on appelle communément faire l'ajustement du compas magnétique. Tous les navires doivent avoir ce compas magnétique, un instrument qui ne marche que par les forces de la nature, c'est-à-dire les forces magnétiques qui se trouvent autour de la terre, dans l'atmosphère. Surtout sur les bateaux d'acier, comme sur le brise-glace* Pierre-Radisson *où nous sommes présentement, toute cette masse d'acier, cette instrumentation, cette électricité qui entourent le compas font que les forces magnétiques ont été déviées ou modifiées. Mon travail est justement de rendre ces forces aussi naturelles qu'il est possible de le faire.*

Une fois de plus, je cherche à éclaircir le beau mystère des instruments qui tracent des routes là où il n'y a ni chemin ni chemine, là où tous les passages s'effacent au fur et à mesure sans même laisser de traces. J'observe le beau capitaine et ses gestes mystérieux. Il m'explique. Je comprends à peine. Un peu quand même !

Il m'explique que sur les goélettes de bois, qui ont disparu du fleuve pour faire place à l'âge de l'acier et qui étaient entièrement construites et liées à la gournable sans le moindre clou ni l'ombre d'un moteur, on n'avait pas besoin d'ajuster les compas. C'est le fer, l'énorme masse de métal du brise-glace qui est susceptible de faire dévier les aiguilles. Il suffit d'un choc un peu brutal sur un quai ou sur une glace pour changer le magnétisme et faire dévier l'aiguille.

Et justement une de ces goélettes de bois, récupérée par l'industrie touristique, passe avec son convoi : c'est le *Saint-André*. Une des dernières, avec le *Jean-Yvan*, à ne pas être échouée sur une grève dans les foins salés ou dans un musée. Nous faisons du surplace pour permettre au capitaine Dussault de compléter ses ajustements. D'autres bateaux de fer vont et viennent. L'un d'Alger. L'autre de Panama. Un traversier de Saint-Jean, Terre-Neuve, le *Cicero* : il est cinq heures quarante. Le *Silver Faith*, de Nasseau, à six heures. Ensuite *l'Algoround*, une interminable barge de lac de 640 pieds de long, port d'attache à Sault-Sainte-Marie. Le fleuve est fréquenté par le monde entier. Le *Louis-Jolliet* en fer et le *Saint-André* en bois s'occupent de transporter les touristes. Est-ce tout ce qui reste de maîtrise sur le fleuve à un peuple de navigateurs ? Et le pilotage ! Sommes-nous réduits à regarder passer du rivage une navigation qui nous échappe, à piloter les navires d'ailleurs ?

J'observe le beau capitaine. J'admire ses connaissances. Il connaît son métier. Qui lui succédera ? A-t-il des fils qui relèveront leur père et sa capitainerie ? Il commande au *Pierre-Radisson* de se placer à des endroits précis. Il observe des balises. Il mesure des alignements. Il vise une cheminée de cimenterie qu'il place dans l'axe d'un clocher d'église grâce à un instrument dont l'aiguille de visée se nomme l'*alidade*. Je suis ému de retrouver le mot *alidade*, sorte d'aiguille mobile sur le soleil de l'astrolabe qui servait à viser le soleil ou la Polaire pour en calculer l'élévation à midi ou à minuit. Les anciens capitaines se servaient de l'astrolabe pour estimer, non sans approximation, leur latitude. Les mots passent d'un instrument à l'autre, et je me réjouis de ce que la nouvelle technologie n'ait pas aboli le beau vieux mot, je me réjouis d'un capitaine alerte qui replace les aiguilles d'un compas à l'heure du pôle et qui se nomme Michel Dussault.

Le mystère magnétique reste entier comme le mystère géométrique. Je songe cependant aux millénaires qu'il a fallu pour inventer le compas, lire les étoiles, calculer les angles, élaborer une géométrie et découvrir les usages du ciel, du magnétisme, pour enfin lire dans l'espace une position. Pour inventer le point qui décrit la position du navire dans ce nulle part, sans arbre ni clocher, de la mer, pourtant partout la même à première vue. Mais grâce à cette connaissance mystérieuse, les marins possèdent une seconde vue pour retrouver le bon port. D'autant que le compas ne suffit pas à la navigation puisqu'il indique un faux nord toujours mouvant et qu'il faut le corriger en fonction de la position du navire, car le pôle magnétique ne correspond pas au pôle géographique. C'est ainsi qu'à l'extrême, sur un navire qui se trouverait quelque part entre le nord géographique et le nord magnétique, la boussole indiquerait parfaitement et paradoxalement le sud.

Le nord magnétique se trouve aux environs de l'île Cornwallis, près de Resolute. Depuis Jacques Cartier, il semble qu'il se soit déplacé d'à peu près trois cents milles. Il transhume en quelque sorte. Le nord géographique, lui, est toujours au même endroit. Pour ainsi dire immuable. Il est gyroscopique en quelque sorte. La Terre tourne sur elle-même autour d'un axe. Le pôle est au sommet de ce mouvement.

Il a fallu durant des siècles croire aux étoiles et les observer pour finalement en arriver à comprendre le ciel et à situer la terre. Il a donc fallu apprivoiser lentement ces aberrations apparentes de la géométrie céleste pour enfin maîtriser une navigation par ailleurs semée d'improbables. Je tourne autour du compas et de son capitaine. Je fais des photos pour en mémoriser l'image dans le vent du fleuve et le parmi des rivages. Il est magnifique, le capitaine, mesurant les angles, calculant les degrés, vérifiant les positions et plantant ses longues aiguilles aimantées dans la boîte du compas comme les aiguilles de la sorcellerie dans les poupées des jeteurs de sorts. Comme les sorciers, il manipule les destins. Surtout, il maîtrise les hasards. Avec l'alidade, il aligne les églises avec les cheminées, notant sur un bout de papier avec un bout de crayon toutes sortes de chiffres que je n'arrive pas à bien situer dans la géométrie de ses raisonnements sinon qu'en dernière instance, toute navigation repose sur une chinoiserie, la boussole, et sur une arabesque, l'astrolabe, qui se conjuguent mystérieusement pour me dire où se situe le bateau dans l'invisible. Sans autre repère que ses chiffres sur un bout de papier. Et une lente maturation des géométries. Qui ne s'est pas émerveillé un jour d'autrefois à suivre le cheminement d'un théorème? La poésie de l'évidence? L'intelligence d'Euclide? Les projections de Thalès? Une ombre sur le sable du désert qui permet de déduire la hauteur d'une pyramide? Mais tout cela nous échappe avec le temps. Et devant les manigances du capitaine Dussault, en plein fleuve, qui corrige son compas magnétique, je n'ai rien à proposer que la foi du charbonnier. Sans pour autant oublier le temps où je pratiquais la géométrie. Et où l'éblouissant théorème me procurait un immense plaisir de l'esprit. Comme une poésie. Mais la géométrie, qui a remplacé les mythologies, n'a pas réussi à les déloger, à les supplanter, même si la réalité dépasse la fiction s'il faut en croire la sagesse populaire qui n'en est pas à une contradiction près. À chacun de choisir son camp. J'ai choisi comme un capitaine chargé du compas de fouiller *derrière l'apparence des choses*.

Le capitaine sorcier quitte le *Radisson* et s'éloigne en hélicoptère en nous saluant. Nous en garderons mémoire.

Chapitre XIII

L'archipel des Sorciers

> *Et vinsmes à XIII ysles,*
> *qui estoient distantes de ladite ysle es Couldres*
> *de sept à huict lieues*
> *qui est le commencement de la terre*
> *et prouvynce de Canada.*
> Jacques Cartier

Le départ est accompli. Nous voilà *avecques bon temps navigans.* Même si le vent ne pèse plus beaucoup dans la navigation. En plein fleuve enfin. Qu'en dire? Qu'en dira-t-on? Je sais déjà qu'il est trop grand pour moi. Pour autant il m'envoûte, me défie, me provoque. Je deviens, comme Michel Garneau, *une sorte de fou du fleuve* même si je sais fort bien que je n'en viendrai pas à bout. Qu'il n'est pas à l'échelle humaine. Résignés d'avance, nous restons sur le pont à regarder. Dans l'espoir qu'il m'accueille dans l'immense et l'inaccessible, qu'il m'enseigne le pays qui se forge petit à petit dans nos cheminements d'anses, de caps, d'îles.

Je sais bien que *les fleuves ne vieillissent pas* (Pierre Morency), qu'ils ne cessent de se commencer, qu'ils ne s'inquiètent pas le moins du monde de mon passage. Je ne pèse pas plus dans leur trajectoire vers la fin des temps qu'une première fleur aux rivages d'un printemps. Et pourtant je n'arrive pas à m'en départir. Il est au centre de tout ce qui m'arrive. Il est au centre de tout ce que je suis.

Que faire ? Je reconnais mon impuissance. Que dire ? Les mots eux-mêmes ne sont pas à la hauteur. Seuls les chiffres peut-être pourraient nous donner une idée. Mais ils nous dissuadent d'aimer. Je me contente de regarder se succéder les îles que j'énumère de mon mieux : l'île Madame, étroite comme un sillage, l'île au Ruau, qui a été orthographiée de toutes les façons (Ruos par Champlain, Ruaux par les jésuites, aux Raux par les notaires, au Roc d'après le Journal du siège de Québec). Le mot *ruau* viendrait de *ru* ou *rui* ou *rue* ou *ruelle* signifiant un petit cours d'eau ou canal ou chenal, ce qui correspond assez bien à sa forme oblongue et à sa position à la tête de l'île d'Orléans en sorte que les navires pouvaient choisir entre le passage par le sud ou par le nord. Et voilà l'île de la Quarantaine ou Grosse Île, où sont venus mourir tant d'Irlandais affamés par la disette de pommes de terre, l'île Sainte-Marguerite, la petite île au Canot (longtemps habitée par la famille Lachance dont les fils sont apparentés aux outardes et aux oies blanches par quelque mystérieuse filiation), l'île aux Grues reliée à l'île aux Oies, dont l'une est agricole et l'autre en friche, mais toutes deux environnées de battures de foin salé et du plein vol de toutes ailes.

Et par ailleurs, un semis d'îles mineures qui sont à peine des récifs mais bien nommées : l'Île-à-Deux-Têtes et son allure de chameau, l'Île-aux-Corneilles, les deux Piliers, le Pilier-de-Pierre et le Pilier-de-Bois, et la Roche-à-Veillon que fréquentent les oiseaux nicheurs, l'Île-à-la-Caille, l'Île-du-Petit-Cochon, l'Île-du-Grand-Cochon, l'Île-à-l'Oignon, le Rocher-aux-Grêlons. Savoir nommer, c'est déjà se payser. Nous sommes comblés par les îles. Moins par les villages qui sont presque tous d'église.

Plus loin, il y a la batture aux Loups-Marins qui est auréolée d'histoires et de récits, là où avec les Tremblay de l'île aux Coudres et le père Thomas, nous avons tué quelques loups-marins et braconné, en plein été, des oies blanches écartées des migrations par quelque blessure, dont une a été mangée sur le lac Gorgoton à quarante-cinq milles au nord des Escoumins, farcie aux avelines et accompagnée d'un cidre étonnant fabriqué par Jean-Baptiste, le meunier de Ruisseau Michel, avec des pommettes gelées. On ne saura jamais si c'est le cidre qui a rendu l'oie blanche célèbre ou si c'est l'oie blanche qui a bonifié le cidre…

À cause d'un récit de Philippe Aubert de Gaspé dont j'avais gardé un vague souvenir, à cause d'un *Cap-aux-sorciers* de Guy Dufresne qui parlait du fleuve mieux que personne, je voudrais proposer, en mon nom, un nom pour toutes ces îles, depuis l'île d'Orléans jusqu'à l'île aux Coudres, qui sont bien une quinzaine et même plus et non seulement treize comme le prétend Cartier, et qui forment un archipel qui ne possède pas de nom d'archipel. Pourquoi ne pas le nommer l'archipel des Sorciers ? D'autant qu'on appelait autrefois l'île d'Orléans l'île aux Sorciers, selon ce qu'en rapporte Philippe Aubert de Gaspé qui explique ainsi ce toponyme malheureusement oublié, écarté de la géographie par les géographes qui préfèrent consulter les princes et les sacristies plutôt que le vrai monde, et je cite :

> *Ce qui a donné cours à cette fable,*
> *c'est que les habitants du nord et du sud du fleuve,*
> *voyant les gens de l'île aller à leur pêche*
> *avec des flambeaux pendant les nuits sombres,*
> *prenaient le plus souvent ces lumières*
> *pour des feux follets.*
> *Or, [les gens du pays] considèrent*
> *ces feux follets comme des sorciers*
> *qui cherchent à attirer le pauvre monde*
> *dans des endroits marécageux*
> *pour causer leur perte.*

S'agit-il d'une fable ou d'une poésie ?

En vérité, peut-être faut-il chercher ailleurs une meilleure justification. Il s'agirait tout simplement de la traduction française du nom amérindien *Mingo*, qui serait lui-même une déformation du mot algonquin *Ouindigo* ou *Windigo*, qui signifie ensorcelé et désigne un demi-diable, autrement dit un sorcier. En dépit des princes qui s'emparent de tout ce qu'ils peuvent, peut-être faudrait-il revenir au nom indien ou du moins à sa version française. C'est pourquoi je propose l'*Archipel des Sorciers*. En toute poésie.

Nous longeons le Banc-des-Orphelins près du cap Tourmente. Un fleuve sans dieu nous tend les bras. Un fleuve sans fin se propose à nos voyagements. Un fleuve sans mémoire qui commence à l'instant même. Je cherche des complices. Un bar qui saute hors de l'eau. Une baleine égarée. Un marsouin plus neige que blanc. Le fleuve a-t-il été à tout jamais déserté? Dépouillé? La navigation devra-t-elle se contenter des mirages? Comment, sans une certaine nostalgie, lire Cartier à pleines pages qui s'émerveille d'un fleuve habité, surpeuplé?

> *… car despuis le commencement*
> *jusques à la fin [dudict fleuve]*
> *vous trouverez jusques audict Canada*
> *force ballaines, marsoings, chevauls de mer,*
> *adhothuys*
> *qui est une sorte de poisson duquel jamays*
> *n'avyons veu ni ouy parler…*

> *ilz sont blancs comme neige*
> *et grandz comme marsoins*
> *et ont le corps et la teste comme lepvryers,*
> *lesquelz se tiennent entre la mer et l'eaue doulce*
> *qui commence entre la ripvière du Saguenay et Canada.*

Voilà apparaître le marsouin blanc que les biologistes s'entêtent à nommer béluga.

Après la belle muraille des caps, on arrive à Petite-Rivière-Saint-François et son massif qui s'adonne au ski pour attirer les touristes. Petite-Rivière que j'ai connue du temps de sa cale sèche où hivernaient les goélettes, car c'était un beau pays de capitaines et de marins. Pays des goélettes de bois abolies par le fer des grands navires. Assise au pied des caps avec ses maisons côte à côte derrière la voie ferrée, Petite-Rivière regarde le large et les battures qui assèchent à mer basse. À peine un petit jardin autour des maisons. Et pour signifier qu'ils s'arrêtent de trimer le dimanche, les gens disent qu'ils regardent le sud. La seule direction disponible aux chaises berçantes des galeries. Mais ils ne prennent plus la mer désormais et la cale sèche n'est plus que ruines et regrets. *Mon pays, c'est se bercer* (J. Charlebois) à tout jamais peut-être. Mon fleuve, c'est regarder le sud sans prendre le large. S'agit-il d'une reddition sans condition ?

Le bateau ne nous laisse aucun répit. Il avale les paysages. Il défie les mémoires. Heureusement, ces pays que nous parcourons du large nous les avons cheminés, fréquentés, inventoriés par la route. Nous parvenons devant Baie-Saint-Paul. Surprise ! Nous savions cette vallée de la Rivière-du-Gouffre plutôt paisible, champêtre, bucolique. Voilà qu'elle nous propose un autre visage qui bouleverse nos préjugés.

Devant Baie-Saint-Paul, c'est l'enfer. Bien installée entre ses deux caps, le Cabarette à l'ouest, le cap aux Corbeaux à l'est, la vallée de la Rivière-du-Gouffre est un goulot où s'engouffrent les vents. Les gens de l'île en parlent avec effroi ; les bourrasques qui s'engueulent dans la vallée et débouchent en rafales entre les bras ouverts des caps leur ont laissé quelques mauvais souvenirs.

Et sans doute quelques naufrages. On peut à peine tenir debout dans la rafale. Malgré l'été, il fait froid. L'eau du fleuve n'arrive pas à réchauffer l'été. Mais elle tempère l'hiver. Équilibre des forces en présence. Nous essayons de résister. Nous dépassons le phare du large, les Éboulements, Cap-aux-Oies, Saint-Irénée où il y a la superbe côte du Ruisseau-Jureux, Saint-Siméon et son cap aux Chiens où il y a un autre phare et ses vigilances. Notre navigation électronique est balisée par les vestiges de la navigation d'autrefois. Est-elle encore utile à la navigation d'aujourd'hui ?

Pour lors, nous longions l'île aux Lièvres, si belle à l'automne avec ses *mascouabinas*, ce sorbier d'Amérique, surchargés de fruits rouges en ombelle à tel point que les branches se trouvent à presque toucher le sol, comme pour offrir à tout venant ses belles baies globuleuses d'un beau rouge vif, vaguement comestibles… aux perdrix et aux gros-becs errants. Nous évoquons l'île au Pot-à-l'eau-de-vie, où nous avons passé quelques jours, grâce à Jean Bédard, oiseaulogue, qui en est le seigneur. Et nous n'oublions pas la belle randonnée sur l'île aux Lièvres voisine et l'incroyable grève couverte d'aubépines en fleurs et de tristes contenants de Javex. Comment aimer ce temps qui pollue ? Mais les aubépines pardonnent.

Déjà, la brunante s'empare des caps puissants et semble les alourdir. On aperçoit les lumières de Saint-Siméon, à mi-pente et le long de la côte du quai. Saint-Siméon tant et tant vantardisé par Marc-Aurèle Fortin à cause de ses champs qui vallonnent, de ses clos qui serpentent, de ses toits pointus qui obéissent à la courbe des acoyaux, de ses caps qui se prennent pour des nuages, de ses nuages qui ressemblent à des montagnes, de son clocher tout droit parmi les innombrables voussures du paysage. C'est un village obscur. Je n'y connais personne. Je suis impardonnable. On ne sait rien d'un village si on n'a pas eu la chance de parler avec ses villageois. Nous naviguons dans l'inconnu. L'inconnu est plus vaste que le connu. Il nous désespère. Les villages ne sont pas à la portée du large qui passe son chemin.

Ce soir qui s'allonge, nous ne voyons que l'eau noire et la muraille des caps en silhouette sur un ciel sur le point d'allumer une première étoile. Au-delà du cap aux Chiens, on aperçoit la Toupie qui clignote au large du Saguenay. C'est un phare posé sur le fond. Sans le support d'une île ou d'un rocher. Une sorte de défi aux éléments. Une tempête de Noël l'a un jour agressé. Enfonçant les portes de métal. Les gardiens ont eu plus de peur que de mal. Mais la peur est malheureuse. Que d'histoires on pourrait raconter sur ce phare qui sort de l'eau grâce à un gros pilier rond garni d'une échelle qui donne le vertige quand on la regarde du bas, tandis que la houle soulève les embarcations de son grand souffle mystérieux. Mais déjà la nuit enveloppe les montagnes comme si elle en était la substance. Nous ne verrons pas le Saguenay. Ni les baleines qui remontent le fleuve jusque dans ces parages nourriciers. À même la soupe du plancton, comment produire ces bêtes immenses qui se croient invulnérables ? Et que l'homme a protégées de justesse pour le plus grand plaisir des touristes.

Est-ce que je lirai un jour l'Archipel des Sorciers sur une carte du fleuve ?

10. Blanc-Sablon…

Chapitre XIV

L'Anticoste

La navigation de nuit dérobe le voyage. Le navire ne dort jamais. Il faut bien dormir quand on est passager. L'espace échappe au passager. Le temps pour autant file son chemin sans prendre la peine de nous instruire. Encore une fois je constate que le large nous consomme et reste hors portée. Et les villes portuaires, il me semble, doivent être frustrées d'aboutir toujours à des amarres. Toutes ces rues qui s'arrêtent au bout du quai comme à Baie-Saint-Paul où tout le village chaque soir en moto, en voiture, en vélo pavoisé, vient faire son tour, s'arrête, tourne les talons à la mer et reprend le chemin du village. Je les regarde passer et revenir. J'entends les musiques qu'ils écoutent à tue-tête. Savent-ils qu'ils sont malheureux? Frustrés? Confinés à ce cul-de-sac? Et ce monsieur jaune et son vélo couvert de drapeaux, de rubans, qui passe vingt fois par jour, qu'espère-t-il du bout du quai où ne viennent plus s'amarrer les belles goélettes sonores sous la pluie des pitounes et de l'arrimage? Une vie de la mer qui disparaît, remplacée par la promenade au bout du quai où tout s'arrête, sauf la bière entre les cuisses, la cigarette au bec, les cendriers qu'on vide sur le quai pour bien le dégueulasser, et la musique à assommer un bœuf.

On se réveille déjà au bout du monde et au large de la terre, ce mercredi, 10 juillet 1991. Le fleuve n'est plus. Sommes déjà dans l'estuaire. Peut-être même en plein golfe. Sans clocher ni repère pour nous situer. Minuscules. Un peu démunis, prisonniers de la distance qui nous sépare de la côte. Le beau phare de Pointe-de-Mons n'est qu'une tache blanche et ronde, totalement insignifiante si on ne l'a par ailleurs jamais vu de près. Je me souviens de Jacques Landry, de Natashquan, qui avait restauré le phare de Pointe-de-Mons et que j'avais rencontré en 1958 au phare de Cap-aux-Bruyères, sur l'île d'Anticosti. Un gardien de phare est toujours un homme étrange parce qu'il fréquente la détresse. Il n'a d'autre motivation que d'éviter le naufrage. Il côtoie en permanence la catastrophe, surtout sur une île inabordable par gros temps, sans havre, et qui se nomme proprement l'*Anticoste*. Il n'a de raison d'être que la tempête. Comment ne pas évoquer les trois jours de tempête qui nous ont immobilisés avec notre petite barque de pêcheurs de Havre-Saint-Pierre ? En compagnie de Chrysologue Boudreau, un habitué de l'Anticoste où il venait chaque automne faire ses provisions de viande pour l'hiver. C'était sa grande surface. Il nous a raconté qu'un jour, ayant à peine mouillé sa barge derrière les brisants, il aperçut un chevreuil sur la grève près du rouleau de varech et son odeur d'iode. Il abat la bête et entreprend de la dépiauter quand un autre chevreuil se montre le museau, inquiet. Sans avoir à se déplacer, il s'empare de sa carabine et ajoute à la chasse. À la fin de la journée, de dépeçage en dépeçage, sans avoir à mettre le pied sur l'île, il avait abattu seize bêtes. De quoi passer un bon hiver pour ces gens d'un Havre-Saint-Pierre qui, à l'époque, n'étaient pas à portée de nos petites gâteries urbaines. Qui pense qu'ils perdaient au change ? Sans parler de la mer qui s'emploie à renouveler les saveurs. Mais s'en rendaient-ils seulement compte ? On rêve toujours d'ailleurs.

À l'époque, à la fin des années cinquante, l'Anticoste n'était guère fréquentée. C'est encore Jacques Landry qui m'a appris le mot *raqueuse*, qui désigne les restes d'un naufrage. Encore une merveille de la *parlure* qui sait mieux emprunter que l'écriture. Le mot est une déformation de *ship wreck* rephonétisé. C'est une refonte. Un mot nouveau. Un mot irremplaçable. Tandis que naufrage désigne l'événement, l'épave, le navire naufragé, la *raqueuse* décrit l'épave encore en proie au naufrage, en voie de démolition. L'épave est une ruine ; la raqueuse, une détresse encore récente, encore vivante. L'Anticoste, le haut lieu des naufrages — puisqu'il s'agit d'une île inabordable, sans havre, où on ne peut trouver refuge que derrière les brisants, encore faut-il arriver avant la tempête — est entourée de ces vestiges comme autant de blessures. De tristes mémoires.

Donc durant ces trois jours, nous avons vécu dans le tonnerre des brisants, à quelques kilomètres au large, qui couronnaient et emprisonnaient la pointe aux Bruyères de leurs trois ou quatre rangées de dents blanches. Un spectacle émouvant et même inquiétant. Puis la mer s'est encalminée. Une mer d'huile. Jacques a décidé d'aller relever ses cages à homard. Étrange sensation que de naviguer en petite embarcation sur une mer d'huile encore soulevée en parabole sinusoïdale par la mémoire du vent. Une longue, douce et forte houle nous soulevait et nous laissait couler alternativement. En douceur. Des montagnes russes. Et nous cherchions les cages dans ce nulle part du jour qui tombe. Le vent les avait déplacées, dispersées. Enfin une bouée blanche. On tire les amarres jusqu'à ce qu'une cage pleine de grouillements fasse surface. Comme par miracle. Nous avions l'impression de voler sur l'eau dans cette longue et lente pulsation, vestige du vent.

Jacques vide la cage et la *rebouette*. On s'affaire. La lumière est diaphane. Comme des vestiges de jour. Une presque brume. L'air est couleur de l'eau. L'eau couleur de ciel. Il n'y a plus d'horizon. Tout se confond dans un impondérable inquiétant. Et pourtant serein. Un autre monde où nous cherchons un niveau. Une justification. Où nous cherchons un horizon. Il n'y a pas d'horizon. Où est le nord des boussoles ?

Tout à coup et progressivement nous percevons une présence. Voyons-nous d'abord pour entendre ensuite ? Ou inversement. En tout cas nous ne sommes plus seuls dans l'immense. Ce qui rassure.

Et pourtant cela rigole autour de nous, des voix ricanent, des rires caverneux. On lève la tête. Apparaissent dans l'air diaphane des ailes qui disparaissent aussi vite comme si elles réintégraient la fin du monde. C'est un peu fantomatique mais personne ne croit plus aux fantômes que ceux qui vivent encore dans les maternelles de l'imaginaire. Mais que viennent-ils chercher par centaines autour de nous ? Ils ne sont certainement pas là, à battre de l'aile, pour nos beaux yeux. Nous les regardons s'ébattre et glapir. Et nous nous rendons compte que chaque fois qu'ils se posent sur l'eau, ils repartent avec un capelan. Nous sommes au beau milieu d'un nuage de ces petits poissons innombrables qui n'ont d'autre fonction que de se reproduire et de servir de nourriture à tous les oiseaux du ciel et à tous les poissons de la mer. Ils sont à la mer ce que l'herbe est à la terre. Nous apercevons autour de nous dans le translucide de l'air les ombres fuyantes de plusieurs loups-marins qui profitent aussi de l'aubaine. Immense générosité de la mer où convergent les goélands, les phoques gris à tête de cheval, habitués de l'Anticoste, les homards et les pêcheurs de homard et tout ce qui autrement nous passe inaperçu. Ce soir-là au phare du Cap-aux-Bruyères, en dégustant le homard et le bon pain de ménage encore chaud, nous avions l'impression de participer à un immense banquet de mer. Et au large, dans un tonnerre d'écume, les brisants continuaient de briser comme pour amadouer la mer. La briser justement. La dompter comme un cheval sauvage. L'adoucir. Comment oublier le phare de Cap-aux-Bruyères ? Les phares sont des nostalgies qu'on peut visiter depuis que le gardien de la détresse est devenu gardien de musée, depuis que les phares sont entièrement automatisés. Du large, je contemple la belle tour blanche sur sa pointe de Mons en songeant que les instances gouvernementales ont démoli le phare de Cap-aux-Bruyères dont on disait qu'il était construit en pierres de France. Et qui nous accueillait à la fin des années cinquante. Et qui avait l'air immuable. Était-ce par pure ignorance ? Par simple indifférence ? Ou par méchanceté ? Faut-il regretter que l'évolution nous réduise à la nostalgie ? Et à l'électronique ? Et que la nostalgie, au lieu du banquet de mer, n'ait plus à se mettre sous la dent que ruines et cartes postales.

Le *Pierre-Radisson* continue de s'éloigner du paysage qu'il traverse sans s'arrêter. Le beau phare de la pointe de Mons, sauvé pour l'instant de la démolition, disparaît dans le sillage, mais reste durable dans le souvenir avec sa tour imperturbablement blanche, avec son escalier qui longe les parois jusqu'au sommet, avec ses pièces rondes à chaque étage, enlacé par la rampe de son escalier, avec ses murs chaulés sur les moellons, avec sa lumière hautaine et prismatique, avec son silence à l'abri des grandes routes sur une Pointe-de-Mons où se termine l'estuaire et commence le golfe. C'est un beau rôle pour un phare que de nommer la géographie, de baliser le présent, même si les navires ne se soucient plus guère des phares. Ils naviguent d'autres instruments.

De la pointe de Mons, je salue le Cap-aux-Bruyères qui est au bout d'en bas de l'Anticoste où un phare en pierres de France n'est pas en ruine puisqu'on l'a démoli. Sans état d'âme. Les fonctionnaires ont-ils une âme ? Parfois, sans doute. Il reste tous les autres.

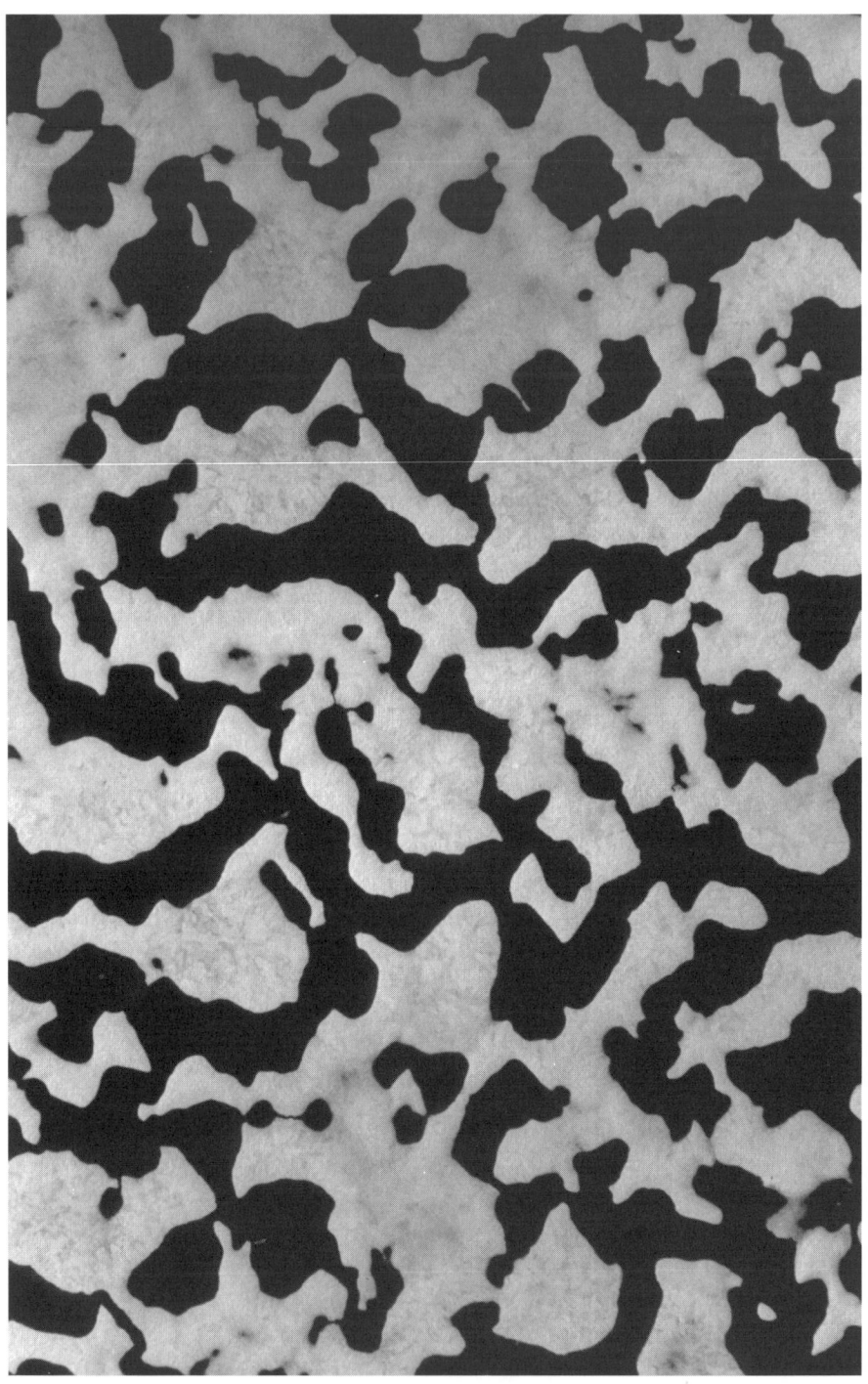

11. ... *laquelle isle estoit toute avironnée et circuitte d'un bancq de glasses rompues et départies par pièces...* (Jacques CARTIER).

Chapitre XV

La fée des glaces

A<small>U LOIN</small>, plus loin que le regard, mais on ne peut pas le confondre avec aucun autre oiseau du large, un *margaulx* comme empenne de flèche, et son vol magicien qui frôle la vague de l'aile et scrute la mer des yeux. J'ai dit *margaulx* pour désigner l'oiseau qu'on nomme désormais fou de Bassan, pour les mêmes raisons que je nomme *marsouin* ce que tout le monde appelle béluga.

On vient me chercher. Je quitte la table du petit déjeuner où je journalise le temps qui passe. On me convoque dans la salle des cartes et des ordinateurs. Il est neuf heures trente. Nous rencontrons Nicole Charbonneau, celle qui est chargée de l'observation des glaces, sorte de vigie de l'ère moderne qui n'a jamais grimpé dans la tête des mâts mais qui, grâce à toutes sortes d'instrumentations, permet aux navires de contourner la banquise et de négocier au mieux les obstacles qui ont désespéré tant et tant de navigations anciennes. Notre fée des glaces est un peu timide, mais la question ne lui fait pas peur.

Son nid de pie est électronique et elle observe les glaces sur ses écrans, à partir d'une cabine bien chauffée. Faut-il regretter la tête des mâts ? Le nid de pie inventé par William Scoresby pour trouver son chemin parmi les glaces de la baie de Baffin où il chassait la baleine avec son fils également William ?

> *Le père et le fils*
> *passaient des heures en haut du mât*
> *où le garçon, souvent à moitié gelé,*
> *reçut l'instruction pratique*
> *qui en fit, à vingt et un ans,*
> *le meilleur marin des mers polaires.*
> (SCORESBY)

Peut-être ignore-t-elle son ancêtre baleinier ? Cependant elle répond à notre curiosité. Elle est responsable de baliser notre route avec ses instruments. Une étrange sorcellerie électronique. Une sorcellerie qui fait *confiance à la totalité du réel* (Michel Garneau). Mais qui repose sur des informations qui ne nous parviennent pas par les sens. Les yeux de la vigie ne suffisent plus. Nicole Charbonneau nous prévient. Elle connaît notre avenir.

> *Cette année, il y a de la glace qui a dérivé par le détroit de Belle-Isle et qui s'est infiltrée dans le golfe ; je m'attends donc à voir de la glace dans le courant de la journée de demain. On devrait aussi commencer à voir des icebergs, il y en a eu plusieurs cette année dans le détroit de Belle-Isle. La glace dont sont formés les icebergs est d'origine terrestre. Quand nous parlons de glace, c'est de glace de mer, de glace d'eau salée qu'il s'agit. On peut naviguer dans la glace de mer tandis qu'il faut éviter l'iceberg ; c'est le pire des obstacles.*
>
> *Mais on le voit venir de loin. Les icebergs voyagent principalement selon les courants tandis que la glace de mer voyage surtout selon les vents. Nos informations nous viennent du Centre des glaces à Ottawa qui reçoit ses informations de l'avion de reconnaissance des glaces et des images satellites. À partir de ces informations, les spécialistes dessinent une carte qui nous donne une idée de ce qui nous attend.*

La glace navigue à voile. Sans quille. L'iceberg est un navire sans voile. Il dérive. Il obéit au courant. Et un iceberg qui tombe du glacier au nord-est du Groenland peut prendre jusqu'à trois ans avant de rejoindre les bancs de Terre-Neuve où il rencontre le Gulf Stream. Il faut donc affronter ces deux obstacles et les comprendre et les apprivoiser. On imagine mal les premières rencontres. Comment Cartier a-t-il négocié avec cet ennemi, cette grande bête mouvante et inerte, prévisible et inattendue, épaisse et lourde ou jeune et tranchante? À l'époque des bateaux à voile, on ne pouvait que se résigner à prendre patience. Cartier, parti de Saint-Malo un 20 avril 1534, atteint…

*avecques bon temps navigans,
Terre Neuffve le dixiesme jour de may.*

Une traversée de vingt jours. Toute une performance pour un navire à voiles carrées. Mais le 10 mai au nord de Terre-Neuve, on est loin de l'été…

*et pour le grant nombre de glasses qui estoient
le long d'icelle terre nous convins entrer en ung hable,
nommé saincte-Katherine [Catalina]
où nous fumes l'espace dix jours,
attendant nostre temps et acoustrant noz barques.*

De quelle glace s'agissait-il? D'un *grant nombre de glasses*, rapporte la relation. Qu'il ne s'agit pas d'affronter. Mais d'éviter, de contourner. De jauger aussi sans doute. Car toutes les glaces n'ont pas la même consistance, certaines sont infranchissables, nous explique celle qui est responsable des glaces.

La glace plus ancienne est la plus dangereuse parce que, au fil des ans, son contenu en sel s'accumule dans sa partie inférieure. La teneur en sel étant très faible dans la partie supérieure, les liens entre les cellules sont beaucoup plus rigides et on ne peut briser cette glace. Cette vieille glace peut atteindre jusqu'à quinze pieds d'épaisseur. C'est par la couleur qu'on peut voir si la glace est jeune ou vieille.

Autrement dit, la glace d'eau salée, après quelques années, devient de la glace d'eau douce, celle qu'on appelle de la glace bleue parce qu'elle est turquoise. Tandis que la glace jeune est plutôt blanchâtre et plus molle. Quoi qu'il en soit, Cartier n'a plus qu'à attendre une délivrance. Même la glace blanche entrave ses courses. Mais la mer ne cesse de contredire la mer, de bousculer l'inertie, de dégager le passage...

attendant nostre temps et acoustrant noz barques,
le XXIe jour dudit moys de mai
partismes dudit hable... nommé saincte Katherine...
et fumes portéz au nort...
jusques à l'isle des Ouaiseaulx
laquelle isle estoit toute avironnée et circuitte
d'un bancq de glasses
rompues et départies par pièces...

nonobstant ledit banc
noz deux barques furent à ladite isle,
pour avoir des ouaiseaulx
desqueulx y a si grant nombre
que c'est une chose incréable
qui ne le voyt.

Dans un cas, Cartier entre *en ung hable où fumes l'espace dix jours*. Dans l'autre cas, il accoste *l'isle des Ouaiseaulx, laquelle isle estoit toute avironnée et circuitte d'un bancq de glasses rompues et départies par pièces*. On peut imaginer donc qu'il fait face à des états différents de la glace et qu'il manœuvre en conséquence. Mais il ne dit rien qui nous permette d'imaginer la présence d'icebergs. Il ne s'agissait vraisemblablement que de la banquise, faisant voile au hasard des vents. Je me souviens d'un voyage antérieur sur le *Maurice-Desgagnés* du Groupe Desgagnés de Saint-Joseph-de-la-Rive. Nous allions vers la baie d'Hudson porter du cargo à Povognituk, entre autres. Nous avons eu à faire face aux glaces, à la banquise qui sortait de la baie d'Hudson. Obstacle infranchissable pour ce petit cargo qui a essayé de le contourner par le Nord. Pas question de forcer son chemin. On allait au ralenti. Le navire s'approchait des glaces jusqu'à les toucher de l'étrave. Les moteurs accéléraient doucement pour les écarter et se frayer un chemin. En pleine nuit un grand choc nous réveille en sursaut. Je m'inquiète. Je m'enquiers. Personne ne répond. On s'affaire. Des matelots courent dans tous les sens avec des lampes de poche. Que font-ils ? Personne ne parle. Je reviens à la cabine bredouille. Et le lendemain, j'apprends que nous avons frappé une glace à la suite d'une erreur de manœuvre mal identifiée et que la coque le long de l'étrave est déchirée sur une longueur d'une quinzaine de pieds. Mais sans dommage puisque la déchirure donnait sur un compartiment étanche qui servait de ballast. Au lieu de faire eau, nous avons perdu de l'eau. Nous éprouvions la force de l'inertie de la banquise. Et qu'elle ne s'écarte pas facilement malgré tous nos chevaux-vapeur. Aussi bien quand c'est possible et opportun, autant faire une petite reconnaissance hélicoptère. Encore faut-il disposer d'un hélicoptère. D'un nid de pie volant. Nicole Charbonneau nous explique :

> *C'est le commandant qui décide à quel moment il a besoin d'une patrouille de glace. Si on est en eau libre et que le commandant veut des informations au sujet d'un secteur qu'on couvrira deux ou trois heures plus tard, je n'ai pas besoin de l'appeler de l'hélicoptère, je sais que je serai revenue assez rapidement pour lui transmettre les informations de vive voix. D'autre part, si on est déjà dans la glace et que je détecte une fracture où on peut se faufiler et sauver du temps, j'appelle le commandant, de l'hélicoptère, pour l'en avertir immédiatement.*

La fracture dont nous parle la fée des glaces, c'est ce que les gens de l'île aux Coudres nomment une *saignée*. Il s'agit d'un passage à l'eau libre qui permet de naviguer sans entrave.

Faire la vigie en hélicoptère représente un changement technologique assez considérable par rapport à la navigation d'autrefois. Dans un canot, l'homme de proue ne voit devant lui que de sa hauteur d'homme, debout sur les plats-bords. Sur un voilier, la vigie grimpe en tête de mât. De son nid de pie, la vigie ne pouvait pas prévoir longtemps à l'avance la course à suivre. Très souvent, le navire se retrouvait pris dans les glaces alors qu'on aurait pu les éviter en passant à gauche ou à droite si on avait pu voir les saignées. Combien de navires, pris dans les glaces, ont été écrasés par les mouvements contradictoires de la banquise. À Havre-Saint-Pierre, quand les glaces serrent ou écrasent un bateau, on parle d'une *serrade*. Il arrive bien sûr que souvent *ça passe serré*. Et parfois, ça ne passe pas du tout. Combien de barges du Havre, aventurées dans les glaces des loups-marins de printemps, ont été écrasées, démolies par les glaces impitoyables ? C'est la belle et triste histoire de la *Wide Awake* racontée par Placide Vigneau, qui a été longtemps gardien du phare de l'Île-aux-Perroquets dans l'archipel de Mingan, dans son journal publié sous le titre *Un pied d'ancre*. Tout un équipage, au large du monde, sur la banquise. Que faire ? J'imagine les craquements sinistres du bois sous l'énorme pression. Lorsque la *Wide Awake* a été écrasée par les glaces, ils l'ont renversée sur la banquise, ils ont pris le gréement et ont laissé le bateau couler. Une autre barge les a ramenés au Havre.

Dans l'Arctique, cela s'est reproduit des centaines de fois. En 1777, douze baleiniers, prisonniers de la banquise, à une quarantaine de milles de la côte du Groenland, dérivèrent dans leur prison de glaces vers le sud pendant tout l'automne. Un par un, ils furent écrasés et coulèrent par le fond quand l'étreinte s'est relâchée. Tous les marins se rassemblèrent sur le navire survivant qui sombra à son tour. Quelques hommes réfugiés sur une glace se retrouvèrent à la dérive et furent rescapés dans les environs du cap Farewell. Les autres périrent. Bilan : trois cent vingt marins et douze bateaux.

La navigation à travers les glaces exigeait donc qu'on élabore de nouvelles stratégies. William Scoresby imagina le nid de pie pour voir loin. De plus, il mit au point un stratagème pour échapper à l'étreinte impitoyable. Il demandait à ses équipages de courir d'un bord à l'autre pour faire rouler son bateau afin de repousser les glaces en se fabriquant sa propre vague. D'autres sciaient la glace pour chercher une délivrance. D'autres attelaient les marins à des câbles de halage. Mais tous ces moyens étaient souvent futiles pour combattre les forces aveugles de la banquise.

À la fin du XIXe, Nansen a trouvé une solution : il a fait construire un bateau dont la courbure, la *tonture* disent les marins de l'île aux Coudres, permettait qu'il soit soulevé par les glaces. Il savait que les restes d'un bateau nommé *La Jeannette*, qui avait été écrasé par les glaces au nord de la Sibérie, avaient été retrouvés plusieurs années plus tard au Groenland. Il a voulu suivre le même chemin et s'est volontairement laissé emprisonner par la banquise et dériver dans l'espoir d'atteindre le pôle Nord et, éventuellement, le Groenland, sans risquer de perdre son bateau dans une *serrade*. Nous sommes un peu incrédules en lisant son récit. En apprenant qu'il quitte le bateau quand il se rend compte que la dérive ne l'amène pas assez au nord pour espérer rencontrer le fameux pôle. En suivant son périple sur les glaces, avec un compagnon, trente-cinq chiens, deux traîneaux et deux kayaks. En constatant qu'il est forcé de revenir sur ses pas quand il se rend compte que la banquise dérive vers le sud et que la fonte approche. En sacrifiant jour après jour les chiens épuisés pour nourrir les survivants. En rejoignant la mer libre où ils s'engagent, en kayak, pour atteindre au début de l'automne, la Terre de François-Joseph où ils passent un hiver entier à manger du morse et de l'ours polaire. Ils seront rescapés au printemps par une expédition britannique. Trois années à parcourir cette terre sans terre, le monde des glaces et des dérives dans l'espoir fou d'atteindre le pôle Nord. Comme s'il s'agissait de quelque chose de plus que déverser dans la géographie ce lieu mouvant de la géométrie. Étrange séduction difficile à comprendre. Le nord du monde ajoute-t-il quelque chose à ce monde? Sur un globe on se trouve toujours au sommet. Le pôle Nord n'est en somme qu'une abstraction de géomètre qui échappera toujours au désir de l'atteindre puisqu'il est en proie à la mouvance des dérives. Il reste que l'expédition de Nansen et de Johansen est une immense saga viking. Mais il y en a eu bien d'autres avant qu'on en arrive à la fée des glaces et à l'hélicoptère en guise de nid de pie. À l'émouvante vigie mouvante que les Montagnais nomment *libellule* fort joliment.

Trois ans après avoir quitté la Norvège, Nansen revenait à quelques jours près, en même temps que Serdrup qui avait continué la dérive à travers les glaces sur le *Fram* jusqu'au Groenland. Ni l'un ni l'autre n'avait atteint le pôle.

Chapitre XVI

Prisonniers des glaces

*Le silence nous a oubliés
dans les dépendances du gel.*
Gélivures

*je confie à tes neiges ma neigeuse
le soin de tomber à l'improviste
sur le royaume de plein droit.*
Gélivures

L'HIVER nous accueille dans ses exubérances. Faut-il donner audience à toute neige qui confirme les trajectoires? Mercredi, 10 juillet 1991. En route vers le détroit de Belle-Isle. La baie des Chasteaulx de Cartier. Vers le froid, là où nous ne rencontrerons pas les lézards qui se chauffent dans les sables. Vers des pays à parsemer d'exploits et de courage. Nous abandonnons l'été à son triste sort. Quand on m'a proposé ce voyage, je ne me rendais pas bien compte du supplice qui m'attendait. J'ai accepté, non sans redouter la question. Et voici que c'est à mon tour de la subir. Que dire de la mer et des glaces? Autant avouer son ignorance. Pourtant je m'étonne moi-même. Je ne soupçonnais même pas savoir tant de choses sur les glaces et je me rends compte que je ne viendrai pas à bout de tout dire. C'est la question qui déniche les mémoires accumulées, et je m'étonne moi-même de tout ce bagage sans usage engrangé à mon insu, et qui resurgit à point nommé au détour d'un mot, d'une image, d'une simple glace à la dérive, en travers du voyage. La réponse est toujours plus ou moins dans la question. Évidemment, Cartier refait surface. Il nous raconte, comme si de rien n'était, son hivernement de 1535 à Stadaconé. Cinq longs mois. Le nord est-il là où il y a l'hiver? Il semble bien que non. Le vrai nord niche beaucoup plus au nord. À Stadaconé, on n'est encore qu'au Petit Nord. Malgré la glace, le frimas, le verglas…

despuis la my novembre jusques au quinziesme jour d'apvril
avons esté continuellement enferméz dedans les glasses,
lesquelles avoient plus de deux brasses d'espesseur
et, dessus la terre
y avoit la haulteur de quatre piedz de naiges et plus,
tellement qu'elle estoit plus haulte que les bors de noz navires
en sorte que noz breuvaiges estoient tous gellez
dedans les fustailles…

De tous les inconvénients du froid, il retient celui des *fustailles* gelées. Cidre ou vin? Il ne le spécifie pas. Il ne parle pas des vêtements non plus mais il n'est pas difficile d'imaginer qu'ils n'étaient pas appropriés. Et que les marins eux-mêmes, comme le cidre, *estoient tous gellez dedans les fustailles…* Et aussi les navires…

et par dedans nosdits navires
tant bas que hault
estoit la glasse contre les borz
à quatre doidz d'espesseur.

Ils ont vécu dans la glace, le frimas, le givre, la blancheur, le grésil. Comme dans un iglou. Dans une maison de glace à l'intérieur. Dans une maison de neige à l'extérieur. Il parle de quatre à cinq pieds de neige, *tellement qu'elle estoit plus haulte que les bors de noz navires*. Ce qui donne une idée de la dimension de ces navires.

On connaît l'iglou qui est la meilleure défense contre le froid dans un pays sans autre feu que la *mèche de linaigrette… qui s'éteint dans la lampe de pierre* (Jacques Rousseau). On peut imaginer les navires frimassants de Cartier. Comment ont-ils lutté contre le froid? Sans lampe de pierre. Sans mèche de linaigrette. Quelles défenses ont-ils imaginées? Étaient-ils sans défense? J'ai aussi rencontré un jour la maison thuléenne. Nous étions à Resolute, sur l'île Cornwallis, près du détroit de Lancastre. Je n'avais rien à faire, en attendant l'avion. Je me suis mis à marcher pendant que les autres regardaient des vidéos à propos des perdrix et des lagopèdes. Il n'y a rien à Resolute. C'est l'endroit le plus désertique, le plus triste qu'on puisse imaginer. Il n'y a que de la rocaille. Un petit pavot se montre le bout du nez de temps à autre mais il a l'air tellement effrayé qu'on a envie de lui dire : *Va-t'en, ce n'est pas un endroit pour toi!* Mais les pavots de l'Arctique ont la tête dure. Et ils défient autant le froid de l'hiver que le désert de l'été.

Entre la piste et le village, qui sont à cinq milles de distance, il y a une espèce de cap sur lequel je suis monté, parce qu'on m'avait dit qu'il y avait des vestiges de maisons thuléennes dans les parages. Il s'agit de maisons semi-souterraines, construites dans une déclivité, dans une pente. L'entrée est au plus bas et un tout petit corridor dans *lequel on avance à quatre pattes* donne sur une minuscule chambre située un peu plus haut que le couloir. C'est un premier niveau suivi par une autre pièce à peine plus grande. Et surtout un peu plus haute même s'il ne faut pas être un joueur de *basquet* pour s'y tenir debout. Il est difficile de croire qu'une famille d'Esquimaux pouvait traverser l'hiver dans ce réduit. La charpente thoracique, faite de côtes de baleines que les Thuléens chassaient dans la baie de Baffin, était recouverte de peaux pour repousser le froid. Cet abri d'os et de cuir et de poil valait-il la neige calorifique? Et s'agit-il du même froid? La maison semi-souterraine des Thuléens est construite selon le même principe que l'abri de neige où les ourses polaires mettent bas. L'ourse polaire se creuse une tanière dans les flancs de collines, là où se ramasse un peu plus de neige, et fait en sorte que sa niche soit située plus haut que l'entrée parce que la chaleur monte, et elle garde ainsi ses calories. Les Thuléens ont probablement construit leurs maisons sur ce modèle sans consulter les ours polaires, tout simplement parce que c'est logique.

Mais nous savons aussi qu'ils ont vidé les lieux au XVe siècle, ce que je suis sur le point d'apprendre. Je me balade donc, face à la mer couverte de *glasses rompues et départies par pièces* qui dérivent dans le détroit de Lancastre, dans le soleil, dans une belle journée sans vent. Je grimpe lentement le petit morne, en regardant de tous mes yeux le silence sans borne. C'est magnifique. Il y a des oiseaux partout. Au pied de la montagne, j'aperçois des planches au bord de la mer. Intrigué, j'emprunte l'autre versant pour me rendre compte qu'il s'agit d'ossements de baleine éparpillés. Je m'approche et je vois une affiche qui demande aux rares passants de laisser les choses intactes. Elle dit que ces sites ont été fouillés et nous apprend que les Thuléens ont résidé là pendant un certain nombre d'années, dans leurs petites maisons de peaux charpentées de côtes de baleines, à flanc de colline, pour chasser la baleine, et qu'autour des années 1400, ils ont dû quitter à cause d'un refroidissement. Les glaces, encore elles, recouvraient la baie de Baffin et empêchaient les baleines et sans doute toutes embarcations, drakkars ou kayaks, de circuler. Or on sait, de façon à peu près certaine, que les Groenlandais, c'est-à-dire les enfants des Vikings qui avaient établi des colonies dans la partie sud du Groenland, ont disparu, on ne sait trop comment, justement à cette époque-là. Il y a dans les archives du Vatican des documents qui attestent que, jusqu'alors, de l'argent ou des biens arrivaient du Groenland jusqu'à Rome en paiement du denier de Saint-Pierre. Qu'est-il arrivé à cet établissement viking? Ils sont peut-être revenus en Islande! Ils ont peut-être été exterminés par les Esquimaux ! Ils ont peut-être aussi été décimés par la famine ! On ne sait trop. Mais on sait que ces deux événements correspondent à un refroidissement. Il n'y avait plus de baleines et les Thuléenes sont partis. Et à la même époque, les descendants des Vikings. Il est donc vraisemblable que les derniers Vikings aient fui la récente glaciation pour ne pas rester prisonniers de l'impitoyable, comme les kayaks, comme les baleines. Mais aucune saga ne raconte le retour.

Faut-il en croire les sagas ? Même le plus fameux explorateur norvégien, Nansen, ne voit dans la saga d'Éric le Rouge et le récit des Groenlandais qu'une *mosaïque d'éléments fabuleux*. Si ces textes ne correspondaient pas à une réalité, on pourrait croire qu'ils ne sont que l'expression du désir de voyager et de découvrir, mais ils possèdent cette qualité fondamentale de la véracité qui est bien celle de ne pas embellir. On pourrait croire que le mot Groenland embellit un pays qui n'est pas tellement verdoyant si on ne savait pas qu'autour de l'an 1000, ces terres, aujourd'hui polaires, jouissaient à cause du Gulf Stream d'un climat beaucoup plus doux. Mais quand les sagas décrivent l'Helluland, le Pays des pierres plates, ou le Markland, le Pays des forêts, on croit entendre Cartier décrire la terre de Caïn et on reconnaît sans doute le Labrador terre-neuvien et la côte nord du golfe...

si la terre estoit aussi bonne qu'il y a bons hables
se seroit ung bien
mais elle ne se doibt nonmer Terre Neuffve,
mais pierres et rochiers effarables et mal rabottéz ;
car en toute ladicte coste du nort
je n'y vy une charetée de terre...
il n'y a que de la mousse et de petiz bouays avortéz...
fin j'estime mieulx que aultrement
que c'est la terre que Dieu donna à Cayn...

Cartier est un navigateur qui part découvrir des terres. Il voit bien qu'il n'y a pas de terre. Qu'il s'agit en somme de l'Helluland, à savoir le

Pays des pierres plates. Mais il ne peut s'empêcher de s'émerveiller de la qualité des havres. Comme un marin. Et comment, à notre tour, ne pas s'émerveiller quand on lit le livre de Cartier (mais qui a pris la peine de le lire?) de constater qu'il rencontre un peu partout des marins pêcheurs. Peu s'en fallut qu'il ne rencontre des Vikings à Terre-Neuve puisque l'archéologie a révélé un établissement qui a sans doute duré plus longtemps que ceux du Groenland.

On pourrait aller jusqu'à dire que la réalité devance l'histoire et le découvreur puisque Cartier rencontre à Natashquan des Indiens qui ont fait la pêche dans le détroit de Belle-Isle pour un certain capitaine Thiennot. Cartier, en 1534, ne parle pas la langue, sauf par signes… et n'a pas encore d'interprète, de truchement. Pourtant, il semble bien qu'ils se comprennent… Les Indiens parlent-ils français? Peut-être bien. Pour que des Indiens qui vivent en amont de Natashquan travaillent pour un capitaine morutier dans le détroit de Belle-Isle, il faut qu'il y en ait eu des rencontres, des contacts, il faut que l'un parle la langue de l'autre. Quelque peu. Pourtant, ni Cartier ni aucun membre de son équipage ne parle la langue des Indiens, semble-t-il. On ne peut pas douter que le découvreur ait été précédé par la découverte, par la rumeur. Qu'Éric le Rouge ait précédé Cartier. On peut même supposer que Cartier se soit devancé lui-même puisqu'il est évident qu'il connaît déjà les lieux.

En tout état de cause, il est émouvant de penser qu'en 1534, un capitaine de Saint-Malo, un pilote du roi, rencontre dans la baie de Mistanoque sur la Côte-Nord…

ung grant navire,
qui estoit de La Rochelle
qui avoit passé la nuyt le hable de Brest
où il pensoit aller faire sa pescherie…

Échange de renseignements dans une géographie déjà nommée, déjà parcourue. Le Havre-de-Brest est un endroit connu de deux capitaines qui habitent des villes différentes. Il y a donc une fréquentation de cette région par les marins français. Ils la connaissaient déjà, ils l'ont déjà nommée. On retrouve d'ailleurs le mot Brest sur les cartes de Champlain. Quand on parle dans les manuels de la découverte du Canada par Jacques Cartier, en 1534, c'est de la fantaisie. De même quand on dit : 1492, découverte de l'Amérique par Christophe Colomb. Il y a d'abord eu les Vikings autour de l'an 1000. Puis il y a sans doute, dans tous les verres du retour, une rumeur d'Amérique! Dans tous les ports, on parle des Terres Neuves. Ce qu'on sait dans les chancelleries n'a rien à voir avec ce qu'on sait dans les ports. Et l'histoire fréquente les chancelleries plutôt que les navigateurs. La découverte du découvreur ne fait plus souvent qu'autrement que corroborer d'autres navigations tenues secrètes. Le secret de la morue sans doute. Mais comment empêcher le voyageur de raconter le voyage?

La première erreur européenne, colombienne, est d'avoir appelé Indiens les habitants d'Amérique et d'avoir appelé Amérique cette terre qui ne devait pas grand-chose à Amerigo Vespucci. Dans le cas du fleuve Saint-Laurent, c'est la même chose. Un cartographe a vaguement lu des textes de Cartier et il a vu sans doute des cartes dressées par le Malouin. Sur ces cartes, un endroit s'appelait *Baye Sainct Laurens*. Il s'agit, d'après le récit de Cartier, d'une baie de la région de Havre-Saint-Pierre qu'il a ainsi nommée parce qu'il y est passé le jour de la fête de saint Laurent. Un géographe distrait a appliqué ce mot au golfe, et Champlain l'a appliqué au fleuve. Que représente ce nom pour nous? Il n'a pas de sens, il n'a pas de valeur historique, il n'a pas de vécu, il n'a aucune amérindiennité. Il faudrait tout revoir. Renommer la découverte. Du moins la corriger.

Cartier est un homme à l'écoute de l'autre : quand il a été malade du scorbut, il a écouté les Indiens et il a été guéri. Quand il passe dans la région de l'île d'Anticosti, au deuxième voyage, il ramène de France deux Indiens qui avaient passé l'hiver au vieux pays. Il les appelle les *Sauvaiges* et il prend acte de leur discours à propos du fleuve qu'ils connaissent sans doute de fond en comble. Et pourquoi ne pas écouter ces gens qui savent et qui savent nommer? Et qui ont déjà nommé ces lieux ? Et qui parlent un peu français puisqu'ils ont passé l'hiver 1534-1535 à Saint-Malo.

> *… et par les Sauvaiges que avions*
> *nous a esté dict que c'estoit le commencement*
> *du Saguenay, et terre habitée,*
> *et que de là venoyt le cuyvre rouge…*

> *et nous ont lesdits sauvaiges certiffyé*
> *estre le chemyn et commencement*
> *du grand fleuve de Hochelaga*
> *et chemyn de Canada,*
> *lequel alloit tousiours en estroississant*
> *jusques à Canada…*

Et Cartier n'a pas hésité à lui donner le beau nom

> *de grand fleuve de Hochelaga.*

Par respect pour les habitants du pays. C'est donc par mégarde que le fleuve a reçu le nom de Saint-Laurent. Cartier est tout près de nous, on peut le toucher du doigt, le corroborer, reconnaître le fleuve qu'il raconte et qu'il a nommé en dépit de François Ier qui lui proposait un tout autre voyage…

> *le voyage vers les Terres Neuffves*
> *pour découvrir certaines isles et pays*
> *où l'on dy que doyt se trouver grandes quantitéz d'or…*

Parmi toutes les rumeurs, le roi choisit la légende de l'or, la séduction. Cartier obéit aux ordres, cherche le passage, rencontre la pêche dont il sait qu'elle n'est pas une rumeur. Et c'est le grand fleuve de la pêche qu'il dépose comme un héritage dans ses relations sans rien nous cacher des glaces, des pierres plates, des *bois avortés*, de la *terre que Dieu donna à Cayn*. Cartier n'est pas un vendeur de plomb et il ne se nourrit pas d'illusion, c'est ce qui rend ses relations attachantes et précieuses. Et il ne camoufle pas les grands froids qui ont bien failli décimer ses équipages…

> *car nous estions si affebliz*
> *tant de maladies que de gens mors*
> *qu'il nous a fallu laisser*
> *ung de noz navires*
> *audict lieu de Saincte Croix.*

C'est ainsi que fut abandonnée sur place la *Petite Hermine*, prisonnière des glaces.

12. … et il ne camoufle pas les grands froids qui ont bien failli décimer des équipages…

Chapitre XVII

Les révélations de l'astrolabe

Le point de l'âme

LA MER n'en finit plus de se répéter. Depuis le premier matin du monde. Comme si elle n'avait rien d'autre à dire qu'elle-même à l'infini. Et nous sommes au beau milieu de l'infini et du temps que nous nous évertuons à baliser en jours, mois, années. Nous passons du pareil au même à part quelques oiseaux. Mais même les oiseaux se répètent. Serions-nous plus ou moins toujours au même endroit sans trop le savoir, dans les mêmes eaux, parmi les mêmes oiseaux ? D'un jour à l'autre dans le même jour ou presque ? À table, les mêmes gens, les mêmes salutations. Seule change vraiment la couleur du ciel pour faire passer le temps. À moins qu'il ne soit lui-même illusion. Pour faire basculer le présent dans le passé. Est-ce que le présent dévore l'avenir ? Y a-t-il un avenir ? Nous sommes toujours au présent. L'avenir reste inaccessible. Peut-on se fier aux nuages et à leur mouvance pour situer dans l'espace l'instant qui passe ? Nous habitons un navire bien défini dans un espace indéfini. Comment faire le point de cette immense dérive ? Nous naviguons une mer sans balise, dans une imperceptible géométrie qui n'est pas à la portée du simple passager. La géométrie n'est-elle accessible qu'au géomètre et aux instruments dont nous sommes exclus ?

Et le jour d'aujourd'hui reproduit fidèlement celui d'hier. Autant les gestes et les civilités. Autant les horizons. Sans rivage pour les yeux, comment situer le navire ? Seuls changent les vents de la rose.

Nous acheminons nos curiosités et nos questions jusque dans la timonerie imperturbable, pour ainsi dire impénétrable. Au niveau du cerveau. La salle à manger de tout à l'heure ne s'inquiétait de rien, semble-t-il. Toute la navigation est ici. Enfermée dans un habitacle. Comme dans un tabernacle. Nous regardons un moment la cérémonie silencieuse. Des marins feutrés ne tournent même pas la tête. On les appelle officiers parce qu'ils officient dans le sanctuaire de la timonerie. Nous regardons dehors pour ne pas être envoûtés. L'étrave, le taille-mer, entame les eaux et fabrique un sillage bientôt refermé. L'avenir est déjà du passé. Le présent de notre navigation nous laisse perplexe. Sommes-nous de trop dans ce silence sanctuaire ?

Nous retournons à la salle à manger en quête d'une complicité inaccessible et d'un autre café. Ne sommes-nous pas embarqués sur le même bateau ? Ici, personne ne doute de la capitainerie. Chacun à son café. Nonchalance du petit déjeuner. Moment précieux. En toute quiétude. Sans inquiétude. À tout hasard des tables. Tantôt avec l'un, tantôt avec l'autre. Certains semblent nous éviter. Peut-être sont-ils gênés ? Laure-Anne Déry à notre table. Elle est en charge de la logistique sur le *Pierre-Radisson*, de tout ce qui concerne le ravitaillement et le logement. Elle s'occupe donc de nous et de nos petits besoins. On en profite pour faire plus ample connaissance, *plus emple congnoissance*, écrit Cartier. Elle a trois fils dont l'aîné a vingt-quatre ans, le plus jeune, quinze ans. S'agit-il d'une maternité océane comme celle de Marie de l'Incarnation ? Elle nous parle longuement de sa famille lointaine. La distance ne semble pas la préoccuper. Ni le temps. Elle a choisi le métier de la mer, du voyage. Mais ses enfants, comment subissent-ils la distance ? Aiment-ils la mer qui les prive de leur mère ? Que savent-ils du nord et de ses séductions ? A-t-elle choisi le nord à cause de l'appel du Nord ? La mer à cause de la poésie de la mer ? Le voyage pour le voyage ? Questions sans réponses. Peut-être ne souhaite-t-elle pas faire le point de l'absence. Devant témoins. Elle garde son secret. Elle se réfugie dans son mystère. Par discrétion, nous parlons d'autre chose. Elle endosse le navire et sa position. Comme nous d'ailleurs. En toute confiance. Fatalité des destins ? Le passager n'a pas le choix. Il faut bien qu'il passe.

Au fil de la conversation, nous apprenons cependant que Laure-Anne lit des poèmes au fil de l'eau. Comme ça. Sans prétention. Et qu'elle s'intéresse à un certain Bertrand Tremblay, de Baie-Saint-Paul d'ailleurs, qui navigue sur un autre brise-glace et qui a écrit un livre intitulé *J'ai marché jusqu'à ton visage*. Il n'est pas indifférent de savoir que, d'un brise-glace à l'autre, par-dessus les distances, on s'échange des poésies. Je n'apprendrai pas tous les secrets, c'est évident, mais je suis ému et pour ainsi dire réconforté de savoir que, pour contourner la routine, quelqu'un sur un brise-glace lit des poèmes à propos d'une *mer germinante*. Certains, comme Laure-Anne, fréquentent une poésie, d'autres dessinent ou construisent des navires au fond d'une bouteille, chacun à sa manière, chacun dans son île déserte, chacun dans l'isoloir de sa cabine se construit son astrolabe pour prendre ses distances, pour faire le point de l'âme, pour s'appartenir un tant soit peu. Discrètement, l'un d'eux nous parle de Denis Villeneuve, gagnant de la *Course destination monde*. Chacun sa boussole. Chacun recommençant le monde à lui-même pour mieux en prendre la mesure. Pour échapper peut-être à la présence de la mer, à l'absence de la terre. Pour ne pas dériver dans un temps qui parcourt un espace. Pour déborder le voyage d'un brise-glace. Pourtant nous sommes du même navire. Sommes-nous du même voyage ? Il nous réclame ce que les Français appellent un *t-shirt*, à l'effigie de la course autour du monde. Pour bien démontrer que sa course n'est pas celle de tout le monde. Quelle est notre course à nous dans ce voyage destiné à devenir une émission de radio ?

Le point de vue des oiseaux

Sommes-nous vraiment du même voyage ?

En vérité chacun voyage dans sa tête. Je cherche au beau milieu du navire un voyage qui m'appartienne en propre. Doris poursuit une aventure radiophonique. Dominique avec ses questions discrètes cherche à nous forcer, Yolande et moi, à révéler nos visions du monde, les fleurs de Yolande, mes navigations de la mémoire. Je fouille ma mémoire et les livres de voyage. Au fond je refais les voyages. Ceux d'Éric le Rouge, de Cartier, des pêcheurs de morue. Je voudrais comprendre la mer de chacun. Autant celle de Laure-Anne que celle du capitaine. Et je sais que je n'y parviendrai pas. Mon voyage traverse toutes sortes de lieux, de la salle à manger des confidences à la timonerie silencieuse comme un oratoire, de l'étrave qui taille la mer à l'étambot qui referme les sillages, du dernier pont qui dispose de tous les horizons jusqu'à la chambre des machines qui enferme le silence dans ses révolutions et son vacarme. Un voyage qui se cherche une destination dans ce non-lieu des baleines et des oiseaux.

Et comme fatalement, me voici sur le pont le plus haut pour voir plus grand, fasciné par le large qui s'infinise. La mer n'est peut-être pas tout à fait la même de n'avoir pas une voile à gonfler. Il nous reste les oiseaux fugaces pour comprendre le golfe qui s'impose dans la mesure où il nous dissimule ses rivages ! Est-il pure abstraction ? Absence de lui-même ? Limité à l'horizon du regard ? À peine perceptible sans l'aide d'une carte. En vérité nous parcourons un espace aussi inaccessible que l'infini ou l'éternité, un espace trop vaste pour le regard, pourtant rassuré, de celui qui interroge le dernier pont, trop vaste pour se satisfaire du mot golfe. Il n'est pas tant la suite d'un fleuve que la fin d'un océan. À notre échelle, il est mer, océan, il est incalculable, surtout quand l'horizon s'embrouille, s'épaissit, se rapproche du navire, simple présage des brumes qui annoncent déjà le détroit de Belle-Isle.

Nous traversons un espace sans paysage. Peut-être même sans limites qu'appréhendées. S'agit-il vraiment d'un golfe ? De la simple embouchure d'un fleuve ? Bien sûr le golfe (et déjà l'estuaire) libère un fleuve des contraintes des rivages balisés de clochers, mais surtout, d'abord et avant tout, il s'ouvre, à bras ouverts, sur la mer, l'accueille, l'engouffre. Mais comment s'en faire une idée ? Du haut de mon promontoire je n'appréhende que le circuit des horizons. Mais il y a la carte qui me délivre de mon piédestal, qui me permet de l'imaginer, de le concevoir. Grâce à la carte imaginaire d'un golfe, j'imagine la réalité du golfe. À l'échelle du navire, même armé d'un radar, et à l'échelle du passager sur le dernier pont, il s'agit d'un lieu sans borne, sans rivage, sans l'apparence d'un golfe. On n'aperçoit que le large monotone, à perte de vue. Un infini. Il nous faut retourner à la carte pour reprendre pied, pour visualiser une position qui se souvienne de trois rivages, celui de la Côte-Nord, celui de la Gaspésie et celui de Terre-Neuve. L'immense triangle qui débouche sur trois passages qui s'ignorent mutuellement. Pour en deviner, pressentir, lire la géographie, il faut archiver l'espace, point par point, situer le détroit de Cabot qui accède à un Atlantique, celui de Belle-Isle qui accueille la mer du Labrador, et enfin celui de l'amont, celui de l'intérieur des terres… qui rebrousse un fleuve…

> *lequel alloit tousiours en estroississant*
> *jusques à Canada…* (Jacques CARTIER)

… jusqu'à *l'eaue doulce*, jusqu'au lieu de *l'estroit* que les gens du pays nomment Québec pour autant.

Les mots et l'infini du regard, abandonnés à eux-mêmes, sont impuissants à traduire une semblable géographie. Il faut un autre langage, celui des cartes, et une autre échelle, la géométrie, pour mettre le cadastre à la portée du regard, pour représenter autant l'immense que le minuscule. La carte est en quelque sorte une maquette de la géographie, de l'espace à décrire.

Nous sommes quelque part en plein golfe. Nos yeux se butent à la monotonie de l'horizon qui nous environne. Il fait gris. Un beau gris. Sans soleil nous n'avons d'autres repères que la course du bateau. Mais s'il change sa course, nous n'avons aucun moyen de nous en rendre compte. Nous sommes prisonniers du petit à petit, enfermés dans le proche à proche qui nous achemine dans le sans borne. Nous passons dans le temps qui passe... sans nous en rendre compte. Le golfe est plus évident dans l'espace clos d'une carte que dans le cheminement du navire. Aussi bien pour savoir où nous en sommes, nous ne regardons pas tellement le voyage que la carte chaque matin épinglée sur un mur qui décrit le parcours de la veille. Autrement, dehors, dans la réalité marine, il n'y a qu'oiseaux et vagues et le grand cercle des horizons. On n'y voit pas plus loin que son nez.

Pour s'y retrouver, les navigateurs se sont évertués par tous les moyens à archiver l'espace. À le représenter. À l'enfermer comme en cage dans une géométrie dont la géographie est tributaire. C'est la carte qui génère la géographie. L'homme s'attribue, par la carte...

sur le monde
le point de vue des dieux et des oiseaux
maîtres du ciel,

ce qui lui permet de regarder de haut le monde d'en bas. Rien n'est plus volatil que l'oiseau.

Qu'est-ce donc qu'une carte ? Et je songe à ceux qui se sont aventurés dans les espaces océans et je pense à Cartier, sans carte, puisqu'il la dressait à même ses courses, qui cherchait un passage, qui a trouvé l'absence de passage, qui a pressenti le détroit de Cabot, parcouru la *baye des Chasteaulx*, qu'on a fini, hélas, par nommer le détroit de Belle-Isle, omettant par le fait même la belle évidence en dérive des icebergs, ces incroyables châtelleries flottantes, débris de l'immense continent de glace. Comment Cartier, Éric le Rouge, Leif Ericson, Cabot, Cabral ou d'autres sont-ils parvenus à dessiner le monde, à transposer les contours de l'inconnu, à traduire l'espace et le temps du voyage et à les situer dans l'instant et l'espace d'une carte ? Par quels moyens rudimentaires et tâtonnements successifs la navigation ancienne est-elle parvenue à représenter la balbutiante géographie ? Combien de fois a-t-il fallu faire le point de combien d'endroits pour parvenir à remplacer ces pointillés par la carte instantanée ? La parole, le discours, le récit, les relations ne parviennent pas à transmettre une perception adéquate, à réunir tous les points du voyage par la succession de la ligne, à tracer l'itinéraire.

Les anciennes cartes recueillent et situent les croyances antérieures. La connaissance du monde commence par *une présomption initiale... à l'aurore du savoir et du temps* (Michel Serres), qui est la divinité responsable du ciel, de la mer, de la terre. Comment passer de *l'âge fétichiste* à la carte ? De la légende du monde à la légende de la carte ? Il n'est pas indifférent que le même mot désigne la croyance d'avant la carte et le savoir de la carte. La connaissance du monde a invoqué la légende avant de légender le savoir. En sorte que la légende a expliqué le monde avant de dérouler, de déplier la carte des pointillés qui résument tous les voyages. L'homme a rêvé, légendé le monde avant de le parcourir, de le cartographier, de le révéler. Les révélations des écritures précèdent la carte. La carte révèle la réalité travestie par la légende. La réalité de l'univers.

Et l'univers embarrasse Voltaire. Comment se fait-il que cette montre marche sans horloger ? Mais l'horloger embarrasse aussi Voltaire. Et l'homme de l'enfance du monde a besoin d'une réponse à ces premières questions. Ma petite Florencinette, quatre ans, veut savoir si nous habitons le centre de la Terre ou en surface. Elle s'inquiète déjà de sa place dans l'univers. La réponse n'est pas facile. L'enfance du monde a répondu par le mythe qui en quelque sorte autorise le voyage. On se fait une idée du monde avant de le parcourir. Et l'homme se déplace d'abord à tâtons. *Avec l'aide de Dieu, oultre* (Jacques Cartier). Longtemps encore, même en 1534, le navigateur qui maîtrise l'astrolabe, le loch ou l'estime, invoque l'aide de Dieu. Sur le dernier pont au-dessus de la timonerie, dans le nulle part et le petit à petit de la mer qui s'écoule dans notre sillage, je me demande si notre capitaine *s'intercède* l'aide de Dieu pour aller *plus oultre*. Les navigations antérieures ont repoussé vers l'ouest les îles de la légende, les instruments de navigation font l'économie des intercessions divines. Avons-nous pris possession de toute la terre grâce à la cartographie en faveur de l'humanité ?

Avant de maîtriser la navigation, l'homme navigue à tâtons, dans le proche à proche, qu'il mémorise à l'aide des portulans. Il navigue à vue. Il évite de prendre le large. Mais il résiste mal au *plus oultre*. Il se fait une idée du monde avant de le parcourir. Il légende le plus oultre. Il ne tolère pas l'inconnu. Il récuse l'ignorance. Il rêve l'au-delà. Et il situe ses rêves et les dieux sur la carte avant de reconnaître la réalité des lieux. Pour se rassurer. D'où la présence du paradis dans la géographie de Colomb. La géographie n'a pas encore évacué les mythes qui antécèdent la géométrie encore impuissante à cartographier, à réaliser le monde. La légende devance la réalité comme les dieux nous précèdent en tous lieux. L'imaginaire est un parcours qui fait l'économie du voyage. Homère n'a jamais navigué que dans sa tête. Il accommode la rumeur. Il accrédite la légende. Avons-nous enfin pris possession de toute la Terre au nom de l'humanité ? Que reste-t-il pour la divinité ?

La réalité du voyage, souvent, plus souvent qu'autrement, contredit le mythe même si Colomb refuse d'admettre que Cuba est une île et non pas les Indes, même s'il aperçoit en cours de route plusieurs fois le paradis. Il naviguait dans la légende au lieu de légender la carte. Et pourtant la carte au fur et à mesure du voyage repousse vers l'ouest les îles de la légende. Même Colomb rapporte de l'inconnu des miettes de réalités. L'Amérique n'est pas à la portée du premier voyage et du premier venu. Chaque navigateur fait le point. La géographie réunit tous les points de tous les voyages pour dresser ses cartes. Jusqu'au jour où la réalité occupe toute la carte. C'est le triomphe de la géographie. Et depuis la mythologie cherche refuge dans la fiction. La mythologie raconte les dieux. La géographie raconte les lieux. Elle ne devient possible que par le voyage. Elle n'est pas œuvre de l'esprit mais de l'expérience. La révélation s'adresse à l'imaginaire. La géographie procède par le voyage, le terre à terre, et autorise le passage d'un lieu à un autre en connaissance de cause.

Aussi bien j'invoque Cartier, dans la baie des Chaleurs, qui admet l'absence de passage, qui fait appel à l'expérience comme seul maître à penser quand il s'agit de penser l'univers. Et il n'hésite pas à opposer *le dict des saiges philozofes du temps passé* à son *Brief Récit* et à celui *des simples mariniers de présent*, qui font le récit de ce qu'ils ont connu.

Par vraye expérience, dit le *Brief Récit* à une époque où les écritures faisaient foi de tout. Le voyage précède la géographie qui remplace le rêve et dément les écritures. Le *Brief Récit*, avant Galilée, avant Claude Bernard, récuse tout l'imaginaire qui se prétend explication du monde.

> *L'expérience*
> *est le seul procédé que nous ayons*
> *pour nous instruire sur la nature des choses*
> *qui sont en dehors de nous…*

écrit Claude Bernard au XIXe siècle. Encore à cette époque, fallait-il opposer l'expérience à la spéculation. Déjà Montaigne, né en 1533, donc un an à peine avant le premier voyage de Cartier, et qui ne connaît guère les cartes, constate et déplore que…

> *le genre humain [soit] vraiment trop avide*
> *de récits imaginaires.*

Et je ne peux m'empêcher de me demander ce qu'il pensait de *l'Odyssée*. Et je ne peux pas ne pas m'émerveiller de la présence de cette sagesse nouvelle qui entreprend en 1535 de découvrir le monde *par vraye expérience*.

On ne peut douter des qualités de navigateurs de Colomb et de Cartier. Ce qui les différencie, c'est que Colomb est aventurier de l'utopie et se propose le paradis tandis que Cartier se confie à la réalité et prend délibérément le point de vue des oiseaux au lieu d'en croire les écritures.

L'expérience vécue

Cependant le récit en paroles ou en écritures n'arrive pas à rendre compte d'un espace en réalité. Intervient la géométrie qui explicite la géographie. Le récit corrobore la carte. Mais c'est la carte qui corrobore le récit. L'un ne va pas sans l'autre. L'un et l'autre s'inscrivent dans le savoir. Ils inventent la perspective. Sans eux, il n'y a pas de savoir. Et le regard se réinvestit dans l'imaginaire. Mais déjà, en 1535, Cartier avant Galilée, avant Claude Bernard, récuse l'imaginaire et aussi les écritures et *l'oppinion... des saiges philozofes du temps passé* qui se prétendent explication du monde.

En toute raison,
dirais-je à demi-voix,
l'expérience vécue
vaut assurément plus que la théorie.

Vespucci ose ainsi contredire à son tour les écritures, mais *à demi-voix*. Timidement. Car alors, Homère et Aristote règnent en maîtres. À tort ou à raison. À tort et à raison.

Homère a imaginé le parcours en invoquant les dieux et Ulysse obéit à Homère sans corriger la course. C'est Ptolémée (Claude de son prénom, comme Bernard), plusieurs siècles après Homère, qui aurait, le premier, géométrisé terre et mer. Les lieux de la terre. Le nulle part de la mer. C'est la géométrie qui a réalisé le voyage, situé le départ, localisé l'arrivée, permis le retour et cartographié le parcours en sorte que le voyage échappe à l'imaginaire, en un mot, elle instaure la géographie, effaçant les îles de la légende pour situer les rivages du réel. Nous naviguons désormais la mer et la terre géographiques, ayant aboli l'inconnu peuplé de chimères. Qu'en reste-t-il encore aujourd'hui dans nos vies ? En vérité les dieux ont la vie dure. Ils sont, c'est bien connu, immortels puisqu'ils n'existent que dans la mythologie, la statuaire et la foi du charbonnier. Comme Homère lui-même, d'ailleurs, grand consommateur de divinités qui lui servent à baliser l'itinéraire d'Ulysse. Et pourtant son existence est douteuse. Ce qui ne l'empêche pas d'être immortel, au contraire.

Où étions-nous donc sur la terre avant Homère, avant le cadastre, le plan, la carte ? L'arpenteur est au début de l'espace. Il compte ses pas. Il cherche sa direction. Il interroge les étoiles. Il regarde la lune. Mesure les marées. Et il finit par réfuter les apparences. Contredire les horizons. Consulter la lune. Et après toutes sortes de tâtonnements, affirmer à ses risques et périls, en dépit de l'épée des condamnations :

Et pourtant elle tourne. (GALILÉE)

Le *simple marinier de présent* est parti vérifier les Antipodes et constater qu'on n'y marchait pas la tête en bas et qu'ils étaient par conséquent habitables. La navigation se rend compte de la rotondité et se détourne de la raison des apparences et de l'autorité des écritures.

Encore fallait-il un instrument pour confondre les apparences. Comment est-on parvenu à situer Bonavista et Saint-Malo ? L'un par rapport à l'autre ? À inscrire les résultats sur le plan de la carte en dépit de la rotondité de la réalité ? La navigation ne suffit pas qui pourtant parcourt les apparences du plan. Encore faut-il la réflexion. Et la géométrie. Et le géomètre qui, contrairement à l'arpenteur satisfait de la surface, mesure l'espace. Ou plutôt se mesure avec l'espace pour situer le navire.

Du haut du pont le plus haut, où suis-je ? Avec le compas je connais la direction. Mais pour faire le point, j'interroge la timonerie qui interroge l'astrolabe.

L'astrolabe et l'estime

Dimanche, 30 septembre 1492.
1492. Qui oserait dire que cette date n'est pas grande ? Ce jour-là, l'Amiral dit à propos de la Polaire :

Il apparaît que l'étoile Polaire
se déplace comme les autres étoiles
et que les boussoles disent toujours la vérité.

Il doute de la Polaire. Il ne doute pas de la boussole. Il ne dit mot de l'astrolabe. À vrai dire, il navigue l'approximation de l'estime. Aussi bien, il affirme :

il importe beaucoup
que j'oublie le sommeil
et sois très vigilant navigateur…

Amerigo Vespucci ne parle pas autrement :

Oublier le sommeil
semble le premier travail d'un découvreur.

Comme tous les navigateurs d'alors, Colomb, Vespucci et Cartier naviguent à l'estime. Approximativement. Grâce à la boussole, bien sûr. Mais ils ne connaissent pas la ligne droite. Ils vont au gré du vent. Et ils calculent leur position en mesurant la vitesse du navire par le loch et en tenant compte de la direction de la course par la boussole. Rien n'est plus aléatoire que l'estime. Bien souvent le vent varie, bien fol qui s'y fie. Et les calculs et le loch et la direction et le sablier et le pilote lui-même et ses observations, tout cela reste imprécis. Les erreurs peuvent s'annuler. Les chances sont grandes pour qu'elles s'additionnent. Comment donc vérifier l'estime ? Corriger la position ? Redresser la course ? Depuis des siècles, les mages et l'astrologie consultent les étoiles pour prédire un avenir. Lentement l'astrolabe s'est substitué aux magies pour dire le présent du navire, pour donner une position, pour corriger l'estime. Qu'est-ce donc qu'un astrolabe? Est-ce que sur un navire comme le *Pierre-Radisson* un simple passager arrive à comprendre ce lointain ancêtre du sat-nav instantané, l'astrolabe, dont *les anciens attribuaient l'invention à l'astronome grec Hipparque* (IIe siècle av. J.-C.)? Encore fallait-il apprendre à s'en servir sur la mer. Qui est le premier navigateur à se servir de l'astrolabe pour se situer en latitude? On ne le saura jamais sans doute. Et qui d'autre que Jean Gagné se sert encore de l'astrolabe en dépit du sat-nav pour le plaisir de vérifier son exactitude?

En 1984, soit 450 ans après 1534, sur un beau voilier nommé *Blanchon*, nous étions plusieurs, certains ignorants comme simples passagers, d'autres savants d'instruments archaïques, l'un pratiquant *le mode extatique* (Michel Garneau) de la connaissance, d'autres naviguant grâce au sat-nav et à l'électronique, tout un chacun, à grande allure, quelque part dans le nulle part océanique entre le Saint-Malo du départ et le Bonavista de l'arrivée, instrumentant la navigation et se questionnant sur la navigation d'un Cartier de 1534 ou même de 1524.

Avait-il une carte? Ou s'il établissait la carte? Sa traversée naviguait-elle l'inconnu? En tout état, il avait une mémoire, la sienne, bien sûr, celle aussi de ses équipages, celle de navigations antérieures. Et aussi la mémoire récente de Verrazano qu'il accompagnait, selon Gustave Lanctôt, en 1524. Il s'était donc devancé lui-même en quelque sorte. Sans parler, bien sûr, de la rumeur qui circulait de Dieppe à Saint-Malo et particulièrement rue de la Soif où se retrouvaient les navigateurs qui revenaient de la pêche à la morue. Navigations secrètes, bien sûr. Le secret de la morue était-il bien gardé? Mais comment garder le secret quand il est partagé entre plusieurs autour d'une bolée de cidre? Le secret est-il fait pour être gardé?

Sur une mer sans borne que volatile, sans bouée que dérive, sans direction que celle des vents de la rose, sans balise que d'étoiles, sans certitude que soleil mouvant, que Polaire douteuse, l'arpenteur est impuissant. Comment chaîner l'océan ? La nef chemine sans dire son chemin. À l'aveuglette. Confiant à la Polaire nyctale et boréale et dubitable, le nord tout entier. Et l'ignorant que je suis de mon mieux, simple passager d'une navigation rendue facile par les satellites, voudrait bien en savoir davantage. Ne pas confier tout le voyage à la bonne foi du charbonnier. À la bonne étoile des mages.

Telle est la question qui brûle toutes les lèvres de ceux qui ne savent pas. Autant sur le *Blanchon* de *La Grande Allure* que sur le *Pierre-Radisson* d'aujourd'hui. Qui nous dira l'histoire de l'astrolabe, d'Hipparque à Maupertuis, d'Ulysse à Cartier ? L'un de nous, sur le *Blanchon* de 1984, Jean Gagné, professeur d'histoire des sciences, éditeur et rédacteur en chef de la revue *L'Escale*, s'est construit un astrolabe et un loch. Pour comprendre la distance et la direction. Pour jouer à Jacques Cartier. Le voici debout, appuyé à la filière, comme prisonnier du ciel de l'eau et de l'eau du ciel, avec sa casquette de capitaine, sa veste de marin, sa chemise de matelot et sa barbe de loup, tenant à la main un instrument anachronique, simple, rudimentaire mais fondamental, un instrument à corde qu'il a fabriqué de ses mains habiles, d'après le modèle proposé par Champlain dans son *Traité de la marine et du devoir d'un bon marinier*.

Il nous démontre ce que c'est qu'un loch. Il s'agit d'un instrument très simple dont on se sert encore de nos jours sur certains bateaux pour calculer la vitesse. Le loch rudimentaire de cette époque-là est formé d'une planchette attachée aux quatre coins par une corde. Vous jetez le loch à l'eau et vous tenez la corde. Quelqu'un d'autre tient un sablier qu'il tourne au moment où le loch touche l'eau. Sur la corde qui file entre vos doigts, il y a des nœuds que vous comptez. Le fil sert à calculer la distance parcourue et le sablier à calculer le temps écoulé. Tant de nœuds sont passés dans tant de secondes. On transpose à l'échelle d'une heure, ce qui traduit la vitesse en un nombre de nœuds à l'heure. D'où le mot nœud plutôt que kilomètre pour désigner une distance sur la mer. Et voilà que nous comprenons le mot nœud au beau milieu de l'océan.

Cela vaut le voyage. Et nous avons aussi compris l'opération du loch. Parce que nous l'avons vu faire par Jean Gagné. Les explications auraient-elles suffi? Je doute un peu des miennes.

Mais ce que le loch désigne, cet espace parcouru dans le temps d'un sablier, ne dit rien à personne si on ne l'attribue pas à une direction donnée. Le loch associé au compas suffit-il pour situer le navire en mer? À chaque bordée, il faut refaire le calcul. Sur la carte, tracer le parcours. J'ai beaucoup d'estime pour l'estime, ce lien approximatif du vague et de la vague, en proie aux dérives, aux courants, aux quatre vents et aux calculs imprécis de ceux qui en *oublient le sommeil*. Cependant j'ai bien l'impression que nous comprenons les explications de Jean Gagné comme on naviguait à l'époque de l'astrolabe, à l'estime.

Je résume. Pour naviguer au gré des vents, il suffit d'un sablier pour dire le temps, d'un loch pour calculer la vitesse et d'un compas pour situer la direction du vent sur la rose : c'est l'estime. Mais l'estime peut dérouter. Faire fausse route. Se retrouver dans la marge d'erreur. Sortir de la page. Comment faire la preuve de l'approximation? Voici donc l'astrolabe. Voici donc le soleil à midi. Un soleil radieux. Le *Blanchon* qui va son chemin grâce au pilote automatique que nous avons nommé Cartier. Et nous voilà sur le pont autour de Jean Gagné. Les ombres sont rares sur la mer. Nous sommes les seuls fauteurs d'ombre. Les oiseaux sont rares sur la mer et ils sont de haute mer. Maigre repère mouvant. Nous savons que nous sommes en haute mer. L'astrolabe questionne la lumière. Jean Gagné propose l'astrolabe à notre ignorance collective. Ceux qui naviguent *la tête dans une poche* (Alexis Tremblay), au radar, à l'électronique, savent-ils encore se servir de l'astrolabe? Nous voulons savoir comment une *Grande Hermine* à voiles carrées et tous ces navires maladroits de la découvrance se retrouvaient, dans le cours de route, vérifiaient les tâtonnements de l'estime.

Il est bientôt midi. Le soleil est au sommet de sa gloire. Jean Gagné, après le loch, démontre l'astrolabe. Nous l'écoutons. Les uns distraitement comme les Balluais bretons et indisciplinés. Les autres poétiquement comme un Michel Garneau jubilant. Les autres attentivement comme celui qui voudrait tout savoir et comprendre de Cartier et de Colomb ; lourde tâche. Jean Gagné, doctoralement, scrupuleusement, vise le soleil pour mesurer sa hauteur à midi. L'angle obtenu grâce à l'alidade sur le cadran de l'astrolabe permet par un calcul assez simple et qui échappe à ma mémoire de déduire une latitude, de savoir où se trouve le navire entre le nord et le sud. On compare aux résultats de l'estime. Nous demandons au soleil de jour ou à la Polaire de nuit de nous dire où nous sommes. Sans être tout à fait précise, la lecture de l'astrolabe corrobore parfois l'estime, la corrige souvent.

Cartier est-il astronome ? Comprend-il l'astrolabe ? En tout état, il a appris à le lire un peu comme les marins d'aujourd'hui lisent le point grâce au sextant ou au sat-nav. Ils constatent le résultat. C'est l'instrument qui pense, qui calcule, qui connaît la géométrie et l'astronomie, et en déduit une position que le marin constate sans savoir peut-être comment elle est obtenue. L'astrolabe possède le secret du savoir. Il résulte des spéculations, des réflexions, des conclusions de ces hommes lointains, anciens, et qui n'ont peut-être jamais navigué, mais ils ont dérobé au ciel une connaissance du ciel qu'ils ont confiée à l'instrument. Un capitaine lit l'astrolabe sans avoir à en connaître tous les secrets. Celui qui regarde distraitement un ciel étoilé ou un soleil au sommet de sa gloire se doute-t-il qu'on en puisse tirer des conclusions ? On pourrait presque dire que c'est l'astrolabe qui navigue et que le ciel, pour le commun des mortels, n'est qu'un paysage, un spectacle. S'agit-il d'un automate qui réfléchit en notre lieu ? En vérité, une intelligence artificielle nous permet de faire l'économie de l'intelligence. On ne peut pas tout savoir. Il est émouvant de se rendre compte que l'habitacle où le pilote dissimule loch, sablier, arbalestrille, astrolabe, contient en quelque sorte toute une science du ciel, de la géométrie, de l'astronomie, dont le navigateur déduit facilement une navigation. Comme une bibliothèque d'Alexandrie contenait sans le savoir tout le savoir de l'Antiquité. Sans instrument, sans livre, nous sommes forcés de recommencer le monde à l'ignorance.

Mais la science de l'époque est encore bien approximative et peut-être insuffisante.

La cervelle d'oiseau ou le sixième sens

> *Ceux qui vont par-delà pêcher les morues*
> *que nous mangeons par-deçà.*
> André Thevet

Il ne fait aucun doute que Cartier a été précédé par les pêcheurs de morue basques, portugais, anglais, dieppois, malouins et autres. Il s'est même précédé lui-même puisqu'en 1534 il connaissait déjà tous les noms de lieux de la côte de Terre-Neuve jusqu'en Belle-Isle. Les marins pêcheurs pratiquaient-ils la navigation astronomique ? Devaient-ils se contenter de l'estime ? Et quand ni l'astrolabe n'était possible, ni l'estime fiable ? Il devait bien y avoir un autre savoir pour compenser.

Déjà, il fallait compenser l'estime. Champlain lui-même avoue qu'il ne possède…

> *point de règles bien assurées*
> *non plus qu'en l'estime du marinier.*

Ni l'estime ! Ni l'astrolabe ! Car il faut deux coordonnées pour établir un point dans l'espace. Mais l'astrolabe ne donnait que la moitié du point. Donc ne vérifiait que la moitié de l'estime. Cartier naviguait en latitude, chevauchant le parallèle. Mais il ignore le méridien, la longitude du lieu, sa position entre l'est et l'ouest, sauf en se reposant sur les approximations de l'estime. Champlain avoue et déplore son impuissance :

> *il est très nécessaire au navigateur*
> *de se servir de l'estime*
> *pour le soulagement de la navigation*

> *qui se fait en plusieurs manières*
> *mais aucune de ces manières ne donne connaissance*
> *de l'erreur qu'on y commet.*

Ils naviguaient donc dans la marge. La marge d'erreur. Non sans le savoir. Au moyen de l'estime, qui réclame une extrême vigilance, jusqu'à en perdre le sommeil, ils tracent sur une carte des océans sans autre balise que les méridiens et parallèles qui découpent un espace sans autre référence, repère, borne, galon, que le ciel de jour ou de nuit si tant est que le temps n'est pas couvert, ils tracent donc les lignes brisées d'une course erratique en butte à toutes les variables du vent, des courants, des vitesses... et des déclinaisons de la boussole. Aussi bien, au moyen de l'astrolabe approximatif à cause de la mer souvent furieuse, toujours houleuse, qui rend la visée difficile, les mariniers vérifient leur estime par une autre estime. En sorte qu'ils peuvent savoir à peu près où ils sont entre le nord et le sud et non pas entre l'est et l'ouest...

> *Dieu n'ayant pas permis à l'homme*
> *l'usage de la longitude...*

constate Champlain. Ils ne savent pas quand ils vont arriver à destination puisqu'ils ignorent la distance parcourue d'est en ouest.

Cependant, contrairement à Ulysse qui s'intercédait toutes sortes de divinités, et selon plusieurs témoignages, il semble que leur navigation dépendait aussi de l'œil, de l'intuition du marin, de sa connaissance des courants, de la couleur de l'eau, de la présence des oiseaux. Les marins de cette époque, et encore jusqu'à tout récemment, se fiaient à plusieurs facteurs, tenant compte de la moindre chose, de la mer qu'ils connaissaient bien mieux sans doute que les marins du jour d'aujourd'hui puisque, comme l'affirmait le capitaine J.-A.-Z. Desgagnés de Saint-Joseph-de-la-Rive...

> *nous autres on naviguait*
> *attachés à la roue*
> *les bottes pleines d'eau...*

et à l'air de tous les temps. Il n'était pas question du confort d'une timonerie inoxydable. Ils ont donc appris par la force des choses à observer le moindre indice.

Comment, en effet, naviguer sans soleil quand l'estime est rendue impossible par le temps qui se tourne...

> *en yre et tormente*
> *en ventz contraires et serraisons,*
> *tellement que nous [nous] entreperdymes...*

raconte le deuxième voyage des trois navires. Quand on se trouve égaré sur la mer, fourvoyé par les instruments, trompé par l'estime, dispersé par les vents, que reste-t-il pour s'orienter ? Quand l'astrolabe n'est plus possible, la tradition savante inutilisable ? Pour comprendre un tant soit peu ce sens qui n'existe plus, voici un bout de dialogue entre Jean Gagné et Michel Serres.

Michel Serres : *Moi, j'ai connu des morutiers non savants* (donc qui ne savaient pas utiliser la navigation astronomique) *qui allaient à Terre-Neuve sans faire le point astronomique.*

Jean Gagné : *Oui, en effet. On m'a raconté récemment qu'un des morutiers de Bretagne louait une espèce de mauvais chronomètre chez un orfèvre, pour traverser l'Atlantique et, en fait, c'était beaucoup plus pour sauver les apparences que pour s'en servir.*

Michel Serres : *Quand j'étais jeune, j'avais été avec un inspecteur sur des bateaux morutiers de La Rochelle pour inspecter les instruments de navigation et ils étaient en si bon état qu'il était évident qu'ils n'avaient jamais servi. C'est-à-dire qu'ils allaient à Terre-Neuve sans avoir besoin d'astrolabe, de sextant ou quoi que ce soit.*

Jean Gagné : *As-tu idée comment ils s'orientaient ?*

Cartier était pilote du roi. Il connaissait la tradition savante. Il savait calculer la latitude puisqu'il mentionne la position de Bonavista.

> *... et aterrames à cap Bonne Viste*
> *estant en quarante huyt degréz et demy*
> *de latitude*
> *et en... degréz de longitude.*

Il ne donne pas sa longitude qu'il laisse en suspens. Par contre, il mentionne une latitude. *Cette latitude donnée pour la première fois est d'une exactitude remarquable* (W. F. Ganong). Elle est en réalité de 48° 15' 34".

Mais les morutiers qui fréquentaient, encore au début du XXe siècle... et déjà en 1534... et même avant, les brumes de Terre-Neuve, comment trouvaient-ils leur route ?

On ne le sait pas trop bien. Michel Serres, qui se souvient d'avoir été marin dans sa jeunesse et qui raconte les origines de la géométrie maintenant qu'il est devenu sage sinon mage, affirme que ces randonnées au hasard, sans balise, sans instrument, improbables, que ces pratiques incertaines se faisaient...

> *à l'œil, à l'œil seulement.*

Et cet ancien marin de marine, ce fils de batelier de rivières, en connaissance de cause raconte avec passion la navigation sans chemin ni chemine d'un morutier breton... contournant l'imprévisible... maîtrisant les fluctuations... appliquant les cinq sens et même le bon sens et jusqu'au sixième sens à percevoir un itinéraire qui repose sur une mémoire presque inconsciente, laquelle surgit inopinément comme les mots du langage, une sorte d'alphabétisation des mers antérieures, de père en fils, une variété d'indices impondérables que j'énumère sans pour autant connaître le bien-fondé des mots que j'emploie, comme un poète s'adonne à la poésie pour la beauté des mots... pour un simple bonheur d'expression...

… une algue qui flotte… un bleu qui persiste… une nuance… un parage… des marsouins en blanche mouvance… des dauphins en cavale qui bondissent… une habitude du courant qui teinte les surfaces… une constance du vent *rafaleur*… une forme de la houle intempestive… une présence de la brume qui irise… une immensité des bahuts qui muraillent… tout cela qui est indicible, intraduisible dans l'écriture, qui ne se vocalise même pas peut-être, qui ne se rationalise pas ni ne se poétise, tout cela qui est dans la tête comme l'écriture. Qui peut raconter comment s'assemblent dans la tête les signes de l'écriture ? Le mystère reste entier. Peut-être avaient-ils la cervelle d'oiseau pour s'y retrouver…

Une telle navigation sans carte ni instrument est à la fois mémorable et analphabète. En vérité, elle est orale. En quelque sorte de père en fils. De capitaine à matelot. Elle n'est pas à vol d'oiseau, ni géométrique, mais opportune. Simple pratique. La carte émane du compas et des instruments. La navigation ancienne ne repose pas sur le préjugé de la carte. Elle compose avec le réel, l'accidentel et la reconnaissance des lieux. Elle ruse avec le hasard. La carte survole d'oiseau, la navigation nage dans l'aléatoire, le dérisoire, le minuscule, le détail. Elle énumère le petit à petit, elle contourne le semblable, elle juxtapose les lieux jusqu'à une destination, bonne ou mauvaise, lointaine, plus ou moins bien ou mal connue. La navigation sans carte, souvent dévoyée, recommence à l'inconnu chaque voyage. Rebrousse une mémoire fragile. Parcourt l'intuition. Repose sur la fragilité des indices. Pratique la raison du hasard. Consulte le hasard de la raison. Le navigateur, faute d'instrument, devine sa navigation. La carte, elle, la transcrit, la situe, la fixe sur le papier entre les repères géométriques de la latitude et de la longitude, des méridiens et des parallèles : c'est une écriture. Il y a des connaissances accumulées dans la carte. Il y a de la magie, de la presque sorcellerie, dans la navigation sans carte ni instrument. C'est une mémoire, une langue paternelle. Une oralité. Une mémoire. Le navire d'autrefois a carte blanche… et en désespoir de cause, un sixième sens.

Cette mer archaïque à voiles carrées des découvrances et cette forêt récente sans chemin ni chemine des Indiens montagnais ne sont pas à la portée du premier venu. Elles nécessitent un apprentissage de toutes sortes d'indices qu'on ne trouve pas dans les livres et une intuition impossible à codifier en dehors des mocassins d'une pratique millénaire. C'est le lieu même de la tradition orale. La théorie du pas à pas. Une connaissance d'avant le savoir. À tous risques d'erreurs, de fausses routes… et d'échouages.

C'est pourquoi l'astrolabe intervient. Le marin finit par consentir, quand il en a les moyens, à une instrumentation qui interroge les étoiles, calcule les positions et situe les lieux sans l'intervention des dieux et des mages qui prétendent définir le réel en interprétant le zodiaque. Le radar finit par remplacer Athéna.

Un autre savoir

Les Anciens, le pauvre Ulysse lui-même, n'avaient que des chimères à placer en étrave. En figure de proue. Ils se mettaient sous la protection d'une divinité. Ils pratiquaient une divination ayant à naviguer le nulle part, l'innommé, un espace imprévisible, à la recherche de l'improbable dans l'espoir que l'ailleurs se transforme en ici, devienne le lieu du récit. Et ils n'osaient pas dépasser les bornes. Ils allaient de proche en proche. À tâtons.

À vrai dire, ils ont longtemps navigué à vue avant de s'aventurer à l'aveuglette. Éric le Rouge et les Vikings naviguaient à vue, semble-t-il. Sans instrument. Avaient-ils seulement un compas? Connaissaient-ils la Polaire? Bien sûr, le Groenland n'est pas visible de l'Islande d'Éric le Rouge. Mais il semble bien que du glacier des Monts des Neiges, en Islande, on puisse apercevoir, par réfraction ou mirage, certains jours, le glacier que l'on nomme le Manteau Bleu en Groenland. Il y a même un endroit qu'ils ont nommé Pic de la Disparition parce qu'on l'apercevait en dernier lieu quand on faisait voile du Groenland vers l'Islande. Ce qui démontre peut-être qu'on naviguait à vue, qu'on n'affrontait le grand large que rarement. Pour ne pas perdre le nord, on ne perdait pas de vue. *La Saga d'Éric le Rouge* en effet rapporte que celui-ci...

> *avait l'intention de partir*
> *à la recherche du pays qu'avait vu Gunnbjörn*
> *fils d'Ulf le Corbeau*
> *quand il naviguait à la dérive vers l'ouest*
> *et qu'il découvrit les Écueils de Gunnbjörn.*

Il devait bien y avoir un autre savoir pour compenser tant d'ignorance, un autre savoir dont il n'est question nulle part dans les manuels de navigation, ni dans Champlain ni dans Maupertuis. Un sens dont on dit qu'il est le sixième, comme pour les oiseaux peut-être qui naviguent du nord au sud. Mais la navigation d'alors allait d'est en ouest, poursuivant le soleil, bien sûr, mais cherchant une destination, un havre, un endroit où...

> *mestre les voiles bas et en travers* (Jacques CARTIER)

quelque part sur ces rivages à n'en plus finir d'une Amérique inattendue, inespérée, à peine entrevue par les drakkars.

Il devait bien y avoir un autre savoir ! Comment situer les lieux sans l'intervention des dieux ? N'est pas Ulysse qui veut. Le marin, par prudence, cherche à corroborer les présages qui encombrent la navigation. Bien sûr, il consulte la madone *en poupe et par le col*. Mais il consulte encore tous les sens jusqu'au sixième. Car il n'est pas absolument sûr de la divinité. Il cherche à faire prévaloir le réel sans parvenir pour autant et tout à fait à déloger la chimère. Les figures de proue auront encore longtemps la vie dure. Le mythe continue à prendre place dans les relations, imposant à la cartographie ses dragons, ses monstres, ses cyclopes, ses cynocéphales et...

> *aultres merveilles longues à racompter...* (Jacques CARTIER)

qu'on retrouve dans tous les récits. Les cartes en ciel et de la terre étaient enluminées de croyances.

Mais il faut bien admettre qu'ils rapportent des destinations. Grâce à quelques instruments, quand la chose est possible. Grâce aussi parfois au sixième sens, à l'aide...

du moiré, du tigré, du chiné, du damassé

que suggère le philosophe-poète-marin, peut-être plus poète que marin, à la navigation sans amer, à la mer sans repère. Comme si la mer ne changeait pas d'une année à l'autre. Comme si la mer était une campagne, un paysage terrestre...

strié, nué, tigré, chiné, zébré

comme une paisible vallée.

Les sens ne trompent pas, insiste Michel Serres. Les sens ne trompent pas celui qui sait lire le paysage, celui qui sait lire la mer... On peut faire dire ce qu'on veut aux Écritures, à Ulysse. On ne peut interpeller la mer par l'imaginaire que si on voyage dans l'écriture. Le marin, même celui qui possède l'astrolabe qui dépend de la Polaire ou du soleil, se doit d'avoir d'autres repères. Lesquels ? Et il interprète autant les nuages que les mirages, les oiseaux qu'on dit pélagiques, d'autres oiseaux qui ne prennent pas le large, et même les dauphins erratiques qu'on retrouve parfois dans certains parages. À défaut d'une géométrie qui dispose même de l'obscurité, qui voit dans le brouillard, peut-on naviguer grâce au regard ancien qui interprète le visible, *le moiré, le tigré* et les messages divins ? Les marins de l'ancienne marine encore récente...

attachés à la roue... les bottes pleines d'eau,

méprisent ceux d'aujourd'hui *qui naviguent la tête dans une poche*, comme disait Alexis Tremblay pour parler du radar.

Comment dès lors comprendre le voyage sans carte et sans radar d'Éric le Rouge ou de Cartier ou d'Alexis Tremblay ? Comment l'imaginer, ce voyage, dans la légende qui servait de figure de proue à toutes les navigations ? Il a fallu passer lentement de l'imaginaire à l'image, de la théologie à la géographie, de l'inconnu au connu. Et encore fallait-il projeter sur le plan de la carte un espace situé sur une sphère, sur un tout autre plan ; sur la surface de la carte, inscrire un espace embrouillé dans les ouï-dire, légendé par les récits. On croit pouvoir lire une carte. On est en confiance. On se reconnaît d'une carte à l'autre. On voyage dans l'image de la carte. Et pourtant rien n'est plus abstrait. Et pourtant rien n'est plus concret. À la fois abstrait et à la fois concret. Et on lit la carte, même sans la science de la navigation. Elle en dit plus sur l'espace que l'espace lui-même, abandonné à lui-même et aux rudiments du regard. Car elle ramène la géographie à l'échelle du regard. Elle englobe l'inaccessible et nous le restitue en le décrivant point par point, en le mémorisant dans sa globalité. Nous naviguons sur les cartes grâce à la science de l'espace. Et nous confions notre ignorance à la connaissance des timoneries. En somme, nous sommes en lieu sûr grâce à la carte. Nous n'avons plus à nous préoccuper de suivre...

les chemins tracés du moiré...

Nos sens sont endormis, ébréchés, faussés, dénaturés. Nous n'avons conservé de ces temps où les mages s'efforçaient de lire dans le ciel que l'astrologie. Le zodiaque est une poésie du ciel. Est-ce qu'on connaît ce qu'on invente ? Les signes du zodiaque enseignent-ils les constellations ? Mais la magie est progressivement devenue la géométrie. Bien sûr, c'est l'imaginaire de Colomb qui a découvert l'Amérique, en rêve et par hasard. Mais maintenant, c'est l'Amérique qui importe. Désormais, ne faut-il pas confier au savoir le soin d'identifier le réel, de constater les constellations, de faire le point sans reconnaître aucune vertu aux signes de l'imaginaire ? Le ciel est-il intelligible ? Peut-il, par ses concordances, prédire un avenir, soutenir le présent ? C'est l'astrologie. L'astrolabe donne à savoir. L'astrologie donne à croire. L'homme est responsable de l'astrologie, il a créé Dieu, inventé les chemins du ciel, il a trouvé le paradis de Colomb. L'astrolabe est responsable de la moitié du point, il vérifie l'estime, il donne la position du lieu entre les pôles. Le marin est le simple lecteur d'un savoir connu par l'instrument. Le mage est l'inventeur d'un avenir contenu dans son imaginaire. Dieu n'est pas un lieu.

Cependant, le mage et l'imaginaire sont au début du savoir. Ils ont passé des nuits à contempler le ciel. Ils ont soupçonné une énigme du ciel. Ils ont interrogé les étoiles. Les étoiles ont longtemps répondu grâce à l'imaginaire. Puis un jour, le mage a deviné une logique du ciel et il a remplacé l'astrologie par l'astronomie.

Il reste que l'imaginaire est accessible à toutes les intelligences et que mon intelligence ne voit que du feu dans la timonerie. Devrai-je, faute de mieux, consulter...

le moiré, le tigré, le chiné, le damassé?

Cependant une époque encore prisonnière des écritures, d'un compas qui dit la vérité, d'une vérité encore imparfaite, qu'il faut compenser par *le moiré, le tigré, le chiné, le damassé*, commence à opposer à l'astrologie fabuleuse l'astronomie méticuleuse et la géographie voyageuse pour effacer progressivement les îles de la légende et situer les lieux sur la mer sans feu ni lieu. L'audience accordée aux portulans enluminés et aux cartes légendées, amorces d'un monde nouveau qui contredit l'ancien, d'un ciel nouveau qui récuse le ciel des mages, accrédite une astronomie qui recommence la géographie grâce à la géométrie. Les cartes abolissent les écritures, réunissant, conjuguant des points imprécis ramenés de leurs voyages par les voyageurs pour cerner et décrire un tant soit peu l'espace nouveau, réunissant les points avec des pointillés, ajoutant les hypothèses aux témoignages, non sans accorder quelque crédit aux légendes, préservant les désirs du prince en quête du passage. C'est pourquoi l'astrolabe intervient, s'interpose, impose une autre écriture moins chimérique et situe les lieux sans l'intervention des dieux.

La tête d'oiseau

> *L'amiral… dit encore avoir vu ce matin*
> *un oiseau blanc qu'on nomme paille-en-queue*
> *lequel ne dort jamais en mer.*
> Christophe Colomb

Je n'en suis pas à ma première navigation. J'ai beaucoup randonné en forêt, là où le nord est partout et nulle part. Là où on peut perdre le nord. Comment dès lors s'orienter, retrouver l'orient, sans le nord? Quand il n'y a plus chemin, ni mémoire. Comment naviguer dans l'inconnu sans balise? Trouver le chemin qui conduit du départ à la destination? Retrouver le chemin du retour? Sans instrument? ni carte? ni mémoire? Et comment mémoriser le semblable, distinguer l'arbre de l'arbre, la colline de la colline, le pareil du même? Le sens de l'orientation compense-t-il l'absence de mémoire, de repère, d'indication?

J'ai traversé l'océan, marché la forêt, parcouru le Pays de la terre sans arbre, sans comprendre tout à fait le sens de l'orientation du chasseur de caribou, du marin breton. Il m'est arrivé parfois de me retrouver, à la fin du jour, en pleine forêt sombre, pas très loin d'une route, sans rien reconnaître des arbres, des plantes, des reliefs, ayant perdu le nord que pourtant la boussole m'indiquait de son mieux. Je n'arrivais pas à en croire la petite aiguille aimantée, obstinée, infaillible et qui dit toujours la vérité. J'étais déboussolé. Sceptique. Mon sentiment contrariait le nord de l'aiguille. Mais je finissais par me résigner à obéir à l'instrument. Pour ainsi dire les yeux fermés. Et je m'émerveillais que la boussole se retrouve et me retrouve.

La boussole a peut-être aboli une science antérieure, la science de l'habitant des forêts; du sauvage sans boussole. Le non-sauvage se perd facilement en forêt. Comment le sauvage s'y retrouve-t-il? La boussole a changé notre vision du monde. Elle suggère la ligne droite, le plus court chemin. Elle n'obéit plus aux portulans qui vont de port en port, au lit des rivières, aux versants des montagnes…

Elle n'a que faire d'une mémoire des lieux, des paysages, du petit à petit.

Le sauvage, lui, ne perd pas son chemin puisqu'il poursuit un pays sans route. Il est toujours à destination car il fréquente le non-lieu. Le nord est partout dans la mesure où il ne va nulle part. Il se rend au bout de la marche. Il arrive là où il s'arrête. Au bout de la marche. Il habite partout, toute la forêt, puisqu'il est l'habitant des forêts. Il est toujours dans la bonne direction, étant sans feu ni lieu comme l'herbivore.

L'herbivore est chez lui partout où il y a de l'herbe. Le carnivore habite là où il y a une proie. Connaissent-ils le nord ? De même le chasseur qui passe d'un lieu à un autre sans élire domicile. Il loge à la belle étoile. Peut-être a-t-il appris à lire son destin dans le ciel parce qu'il a été sans toit, pour peupler ses nuits, pour leur donner du sens : c'est le début de l'astrologie. Peut-il perdre le nord, se perdre ? Il est partout chez lui dans toutes les directions. Son lieu, c'est le caribou, le lieu du gibier. Sa boussole, c'est la trace, les pistes. Et il porte sa maison sur son dos, jusqu'au jour où il établit son lieu près d'un feu.

Est-ce à partir du domicile fixe que débute l'orientation ? La femme reste auprès du feu. Il se doit de la retrouver au retour. Faut-il croire qu'il existe quelque part dans sa tête d'oiseau une boussole qui indique le chemin du retour ? Aurions-nous dans nos chemins balisés perdu l'usage de ce sixième sens qui retrouve le nord, le chemin du retour ? L'habitant des forêts, comment retrouve-t-il le lieu de sa naissance dans ce monde chaotique qui l'environne ? Privilège de l'empremier peut-être, quand rien ne s'interpose entre l'homme et le paysage. Comme si le sauvage sans instrument parvenait à conjuguer tous ses sens pour donner audience à un sixième sens. Comme s'il avait conservé du fond des âges et de l'évolution une tête d'oiseau, un nord sans boussole.

J'ai parcouru dans tous les sens *Les Cinq sens* de Michel Serres pour retrouver ce rudiment d'humanité... ce vestige d'une animalité qui l'antécède peut-être. Mais je me suis buté, enfargé, empêtré dans les voyages d'Ulysse qui n'a jamais navigué que dans la cécité d'Homère, le mythomane. À chaque détour, le pauvre navigateur rencontre les dieux qui lui servent de boussole. Il navigue au petit bonheur, sachant bien que le dieu est partout pourvu qu'on l'invoque. Est-ce là le sixième sens du marinier, du chasseur, de l'habitant des forêts ? Faut-il vendre son âme pour sauver sa peau ? Implorer Athéna ou Éole pour ne pas perdre le nord ? Quand Dieu est partout, comment s'égarer ?

Ulysse a voyagé dans *l'Odyssée*. Mais *l'Odyssée* n'est pas une mer mais un livre, un savoir, une encyclopédie. Homère confond mythes et géographie, Athéna et la boussole. Homère raconte le voyage sans avoir navigué. Il parcourt les lieux communs de son temps. Il fréquente le connu et le vraisemblable et la chimère. Il rebrousse chemin devant l'inconnu. Il n'a jamais consulté tous ces mariniers d'autrefois, sans le secours des légendes, sans la rescousse des divinités, qui allaient de port en port et jusqu'à *plus oultre*. Qui naviguaient la réalité de la mer plutôt que les divinités d'Homère. Sans doute un peu mécréants. La navigation parviendra-t-elle un jour à faire l'économie de la magie, des superstitions ? À tâtons, à vue, la navigation hésite devant l'inconnu sans balises… au seuil de la connaissance.

Les étoiles sont-elles responsables de l'avenir de la navigation ? Et de la connaissance ? Et de l'audace des caravelles ? A-t-il fallu attendre l'astrolabe qui fait le point là où il n'y a ni arbre ni clocher ? Comment cartographier quand il n'y a rien à désigner ? Ni clocher, ni fontaine ? Comment tracer une route dans ce pays sans route ? Comment assurer le retour dans le semblable à perte de vue ? Le marin compte sur le retour. Il n'est pas chez lui partout. Il regarde le ciel. Il voit des étoiles, un soleil. Il en tire des conclusions. Il prend le large grâce à ces repères à peine échappés à l'astrologie. Il invente l'astronomie, une géométrie où il découvre le lieu de sa mouvance dans la mouvance des astres. C'est la fin du proche à proche. La fin des portulans.

Sur la mer toujours pareille, dans la forêt toujours semblable, deux navigations. L'une, savante, qui repose sur l'astronomie, la géométrie, les angles, le soleil, les étoiles. L'autre, approximative, instinctive, qui interprète l'impondérable, qui invoque les cinq sens jusqu'au sixième, qui n'invoque pas tous les saints du ciel. Quelle millénaire réflexion a incité la navigation côtière à s'éloigner des rivages, à s'aventurer vers le large sans clocher ? À abandonner le champ clos de la Méditerranée des dieux pour s'aventurer sur l'océan des étoiles ? Sans clocher. Le ciel des dieux s'incline devant le ciel des étoiles. La boussole remplace la tête d'oiseau. L'intelligence de l'homme repousse l'instinct de l'animal. À tort ou à raison.

En secret, quelque part, pourtant, on retrouve cette vision du monde. Et je reste séduit, éberlué, sceptique quand je randonne avec cinq Indiens montagnais durant douze jours, de La Romaine au lac Musquaro, pour chasser le caribou. On dirait qu'ils marchent à la légère, par monts et par vaux. On dirait qu'ils savent où ils vont. Par cœur. Et pourtant j'ai l'impression d'être toujours au même endroit, dans le même paysage. Dans une mer d'épinettes. Sur la neige des lacs gelés. Dans le vent infatigable qui efface toutes les traces. Comme s'ils recommençaient le monde à la première chasse, à chaque chasse.

J'ai questionné Basile le plus jeune, Alexandre le traceur, André le chantre, Étienne le silencieux, et l'autre Alexandre, le fils du premier. J'ai marché dans leurs pistes de raquettes, j'ai pêché dans leurs trous sur la glace, bu leur thé d'encre, mangé leur *banique*, dormi dans les odeurs de sapin… Et je n'ai rien compris. Je n'ai pas appris le secret de leur randonnée. Comme si on ne parlait pas le même langage. Où est-il leur nord ? Comme s'ils ne parcouraient pas le même nord. Un nord sans boussole.

J'ai questionné l'Indien, le maître des destinations, et j'ai compris que je ne comprenais pas. Comment s'orienter sans le nord ? *Le nord n'est pas dans la boussole* (Pierre Morency) mais dans leur tête d'oiseau, dans une façon d'épeler les lieux, de conjuguer les espaces, d'articuler les lacs, les versants, les rivières. J'ai cru deviner, percevoir un sixième sens qui échappe à notre logique instrumentale, une aiguille qui ne fréquente pas la boussole, une boussole antérieure à la boussole. Un sixième sens qui m'était inaccessible et qui n'était pas la somme des cinq autres. Tout un chacun possède un gyroscope dans sa tête d'oiseau, une petite intuition qui le dirige dans l'irrationnel, une façon de se déplacer au hasard. Comme si le hasard ne pouvait pas faire fausse route. Mais avant d'aller au hasard, faut-il encore savoir que le hasard existe. Et pour lui donner raison, apprendre à le lire comme une carte d'avant les cartes. Avant la carte, il y a l'absence de carte. Mais le paysage n'est-il pas une carte sans échelle ? Une carte grandeur nature ? Le mystère s'épaissit. Comment lire les paysages ?

Ulysse voyage dans les mythes et il rencontre la légende et il aboutit à Ithaque, à la fin de l'histoire. Grâce à Homère, l'aveugle qui lit dans sa tête les chemins de l'écriture. La fiction invoque les dieux. Le voyage invoque les lieux. La fiction retrouve la fin de l'histoire. Le voyage ne perd pas la carte et retrouve le chemin du retour. La fiction invoque la divinité. Le voyage parcourt la géographie. L'Indien, bien sûr, invoque le rêve, mais il randonne le réel. *Avec l'aide de Dieu, oultre*, comme disait Cartier, pour se rassurer. Même Cartier invoque le Dieu. L'Indien invoque le rêve. Mais ni l'un ni l'autre ne perd le nord. Car ils parcourent le pas à pas, le petit à petit, le proche à proche d'une réalité qu'ils épellent de mémoire. Ils démêlent leur chemin parmi toutes les possibilités qui s'offrent, d'une épinette à l'autre, d'une vague à l'autre, là où il n'y a pas de chemin. Ils ne perdent pas de vue le paysage. De mémoire le moindre indice.

Alexis Tremblay, le vieux sage de l'île, disait pour décrire un imbécile qu'*il marche parce qu'il y a des chemins*. Sur la mer, sur les lacs gelés, en forêt, dans le nulle part du Pays de la terre sans arbre, il n'y a ni chemin ni chemine. Et la route à suivre n'est pas à la portée du premier imbécile venu. Elle n'est pas à ma portée. J'arrive à sortir du bois de mes chasses avant la nuit sans trop de difficultés. Encore me faut-il croire la boussole que mon sentiment contredit. Il m'arrive de perdre le nord. C'est la boussole qui le retrouve. Qui suis-je sans la boussole, sans le chemin de la boussole ? L'Indien trouve son chemin sans boussole. La boussole connaît son chemin sans moi… en dépit de moi. C'est l'absence de boussole qui est responsable de leur pratique dont je ne saurais dire les paramètres, sans risque d'erreur. D'autant qu'ils ne parviennent pas eux-mêmes à les énoncer.

Peut-être se fient-ils au soleil sans même savoir l'heure, à quelques étoiles comme un chemin de Compostelle, à la ligne de partage des eaux, car ils campent souvent à l'embouchure des rivières d'où ils partent. L'Indien précède l'histoire. Il rudimente la géographie. Il amorce une compréhension du monde. Avant l'orientation, il n'y a que le hasard des cheminements. Le monde appartient aux bêtes. L'Indien suit les pistes, l'homme sans boussole possède ce sixième sens qui est peut-être le premier, antérieur à tous les autres, qui n'est pas l'intuition mais l'orientation. Il mémorise progressivement un lieu qu'il finira par nommer pays.

Et je donne ma langue, car j'ai oublié ce langage qui m'antécède. L'Indien n'arrive pas à me l'expliquer parce que je n'arrive pas à le comprendre. Et pour autant je n'arrive pas à me l'approprier même s'il est rudiment d'un langage. L'herbivore n'appréhende que l'instant, car il n'habite que le nulle part. Établir feu et lieu et y revenir, c'est déjà humaniser la planète. Le langage n'est-il pas le début de la solidarité ? Mais qui comprend le langage de l'autre ? Le langage ne serait-il pas le début de l'adversité ? Et pourtant je cherche à comprendre. Et l'Indien cherche à m'expliquer. L'inexplicable est-il infranchissable ?

Jérôme Saint-Onge (où a-t-il déniché ce nom qui travestit son identité ?) me disait, non sans fierté, pouvoir se rendre de Schefferville à Sept-Îles, du Pays de la terre sans arbre, la toundra, du pays où les arbres apparaissent, la taïga, jusqu'au pays des forêts, à pied, en toutes saisons, sans instrument. Mais par quels stratagèmes ? Il n'arrivait pas à me faire comprendre l'instrument instinctif. La tête d'oiseau. Comme s'il ne savait pas bien lui-même. Comme d'une chose enfouie dans la nuit des temps. Comme une mémoire somatisée. Est-ce qu'on peut, d'instinct, résoudre le labyrinthe ? À l'aveuglette, tirer l'épingle ? Et pourtant je lui fais confiance. Peut-il se perdre ? Sans doute. Mais il lui arrive plus souvent qu'autrement de parvenir à sa destination. Comme un destin. Comme si sa route était écrite. Et comme s'il pouvait la lire… dans le ciel… dans les rêves du tambour… ou dans un ailleurs inaccessible à mon entendement. Je me laisse guider parmi les arbres du chasseur. Mais lui, il se perd dans le labyrinthe des villes. Et c'est à mon tour de le guider. Chacun son nord peut-être.

Je m'émerveille de l'astrolabe sans bien connaître le pour et le contre et toute l'astronomie qui préside à l'instrument. Mais je lis l'instrument qui me tient lieu de savoir. Et je me pose la question des origines. Comment un savoir indigène a-t-il devancé le savoir ?

Pour mieux comprendre ce que je devine à peine, j'ai posé la question de l'orientation à des Indiens montagnais de la forêt boréale. Ils m'ont donné mille réponses qui n'en étaient pas une. Comme le marin breton. Comme s'il s'agissait d'un secret, d'un instinct, d'une tête d'oiseau. Proposé mille détours, autant de ruses, quelques divinités, un rêve, un tambour... qui me perdaient. J'ai pourtant réussi à deviner une mémoire acquise, une conjugaison des reliefs, une tournure des horizons, une tendance des eaux, une texture des sols, une fréquence des plantes, mille choses qui ne disent rien à celui qui ne possède pas, depuis belle enfance, la pratique d'un langage. Comme les caractères d'une écriture étrangère. Et j'ai cru comprendre qu'ils savaient lire les paysages comme d'autres le sanskrit ou le grec ou les hiéroglyphes.

Je ne me hasarderai pas à décrire les signes qui me sont invisibles. Je sais seulement qu'il est difficile de conjuguer l'aléatoire et le permanent, le semblable et le différent, l'eau et la montagne, le passager et le sédentaire. On ne reconnaît pas un lieu en invoquant la présence du marsouin fugace ou le passage du caribou migrateur et erratique. Tout ce savoir repose sur des concordances inarticulées, sur des signes invisibles, sur une association de l'aléatoire et du permanent. Sur une façon singulière du bleu des montagnes. Expérience ! Fréquentation ! L'Indien connaît par cœur le territoire de sa rivière natale, comme une langue. Le marin, sa traversée, son océan, sa pratique. Tout cela qu'on apprend...

*en même temps qu'on apprend
à marcher, parler ou voir.* (Michel SERRES)

C'est sa langue maternelle, celle qu'il élabore avant même d'en prendre conscience peut-être. Langue étrangère aux hommes étrangers, familière à ceux qui naissent dans ce langage. Il n'y a pas lieu de s'émerveiller que les enfants chinois parlent chinois ni du sens de l'orientation de l'Indien ou du marin. Ils parlent orientation depuis belle enfance, de père en fils.

La langue du paysage des peuples chasseurs est paternelle. Ils voyagent en temps et lieux, les conjuguent dans le pas à pas, le proche à proche, dans un savoir qui n'a rien appris de la connaissance. D'avant la géométrie. Les routes sur la terre, les instruments sur la mer rendent-ils un tel savoir désuet, périmé ? Pourtant, le marin n'arrive pas à ne pas conjuguer la mer, à ne pas percevoir les signes et à ne pas les interpréter. La mer propose une écriture subtile, complexe, qu'on ne peut pas tout à fait réduire à un cap confié à un pilote automatique. Quelle navigation a découvert l'Amérique ? Quelle intuition a précédé, devancé, balisé les découvrances ? Et qui reconnaît son mérite ? Qui s'est accaparé la découverte ? Ainsi, les princes et les fabricants de cartes purent dire qu'ils avaient découvert l'Amérique, le faire croire et en prendre gloire alors que cent pêcheurs, suivant les chemins imprécis du *moiré*, l'avaient touchée sans le clamer haut dans l'Histoire.

J'ai questionné les uns et les autres, les sagas et les relations, les marins et les Indiens, et je me retrouve, à parcourir le long en large des ponts, rien de plus rien de moins qu'un passager ignorant qui voudrait tout savoir. Et je partage mon ignorance. Autant que faire se peut. Faute de mieux. Je n'ai pas vraiment réponse à tout. Mais des questions sans fin.

Chapitre XVIII

Les premières glaces

En route vers le détroit de Belle-Isle. Je navigue avec mon doigt sur la carte affichée à la sortie de la salle à manger. Pour savoir où je suis. Pour savoir où j'en suis ce 10 juillet 1991. Et je m'émerveille d'une carte qui me raconte mon voyage. Qui le visualise pour ainsi dire.

Rien n'est plus abstrait que la carte et rien n'est plus concret. Elle est une géométrie qui situe dans une géométrie. Sur la carte je vois des lignes méridiennes et parallèles, et je voyage entre les lignes. La timonerie, grâce à la science des instruments, chaque matin trace une ligne qui part de la veille et s'arrête à un lendemain. Ce point, c'est l'endroit où nous étions à une heure précise, c'est un endroit où nous ne sommes déjà plus au moment où nous lisons la carte. Mais je sais que nous passons d'un lieu à un autre.

La carte me raconte le voyage. Elle me donne l'image du monde et, sur cette image, elle inscrit au crayon rouge l'image du voyage. Et je m'émerveille de me voir là où j'en suis.

Qui s'étonne encore de la carte ? Elle est devenue banale, presque monotone. Car elle ne raconte plus la merveille, le ouï-dire, mais la réalité. Elle ne dit plus *Le Devisement du monde* de Marco Polo, elle ne reproduit plus *Le Livre des merveilles*. Elle n'étonne plus personne. Et, pourtant elle m'apparaît plus merveilleuse que toutes les légendes qui l'ont précédée. Elle ne fait jamais fausse route. Elle indique la bonne route. Elle ne trompe pas sur la marchandise. Elle est l'ultime référence.

Est-ce simple hasard si le mot *mer* se trouve justement au début du mot *merveille* comme une promesse de la navigation, là où débute l'inconnu ? Voilà pourquoi peut-être le langage a retenu la carte pour signifier l'errance, l'erreur, la chimère. On dit : *perdre la carte... n'être pas sur la carte... savoir la carte.* Quand on navigue sur la mer Océane, est-on sur la carte ? La mer est-elle sur la carte ? Les rivages sont définis, indiqués, tangibles. Les rivages, les îles, les récifs, parfois les courants et aussi les zones dangereuses où naviguent les glaces monstrueuses. Tout est indiqué de ce qu'on peut reconnaître. Tout est défini. Mais la mer, elle, est indéfinie. La mer est bleue, comme une réflexion, comme un ciel. La mer est partout entre les rivages. Peinte en bleue ! Et le navire dans ce nulle part se situe grâce à une géométrie fragile : des élévations, des angles, un simple calcul des astrolabes, des nocturlabes, du bâton de Lévi, du révélateur des profondeurs, de l'arbalestrille, du sextant. Mille tentatives diverses pour contredire l'inconnu, pour situer le navire, pour faire le point du navire dans le nulle part sans rivages de la Grande Bleue. La navigation n'a d'autres balises qu'une géométrie abstraite et quelques oiseaux, certains de grand large, d'autres de rivages. C'est pourquoi, sans doute, Cartier et Colomb s'intéressent tant aux oiseaux dont ils déduisent une position approximative. Mais aussi pour d'autres bonnes raisons. Après vingt jours de mer et de viande salée, Cartier arrive enfin à Bonavista le long de la côte de Terre-Neuve où il est immobilisé à cause des glaces pendant dix jours. Donc après trente jours de viande salée, il quitte enfin Bonavista. On s'attendrait à ce qu'il longe Terre-Neuve où il a le mandat de trouver le fameux passage. Pourtant il prend une toute autre direction. Celle du nord...

LES PREMIÈRES GLACES

> *ung quart de nordeist de Cap de Bonne Viste*
> *jusques à l'isle des Ouaiseaulx…*

Il reprend la mer en somme. Il indique sa direction. Il a choisi une direction qu'il semble bien connaître. Il navigue à nouveau la pleine mer là où il n'y a, à première vue, que l'océan, quelques baleines sans doute et l'inattendu d'un ours polaire. Et aussi toutes sortes d'oiseaux. Que cherche-t-il? Encore une fois il rencontre la banquise autour d'une île…

> *laquelle isle estoit toute avironnée et circuitte*
> *d'un bancq de glasses*
> *rompues et départies par pièces…*
>
> *nonobstant ledit banc*
> *noz deux barques furent à ladite isle,*
> *pour avoir des ouaiseaulx*
> *desqueulx y a si grant numbre*
> *que c'est une chose incréable qui ne le voyt…*
>
> *car nonobstant que ladicte isle*
> *contienne environ une lieue de circumférence*
> *en soit si très plaine*
> *qu'i semble que on les ayt ariméz…*
>
> *il y en a cent fois plus à l'environ d'icelle,*
> *et en l'oir [air]*
> *que dedans l'isle*
> *dont partie d'iceulx ouaiseaulx*
> *sont grans comme ouays [oies],*
> *noirs et blancs,*
> *et ont le bec comme ung corbin [corbeau].*

Cette île dont parle Cartier est située à quatorze lieues de terre, elle n'a qu'une lieue de circonférence et mesure environ vingt mètres de hauteur. Un bateau qui quitte Bonavista, choisit un cap et trouve une île aussi menue, à peine une tête d'épingle dans la mer, sait pertinemment que cette île existe. Il est évident qu'il ne prend pas cette direction au hasard. L'île en question, il l'a prévue. Elle est déjà inscrite dans les mémoires de la navigation. Peut-être même sur une carte. Mais pourquoi ce détour imprévu ? Et Cartier continue sa description des oiseaux sans doute en faveur de navigations ultérieures, pour baliser les avenirs. Il accorde une grande importance aux oiseaux. Le détour n'est pas une frivolité. Les oiseaux ne sont pas futiles…

> *et sont tousjours en la mer*
> *sans jamais povair [pouvoir] voller en l'air*
> *pour ce qu'ilz ont petites æsles,*
> *comme la moitié d'une main*
>
> *de quoy ilz vollent aussi fort dedans la mer*
> *comme les aultres ouaiseaulx font en l'air*
>
> *et sont iceulx ouaiseaulx si gras*
> *que c'est une chose merveilleuse*
>
> *nous nonmons iceulx ouaiseaulx*
> *apponatz [le grand pingouin, disparu]*
> *desquelz noz deux barques en chargèrent,*
> *en moins de demye heure,*
> *comme de pierres*
> *dont chaincun de noz navires*
> *en sallèrent quatre ou cinq pippes,*
> *sans ce que nous en peumes mangier de froys.*

On devine l'importance des oiseaux dans la navigation des découvertes. On imagine les deux barques à la rame se frayant un chemin parmi les glaces. On mesure l'effort, on calcule le détour, on estime l'escale d'une *demye heure*. Après trente jours depuis Saint-

Malo. Après dix jours à Bonavista. Il faut savoir déjà. Il faut avoir une motivation. En lisant le récit, on devine une satisfaction. Presque une jubilation. Il s'agit de provisions faciles. Il s'agit surtout de viande fraîche. Et c'est bien connu, tous les marins pêcheurs à cette époque se ravitaillaient en pingouin. Et cela durant des siècles. Jusqu'à la disparition de l'espèce autour des années 1850.

Ils tenaient ainsi le scorbut à distance. Pendant un certain temps du moins. Peut-être sans même s'en rendre compte. Cartier décrit aussi d'autres oiseaux, comme les godes et les margaux. On en a d'ailleurs vu plusieurs ces jours-ci dans les environs. Et nous les avons identifiés comme des balises. Comme des repères. Car ils représentent le seul événement susceptible d'indiquer une route, l'approche d'une île ou de la terre ferme. De briser la monotonie. Encore que la surprise d'une baleine fugace brise le miroir de l'eau. Ou alors que l'inattendu survienne pour corroborer une démarche et l'accréditer. Mais l'inattendu n'est pas dans le voyage de 1991. Il est dans le récit du voyage de 1534…

et néantmoins que ladite isle
soyt à quatorze lieues de terre…

Et j'en profite pour évaluer la distance parcourue par un navire détourné de sa course en connaissance de cause, une lieue valant quatre kilomètres. Et voilà le navire de la découvrance à cinquante-six kilomètres, au large de Terre-Neuve. Nous sommes étonnés qu'il retrouve en pleine mer un point précis. Et il raconte, pour nous étonner encore plus, la belle rencontre, l'inespéré, l'inattendu…

les ours y passent à no [au nord] de la grant terre,
pour mangier desdicts ouaiseaulx;
desquelz noz gens en trouvent ung
grant comme une vache
aussi blanc comme ung signe [cygne]
qui saulta en la mer davent eulx.

Voici donc un ours polaire qui nage quatorze lieues en pleine mer pour faire, comme Cartier, provision de viande et fuit devant les barques qui retournent à leur navire. Repoussant les glaces. Chacun sa destination. L'ours retourne à la terre ferme. Les navires à la navigation.

> *… et le lendemain*
> *qui est le jour de la Penthecouste,*
> *en faisant notre routte vers terre,*
> *trouvasmes ledit ours,*
> *environ le my chemin*
> *qui alloit à terre aussi fort*
> *que nous faisions à la voille…*

Rencontre inopinée de l'ours. On ne peut qu'admirer la description. Succinte et précise. Autant de la nage de l'animal, de sa force, de sa vitesse, de son appétit, de sa fuite, que de la chasse qu'on lui donne :

> *et nous, l'ayant aperceu,*
> *luy baillames la chasse o [avec] noz barques,*
> *et le primmes à force,*
> *la chair duquel estoit aussi bonne à mangier*
> *comme d'une génisse de deux ans…*

On est bien loin des sirènes d'Ulysse et du grand mât. Je ne sais plus très bien si les marins de *l'Odyssée* s'arrêtaient pour *mangier des ouaiseaulx* ou pour *bailler la chasse* au bel animal de la nage…

> *grant comme une vache*
> *aussi blanc comme ung signe…*

Encore faut-il admettre que la légende s'introduit encore dans le récit par effraction poétique. André Thevet, auteur d'une cosmographie universelle, dont on dit qu'il a rencontré Cartier qui lui avait même remis une carte de l'île d'Anticosti, nommée alors île de l'Assomption, rapporte l'histoire d'un ours rencontré à Terre-Neuve par le même Cartier et qui était, écrit-il...

si vieux qu'il en était blancq...

Faut-il s'étonner que les premières cartes soient enluminées de légende et de chimère même si le voyage faisait petit à petit reculer la fable avec ses *ouaiseaulx* et ses ours blancs de vieillesse? Mais la légende des enluminures finit toujours par donner raison à la légende de la carte. Par donner raison au visible. Par corroborer le réel. La légende des cartes progressivement évacue la merveille pour s'émerveiller de la réalité. La terre est de plus en plus ronde en quelque sorte.

Et sur cette mer sans limites dans le visible, je navigue autant le connu de la carte que l'inconnu lui-même, toujours possible, éventuel, vaguement espéré et je ne m'étonne pas outre mesure de l'extravagance des anciens récits. Les explorateurs voyageaient dans l'espérance. Ils espéraient un passage mais, d'une certaine façon, ils n'avaient pas le choix. Ils se devaient d'espérer. Ils n'avaient pas d'autres routes à suivre. Ils poursuivaient l'inconnu. Ils naviguaient l'imprévu. Ils n'étaient pas prisonniers du prévisible. Leur voyage n'était pas d'avance cartographié. Ils n'étaient par condamnés, eux, aux navigations sans histoires, comme nous. Ils naviguaient souvent à l'ancre au fond des baies, à la voile sans vent, à la tempête sans voile. Ils ne vivaient pas dans la routine des moteurs, ils n'avaient rien d'autre à faire qu'espérer, qu'attendre l'événement du vent qui vente, de la glace qui saigne, du passage qui s'ouvre entre les îles, d'un ours *grant comme une vache aussi blanc comme ung signe.*

Le voyage existait depuis fort longtemps. Le voyage a précédé Cartier, le voyage a peut-être même précédé Éric le Rouge. On n'en sait rien. Mais tout à coup quelqu'un s'est emparé du voyage parce que les rumeurs de Marco Polo et de certains marins qui avaient vu les fourrures, qui avaient vu ou imaginé l'or ou qui avaient rencontré la pêche, allaient jusqu'au prince et les princes, voulant s'enrichir, récupéraient le voyage. S'emparaient du voyage. Par cupidité. Pour découvrir le passage vers les Indes dorées.

Cartier est un homme récupéré par le prince. C'est un navigateur quelconque. Il est certain que quand le roi d'Angleterre choisit Cabot, quand Isabelle choisit Colomb, quand François Ier choisit Cartier, c'est parce qu'ils ont navigué possiblement dans ces directions-là, parce qu'ils ont une certaine expérience de l'inconnu. On leur demande de découvrir ce qu'ils connaissent déjà. D'aller au-delà du connu. *Plus oultre.* François Ier a donc choisi Cartier et l'a envoyé à la recherche du passage. Bien avant lui, Sébastien Cabot cherchait déjà le passage et aurait, lui aussi, longé le Labrador et entrevu des espaces entre les îles. Comment cette rumeur de passage a-t-elle circulé entre les hommes ? On n'en sait rien, parce que nous ne connaissons l'histoire que par les archives. Mais c'est la rumeur qui a certainement circulé dans les ports et a fait espérer les princes. François Ier a donc demandé à Cartier de chercher un passage à travers les îles (à l'époque, Terre-Neuve n'était pas définie comme une terre : pour des navigateurs qui n'avaient pas le temps de suivre toutes les côtes, elle ressemblait plutôt à un archipel) pour trouver des pays où il y a grande quantité d'or. C'est la marotte de Colomb, de François Ier et d'Isabelle. Mais cela ne semble pas être tout à fait celle de Cartier.

Cartier part donc à la recherche du passage. Il pénètre d'abord dans ce qu'il appelle la *Baye des Chasteaulx*, qu'il sait probablement déjà être un détroit puisque c'est un passage qui mène à l'eau salée. L'eau salée, c'est le grand tapis, le grand chemin entre les continents. Tant qu'il est dans l'eau salée, il peut imaginer qu'il y a passage. Il peut espérer le passage. Et le voilà qui s'engage dans la baie des Chaleurs…

et le lendemain au matin
eusmes bon temps
et fuymes porter jusques environ dix heures du matin
alla quelle heure eusmes congnoissance

> *du font deladite baye*
> *dont fusmes dollans et marriz…*

> *et voyant qu'il n'y abvoict passaige…*

Il reconnaît qu'il n'y a pas de passage puisqu'il rencontre l'eau douce. C'est la fin de l'espérance. Il est *dollan et marri* pour le prince qui a armé le navire. Mais il continue son exploration. Comme si de rien. Comme si l'absence de passage lui importait autant ou peut-être moins que le passage. Il explore l'inconnu pour le connaître, le décrire. Il transborde le nouveau monde dans l'ancien. Comme il est. Sans le corriger. Sans lui imposer le désir du prince. Sans parti pris.

Tandis que Colomb lui, quand il arrive à Cuba, prétend avoir trouvé la terre ferme, et lorsque les indigènes lui disent que c'est une île, il les décrit du haut de ses certitudes et de ses préjugés comme…

> *des gens nus*
> *qui se nourrissent de poisson*
> *et jamais ne vont dans l'intérieur des terres,*
> *qui ne savent rien du monde,*
> *qui croient qu'il n'y a sur terre que des îles…*

Et il va plus loin, car il craint que dans ses équipages se trouve quelque personne susceptible…

> *de manifester… le moindre doute*
> *que cette terre [Cuba] ne fût la terre ferme*
> *du commencement des Indes…*
> *et pour s'en assurer, il menace d'une*
> *peine de dix mille maravédis*
> *quiconque dirait… le contraire ;*
> *et que leurs soit donné cent coups de garcette*
> *et qu'on leur coupe la langue…*

Colomb considère les indigènes comme des ignorants qui ne savent pas la différence entre une terre ferme et une île. Et il impose à ses équipages sa vision du monde. Il voyage dans les écritures et veut que la terre confirme les écritures, que Cuba soit la terre ferme qu'il cherche. Tandis que Cartier, qui ne s'inquiète pas des écritures, quand il arrive au fond de la baie des Chaleurs, admet l'absence de passage. Voilà deux attitudes différentes en face de l'inconnu. L'inconnu confirmera-t-il l'espérance ou l'infirmera-t-il? Et quelle attitude prendre à cet égard? Les explorateurs cherchent à faire en sorte que ce qui se présente devant eux confirme l'espérance qu'ils nourrissent d'écritures. Au lieu de se nourrir du voyage. En sorte qu'ils sont déçus par la réalité du voyage. En sorte qu'ils imposent au voyage la fable des écritures.

On ne se rend pas bien compte aujourd'hui de la fascination des récits, des légendes et des cartes dans cet autrefois où on devançait le voyage pour l'accréditer auprès des armateurs, des producteurs. Qu'est-ce que Colomb a raconté à Isabelle pour la persuader? Qu'est-ce que Verrazano a raconté à François Ier? Sinon la légende. Ils ont voyagé de rêveries en rivageries, de rêves en rives. Les légendes projetaient le monde, écrivant en quelque sorte un projet du monde, de sorte qu'ils ont été déçus par les rivages. Mais comment l'avouer, l'admettre, le confesser au risque de décevoir la bouche bée des spectateurs qui rêvent de paradis à l'ouest de la Terre? Colomb ne cesse d'apercevoir les Indes, il approche du paradis, il l'anticipe, il l'atteint à plusieurs reprises. Il s'y attend d'un instant à l'autre. Sans ce rêve, ce désir exorbitant qui devance la réalité, qui la nomme, qui la décrit, qui la suppute, que les cosmographes transposent sur les cartes, peut-être que le navire n'aurait pas entrepris la navigation.

À lire Cartier, on comprend la déception du prince et qu'il retire ses subventions. Il a navigué à contre-courant des écritures. Le prince l'a désavoué. L'histoire et la géographie l'ont approuvé. Sur un brise-glace de routine, nous n'espérons aucun passage. Nous ne comptons pas rencontrer l'ours polaire qui ne fréquente plus depuis longtemps un golfe évacué aussi par les morses. Nous nous déclarons satisfaits d'être sur les lieux. D'attendre les glaces sans histoire.

Nous sommes en plein golfe du Saint-Laurent, là où les rivages n'ont plus cours. C'est le jour fixé par la routine pour l'exercice de sauvetage : cloches, sirènes, bouées, rassemblement sur les ponts. Nous avons l'air tout à fait ridicules à jouer les naufragés. L'exercice n'arrive pas à nous persuader, les ordres tombent dans l'oreille de l'incrédulité, les alarmes dans l'indifférence. On crie au loup dans les interphones, l'équipage s'empresse vers les chaloupes pour donner le bon exemple. On n'apprend pas la panique et c'est elle qui donne raison à l'alarme; on ne s'exerce pas à la peur même si elle rumine en chacun de nous. Faut-il avoir peur? En fait, il faudrait apprendre à ne pas avoir peur. C'est la peur qui est le pire danger, c'est elle qui fausse tout, qui oublie l'exercice, qui confond l'imaginaire et la réalité, qui ne sait plus où donner de la tête, qui se lance tête baissée dans le désarroi, la maladresse, la panique. Au lieu d'affronter la situation, elle invente des démons. Au lieu de monter dans la chaloupe, elle se jette à l'eau. La peur est une forme d'imaginaire qui n'obéit pas à la carte de l'exercice et se fabrique un avenir dans la détresse; elle est souvent responsable du désastre.

Le temps passe, l'exercice est terminé. On dépasse un navire. C'est un cargo. On dirait un escargot. Il est encore plus lent que le brise-glace. Il se nomme *Free Trader*. Nous sommes en plein Golfe. Seul repère pour les yeux, ce cargo. Pour le plaisir, nous demandons à brûle-pourpoint notre position à trois membres de l'équipage. D'abord à un marin français qui nous mitraille une réponse et nous situe à environ cent kilomètres de l'île d'Anticosti. Le second corrige le premier et nous repousse en aval de l'île d'Anticosti. Un troisième, Marc Baillargeon, commis aux vivres, qui s'occupe de la salle à manger, rentre d'une randonnée sur les ponts, appareil photo au cou. Il en est à son premier voyage, plus curieux qu'un vieux marin sans doute. Il est propre comme une nappe et affable comme une fable. Il arrive de la timonerie où on lui a dit que nous étions à la hauteur de Port-Menier, à savoir au début de l'Anticoste.

Aurions-nous perdu la carte ? Nous sommes au large de partout pour les yeux. Dans un temps et un espace difficiles à définir. Dans des lieux inaccessibles au commun des mortels. À notre urbanité. L'île d'Anticosti n'est pour nous qu'une forme à peine nommée sur une carte. Déjà pour Yolande, c'est autre chose. À Baie-Saint-Paul, dans son enfance, la navigation racontait des histoires. Anticosti était à la portée des mémoires et du récit.

> *Mon père parlait souvent de l'île d'Anticosti. C'était quelque chose de très précis. Il y avait aussi des histoires de contrebande. Les Îles-de-la-Madeleine et Anticosti avaient certainement été des relais pour les contrebandiers. Cela reste du patrimoine pour moi, pas autre chose.*

J'ai beaucoup entendu raconter d'histoires de contrebande à l'île aux Coudres. Le bonhomme Dodose, figure légendaire et pourtant récente, défiait les douaniers. Les insulaires le protégeaient. C'était un rebelle. Il est en train de disparaître des mémoires. Il est en train de devenir du patrimoine. Comme le Labrador qui a été réuni à Terre-Neuve par le Conseil privé. Le Québec n'a jamais reconnu ce jugement dont les bases juridiques sont plutôt fragiles. Les perruques blanches du Conseil privé sont-elles impartiales quand elles prétendent attribuer un territoire ? Départager Terre-Neuve et le Québec ? Ont-elles rendu justice ? Les vrais motifs sont-ils politiques ? Le Québec avait-il une chance de persuader un Conseil privé ? Et personne à l'époque n'a songé aux Inuits et aux Naskapis. Leur occupation du territoire ne pesait pas lourd. Qu'avait à faire valoir le Québec de plus que les anciennes cartes géographiques des frères Maristes qui concédaient à Terre-Neuve le littoral ? Le Conseil privé a choisi la ligne de partage des eaux. En sorte que les chutes Churchill se trouvent en territoire terre-neuvien. L'Hydro-Québec y a aménagé un barrage hydroélectrique. Terre-Neuve dénonce le contrat intervenu entre les parties. Dans un cas, le jugement est avantageux pour Terre-Neuve qui ne le met pas en cause. Dans l'autre cas, le contrat avantage le Québec et Terre-Neuve le dénonce. Faut-il s'en remettre au Conseil privé, aux frères Maristes ou au contrat en bonne et due forme ? La carte des frères Maristes ne persuade pas le Conseil privé. Pourquoi le jugement du Conseil privé aurait-il plus de poids que la carte ? S'agirait-il d'un rapport, d'un simple rapport de force ?

La brume dérobe l'espace. Nous naviguons des hypothèses et une mémoire. En attendant les glaces, le but du voyage.

Le lendemain, 11 juillet, nous passons au large des îles Harrington, à ce qu'on nous dit. Petit déjeuner en compagnie d'Yvan Côté, de Princeville. Il habite Beauport à cause de son travail, mécano d'hélicoptère ; responsable de l'étrange oiseau que les Montagnais nomment *libellule,* non sans raison, et qui ressemble plutôt à un colibri, il me semble. Les Montagnais connaissent-ils l'oiseau-mouche pourtant nordique ? S'est-il rendu jusqu'à leur tente qui fume au loin de la terre ?

Chacun a son discours. Lui, il parle du froid et du vent, du froid au nord du monde, à Alert, au fin bout de la terre d'Ellesmere où il y a un poste météo, tout près du Groenland, là, où, durant des jours et des jours, il faudrait dire des nuits et des nuits, on ne peut pas mettre le nez dehors à cause du vent. À Eureka où les portes sont comme celles des glacières, dans les boucheries, pour empêcher le froid de sortir. Ici les portes empêchent le froid de pénétrer.

Il ne nous parle pas du vent de mer qui naufrage les navires d'aujourd'hui ni de celui qui démâtait les navires d'autrefois, mais du vent de neige, du vent qui fouette le froid et qui chevauche la neige, et de la neige abrasive armée de vent qui coupe le souffle, qui givre les barbes, qui gèle les yeux, qui s'empare de toutes les directions et égare celui qui s'aventure à deux pas du refuge. On n'a plus alors que le choix de s'ensevelir sous la neige et attendre. Aucune direction possible. Les boussoles n'ont plus d'usage. On ne peut plus que se tromper. La carte n'est plus que chimère. Les instruments n'ont plus d'angle à proposer. Euclide avance à tâtons. L'homme est aveugle et démuni. Il ne lui reste qu'à attendre le réveil. Il s'enfouit dans la neige calorifique pour repousser le froid. Car le froid des quatre vents est plus cruel que celui de l'abri de neige. Et s'il continue sa marche, il est perdu encore plus fatalement. Déjà mort. Halluciné. Envoûté par le froid. Désemparé par la tempête. *C'est une chose terrible et sans issue que la tempête*, écrit F. A. Savard dans *L'Abatis*.

J'aimerais bien pourtant une fois dans ma vie avoir l'occasion d'affronter ce vent de la dernière extrémité, non pas pour le combattre mais seulement pour l'entendre, l'appréhender, le voisiner, le sentir sur les parois qui tambourine, qui dérobe la chaleur des murs, qui siffle dans les fentes. Je n'aime pas beaucoup les exploits qui se mettent en scène. Je ne trouve aucun intérêt au rameur qui s'attaque à l'océan, au cascadeur qui donne la chair de poule aux spectateurs, au grimpeur de parois qui joue avec le vertige, à celui qui marche pour le seul plaisir d'atteindre le pôle et d'y planter un drapeau. En solitaire accompagné d'une caméra. Dans le seul but de traverser la calotte. Pour vaincre l'Arctique ou l'Antarctique. Sans autre objet que l'exploit dont il ne rapporte que des performances. Et il ne raconte que lui-même, au retour. Mais comment comprendre le boréal si on ne le fréquente qu'au soleil de minuit? Et le vent de neige? N'a-t-il pas quelque chose à révéler? Faut-il choisir entre le sport et la poésie? Entre la connaissance et la mythologie?

Cependant, il nous parle d'un véliplanchiste qui se promenait, je ne sais où ni quand, entre les icebergs, parmi les glaces, les phoques incrédules et les morses morveux, mettant à rude épreuve la crédulité des ours polaires. Est-ce un exploit? Peut-être pas. En tout cas, un superbe éloge du froid. Sous le soleil de minuit! Quand le froid se désagrège! Je ne peux pas m'empêcher de penser qu'une caméra l'accompagnait. Je suis heureux d'imaginer les circonvolutions de la planche à voile. La planche à voile n'a pas besoin de l'olympisme pour exister. C'est un instrument gracieux. Qui joue avec le vent et la vague. Mais auquel le corps se doit d'appartenir, de s'intégrer, de s'incorporer. L'incroyable multiplicité des situations auxquelles il faut faire face, en douceur, m'éblouit. Belle victoire sur les éléments auxquels on ne s'oppose pas, qu'on se réconcilie en quelque sorte. Une façon fabuleuse de dompter le vent et l'eau, ces éléments contraires, et de s'en fabriquer une monture. Depuis l'époque où l'homme a dompté le cheval, la planche à voile est sa plus gracieuse victoire. Sans parler de la planche à neige. Ce qui m'ennuie, c'est l'exploit qui exploite les médias. La planche à voile qui se promène entre les glaces et que raconta Yvan Côté me paraît une belle façon de regarder le polaire sans pour autant se faire voir.

Soudain, un choc nous surprend. L'aventure commence-t-elle par un choc? En vérité, le brise-glace s'est attaqué à une glace d'une superficie d'environ deux cents mètres sur cent pour montrer sa force, peut-être. Ou par mégarde. Sans doute aurait-il pu la contourner. La glace nage entre deux eaux en s'enfonçant. Il la repousse sans parvenir à la briser. L'eau passe tout autour, créant un invraisemblable sillage en éclaboussant la glace inerte, en partie submergée, en partie immergée, blanche comme neige, bleue comme glace. C'est comme un immense combat entre l'inertie de l'un et la poussée de l'autre. La glace cherche à échapper au butoir qui s'entête. Le gel accumulé résiste à la force brute. L'immense *bourdignon* défie la formidable étrave. S'agit-il de faire un maître? Faudra-t-il faire appel à un Conseil privé? Les forces en présence n'invoquent en définitive que la force. Et les jugements corroborent toujours la force. Entérinent toutes sortes de lois qui se rendent toujours à la seule démonstration de force. La force ne se trompe jamais. Se peut-il que le tribunal rende autre chose que la force qu'il nomme justice? Et comme un brise-glace, il rend son verdict. La glace échappe au navire quand elle cède à gauche à la pression de droite. Les conseils privés approuvent les brise-glace. La glace capitule.

Enfin libéré de l'obstacle et des contraintes, le brise-glace se retrouve dans la liberté de l'eau. Autour de nous, les glaces en dérive nous regardent passer, à peine remuées par notre remue-ménage, et disparaissent dans la brume du sillage. Puis le calme revient sans autre événement que notre sillage dans la mer des glaces, où un vent léger n'arrive pas à former la houle dans la mesure où la glace tue la mer, empêche la vague de prendre son élan. Au loin, un dauphin fait le gros dos et disparaît, nous signifiant que la mer est bien vivante malgré la torture des glaces. Se prend-il pour un événement ?

Qu'est-ce que la glace ? Nous demanderons à Nicole Charbonneau, chargée de l'observation des glaces, de nous expliquer. Sur la carte des glaces qui lui parvient d'Ottawa par satellite ou radiotéléphone, elle nous indique le comment et le pourquoi des couleurs, leurs significations, toutes informations utiles à la marche du navire. À l'avenir d'une navigation.

Nous sommes dans son bureau, parmi les cartes et les instruments. On se croirait dans quelque ministère à Ottawa. Elle nous raconte sa journée. Comment elle réussit à réunir toutes informations nécessaires. On est loin de la vigie d'autrefois. On est loin de tout savoir et comprendre en dépit des explications.

> *Une journée type commence à huit heures du matin par l'observation météo. Si on s'attend à avoir des glaces dans le secteur, le commandant peut me demander, dès le matin, d'aller faire une patrouille en hélicoptère. Un jour sur trois, je vais travailler à la timonerie pour recevoir les images radars que nous fait parvenir l'avion de reconnaissance. Si le Centre des glaces à Ottawa envoie l'avion dans notre secteur, je reste au poste. Finalement, mon horaire dépend de ce qui se passe à l'extérieur du navire, de la condition des glaces et des autres activités à bord.*

Les ondes occupent tout l'espace et transmettent des messages. Le regard de la vigie n'est qu'un des repères invoqués. Il y a aussi l'avion de reconnaissance, les informations qui arrivent du Centre des glaces à Ottawa et des stations météo du Grand Nord.

> *Les stations météo ne sont pas si nombreuses dans le Nord, il y en a même très peu pour la superficie qu'on a à couvrir. Il y en a une à Frobisher, qu'on appelle maintenant Iqaluit, une à*

Resolute ; la plupart sont automatiques, très peu ont des observateurs sur place. C'est très rare qu'on entre en contact avec les stations météo. On reçoit les cartes des glaces à bord du navire, les cartes qui sont émises par Iqaluit ou, comme maintenant, quand on est plus au sud, par Halifax. Ces cartes nous fournissent les rapports météo et nous donnent des informations au sujet des déplacements de systèmes. Comme nous n'avons pas de téléphone à bord, on ne peut pas contacter les stations météo.

Pas de téléphone, la belle affaire ! Les informations arrivent de partout. Et je m'émerveille de ces convergences. Autrefois on naviguait à l'œil, à l'estime. Comment maintenir une course à travers tant d'obstacles ? Et les dérives ? Comment faire le point sans longitude ? On comprend un peu pourquoi on accordait une telle importance aux étoiles. À la carte du ciel.

Aujourd'hui, on peut savoir où on se trouve exactement au milieu de ce nulle part apparent. Sans mettre le nez dehors qui grelotte. Instantanément ! On peut prévenir les rencontres. Éviter les obstacles. On parle aux glaces. Elles répondent à nos questions. Et on finit par se rendre compte que la mer, en réalité, c'est rien que de la pluie tombée du ciel. Qui se change en glace, en eau, et qui, grâce à une fée des glaces, se change en cartes multicolores. Comme une enfant, elle joue avec ses crayons de couleur sur ses cartes.

C'est pour faciliter la présentation des informations sur les conditions météo ou les conditions des glaces au commandant. Avec une carte colorée, c'est beaucoup plus facile à lire. On sait d'un seul coup d'œil à quoi s'en tenir. Si c'est bleu, on sait que c'est beau, que c'est de l'eau libre. Si c'est vert, on sait que la concentration de glace est faible, que c'est une banquise très lâche, de un à trois dixièmes de glace. Si c'est jaune, de quatre à six dixièmes de glace. Quand c'est blanc, il y a de la glace partout. On observe également de la timonerie l'état de la glace, ce qui nous donne une bonne idée des conditions.

> *Si la carte des glaces dit qu'il y a de la glace de première année, je sais qu'elle mesure entre 120 et 200 centimètres d'épaisseur ; mais ce qui est le plus important pour le capitaine, c'est la présence de vieille glace. Si la vieille glace est prédominante, je colore en continu et si, au contraire, c'est de la première glace, je me sers d'une grille pour colorer et ça donne un pointillé. Le frasil, c'est le premier stade de la formation de la glace : c'est une pellicule formée par de fines aiguilles de glace très difficiles à voir.*

Il me semble bien, si ma mémoire est bonne, que ce que les gens de l'île aux Coudres nomment *frasil*, c'est autre chose. Plutôt de la neige mouillée, une *bouillie*, disent les gens de l'île, qui entrave la marche des canots. Le *frasil* de Nicole Charbonneau n'est pas le même. Mais rien ne ressemble à rien autour des pôles.

> *Ce que nous appelons frasil, nous, c'est vraiment le tout début de la formation de la glace, ce sont de fines aiguilles très fragiles sur lesquelles même une mouche ne pourrait pas se poser. C'est la glace nouvelle et dès qu'elle atteint trente centimètres d'épaisseur, c'est de la glace de première année.*

Pour l'instant, nous sommes en eau libre. Nous allons à la rencontre des glaces. Sait-on déjà à quoi s'attendre ? Qu'est-ce que le détroit de Belle-Isle nous réserve ? Allons-nous naviguer le long de la côte du Labrador ? Quelles glaces allons-nous affronter ?

> *Sur la côte du Labrador, les glaces prennent beaucoup de temps à fondre. Elles disparaissent habituellement vers le mois de septembre, mais cela dépend aussi des conditions météorologiques. Par contre, du côté est, ça se dégage beaucoup plus rapidement. Nous ne verrons que quelques icebergs, pas de glace de mer. Nous en verrons un peu plus au nord, à partir de l'île Disko. Il y a, semble-t-il, une ouverture où la glace n'a que trois*

à quatre dixièmes d'épaisseur ; nous pourrons peut-être passer par là. Les conditions semblent assez bonnes pour la traversée, cette année, mais elles peuvent changer rapidement. Lors de mes premières affectations, j'ai surtout fait de la patrouille en avion. Ces avions de reconnaissance sont munis d'une bulle de verre au-dessus de la carlingue, ce qui nous donne une vision de 360°. C'est fascinant de survoler la côte du Groenland à basse altitude et de voir l'immensité blanche qui nous entoure.

Le savoir n'exclut pas la poésie. Le regard est libre. Il s'émerveille à bon compte. Que retient-il sinon des exclamations ? Après plusieurs voyages en avion dans le Nord, ce que j'ai trouvé de plus décevant, c'est qu'il est impossible de mémoriser la banquise. On revient et on dit : *C'était beau !* Mais le beau est indescriptible. Même la photo n'arrive pas à rendre justice à ce délire de couleurs et de formes. Sans figuration. Et la mémoire s'embrouille. Tout est à recommencer. Je retiens l'image de la dentelle, mais comment distinguer les points d'Alençon de la dentelle de Bruges parmi toutes les variables qui se proposent ? Et pourquoi tout à coup la glace forme-t-elle d'immenses feuilles de nénuphars aux bords relevés ? D'autres fois, elle est fragmentée, sans ordre, informe. Tout compte fait, nous naviguons l'indescriptible. Sans comprendre les lois qui président à ces formations.

On peut décrire les icebergs, par comparaison. L'un ressemble à une cathédrale, d'autres sont tabulaires et ressemblent à des édifices, à des HLM ou à des gratte-ciel. Mais les glaces épaisses de la banquise, elles, proposent des textures, des tissures difficiles à raconter. Mais à fleur d'eau, les canotiers les distinguent par la couleur. Et selon qu'elles sont grises, vertes ou noires, ils savent qu'elles sont pourries, en chandelles ou percées de trous chauds. De la même façon, il n'est pas facile de transmettre le sentiment de la nuit polaire ou du soleil de minuit. Le nord reste paradoxal, réduisant la vie à sa plus simple expression... et l'autorisant à peine. Le glacier est-il l'amont ou l'aval de la botanique ? Le soleil de minuit cherche-t-il à exclure la nuit polaire ? Comment affronter ce paradoxe ? Et le décrire ? Et le vivre ? Nicole Charbonneau :

> *Oui, j'ai vécu deux périodes de six mois à Cape Dyer sur la côte est de l'île Baffin. J'ai fait les deux saisons, mais je n'ai pas connu la nuit de midi. Bien que Cape Dyer soit situé légèrement au nord du cercle Arctique, il y a quand même quelques heures de clarté par jour à cause de la réfraction du soleil dans l'air froid. Je n'ai jamais trouvé ça déprimant. L'environnement extérieur n'a pas beaucoup d'effets sur mon moral. Avant de joindre la patrouille des glaces, j'ai travaillé de nuit pendant des années : pour moi, c'est très facile.*

Souvent, on associe la nuit polaire à la déprime. Je pense que la déprime c'est une projection de l'imaginaire. Une œuvre de romancier. Pour ma part, *qu'il pleuve, qu'il neige, qu'il vente* (Alexis Tremblay), cela ne change rien. Et je suis consterné de voir jusqu'à quel point certaines personnes dépriment quand il pleut. Ou même quand on leur annonce qu'il va pleuvoir. Mais tout se passe dans leur tête. Pour ma part, je prétends que là où je suis, il fait toujours beau. Et ceux qui rêvent de soleil à l'année longue, je les renvoie au soleil. Et inversement le soleil de minuit ne me rend pas euphorique. Il reste que c'est émouvant de filmer une horde de bœufs musqués au pied d'un glacier, rigolant vers les onze heures et demie du soir. Comme si le temps s'arrêtait là. Ou le soleil. On se prend pour Jéricho. Mais je n'euphorise pas pour autant. Je me laisse cependant aller à songer à l'astronomie et au soleil de minuit qui permet un tournage de jour en pleine nuit et n'est, tout compte fait, rien d'autre que le soleil de midi quelque part en Sibérie. Et je m'étonne de regarder par-dessus l'épaule de la terre.

Cependant nous naviguons vers le nord à la rencontre des ruines de la nuit polaire, de cette immense cité de cristal construite par le froid et qui s'écroule devant le soleil de minuit. Le froid n'est pas simple, il fige la mer, il entrave la navigation, il peut s'emparer du navire, emprisonner même un brise-glace, le verglacer comme une ville, en sorte que tout un équipage doit s'affairer à briser la couche de glace avant qu'elle ne parvienne à renverser le navire. Même un brise-glace doit se méfier des glaces, contourner les obstacles, éviter les banquises en dérive, pour ménager ses efforts.

À ce temps-ci de l'année, le froid tombe en ruine. Il se décompose lentement, se disloque, mais il contrarie encore la navigation. Ce qui justifie le brise-glace. Mais le passager d'un brise-glace ne peut que contempler. S'efforcer de comprendre la manœuvre. Regarder le soleil de minuit à travers un écubier. Prendre quelques photos romantiques d'un soleil qui ne se couche pas, qui frôle l'horizon et qui repense la mer en couleurs. Et se prendre pour un archéologue qui découvre les ruines de Machu Pichu. Et nous voilà, par la force des évocations, dans le temple et la contemplation. Comment échapper aux ruines du temple qui restaurent la divinité? La beauté hésite entre le savoir et la fable. Le savoir nous fait défaut. Peut-on se confier au savoir? La fable est si facile. Mais le savoir est à la roue. Encore faut-il s'en rendre compte même s'il est inaccessible. Inconnu.

Le jour où on a résolu la question des antipodes, une peur, une grande peur a été effacée de l'âme du monde. Une grande page des mythologies a été tournée. Une illusion s'est perdue. Je m'intéresse à tout ce qui remplace l'illusion. Je recherche le réconfort de la connaissance. Mon petit savoir à jardiner me passionne plus que les spectacles de l'illusoire et je fais confiance à ceux qui en savent long, à ceux qui explorent les inconnus avec d'autres navires que ceux de la fiction. Mais comment les suivre? De la fission de l'atome à la régression du trou noir, faut-il les croire sur parole? Il y a un *plus oultre* du savoir qui ressemble étrangement à l'imaginaire des cosmographes de Rabelais. Les astronautes naviguent l'espace. Mais ce sont les instruments qui voyagent, qui relatent, qui écrivent le *Brief Récit* des cosmographes du ciel. Faut-il les croire? Faut-il croire la fée des glaces? En dépit des explications, nous avons l'impression de frôler l'insoluble.

Je m'engage dans le labyrinthe sans trop comprendre les mots de Michel Serres qui me raconte *les origines de la géométrie*. J'enrage des obscurités, du labyrinthe des mots qui disent le monde. Et pourtant le monde m'intéresse. Comment se fait-il qu'il me soit inaccessible le monde contenu dans les mots de la géométrie ? Mon ignorance m'encrasse. Ce qui ne m'empêche pas de reprendre le livre qui m'était tombé des mains sur les genoux. J'y reviens inlassablement après avoir repris souffle. Je plane, je découvre comme par hasard un fruit, une fleur, un petit bonheur, une idée. Je me réconcilie avec le philosophe qui se pose parfois des questions sans réponse :

... savons-nous, vraiment, si les Grecs
croyaient ou non en leurs dieux ?

Voilà qui me réconforte, car j'admire cette civilisation qui a inventé la géométrie pour comprendre le monde et la mythologie pour inventer le monde, pour se rassurer, pour voyager là où les navires n'ont pas accès. Pour devancer la connaissance en quelque sorte. Et il ajoute, comme pour nous rassurer :

... en somme, il n'y a d'histoire vraie
que la géométrie...

La géométrie est un lieu où on ne diverge pas. Un lieu sans opinion. Sans foi et non sans loi. La géométrie fait loi et on ne peut en déroger. Mais je suis le tiers exclu de la géométrie pourtant qui me séduit. Déjà au collège, je m'émerveillais d'un théorème et de sa démonstration. Est-ce la géométrie qui m'échappe ou la philosophie ? Pourquoi la mythologie est-elle plus accessible ? Pourquoi la géométrie nous expulse ? Peut-être ai-je trop tôt abandonné les écritures ?

Un autre philosophe de mes amis lui aussi, me parle de...

la contestation de toute figure concrète de la transcendance
et la volonté de fermeture de l'immanence...
(Fernand DUMONT)

Et je me sens, encore une fois, laissé pour compte. Comme son père qu'il vénère d'ailleurs, je n'habite pas ce *lieu de l'homme* (Fernand Dumont) qui cherche à définir l'utopie et à nous proposer de voyager dans la transcendance…

> *qu'est-ce qu'une utopie*
> *sinon une sortie de l'immanence*
> *vers une transcendance?*

Qu'on m'apporte un astrolabe, une boussole. Je suis perdu.

Je contemple donc la mer et les alentours à partir du navire. Mais le navire aussi m'échappe, comme la philosophie, comme la géométrie. La mer est pleine de mystères et de connaissances qui ne me parviennent pas. Et la fée des glaces n'arrive pas tout à fait à dissiper le mystère. Où est l'immanence? Où se cache la transcendance? Je cherche de plus en plus refuge dans le navire. Là où je sais que ce que je ne comprends pas existe. Le navire m'échappe mais je crois au navire. Je n'ai pas le choix. Je pratique la foi du charbonnier. J'appartiens sans condition au navire du savoir et au savoir du navire. À tous risques. Et pour me rassurer, je me cite Michel Serres :

> *… ne parle-t-on de mythe*
> *que par ignorance de la géométrie…*

ce qui ne l'empêche pas de naviguer autant le navire que *l'Odyssée*.

13. … nous naviguons l'indescriptible…

Chapitre XIX

La chambre des machinations

Nous sommes encore dans les parages des îles Harrington. Au large des îles. À longue portée du regard. À courte vue des mémoires. C'est un village de poupées. Étrange village, posé à même le granit imberbe (ou presque) du bouclier. En 1984, avec des marins bretons et deux Québécois, l'un poète et barbu, l'autre rêveur d'astrolabe et spécialiste de l'histoire des sciences, nous y avons fait escale. C'est un petit port de pêche modeste… Une sorte de modèle réduit à mi-chemin entre la maquette et la réalité. Les maisons joliment peintes sont minuscules. Comme partout sur la Côte Nord d'ailleurs. À cause du froid. Et parce que le bois de chauffage était rare, les plafonds sont bas et les pièces étroites. Ce qui lui donne une petite allure de conte de fées.

Mais ce qui étonne davantage, ce sont les trottoirs de bois, comme des ponts qui relient entre elles toutes les maisons. Les trottoirs enjambent les dépressions, égalisant le relief précambrien, traversant les *moullières*, aplanissant les passages d'une maison à l'autre, construisant une sorte de labyrinthe au fur et à mesure des besoins. On peut frapper à toutes les portes, rejoindre toutes les dépendances, les remises, les chafauds, en empruntant toutes les bifurcations. On dirait un village tressé comme un tapis sur la trame de ses trottoirs. Et ce village sans asphalte et sans trous dans l'asphalte est comme une invitation au bon voisinage. On y croise la politesse des tout-terrains qui cèdent le passage aux marcheurs. Comment ne pas se parler dans ce monde à hauteur d'hommes bien différent de celui des villes qui n'arrive pas à saluer l'un bien à l'abri de l'autre derrière son pare-brise et ses essuie-glaces ? Un autre monde, un ancien monde qui ne sacrifie pas son humanité à la célérité. Rien ici ne ressemble à nulle part ailleurs.

Mais nous naviguons très loin au large des îles. Et je reste en panne avec ma mémoire. Ma mémoire des rivages qui cherche à donner un sens à notre passage, ce jour-là, 11 juillet 1991... au large des îles Harrington, hors de portée des regards.

Et nous continuons notre navigation parmi toutes ces glaces *rompues et départies par pièces*. Et la mémoire bifurque. Cherche à s'emparer du froid, à peupler de souvenirs l'insaisissable. Toutes ces glaces, sans distinction, qui nous entourent et rompent la monotonie de l'eau, évoquent infailliblement la mémoire des canots d'hiver de l'île aux Coudres, de l'île aux Grues, de l'archipel des Sorciers. Et pour parler du froid, nous évoquons la mémoire des gens de l'île qui traversaient à la terre du nord en canot sur les glaces en plein cœur d'hiver, dans *un frette noir à couper les chiens en deux* (Grand-Louis). Deux ou trois canots blancs dans l'eau noire, une quinzaine d'hommes noirs par batelée de cinq sur la glace blanche percée de trous noirs. On dirait des oies blanches à toutes ailes blanches dessinées de rémiges noires sur le bleu du ciel qui reviennent du polaire pour rejoindre les herbes et les marécages du cours de route, pour fuir les glaces et s'emparer des battures. Comment ne pas évoquer devant cette courtepointe à la grandeur du golfe *englassé* la belle sagesse d'Alexis Tremblay quand il pense sa situation d'insulaire. Simple éloge du froid qui embarasse un fleuve de contraintes et de la mer qui les entrave sans parvenir à les arrêter...

> *en restant sur une île,*
> *comme vous savez toutes,*
> *nous sommes entourés d'eau n'est-ce pas*
> *puisqu'on dit que c'est une île…*
> *donc étant sur une île*
> *il a toujours fallu se servir de la mer*
> *pour aller à terre ferme…*

Il s'agit de la mer du froid qui bouscule les passages et les directions. Et comment ne pas évoquer le chef d'équipe, debout sur la *pince* du canot, regardant…

> *premièrement d'abord*
> *autant que possible [།…]*
> *comment c'que la glace se comporte…*

C'est lui qui donne le signal du départ au bon point de marée…

> *quand vient le temps qu'il voit*
> *que la glace est pour arrêter…*
> (Alexis TREMBLAY)

Sur le *Pierre-Radisson*, c'est Nicole qui se charge des glaces et qui, avec tous les moyens du bord, propose la meilleure route, comme un chef d'équipe qui donne le signal à sa batelée.

Et nous essayons de comprendre et d'apprécier les différences. Le brise-glace est armé de forces et de violences. Il affronte la glace avec les cornes et le front de son étrave, le bouclier de ses flancs et la fougue de ses moteurs tandis que le canot d'hiver ruse avec l'hiver, contourne les difficultés, survole les obstacles.

Et c'est une belle course qui débute dans la bousculade des glaces accumulées par les courants, enchevêtrées par les marées et qu'ils nomment le *rempart*, à la rencontre de la matière contradictoire des glaces en dérive. Chacun cherche sa route parmi toutes sortes d'obstacles.

Les glaces qui assaillent une île aux Coudres et qui s'opposent aux canots à toutes jambes, ou à l'aviron, ou à la pleines rames, dans la dérive impitoyable des courants, des marées, des tourbillons, parmi les contradictions du vent, de la neige, du froid et de la nuit, n'ont rien à voir avec les glaces que nous affrontons aujourd'hui. Ici nous rencontrons un autre hiver... les ruines d'un autre hiver. Tout à l'heure, le bateau s'est *coltaillé* avec une grosse glace, ce qu'Alexis Tremblay appelait *une glace lisse... qui ressemble à une glace de lac...* par opposition à *une glace qu'on appelle grignotue*, mais beaucoup plus épaisse parce qu'elle vient du plus grand froid. Et ce fut un superbe combat entre des tonnes d'inertie et le taureau belliqueux d'un brise-glace fougueux. Et j'ai assisté au spectacle grandiose d'un éclat de banquise piqué dans l'étrave et qu'on a entraîné pendant plusieurs minutes. C'était la chèvre de monsieur Seguin contre le loup impitoyable. L'eau tourbillonnait tout autour comme en cascade, jusqu'à ce qu'il échappe à la véhémence, bousculé par les cornes de l'acier, renversé par l'étrave, et nous avons aperçu le turquoise de ses flancs qui nous indiquait qu'il s'agissait d'une glace d'eau douce, vieille de plusieurs années. La glace bleue, c'est de la glace qui a perdu son sel avec le temps, qui est redevenue de la glace d'eau douce, le sel s'étant creusé petit à petit un chemin à travers la glace. Il est retourné à la mer salée, ne laissant que de l'eau gelée. Ce que la fée des glaces nous a expliqué pour répondre à notre étonnement d'apercevoir ces murailles bleues dans ce paysage blanc :

> *Effectivement. C'est de la vieille glace puisque, de toute façon, la glace qui s'est formée cet hiver est déjà fondue. Il ne reste que des vieilles glaces, généralement les parties les plus épaisses, les crêtes, qui n'ont pas eu le temps de fondre malgré les températures élevées qu'on a connues.*

Effectivement, la glace bleue, qui est d'eau douce, est beaucoup plus dure que la blanche, qui est d'eau salée, presque molle, élastique, qui plie sous la charge si un brise-glace cherche à la saillir. Bien sûr, la glace d'eau douce résiste au brise-glace, elle est plus lourde et ne brise pas facilement. Mais nous avons constaté qu'elle accueillait les loups-marins de glace, comme on dit aux Escoumins (phoques du Groenland, disent les savants), qui viennent par millions pêcher la morue et mettre bas dans le golfe du printemps. Tout à l'heure, on en a vu quelques-uns qui se chauffaient au soleil de la paresse.

Maintenant on approche du détroit de Belle-Isle, la baie des Chasteaulx de Cartier. Aurons-nous la chance de rencontrer nos premiers châteaux de glace, les icebergs ? Les glaces ont disparu. On navigue maintenant dans l'eau claire dans toutes les directions. La fée des glaces fait le point :

> *Jusqu'à l'entrée du détroit de Belle-Isle, il n'y a à peu près rien. Dans le détroit, on risque de rencontrer encore de la vieille glace et des icebergs. C'est seulement plus au nord, près du Groenland, qu'on trouve des concentrations importantes d'icebergs.*

Nous voulons savoir pourquoi il y a concentration de glaces à la hauteur des îles Harrington, puis plus rien jusqu'à Belle-Isle, puis une autre concentration dans le détroit de Belle-Isle et encore une autre plus loin le long de la côte du Labrador. Les glaces sont-elles grégaires, voyageant par immenses troupeaux comme les caribous migrateurs ? Nicole a réponse à tout.

> *Ce sont généralement les vagues qui ont le plus d'influence sur le déplacement des glaces. Dans ce cas-ci, ce sont probablement des vents plus forts qui ont fait se détacher ces glaces d'un endroit précis de la côte du Labrador.*

Et on a fini par comprendre que les glaces de la banquise naviguaient à voiles en quelque sorte tandis que les icebergs, affublés d'une énorme quille, se laissaient entraîner par les courants.

> *Ce sont les vagues qui déplacent les glaces. Et c'est le vent qui fabrique les vagues.*

Ne pourrait-on pas dire que le vent est le berger des vagues moutonneuses et que la vague est le chien berger des glaces ? D'autant que les glaces se déplacent en troupeaux. Les gens de l'île aux Coudres parleraient peut-être de *mouvées*. Et je les revois, ces gens de l'île à toutes jambes, minuscules, entre l'île et la terre du nord, parmi les glaces du fleuve, debout autour du canot fragile qui se cherche un chemin parmi les hostilités mouvantes. Bien sûr, quand ils le peuvent, ils profitent de l'étal, ce court moment d'hésitation de la grande bête farouche des marées, parce que c'est alors que se forment les saignées qui permettront au canot de nager à toutes rames si la saignée est assez large, ou à l'aviron si elle est plus étroite. Ils choisissent le bon point de marée pour se faufiler entre les griffes des glaces, pour devancer les dérives dans l'emporte-pièce des marées, pour profiter de la mer qui hésite entre les lunes.

Mais contrairement au brise-glace qui cherche à les éviter, le canot profite d'une belle grande glace pour échapper à l'emprise de l'eau et jouer à la chasse-galerie, dévorant à toutes jambes la distance mouvante qui les sépare de la terre du nord, en traînant, l'*ambine* à l'épaule (petit cordage), la main sur le *carreau* (plat-bord), le canot transformé en traîneau qui glisse sur sa sole d'acier comme sur un patin, qui se laisse emporter par la matière soyeuse de la glace.

Les temps changent bien sûr, la navigation évolue, un brise-glace n'est pas un canot. Mais en somme, l'observatrice des glaces qui survole en hélicoptère la banquise transmet au navire le même genre d'informations pour planifier sa course que le chef d'équipe debout sur la bosse avant de son canot, cherchant sa route dans la mouvance des glaces incessantes. Nicole Charbonneau apprécie les glaces par la couleur, de même qu'à l'île aux Coudres ils jugeaient à l'œil de la consistance des glaces, car ils savent pertinemment que les grises sont pourries, les vertes, en chandelles, les noires, crevées de trous chauds et les blanches, aussi sûres que le chemin du Roi...

En vérité et tout compte fait, les glaces opposent les mêmes obstacles au canot d'autrefois et au brise-glace d'aujourd'hui. Et le brise-glace résiste aux glaces plus ou moins de la même manière et avec les mêmes stratégies que les canots du temps passé.

Nous faisons le tour du bateau pour vérifier notre hypothèse. Nous abordons d'abord Réjean Bertrand dans son labo inoxydable où il surveille la bonne marche électronique des instruments de communication. Encore une fois, nous resterons au seuil de la compréhension.

Grand, jovial, empressé, Réjean nous répond de bon gré. C'est un joueur de trompette. Chaque soir, il se retrouve dans le secret du garage de l'hélicoptère avec des copains et ils font de la musique entre eux pour le plaisir, pour échapper à la monotonie, pour combler les silences, pour enjoliver le voyage. C'est un peu surréaliste que ces grands garçons qui exercent toutes sortes de métiers sur leur brise-glace, en désordre, autour d'un hélicoptère, avec leurs instruments disparates qui trompettent dans la chambre des échos. Le soir, il fait de la musique pour un hélicoptère et pour la banquise qui glisse le long du navire. Durant le jour, il est électronicien pour assurer les communications avec le reste du monde. La fée des glaces ne peut rien sans lui. En vérité, il veille sur le bon fonctionnement des yeux et des oreilles du navire. Car le navire qui était autrefois aveugle et sourd, non seulement entend-il mais il voit.

> *Il y a le radar, le radiogoniomètre, le gyrocompas, les enregistreurs de cartes et même le loch qui nous donne aussi la vitesse du navire. Le rôle premier du radar est de donner la distance entre des objets et le navire. Ces objets peuvent être des piliers, des côtes, des icebergs. Toute dénivellation plus ou moins importante nous donne un écho sur le radar, et les échos sont identifiés par des points lumineux. L'échosondeur donne la profondeur d'eau sous le navire.*

Aussitôt, nous lui demandons s'il peut aussi voir une baleine. Notre curiosité est plutôt profane.

> *Même les bancs de poissons donnent un écho. Et toute l'information est acheminée à différents endroits de la timonerie pour aider les navigateurs. C'est un moyen de protection pour éviter de s'échouer près des côtes. Les enregistreurs de cartes permettent de recevoir les cartes des glaces.*

Profane sans doute. Mais un capitaine doit se réjouir d'apercevoir à l'occasion une belle jubarte qui caracole devant le navire comme si elle était sur le point de s'envoler. Et non seulement l'électronicien joueur de trompette capte-t-il dans ses filets électroniques (qu'est-ce que l'électronique pour un profane?) une baleine de passage ou une carte des glaces qui lui parvient soit d'Ottawa soit d'un avion qui survole les glaces et en fait des images, mais encore reçoit-il la carte météo qui reproduit les images satellites des nuages. Mais Réjean Bertrand ne s'étonne de rien sauf de notre étonnement, comme si tout cela allait de soi, et il ne cesse de nous émerveiller sans trop se rendre compte qu'il est le cerveau du navire :

> *Il y a ensuite le* speed dubbler *qui permet de connaître la vitesse du navire par rapport à celle de l'eau. Le gyrocompas est un appareil de navigation très important pour les navigateurs, car il sert de référence pour plusieurs instruments. C'est lui qui nous indique la position du nord physique. Il y a une différence de quelques 100 milles entre le nord magnétique et le nord physique. Cette information est envoyée au radar et à plusieurs instruments de navigation.*

Voilà donc résolu sans autre vérification le problème de la déclinaison, corrigés les errements de la boussole.

> *Mais l'appareil le plus important et le plus utile, c'est le radar. À l'aide du radar et des cartes, les navigateurs peuvent calculer leur position, voir les obstacles, les icebergs, les récifs, les côtes, les autres navires.*

Le radar a remplacé la vigie. Et non seulement il voit le visible, mais encore voit-il l'invisible à travers la brume, la neige et la nuit la plus noire. Nous sommes à la merci de millions de bouts de fils de toutes les couleurs et qui vont dans tous les sens à d'innombrables circuits imprimés qui acheminent les communications. Nous sommes en relations multiples avec l'univers, avec Ottawa, avec Resolute, avec d'autres navires, avec l'hélicoptère, et d'autres circuits aussi compliqués permettent au navire de lire l'espace, de faire le point, d'analyser toutes sortes d'informations, de naviguer en somme les yeux fermés. Les questions nous rassurent plus que les réponses, car nous n'arrivons pas à démêler l'incroyable écheveau. Notre voyage en quelque sorte repose sur la connaissance des autres. Et la connaissance, sur toutes sortes d'instruments.

Peut-être en a-t-il toujours été ainsi. Autrefois, le navire reposait sur la connaissance du bois d'un charpentier, sur le génie de la voile qui dérobait au vent son énergie, sur l'estime d'un capitaine qui trouvait sa route en lisant l'élévation du soleil au-dessus de l'horizon et sur pas mal de chance parmi tant de hasard et de fortune de mer. Navigation approximative certes, et fragile, oh combien! mais à la portée du savoir de quelques-uns. Aujourd'hui, la navigation est pour ainsi dire encyclopédique, elle repose sur de multiples savoirs inaccessibles à la bonne volonté du commun des mortels; elle est en somme multidisciplinaire. Autrefois, les capitaines commençaient comme mousses et gravissaient petit à petit tous les échelons. Aujourd'hui, chacun doit se fier à plusieurs autres. Dans la timonerie, quelqu'un avec l'aide d'instruments sophistiqués propose un cap, mais cette direction choisie par un pilote, maintenue par un homme de roue, corrigée au besoin par un capitaine, dépend de la propulsion.

Et nous voici maintenant dans la chambre des machines.

Abasourdis, perplexes, étonnés.

On imagine mal l'incroyable machination. Tout un monde inaccessible grouille dans les entrailles du navire. Dans l'enfer du bruit, une cohérence sans faille. Un monde lubrifié, luisant, astiqué, qui remplace le vent. Un monde chargé de dompter le feu. L'immense attelage des moteurs. Des milliers de chevaux harnachés, contenus, bridés par les machines. Commandés par le savoir. Combien de temps et de petits savoirs accumulés a-t-il fallu pour passer du feu de bois sur le sable à cette immense fournaise qui fulmine dans les soupapes, qui s'active dans les bielles? La force brute apprivoisée, l'ouragan dompté, l'enfer contenu pour ébranler et actionner le moulin du moteur qui transmet à l'hélice une impulsion?

Et nous voilà maintenant parmi les grandes orgues des roulements, des explosions. Bien loin des moulins à vent d'autrefois. De la grande roue à aubes propulsée par l'aval des eaux. De l'eau qui entraîne, du vent qui repousse. Et pourtant il ne faut pas oublier que les premiers navires à vapeur se servaient de la grande roue des moulins pour transformer les explosions en propulsion. Dans la salle assourdissante des machines, nous évaluons le chemin parcouru. Le mécanicien responsable fait l'éloge du présent :

> *Une salle des machines, c'est le cœur d'un navire. C'est là que se trouvent tous les équipements qui permettent au navire de naviguer. Ça va du système d'eau potable jusqu'au système sanitaire.*

Et il faut déjà comprendre que la salle des machines ne s'occupe pas seulement de la propulsion.

> *Il y a d'abord l'équipement d'urgence. Ce n'est pas lui qui fait avancer le navire, mais il est tout de même primordial pour son bon fonctionnement. L'équipement d'urgence comprend les sources d'énergie électrique, les sources d'air comprimé, les systèmes d'éclairage, les chaloupes de sauvetage, le système de lutte contre les incendies, le système des gicleurs et j'en passe. Tout cet équipement d'urgence est vérifié régulièrement, chaque semaine.*
> *En deuxième lieu, il y a le système de propulsion du navire dont une grande partie est mécanique et l'autre électrique. Six*

> *diesels ne servent qu'à la propulsion et trois génératrices auxiliaires sont affectées aux services d'hôtellerie du navire. Tout ça demande beaucoup d'électricité. Il y a ensuite le propulseur d'étrave, un système de propulsion qui se trouve à l'avant du navire et qui permet de le manœuvrer latéralement. Étant donné qu'il y a deux hélices à l'arrière, le devant du navire devient plus difficile à manœuvrer, c'est donc l'hélice dans l'étrave qui permet de manœuvrer le devant du navire.*

Je perçois ici un peu le génie qui s'empare de l'énergie et la disperse dans tous les coins du navire, produisant lumière, chaleur, propulsion, de sorte qu'un brise-glace de cent mètres jaugeant plus de huit mille tonnes métriques puisse plus ou moins se comporter comme les canots de l'île aux Coudres à travers le fouillis des glaces. Ce qui fait du brise-glace, en plus de sa carapace, autre chose qu'un simple navire, c'est sans doute justement le système de gîte qui lui permet de se secouer, de s'ébrouer, comme un animal qui sort de l'eau pour se libérer de la glu inconstante du frasil de la glace, de la banquise, de toutes sortes de matières qui rendent la propulsion inefficace.

> *Lorsqu'un navire doit avancer dans de la glace très épaisse, il cherche à monter sur la glace où il colle, et ça prend beaucoup de temps pour reculer. Un système de gîte, composé de réservoirs latéraux et d'un système de pompage à très grand débit, transfère continuellement et de façon automatique l'eau d'un réservoir latéral à l'autre pour faire bercer le navire et lui permettre de se faufiler dans les glaces épaisses.*

Pour traverser la bouillie des neiges qui flottent sur l'eau, les gens de l'île avaient imaginé la même stratégie. À force d'hommes, ils faisaient rouler le canot pour échapper à l'étreinte du frasil, ce mot désignant tantôt les glaces concassées, tantôt la neige flottante, parfois la fine glace qui empêche la nage et ne porte pas son homme. Autrement dit, le canot faisait en roulant une vague qui éloignait des parois l'inconsistance des glaces. Le système de gîte reproduit le même geste, comme s'il avait appris son métier en traversant sur les glaces en canot de bois.

> *Le système de gîte fait en sorte que le navire soit continuellement en mouvement dans la glace en le faisant rouler, ce qui empêche la glace de coller aux parois. Les techniques s'améliorent et la partie submergée de la coque des navires est maintenant recouverte d'une peinture à l'époxy qui élimine une grande partie de la friction de l'eau et de la glace sur la coque. Avec cette nouvelle technologie, le système de gîte est moins essentiel qu'il ne l'était.*
>
> *Il y a le système d'assiette et le système de lestage. Le système d'assiette consiste à donner de l'arrière ou de l'avant au navire. On peut sortir la proue de l'eau et l'y replonger pour faire bouger le navire et le dégager de la glace.*

Autrement dit, le système de gîte provoque un roulis tandis que ce qu'ils nomment le système d'assiette reproduit un tangage. C'est encore une technique utilisée par les bateliers de l'île aux Coudres. C'est ce qu'ils nomment *pitcher*, ce qu'on pourrait traduire par *donner du nez* ou tanguer. Ont-ils oublié le mot tangage qui pourtant appartient à la marine à voile encore récente ? Plusieurs capitaines de l'île l'ont pratiqué dans leur jeunesse. Mais n'allons pas leur reprocher un mot égaré pour tant d'autres préservés, inventés de toutes pièces parfois, souvent empruntés et remodelés.

À force d'hommes, on peut faire tanguer un canot. Pour obtenir un tangage et un roulis sur un brise-glace, il faut déplacer vers la poupe et la proue, alternativement le bâbord et le tribord des masses d'eau ; c'est le système de lestage.

> *Nous agissons selon les directives du commandant. S'il dit :*
> *« Le navire a trop d'assiette, pouvez-vous lester les réservoirs*

> *avant ? » En lestant les réservoirs avant, le navire travaillera mieux dans la glace, ou s'il est dans la mer, il va peut-être mieux faire la mer. Si un navire est affecté à un travail spécifique, comme aller dans un endroit dangereux où l'eau n'est pas profonde, où la glace est dure et collante, au moment où la marée est descendante, il donnera beaucoup d'assiette à l'avant. S'il touche quelque chose, l'assiette sera instantanément transférée à l'arrière et on pourra dégager le navire. C'est une protection qui sert plus ou moins souvent, selon les conditions.*

On finit par comprendre que tous ces systèmes sophistiqués reproduisent les stratégies du canot d'hiver. D'autant qu'ils affrontent les mêmes obstacles. Les mêmes ennemis. Dont le verglas qui menace plus encore le brise-glace que les canots.

> *Un câble d'acier d'environ un pouce de diamètre peut s'épaissir jusqu'à huit pouces en une douzaine d'heures, ce qui est évidemment très dangereux. Il n'y a qu'une chose à faire : ralentir le régime du navire de manière à ce que les embruns embarquent le moins possible. Et en pleine tempête, les hommes ne peuvent se risquer sur les ponts pour briser la glace, car ils pourraient être emportés par la mer qui balaie les ponts et les couvre de glace.*

Au fond, en hiver, un des plus grands dangers, c'est la glace qui se forme sur le bateau. Le verglas qui recouvre le navire battu par les vagues et alourdit le bateau. Pour mieux comprendre, nous visitons la salle des machines et nous examinons tous les systèmes imaginés pour remplacer la voile et le vent, les jambes et les avirons, pour assurer la stabilité grâce à des réservoirs situés au-dessus de la quille, pour créer de toutes pièces un mouvement de tangage artificiel qui, comme le système de gîte et pour les mêmes raisons, propulse une masse d'eau de l'avant à l'arrière en sorte que le bateau prisonnier des glaces qui l'agglutinent puisse se mouvoir, comme une grande bête, harcelée par les loups du froid, qui se secoue pour échapper aux griffes et aux dents ennemies.

On voit bien comment, par toutes sortes de machinations, le brise-glace imite les gestes du canot. Il peut encore propulser de l'air autour de l'étrave, fabriquant, pour ainsi dire, un coussin d'air sous la carène pour éliminer ou diminuer les frictions. Ce que le canot n'arrive pas à faire. Mais le brise-glace, lui, ne parviendra jamais à courir sur les glaces fières, à toutes jambes, comme les canots d'hiver.

Toutes ces stratégies élaborées, dans quel but? Bien sûr et d'abord pour s'ouvrir un passage dans les glaces en déroute. Mais à quelles fins? Nous allions l'apprendre le jour même.

Chapitre XX

Un appel de détresse

Navigation paisible dans le passage du détroit de Belle-Isle. Est-ce vraiment un passage ? Le passage que Cartier et toute la navigation de son temps recherchaient ? En 1534, Cartier s'engage dans le détroit de Belle-Isle où il rencontre, encore une fois, les glaces qui l'empêchent de naviguer du 27 mai au 9 juin, soit durant treize jours.

*… pour la contrariété du temps
et du grant nombre de glaces que trouvasmes
nous convint entrer dedans ung hable
nommé le Karpont…*

Ce détroit est libre de glaces ou du moins navigable à partir du 15 juin. Habituellement. Il arrive qu'il soit encore couvert de glaces jusqu'au début juillet. Voilà pourquoi on est étonné sur le brise-glace d'avoir à affronter à la mi-juillet, à Harrington d'abord, puis dans le détroit lui-même, *un grand nombre de glaces*. Aujourd'hui on doit se contenter de parcourir les débris de la banquise. Aucun iceberg à l'horizon. Mais je les ai rencontrés à la fin des années cinquante. J'en ai fait des photos. Et je suis encore ému par la splendeur du souvenir. Par la grande bête blanche, par les formes sculptées par la longue dérive, par la cassure du vêlage, par la vague qui se brise le long des parois inertes. C'était dans les parages de Blanc-Sablon. Nous tournions une série documentaire. Avec René Bonnière et Michel Thomas d'Hoste. Treize demi-heures en une seule année. Quel beau voyage nous *fîsmes* dans ces parages déjà géographiés! Déjà nommés. Connus. Sauf la surprise, l'inattendu d'un iceberg blanc dans le bleu de l'eau. Un iceberg, depuis la nuit des temps, est toujours nouveau.

Je reviens à mon brise-glace qui s'ouvre lentement un chemin parmi les restes de banquise. Il patrouille ces eaux pour répondre à toutes sortes de besoins. Il répond aux alarmes. Il accourt aux détresses. Et voilà que, sans crier gare, le *Pierre-Radisson* rebrousse son sillage. Quelqu'un nous en avise ; nous ne nous en rendions même pas compte. Sur la mer, quand il n'y a pas de soleil, l'œil n'a ni repère, ni balise, pour juger de la course. La mer ne fournit pas d'indications au seul regard. En vérité, nous avons fait demi-tour puisqu'il faut en croire la rumeur. Mais pour quelle raison ? *À cause d'un signal de détresse,* nous dit-on. La rumeur circule à toute vitesse, presque aussi vite que le signal radio capté par le navire. Les ondes abolissent les distances, la rumeur parcourt le navire comme un frémissement, le navire palpe l'univers par les ondes. Aujourd'hui, c'est un bateau de pêche de Terre-Neuve qui réclame de l'aide. Pourquoi? On s'informe. Un marin sur le pont nous explique :

> *Nous allons porter secours à un bateau de pêche qui a besoin d'assistance. Il est à 12 milles de nous. S'il a besoin de combustibles, nous allons lui dire de se préparer à en recevoir, sinon nous le touerons à un port. Nous attendons les instructions.*

Pas de panique mais un peu d'effervescence. On s'empresse. Le commandant obéit au signal. C'est son métier. Mais il soupçonne qu'il y a anguille. Nous allons à la timonerie pour nous tenir au fait par curiosité. C'est notre métier. Enfin un événement! Nous allons de l'un à l'autre. Sur la pointe des pieds, timidement, comme dans une salle d'opération. Chacun s'affaire sans nous regarder. Ambiance ouatée. Nous n'avons rien à faire qu'à essayer de deviner. De comprendre. Les officiers à quatre épingles imperturbables. L'homme de roue à sa roue et à son compas. Il s'agit de localiser le bateau de pêche en détresse. Avec les doigts ondulatoires du radar. Approche prudente. Nous regardons par toutes les fenêtres. On ne voit que la brume qui abolit même les horizons. Le regard est électronique. Nous n'y avons pas accès. Tous les moteurs sont éteints. Nous approchons sur l'erre d'aller.

Soudain, la silhouette imprécise d'un bateau perce la brume. Il nous paraît immense dans ce nulle part. En réalité, il est tout petit quand on l'approche. Accostage délicat. Multiplicité des manœuvres. On pourrait le réduire en miettes. Le capitaine pêcheur donne ses préférences pour l'accostage. Machine arrière! Les ordres circulent. Les gestes répondent. Les machines obéissent dans le secret des machines. Des amarres sont lancées vers le bateau pêcheur. Les deux coques se touchent enfin. Les amarres sont arrêtées. Opération réussie. La brume nous entoure, rendant toute la manœuvre presque irréelle. Il vente à peine.

De quoi s'agit-il? Y a-t-il une panne? Quelle est la nature de la détresse? Le capitaine pêcheur demande de l'huile. Il prétend la panne sèche. Il voudrait mille gallons. Le commandant propose une moindre quantité. Il accepte sans mot dire. Trop heureux de l'aubaine. Transbordement dans les règles. Les fonctionnaires d'Ottawa enverront un jour une facture. Seront-ils remboursés? Rien n'est moins sûr, semble-t-il. Il y avait donc une anguille! S'agit-il d'une nouvelle forme de piraterie? En vérité, c'est un modeste pêcheur de crevettes et de morues. Qui finit par nous offrir crevettes et morues. Échanges de bons procédés. Chacun selon ses moyens.

Le *Pierre-Radisson* a repris sa course. Nos yeux n'ont plus d'usage. La brume à portée de la main. On abandonne le regard pour se retrouver en cabine. Pour voyager dans la mémoire.

Dominique et Doris déballent leurs questions. Nous répondons, Yolande et moi, tant bien que mal.

Il y aura toujours plus de questions que de réponses. Mais il arrive que la question provoque la réponse, l'invente de toutes pièces en quelque sorte. Comme un vent dans les voiles. Et de notre mieux, à même nos petites expériences du froid, de la navigation, du Nord, des fleurs polaires, des bêtes boréales, voilà que sans épuiser la question, nous aurons fini par épuiser ceux qui la posent et par nous épuiser nous-mêmes. Il nous faudra un autre jour reprendre la même question pour aller un peu plus loin dans la même réponse. Pour l'instant, la machine à questionner est au bout de son rouleau autant que la machine à répondre.

Heureusement, on frappe à la porte de la cabine pour nous délivrer de cette tâche exorbitante de dire un tant soit peu cette navigation à rebours des glaces. C'est le grand Réjean Bertrand, celui-là justement qui joue de la trompette chaque soir dans le hangar où s'abrite l'hélicoptère. Il nous apporte des crevettes un peu trop cuites peut-être, mais le goût de mer nous enchante. Nous préférons les fruits de mer plus près du cru que du cuit. Qui a raison? Le goût est une affaire de goût. Il reste que les crevettes nous délivrent du supplice de la question. On se retrouve tous au salon pour commenter l'événement et savourer les crevettes. Malgré la musique qui occupe toute la place, certains continuent de parler. Je ne suis pas sûr de les entendre dans cette cage sonore. Comme une intrusion. Nous avons le sentiment d'être de trop.

Gil Cormier propose un cognac comme une bienvenue. Il est chargé de la logistique et, par conséquent, du cognac. Nous discutons autant que faire se peut dans le brouhaha. Il se raconte à grands traits. J'ai retenu qu'il est originaire de Caraquet, qu'il a travaillé à Ottawa, à Cornwall, à Vancouver, sur plusieurs navires; il est sans doute bilingue. A-t-il entièrement oublié la langue et l'accent de Caraquet? Je n'arrive pas à découvrir où et comment il a appris cet autre français qu'il parle, qui est impeccable, mais il me semble que j'aurais préféré qu'il me parle Caraquet, comme pour s'identifier à un fleuve, se localiser. Préfère-t-il le global? La mondialisation monstrueuse? Un accent de pays suffit-il pour connaître quelqu'un? Le mystère reste entier. La mer qu'il navigue a-t-elle un sens pour lui? Et Caraquet qui s'est effacé de sa parlure? Est-il navigateur ou fonctionnaire? Je ne le saurai pas. Une autre occasion ne s'offrira peut-être pas. Mais il me semble qu'un pays trouve son fondement dans la musique. D'autant qu'à Caraquet on parle en musique. A-t-il réussi la musique de Caraquet? Son accent?

Je me retrouve dans ma cabine, n'ayant à combattre que la ventilation. J'essaie de lire les aventures de Franklin, l'homme qui a mangé ses souliers pour survivre. La fatigue l'emporte, le sommeil est facile sur un bateau. On est bercé par la houle et par la ventilation. Je disparais dans les draps. Je m'endors dans les bras du polaire. Abandonné à moi-même. Est-ce là le destin du voyage dans la mémoire du voyageur? Et je rêve à un brise-glace qui se change en bon samaritain, à l'occasion.

Dans les beaux draps du navire, dans la navigation trop facile qui m'échappe, je songe aux mages, aux ciels qu'ils ont regardés, à l'incohérence des étoiles qu'ils ont fini par comprendre pour en déduire une astrologie, des présages, un univers de causes et d'effets. Patiemment tout ce travail de spéculations, toutes ces déductions d'effets qui imaginaient les causes et s'intercédaient le divin, comme une gymnastique de l'esprit, comme un apprentissage de la raison, progressivement, quelque part dans le temps, grâce à quelques mages délaissant la magie, à Archimède, Ptolémée, Copernic, Galilée, à des centaines de bergers mélancoliques dans le noir le plus nocturne crevé d'étoiles, incompréhensibles à première vue, grâce à des milliers de marins naviguant l'estime approximative, on a fini par acheminer la raison à déduire de la réalité une géométrie du ciel. Et du même coup, on a compris que l'élévation du soleil à midi pouvait situer le navire sur la mer sans balise. Et j'ai trouvé cela plus fabuleux que toutes les fables. J'admire cette science qui me navigue jusqu'aux limites de l'ignorance et de toutes les déductions, de toutes les réflexions, autant celles du premier berger que du dernier radar. On invente le dieu du premier coup. Il faut des siècles pour construire un astrolabe et des millions d'yeux à regarder des milliards d'étoiles. Je rêve de retrousser le temps jusqu'à la première pensée rupestre. Pour comprendre. Je me sens terriblement innocent dans cette caverne de l'âge de pierre. Et plus encore dans cette forêt d'instrumentation dont je ne connais pas le langage. C'était si facile autrefois de se confier à la divinité, à l'infaillibilité. Je m'incrimine d'ignorance. Il reste que les instruments ne demandent pas d'explication. On n'a pas besoin de comprendre l'ordinateur. Pas plus que la chimie de l'estomac pour digérer son repas. Tous ces instruments prolongent nos sens. Ils sont devenus le sixième sens qu'ils ont remplacé. La lunette de Galilée a prolongé sa vue, lui permettant de comprendre un morceau d'univers même s'il n'a pas inventé la lunette lui-même. Mais la lunette n'est qu'un jouet sans importance si elle n'est pas naviguée jusqu'à la lune par un certain Galilée. Et je songe à Galilée qui n'a pas inventé la lunette.

Vers minuit, on frappe à ma porte. Je m'éveille. Qu'est-ce qui se passe ? J'écoute. Ça cogne, ça continue de cogner de plus belle, mais pas à la porte, à la coque ! Le bateau traverse un champ de glaces et de brume. Les glaces n'ont d'autre défense que leur inertie. Les chocs sont rudes parfois. On soupèse les glaces par leur sonorité. Souvent, elles glissent le long des parois en bruissant. Peut-être est-ce de la glace pourrie, en chandelles, ou encore tout simplement du frasil. Le bateau continue sa course, imperturbable. Les glaces ne sont pas assez lourdes pour l'arrêter. Le tambour des parois nous tient réveillés. Et en éveil. Je regarde le plafond. Quel plafond ? Celui de la cabine ou celui du crâne, là où les pensées font demi-tour ? Comment naissent-elles les pensées ? On n'en saurait rien dire. Ont-elles besoin pour se construire de la contribution des sens et des étoiles de la fausse route ? Que faut-il espérer de la fausse route ? Les dieux sont l'amorce d'une pensée et de la préhistoire. Nous sommes dans le voyage sans surprise. Retour assuré. Nous naviguons sans la contribution des sens. C'est le navire qui navigue. Nous ne pouvons qu'admirer, sans risque de fausse route.

Les sens trompent les hommes et même les animaux qui en ont plus que nous. Ils ne se trompent pas, mais ils nous trompent. Et toute l'histoire de la perception le démontre, qui proposait les divinités pour expliquer les phénomènes, qui prônait le géocentrisme, la platitude et l'immobilité de la Terre, les révolutions du soleil, la marche des étoiles, les circonvolutions des planètes. En sorte que l'astrolabe n'est pas superflu, il complète, affirme, corrige la mémoire, la précise, la corrobore. Je veux bien croire *à quel point de finesse savante peuvent atteindre les sens* dont parle Michel Serres. Je reconnais leur présence précieuse, antérieure, complémentaire parfois, suffisante à l'occasion, désastreuse aussi souvent.

Jusqu'au jour récent où la navigation s'est faite à l'abri des sens ou presque, navigation électronique, celle de ce bateau. *Le règne du jour navigue la tête dans une poche*, disent les vieux navigateurs du fleuve en parlant du radar. Mais qui a refusé le radar? Qui pourra dire que le radar ne voit pas où les sens sont aveuglés? Personne ne navigue plus *attaché à la roue, les bottes pleines d'eau,* là où on était bien placé pour tout percevoir, tout sentir, tout entendre. Pour apprendre la mer comme une langue. Quelque chose de la mer désormais et à jamais échappera aux timoneries bien chauffées, quelque chose que Cartier connaissait mieux encore que l'astrolabe, que Laurent Tremblay, le capitaine de *Manda*, avait pratiqué dans son enfance d'avant le radar et qu'il respectait. Mais Laurent a accueilli le radar comme Cartier l'aurait accueilli. Faut-il le regretter, cultiver les nostalgies romanesques? *Attaché à la roue, les bottes pleines d'eau* ou bien au chaud *la tête dans une poche* de la timonerie? Qui choisira? Le poète ou le marin? Le philosophe ou le navigateur?

Bien sûr, le *savant du temps* (dont parlait Nérée Harvey, capitaine du *G.- Montcalm* qui n'est plus qu'une épave écréanchée à la pointe de l'Islette, au bout d'en haut de l'Isle aux Coudres) savait des choses que le savant du jour dans sa timonerie ne peut pas savoir, car il ne parle plus la langue morte d'une navigation à l'œil, par les fonds, d'avant les bouées, d'avant les cartes, d'avant le radar, d'avant la navigation par satellite et la carte météo. Faut-il lui en vouloir?

L'un connaissait le détail. L'autre connaît la totalité. L'un, chaque havre. L'autre, les courses d'un point à un autre. L'un mettait un mois pour se rendre à Blanc-Sablon ; aujourd'hui, nous faisons le voyage en une semaine dans les deux sens. Que reste-t-il, dès lors, du voyage et de la mer ? Un simple passager peut-il prétendre avoir navigué, comprendre un fleuve ou la mer ?

Peut-être le voyage est-il inaccessible à l'homme de notre temps ? Car la ligne droite des courses ne nous enseigne pas grand-chose d'un fleuve. Des oiseaux passent autour de nous, mais nous n'avons pas faim d'oiseaux comme les Terres-Neuvas qui pêchaient à la ligne le grand puffin vorace, qu'ils nommaient *dadin,* pour varier le menu. Des baleines ou des dauphins au loin plongent et nagent, mais un navire ne s'inquiète plus des baleines. Il ne poursuit qu'un horaire impitoyable. Il a rendez-vous avec le temps et avec les quais. Il transporte le cargo et les passagers, il s'empresse, il décharge, il siffle, il repart, nous privant de sensations. Nous n'avons pas une seconde à perdre. Pourtant, il y a des gens à chaque quai. Il y a des événements dans chaque vie. Nous passons tout droit, rapportant des paysages, des cartes postales. Et pourtant nous avons fait en 1986 le voyage de Québec à Blanc-Sablon et retour non sans passer une semaine à La Romaine, ce qui suffisait pour justifier le voyage. Et maintenant, je navigue dans mon petit carnet, recomposant les gestes de la veille. Je donne la réplique à mes souvenances, je joue de ma mémoire. Je ne suis pas une photocopieuse et j'ignore si je me raconte bien maintenant ce que j'ai vécu hier. Cela suffira-t-il à justifier le voyage sans boussole de l'écriture ? Le voyage ne nous prive-t-il pas du voyage ? Et l'écriture se suffit-elle à elle-même, se prenant pour le voyage ? Racontant un appel de détresse sans conséquence ?

Chapitre XXI

Un petit matin phocidé et une Marie-Nonante naissante

Ce matin, autour d'un café, j'écrivaille! Encore! Je jongle avec mes mémoires de la veille! J'avance vaille que vaille dans mes souvenirs! Je vagabonde parmi les glaces et les merveilles et je me rappelle… je me rappelle… comme si hier pouvait prendre la place d'aujourd'hui… aujourd'hui, qui nous menace d'événements… je me rappelle l'événement d'un hublot par lequel on aperçoit soudainement une belle *mouvée* nerveuse de loups-marins luisants… brillants… plongeant… parmi les glaces… s'éloignant… surgissant… Et machinalement, je laisse ma mémoire randonner, la bride sur le cou, pour jeter un œil par le hublot de la veille et, d'un seul coup, l'hier de l'écriture se change en un grand ballet d'aujourd'hui. Une autre *mouvée* ou peut-être la même surgit devant nous en noires bouées qui fracassent le miroir de l'eau encalminée… passant d'un monde à l'autre… du monde de l'eau au monde de l'air, étrangement séparés par les surfaces.

Délivré de mes mémoires, je partage la réalité de ces soyeuses ballerines des glaces qu'on nommait autrefois *sereines* de mer en Gaspésie. Délivré de mémoire, je jongle avec la mouvée mouvante et m'amuse à imaginer… à imaginer une toute petite Marie-Nonante, à peine naissante, notre petite-fille, Marie, née la veille à Bruxelles, la veille à peine de notre départ pour la mer des glaces… la veille de notre départ pour le large polaire des loups-marins, pour la mer des phoques et des nuages et des miroirs et des dérives et des mirages. La belle Marie qui reste à voir… et que j'imagine déjà comme un bonheur qui cherche des pieds et des mains à prendre pied dans la proximité, à s'emparer de la moindre chose qu'on lui propose… et je la vois par le hublot de ce matin qui remue des pattes et des bras… lovée sur elle-même comme en raccourci… comme dans l'urne mémorable et matricielle… faisant des gestes rudimentaires… des gestes d'ailerons et de nageoires et de dorsales… comme les dauphins des neiges ou les phoques du charbon. Je m'amuse à imaginer par le hublot plein de loups-marins brillants et de glaces flottantes, que les premiers gestes de la vie de Marie ressemblent à ceux du phoque aux membres repliés qui se précipite dans l'apesanteur de la nage matricielle avec des gestes d'enfant qui vient d'en sortir.

Je n'arrive pas à ne pas songer que chaque femme enfin délivrée, qui donne naissance, recommence à son compte et en son temps le monde… le monde tout entier, jusqu'à ce jour, depuis l'empremier, avec des matériaux aussi anciens que la nage des loups-marins et la glace des glaciers. Chaque femme qui donne naissance (est-ce qu'on peut donner davantage?) recommence les migrations du temps et recompose toute l'histoire depuis jadis jusqu'à maintenant à son compte, refaisant le grand voyage secret des glaciations jusqu'à se réinvestir dans les millénaires, comme si l'humble et laborieuse Terre était perpétuellement enceinte d'elle-même grâce à l'intercession des neiges d'antan. Comme si chaque naissance résumait toutes les naissances et recommençait toute biologie aux gestes rudimentaires de la nage. Et j'appréhende que cette petite Marie-Nonante naissante deviendra un jour une belle nageuse, une nouvelle *sereine* de mer. Parce que rien ne se perd.

Dans la mer du Labrador. Nous sommes un vendredi, 12 juillet. Qu'est-ce qu'un vendredi sur la mer? Que faut-il attendre d'un vendredi ? Est-ce la peine de nommer les jours par leur nom sur un bateau ? Tout est tellement pareil. En dépit de l'événement de la glace qui se répète inlassablement. Semblable et sans pareille. C'est pourquoi le temps n'est pas tout à fait le même que sur la terre. C'est un temps nouveau. Celui d'une navigation. Celui d'un passage. Entre le départ et l'arrivée, il n'y a que le temps d'une navigation. Les jours n'existent pas. Il n'y a que des distances ; on parcourt la distance plus que le temps. Quelqu'un, chaque jour, sur une carte indique une position, dessine un cheminement ; le parcours est visible sur la carte. Sur la mer, qu'est-ce qu'on voit ? Rien n'indique ni la direction ni la progression. La Terre est ronde. On pourrait être n'importe où. Nous sommes quelque part au bout d'un rayon imaginaire. Et la roue tourne. Nous tournons avec la roue. Surtout là où le soleil a la permission de la nuit. Nous le savons parce que les nuits raccourcissent. Nous allons vers le soleil de minuit. Nous parcourons des champs de glace, ce qui nous indique une position… une vague position… et que nous sommes loin du pays où l'on fauche les blés. Je cherche d'autres indications. De jour en jour, nous approchons du jour sans nuit. Comme si le temps s'arrêtait d'un seul coup. Sur le coup de minuit. On n'avance plus dans le calendrier… dans les heures qui se partagent les jours en avant-midi et en après-midi. Sur les ponts, on goûte la fraîcheur de l'air, on constate la couleur du ciel, on réalise qu'il y a de plus en plus de glace, on admire au passage la grandiloquence d'un iceberg. On passe d'un lieu à un autre. Est-ce qu'on passe d'un jour à l'autre ? Qu'est-ce qu'un jour sans nuit ?

Nous prenons ce qui passe dans la mesure où le présent nous échappe, dans la mesure où il disparaît dans la mémoire. On se raconte des histoires de voyage. On assimile les icebergs à des châteaux en Espagne puisqu'ils sont condamnés à disparaître, même s'ils nous paraissent démesurés. Alors qu'ils ne sont que débris du grand glacier. Une simple *molaire de Dieu*, disait Michel Garneau. Et de fait, il y a dans ces masses d'inertie polaire qui recouvrent le Groenland, la terre d'Ellesmere, la terre de Baffin, l'île Bylot…

quelque chose qui transcende la mince pellicule de ce que nous appelons l'histoire. Même la préhistoire nous paraît insignifiante avec ses millions d'années auprès de l'immense recueillement des glaciers. On a l'impression que la planète Terre est prise en charge par des forces et des inerties, des glaciations et des géologies, par des lunes et des marées, et que notre présence n'est qu'un petit incident sans importance, pas même une seconde dans la journée, qu'une autre glaciation ou qu'une éventuelle géologie effacera sans sourciller. Parler d'icebergs, de glaciations, de boucliers, ne met pas l'homme à l'abri des soubresauts de la planète, mais l'incite d'une certaine façon à trouver ailleurs sa justification. Il construit des mythes, il imagine des cathédrales, il s'invente des révélations pour échapper à la fatalité qu'il devine inexorable. Nous cherchons refuge contre l'immense en se racontant la naissance au bout du monde d'une petite Marie-Nonante qui ne sait pas qu'elle ressemble dans notre esprit voyageur à un phoque rudimentaire et maladroit sur une glace au soleil.

Chapitre XXII

La mer pour un marin

Petit déjeuner. C'est le moment où on se retrouve à table. Au hasard des rencontres, les uns nous évitent, d'autres ne demandent pas mieux, et nous continuons de recueillir toutes sortes d'informations sur le navire, la navigation, la vie à bord. Chacun son navire. Il est rarement question du vaisseau Terre. De la planète Terre. Chacun la prenant pour acquise.

Ce matin, nous discutons avec Léon Corriveau, premier mécanicien, et Yvan Côté, technicien en hélicoptère. Comme toujours, nous essayons de percer le mystère. Les mystères : celui du navire, de celui qui navigue dans les moteurs, de celui pour qui le bateau sert de piste d'envol. Car on a remplacé la vigie de la tête des mâts par un oiseau. Le navire lui-même n'est pas tout à fait un navire dans la mesure où il brise glace, et nos interlocuteurs ne s'en cachent pas. Ils dénoncent le *Pierre-Radisson* comme un piètre navigateur qui ne fait pas bien la mer, qui préfère les glaces, qui est conçu pour la glace, et ils nous parlent navire : qualités, défauts. Tous les navires n'ont-ils pas les défauts de leurs qualités, comme les hommes ?

On discute ferme. D'une autre table, on nous interrompt pour contredire ou pour approuver. Les uns partent, d'autres restent. John Pouliot est officier de navigation depuis vingt-quatre ans. Il lui en reste dix à faire avant la retraite. Il en parle, de la retraite. Il nous donne l'impression de naviguer vers la retraite. Et la mer, qu'est-ce qu'il en pense ? Il n'obéit ni à l'appel du Nord ni au mythe de la mer. Il navigue pour gagner sa vie. Un jour, sa vie sera gagnée. Mais la mer ? Qu'est-ce qu'on en peut espérer ? Pouliot en espère la retraite. Quand il y parviendra, fatalement, peut-être se rendra-t-il compte qu'il était plus heureux dans la force de l'âge à naviguer qu'en vieillissant à se bercer. Car le travail est moins pénible que le poids des ans. Mais peut-être pas. Certains réussissent mieux leur retraite que leur vie. D'autres réussissent mieux leur vie. C'est selon.

Il me semble qu'il faudrait souhaiter n'avoir jamais à s'arrêter, à retraiter. La retraite n'est-elle pas une capitulation, une défaite ? Mourir avant de dépérir, périr avant de dépérir, surtout en mer. Mourir en mer comme la plupart des marins d'autrefois.

À chacun sa façon d'être marin, de regarder la mer.

J'ai rencontré à Cancale un superbe marin, le commandant Convenant, qui a commencé sa carrière à quinze ans comme mousse sur un terreneuva. *Galérien des brumes*, comme il le dit lui-même en titre d'un livre qu'il vient d'écrire. Il me racontait, cependant, qu'il regrette d'avoir eu l'occasion de vieillir. Comme s'il n'y avait pas place sur le plancher des vaches pour celui qui a passé sa vie à marcher sur les eaux du large. Pourtant, à la retraite, il n'a pas cessé de naviguer la mer Océane de sa mémoire, écrivant poèmes, livres et chansons. Mais il se sent diminué de se retrouver à terre. La mer lui donnait une dimension qu'il a pour ainsi dire perdue. Il a pourtant entrevu à plusieurs reprises, comme il dit, le *cap d'y rester*! Il s'en est tiré à chaque fois. Mais il aurait préféré naufrager. Finir en beauté. Avant la retraite. Avant d'avoir perdu la force de continuer. Le pire serait sans doute d'avoir encore la force et rien à en faire. Bercer une force vive. À terre. Là où il ne reste plus que le souvenir. Il écrit ses souvenirs, comme pour renverser la vapeur.

Je compare ces témoignages sans pour autant en juger. En vérité, je ne connais pas la vie du bateau. L'ennui du bateau sans rien à regarder que l'horizon, quelques oiseaux et que de rares et fugaces cétacés. Pour moi, quinze jours en mer parmi les glaces, c'est une belle découverte. La nouveauté. Pour un officier de navigation qui aura trente-quatre ans de mer à sa retraite, c'est sans doute différent. Pour moi, c'est l'aventure. Je n'ai rien à faire que regarder, questionner, apprendre, découvrir, lire aussi en cours de route toutes sortes de routiers, depuis Cartier jusqu'à Peary ou Nansen, apprendre toutes sortes de savoir, de la chambre des machines à la timonerie. Et au bout de quinze jours, prendre un avion qui me ramène à bon port. Et plus tard, à la chaleur, relire mes notes, rédiger un journal, regarder des photos qui me serviront d'aide-mémoire.

Il reste que le discours de cet officier de navigation m'étonne et me surprend. Peut-être m'apprend-il la chose la plus importante de toutes. Il m'a, sans ironie, fait comprendre que ce que je trouve admirable dans cette navigation n'arrive plus à émouvoir le moins du monde celui qui recommence le même voyage depuis presque vingt-quatre ans. *Je ne regarde plus jamais dehors*, dit-il. Qu'est-ce donc que la mer pour un marin ? Une séduction ? Ou une fonction comme tant d'autres ? Et le fonctionnaire de la mer ne regarde plus la mer. Il passe sa vie à regarder dans son radar. L'iceberg n'est pas un événement de formes et de couleurs pour lui, mais une simple tache sur un écran, un danger, un obstacle, une contrariété. Qui a raison, qui a tort ? Celui qui aime la mer ? Celui qui la subit ?

Cartier aimait-il la mer ? On n'en sait trop rien. Il en parle peu. Il parle surtout de la terre. De la rencontre d'un ours polaire. Du grand nombre d'oiseaux. Des morses. De la hauteur des arbres. Cartier ne parle pas de la mer, mais de la vie marine ou forestière. Il parle de la *contrariété du temps* et *du grant nombre de glasses* qui le retiennent près du cap de Bonne Viste. La mer n'est pour lui en apparence que contrariété du temps qui se tourne *en yre et tormente*, que *ventz contraires* ou favorables, que longueur du temps entre Saint-Malo et Blanc-Sablon, que route à parcourir jusqu'à destination. Mais il ne naviguait pas l'ennui. Il naviguait l'inconnu, la découverte, l'étonnement, la nouveauté, l'admiration. Chaque voyage l'amenait *plus oultre*. Il n'était pas un fonctionnaire de la mer. Il inventait la mer. Il la disait pour la première fois. Il était le premier venu. Nous sommes loin derrière et lui devons un fleuve qu'il décrit avec admiration dans son *Brief Récit* dont il parle humblement modestement. *Ce mien petit labeur*, dit-il en parlant de ses Relations, de ce que je nommerais *Le Livre du fleuve*. Et lui devons un fleuve.

Chapitre XXIII

« Alors commença la maladie entour nous d'une merveilleuse sorte et la plus incongnue »

Il inventait sa route dans l'inconnu de la géographie. Il inventait sa route dans l'inconnu de l'adversité, l'inconnu du froid. Il ne savait pas ce qui l'attendait. Il affrontait. Il était le premier venu.

Et dans cet inconnu casse-tête des glaces qui nous entoure, Dominique demande si Cartier rencontrait pour la première fois le froid, le froid de canard comme elle dit. Les canards ont-ils froid dans l'Arctique ? Ni les fulmars, ni les godes, ni les marmettes, ni les oies blanches d'ailleurs. Il suffit de savoir qu'elles arrivent, les grandes oies hyperboréennes, à la baie Missisquoi, au lac Saint-Pierre, à l'île aux Canots, avant le départ des glaces, qu'elles se rassemblent à l'île Bylot au nord de la terre de Baffin au pied du glacier, et qu'elles quittent nos parages à l'automne quand les glaces recouvrent déjà les pâturages. Autrement dit, elles reviennent vers le sud quand le nord ne les nourrit plus. Et le froid de canard dont on parle serait en vérité le froid des chasseurs de canard qui grelottent dans leur cache, espérant une belle brassée de plumes blanches.

En vérité le froid n'existe pas en soi. Il est relatif. Ni le glacier ni le canard ne grelottent, tout est fonction de la capacité de chacun de garder sa chaleur par opposition à la capacité du froid ambiant de la dérober. Les équipages de Cartier n'étaient pas suffisamment et convenablement vêtus pour affronter les froids de loup du petit hiver laurentien. Il est vraisemblable de penser que Cartier n'avait jamais hiverné en Amérique même s'il avait fréquenté avant 1534 Terre-Neuve et peut-être le Labrador en quête de la morue ou du passage. L'hiver de Saint-Malo ne ressemble pas à celui de Blanc-Sablon. À Saint-Malo, on peut peut-être parler d'un froid de canard. Ici il est question d'un froid de loup. Et moins tu es habillé, plus les coups du froid t'agressent. Et l'habit ne suffit pas. Encore faut-il être logé, chauffé, isolé. Et surtout habitué. Ce qui a rendu ce premier hiver intolérable, c'est le froid bien sûr, mais surtout le fait qu'ils étaient désarmés, mal vêtus, mal logés… et surtout mal nourris.

Mais pourquoi Cartier en 1535 décide-t-il de passer l'hiver au lieu de rebrousser la mer, de rejoindre Saint-Malo? Pourtant déjà, il appréhendait et mesurait le froid, disant des indigènes qu'il rencontre qu'ils

> *sont, tant hommes, femmes que enffans*
> *plus durs que bestes au froiet…*

Et on n'était qu'en novembre et il ajoute s'émerveillant :

> *car, de la plus grande froidure que nous ayons veu,*
> *laquelle estoit merveilleuse et aspre*
> *vennoyent à nos navires*
> *la plus part d'eulx tous nudz*
> *qui est une chose incréable qui ne le voyt…*

C'était en novembre seulement et l'hiver approchait qui s'annonçait encore plus *aspre*. Mystère. Ont-ils été prisonniers des glaces? Avaient-ils reçu ordre de se mesurer avec l'hiver? En tout état, il n'est pas question dans les relations ni d'un ordre, ni des glaces, ni de provisions à cet effet. Peut-être ne se sont-ils pas méfiés?

« ALORS COMMENÇA LA MALADIE ENTOUR NOUS... »

Chose certaine, ils ne semblent pas avoir prévu ce qui les attendait. À preuve, l'étonnement de celui qui écrit les relations devant ce froid qu'ils n'ont jamais connu auparavant...

et par dedans nosdits navires
tant bas que hault
estoit la glasse contre les borz
à quatre doidz d'espesseur...

Ils se sont retrouvés dans une maison de givre, dans une sorte d'iglou. À cause de l'humidité... le frimas ! À cause du froid... le gel ! À cause du gel...

noz breuvaiges estoient tous gellez
dedans les fustailles...

Était-ce à cause du froid sur les parois, à cause du gel dans les futailles, le grand désastre les attendait...

[alors] commença la maladie
entour nous
d'une merveilleuse sorte et la plus incongnue...

Et s'ensuit une description incomparable et dramatique. Une description insurpassable. Du Rabelais sans l'enflure. La maladie, c'était le scorbut, que le froid favorise mais dont l'avitaminose est responsable. Que Cartier envisage sereinement peut-être mais lucidement sans doute. Dont les premiers symptômes apparaissent en décembre déjà...

et tellement se esprint
ladicte maladie en noz trois navires
que à la my febvrier
de cent dix hommes que nous estions

*il n'y en avoit pas dix sains,
tellement que l'un ne pouvoyt secourir l'aultre
qui estoit chose piteuse à veoyr
considéré le lieu où nous estions...*

Que faire dans ce navire transformé en iglou face à cette *maladie d'une merveilleuse sorte et la plus incongnue* sinon ce qu'on faisait à cette époque devant l'adversité : se mettre *en prières et oraisons...*

*chantant les sept psaulmes de David
avecq la letanye
et la messe dicte et chantée
se fist le cappitaine pellerin à Nostre Dame
qui se faict deprier à Rocquemado,
proumectant y aller,
si Dieu luy donnoyt grace de retourner en France...*

Et il ajoute, presque tendrement, comme si la mort de chacun devenait la mort de tous et d'un *cappitaine...*

*celluy jour trespassa
Philippes Rougemont, natif d'Amboise
de l'aige de envyron vingt deux ans...*

Que faire d'un cadavre qui était marin hier et natif d'Amboise et avait vingt-deux ans à peine en pleines neiges et glaces...

*car il ne nous estoit possible de pouvoyr,
pour lors,
ouvryr la terre, qui estoit gellée,
tant estions foibles et avyons peu de puissance...*

*lequel il nous convynt mectre, par féblesse,
soubz les naiges...*

Comment échapper à ce terrible destin ? Personne ne comprend ce qui se passe. Personne n'accuse personne. Ni le froid ni aucune autre chose. Comment ne pas avoir peur quand on ne comprend pas ce qui arrive ? Et quand ce qui arrive n'a pas d'issue même dans l'espérance, n'a pas de cause dans la connaissance.

> *… et pour lors,*
> *estions si esprins de ladicte maladie,*
> *que avyons quasi perdu l'espérance*
> *de ne jamais retourner en France…*

Dans la détresse, quand on est si *loin de sa mère*, que faire ? Bien sûr implorer *Nostre Dame qui se faict deprier à Rocquemado*. Promettre d'aller en pèlerinage. Tel est le dernier refuge de la détresse. Depuis toujours jusqu'à ce jour. Comment venir à bout de la peur qui habite l'inconnu ? Pourtant il le parcourait l'inconnu. Il avait depuis longtemps dépassé les frontières du connu. Et il naviguait sans crainte ce lieu étrange, innommé, où prennent racines les légendes. Ce lieu fabriqué de toutes pièces par la peur. Cartier naviguait un fleuve inconnu dont il savait qu'il ne viendrait pas à bout. Un fleuve trop grand pour lui, encore trop grand pour nous, un fleuve…

> *qui va si loing,*
> *que jamay homme n'avait esté*
> *jusques au bout,*
> *qu'ilz eussent ouy…*

> *et… ils affermoient n'y avoir*
> *aultre passaige…*

Celui qui cherche le passage vers la chimère de l'inconnu pose des questions à ceux qui savent et s'informe en cours de route…

> *par les sauvaiges que avions…*

Il n'invoque pas la rescousse des dieux toujours prêts à refaire le monde... il admet l'absence de passage en dépit des écritures et des promesses de l'écriture... il ne rencontre pas le paradis que Colomb situait un peu partout où il faisait soleil... il préfère questionner ceux du pays, *les sauvaiges que avions*, plutôt que les *saiges philozofes du temps passé. Simple marinier de présent*, il consulte d'autres mariniers, les mêmes *sauvaiges*, et il approuve Amerigo Vespucci quand il affirme...

> *en toute raison,*
> *dirais-je à demi voix*
> *l'expérience vécue vaut assurément*
> *plus que la théorie...*

Pour que l'ailleurs, le presque nulle part se change en ici, il faut bien plus que l'imaginaire et que l'aventure. Bien plus que l'exploit marathonien. La découverte est documentaire même s'il convient le dire à mi-voix pour ne pas indisposer les dieux et les romanciers, grands-prêtres de la fiction. Le navire transporte autant l'imaginaire que le documentaire. On peut faire ce qu'on veut de l'inconnu. Même quand il se transforme en catastrophe. Les uns implorent le miracle. Les autres cherchent le remède. Et parfois les uns et les autres implorent le miracle et interrogent la réalité : comme pour mettre toutes les chances du bon côté. Sait-on jamais ?

> *... fist le cappitaine ouvryr le corps*
> *pour veoyr...*
> *si aurions aucune congnoissance d'icelle*

Il n'est pas banal de constater que Cartier comme tout le monde invoque *Nostre Dame*. Mais il ne contente pas du ciel. Il se méfie du miracle. Que sait-il, le ciel, du corps et du froid et de l'hiver et du frimas et de la maladie *entour nous d'une merveilleuse sorte et la plus incongnue*? Il interroge l'inconnu. L'inconnu qui l'entoure d'obstacles. Il cherche le passage. Le ciel ne sait rien du corps. Il prétend s'occuper de l'âme. Est-elle en cause, l'âme, en cette occurrence ? Face à nouvel inconnu. Le *simple marinier de présent* n'interroge pas *les saiges philozofes du temps passé* qui n'ont jamais navigué ni la mer ni l'hiver. Il cherche un avenir pour ses équipages. Il navigue un inconnu. Il interroge le malade cherchant sa route *par vraye expérience* dans le ciel mis en cause par *la maladie d'une merveilleuse sorte*. Aussi fit-il *ouvryr le corps... pour veoyr... et...*

pour préserver, si possible estoit,
le parsus...

Sauver ce qui reste, le *parsus* comme il dit. Prendre connaissance. Car le miracle ne vient pas. Il sera bientôt trop tard pour le ciel. On est déjà rendu *au XVme jour d'apvril...*

auquel temps nous decedda
jusques au nombre de vingt cinq personnes
des principaulx et bons compagnons
que [nous] eussions...

Prendre connaissance. *Ouvryr le corps. Pour veoyr...* quoi ?

... et fut trouvé
qu'il avoyt le cueur tout blanc et flétry,
envyronné
de plus d'un pot d'eaue, rousse comme datte ;
le foye beau :
mais avoyt le poulmon tout noircy et mortiffyé...

Pour retrouver sa route, pour échapper à la détresse, à ce terrible mal du Nord, bien sûr il invoque le ciel... Mais surtout il entreprend une autopsie pour faire le point, pour identifier ce nouvel inconnu. Il cherche le passage en quelque sorte pour combattre la maladie *effarable* par laquelle...

> *les ungs perdoyent la soustenue*
> *et leur devenoyent les jambes grosses et enflées [...]*
> *et à tous venoyt la bouche si infecte*
> *et pourrye par les gencives*
> *que toute la chair en tumboyt*
> *jusques à la racine des dents*
> *lesquelles tumboyent presque toutes [...]*
> *tellement que l'un ne pouvoyt secourir l'aultre*
> *qui estoit chose piteuse à veoyr*
> *considéré le lieu où nous estions...*

La neige ne leur parut pas innocente *considéré le lieu où nous estions*. Que faire ? Invoquer le ciel ? Autopsier le réel ? Le ciel ne répond pas. Retourneront-ils à Saint-Malo ? Il est déjà trop tard peut-être...

> *et pour l'heure,*
> *y en avoyt plus de quarente*
> *en quy on n'esperoit plus de vye,*
> *et le parsus [surplus] tous malades.*
> *que nul n'en estoit exempté*
> *excepté troys ou quatre.*

Et tout cela qui les menace et les regarde dans le blanc des yeux de neige, c'est elle, à pas de loup dans le froid de loup, la mort de plus en plus prochaine qui leur tend la main comme pour les délivrer à tout jamais. Dans la tourmente, la pensée se tourmente, s'intercède tous les recours. Entre la Providence et la connaissance, entre le ciel et l'ignorance, il ne reste que le désespoir...

> *mais Dieu, par sa saincte grace,*
> *nous regarda en pitié*
> *et nous envoya la congnoissance*
> *et remedde de nostre garison...*

Voilà de nouveau le remède et la Providence qui s'interposent. L'un et l'autre. L'un au service de l'autre. Qui doit-on remercier? Cartier parle de miracle. Mais il questionne la réalité. Autant il invoque Notre-Dame de Rocamadour, autant fait-il *ouvryr le corps pour veoyr*. Autant il implore le ciel, autant il questionne *les sauvaiges que avions*. Et de toutes ses navigations vers l'inconnu de la terre, peut-être est-ce la plus admirable, celle qui le sauve et tous ses équipages d'une mort de plus en plus certaine.

Nous lisons Cartier et le lamentable épisode nous émerveillant. Cependant le brise-glace continue sa route imperturbable. L'hiver, les glaces contre les parois ne peuvent rien contre nous. Le brise-glace est armé jusqu'aux dents contre toute éventualité. Est-il invulnérable? Peut-être pas. Le naufrage est à la portée de toutes les navigations. Mais les loups du froid ne nous menacent pas plus que ces loups-marins de glace. Les cales sont pleines de vitamine C. Nos chambres sont bien chauffées. La force des moteurs se moque de l'inertie des glaces. Nous naviguons le tout confort. C'est le moment d'essayer de comprendre l'affrontement. Le terrible face à face. La détresse de l'hivernant face aux idées fixes de la neige qui le poursuit partout. Jusque dans son sommeil qui n'ose plus rêver de Saint-Malo. Comment s'évader, échapper à la neige? Osent-ils accuser la neige? Le mal est mystérieux. D'où vient-il? Ils n'en savent rien. Faut-il attendre le dénouement sans défense? Un *cappitaine* cherche la meilleure course et à sauver le navire… un passage vers une délivrance…

> *nostre cappitaine appersut*
> *estant sorty hors du fort*
> *une bande de gens de Stadaconé*
> *en laquelle estoit Domagaya*
> *lequel le cappitaine avoyt veu… auparavant*
> *fort malade*
> *de la propre maladie que avoyent ses gens…*

Cartier se souvient avoir vu, des *jambes enflées*, des *dents perdues et gastées*, des *gencives pourries et infectes*, et apercevant Domagaya...

> *sain et délibéré*
> *le cappitaine fut joieulx*
> *espérant par lui scavoir comme il s'estoit guery...*

espérant le prendre aux mots, le divulguer comme une nouvelle dans ce pays où rien n'arrive depuis des mois que neige, glace, frimas, givre et verglas.

Tout un équipage impuissant, qui désespère, *dollans et marriz, voyant qu'il n'y abvoict passaige*. Au fond d'une *baye de Chaleur*, il n'y a point de passage. Au bout de l'hiver, tout un équipage de *bons compaignons* est prisonnier comme branche au soleil dans l'étreinte du verglas. Y a-t-il un passage possible, éventuel, comme une certitude à négocier avec la mort ? Le pire des naufrages. Loin de la moindre tendresse. Parmi les verroteries du verglas, les draps du frimas, les branches du givre. Et voilà que ce fils de Donnacona, sur la neige, se promenant, lui apparaît *sain et délibéré*, sauvé par quel miracle ? Y a-t-il un miracle ?

> *... et lorsqu'ilz furent arrivés près le fort*
> *le cappitaine luy demanda*
> *comme il s'estoit guery de sa maladie...*

Voilà une bien curieuse question. Indicative. Significative. Celui sans risque et péril qui navigue un brise-glace parmi les glaces brisées, torturées par l'été, parmi les glaces de la mémoire, les *glasses rompues et départies par pièces* de 1534, dans les environs du *cap de Bonne Viste jusques à l'isle des Ouaiseaulx*, malencontreusement devenue prosaïquement, presque grossièrement, Funk Island, celui qui lit *The Arctic Grail* de Pierre Berton, livre admirable pour comprendre les rapports entre le froid et les hommes, pour comprendre les hommes du froid, il ne peut s'empêcher d'admirer l'attitude de Cartier face à l'adversité.

Car il apprend de Pierre Berton que les innombrables navigateurs de la *Royal Navy* qui ont cherché le fameux passage du Nord-Ouest, qui ont poursuivi la chimère du pôle Nord, n'ont jamais interrogé les hommes du froid. Aussi ont-ils souffert mille morts de toutes sortes. Et particulièrement du scorbut. Les voyages de Franklin en particulier accumulent les désastres. Le XIXe siècle fut particulièrement catastrophique pour la *Royal Navy*.

Pourquoi ? Parce que les marins de la *Royal Navy* étaient mal vêtus, mal chaussés, tout comme les équipages de Cartier sans aucun doute, sans chiens pour atteler à des traîneaux trop lourds, incapables de construire un iglou. Pour acquérir ces maîtrises, il eut suffi que ces messieurs se donnent la peine d'interroger les hommes du froid ou consentent à les imiter. Mais la grande erreur qui a occasionné tant de morts, des équipages entiers ont disparu, c'est le refus de manger de la viande crue, de la graisse de phoque ou de baleine, qui sont effectivement antiscorbutiques, parce qu'ils trouvaient dégoûtants les hommes du froid et leur façon de manger sans autre ustensile que l'apparemment rudimentaire ulu. Peut-être craignaient-ils de se couper la lèvre. Berton accuse :

> *The arrogance of the ninteenth-century English upper classes, who considered themselves superior to most other peoples, whether they were Americans, Hottentots or Eskimos. But another part of it, surely was fear; the fear of going natives. Could any proper Englishman traipse about in rugged real fur, eating raw bubbler and living in hovels built of snow?*

Impensable. Le roi ne loge pas chez le manant. Ni ne s'abaisse à l'imiter.

> *To the very proper officers who still donned formal jackets and polished buttons for mess dinner in the Arctic wastes, the idea was unthinkable. They enjoyed these strange, childlike wayward people, but they didn't want to copy them.*

Et pourtant déjà en 1534, longtemps avant le XIXe siècle des expéditions polaires britanniques, Cartier interroge l'indigène, l'homme du pays. Démarche quasi scientifique. Il cherche une réponse. Il se rend compte qu'il ne détient pas toute la vérité. Il questionne le réel, la *vraye expérience*, l'autre...

> *lequel Domagaya respondit,*
> *que avecq le juz des feulhes d'un arbre et le marcq,*
> *il s'estoit gueri*
> *et que c'estoit le singullier remedde pour maladie...*

On ne sait pas trop bien de quel arbre il s'agit que les Indiens, d'après Cartier, nommaient *annedda en leur langaige*. Certains parlent du sapin, d'autres de l'épinette blanche. Jacques Rousseau, le botaniste ethnologue, prétend qu'il s'agit du thuya. En tout état, Cartier le propose à ses malades qui hésitent eux aussi, comme les malades de la *Royal Navy*, à imiter les *sauvaiges*...

> *sinon ung ou deulx,*
> *qui se myrent en adventure*
> *d'icelluy essayer...*
> *tout incontinent qu'ilz en eurent beu,*
> *ilz eurent l'advantaige*
> *qui se trouva estre ung vray et évident miracle...*

Alors on croyait facilement au miracle. S'agit-il d'un remède ou d'un miracle ? Tout simplement d'un remède qu'il qualifie de miraculeux. Car les uns guérissaient presque incontinent en sorte que chacun des autres...

> *se voulloyt tuer sus ladicte médecine*
> *à qui premier en auroyt ;*
> *de sorte qu'ung arbre*
> *aussi gros et aussi grand que je vidz jamais arbre*
> *a esté employé en moings de huict jours...*

Et l'auteur des *Relations* raconte, en s'émerveillant de ce que...

> *après en avoir beu deux ou trois foys*
> *recouvrèrent santé et garizon*
> *et que si tous les médecins de Louvain et de Montpellier*
> *y eussent esté,*
> *avecques toutes les drogues d'Alexandrie,*
> *ilz n'en eussent pas tant faict*
> *en ung an*
> *que ledict arbre a faict en huit jours;*
> *car il nous a tellement prouffité,*
> *que tous ceulx qui en ont voullu user,*
> *ont recouvert santé et garizon,*
> *la grace à Dieu...*

On n'écarte pas la grâce de Dieu ni le bienfait d'une tisane. Comment dissuader la détresse ? Tous les moyens sont bons. Grâce à Dieu dans l'âme, grâce au *juz des feulhes d'un arbre* à l'encontre de la maladie. Ils se sont refait une santé à même le rêve ou la réalité. Au lieu d'attendre le miracle, Cartier le devance. Il balise la route. Le miracle s'engouffre dans la réalité, dans le sillage de la réalité, comme un cargo dans le sillage du brise-glace. Grâce à une tisane.

Il est remarquable cet événement que les uns nomment miracle, les autres remèdes et parfois l'un et l'autre, comme si la réalité tenait du miracle, comme si le miracle était une réalité. Cartier n'était ni amiral, ni noble, ni officier de la *Royal Navy*. Il était *simple marinier de présent*, simplement choisi sur les recommandations d'un abbé Le Veneur, procureur fiscal de l'abbaye du Mont Saint-Michel, pour des motifs qu'on ignore — mais sans doute parce qu'il avait déjà navigué aux Terres-Neuves et peut-être fut-il compagnon de Verrazano en 1524. Homme d'expérience en la navigation et en terre nouvelle qui ne se laisse pas berner par les chimères qu'on colporte d'un navire à l'autre. Un homme qui explore tous les inconnus.

Et cet homme-là, dans ce pays étranger, au lieu de confier son sort aux médecins de Louvain et de Montpellier qui ne savent rien du scorbut, consulte les indigènes sans toge ni toque et leur fait confiance. Il les imite et en guérit presque instantanément. On pourrait dire miraculeusement. Et je le compare aux marins de la *Royal Navy* pour qui…

> *there is nothing worth living for*
> *but to have one's name*
> *inscribed on the Arctic chart…*

mais qui ont toujours refusé d'utiliser les techniques des hommes du froid. Et leur mort n'a même pas eu la consolation d'une sépulture, plus souvent qu'autrement.

Cartier ne se contentait pas de naviguer. Il posait à la mer et aux terres neuves la question, la grande question du passage. Tout le monde alors cherchait le passage. Cartier a reconnu l'absence de passage à la baie des Chaleurs. Il a trouvé le passage dans l'adversité nordique. Il a vaincu le mal du Nord. Ne dirait-on pas que Franklin n'a pas lu les *Relations* de Cartier ?

Le génie de Cartier, modeste navigateur plutôt mal connu, consiste-t-il à poser des questions au passage au risque de rencontrer l'absence de passage… Peut-être le marin ne regarde-t-il dehors que s'il cherche un passage… Et pourtant même l'absence de passage est une sorte de révélation. L'amorce d'une réalité. La révélation qui repousse l'inconnu.

Quelle différence y a-t-il entre *le reste de son âge* (Joachim du Bellay) de Cartier et le *reste de son âge* de Pouliot ? Entre la retraite du capitaine malouin et celle de l'officier navigateur qui jamais ne regarde dehors ? J'ai lu Cartier de mon mieux, je n'ai passé que peu de temps avec l'officier navigateur et maintenant, je voudrais pouvoir avec lui approfondir la question, réfléchir avec lui sur cette différence que j'appréhende. Peut-être pourrait-il m'éclairer ? Peut-être que je navigue un mythe, que j'essaie de construire un mythe à même les écritures ? Peut-être bien que je raconte mon propre voyage dans le voyage d'un autre ? Est-ce que Cartier regardait dehors ? Pour ma part, je regarde le froid dans le *Brief Récit*. C'est mon hublot. Je reste au chaud.

Faute de mieux, en l'absence de l'un et de l'autre, je veux bien proposer l'explication qui me vient à l'esprit. La grande différence entre ces deux navigations qui rencontrent la *contrariété des glasses*, les temps qui se tournent *en yres et tormentes*, ne serait-ce pas justement l'inconnu ? La carte nous prive d'inconnus, il n'y a plus d'inconnus pour le navigateur Pouliot. Que lui reste-t-il à raconter ? Cartier, lui, pouvait tout raconter, il était chargé de tout l'inconnu. Il n'avait pas d'autre mandat, il ne patrouillait pas le long et le large de la baie de Baffin, il posait aux terres neuves la question, la question du passage. L'Amérique répondait par l'absence, l'absence de passage. Il lui restait à décrire comment lui apparaissait cette absence. Il a regardé dehors et toutes choses lui ont paru merveilleuses à voir. Et il les a racontées. Toutes choses *d'une merveilleuse sorte et la plus incongnue*. Même la maladie. Et c'est cette maladie justement qui me permet de donner un sens à notre navigation sans péril sur un brise-glace tout puissant et à la banquise monstrueuse *entour nous d'une merveilleuse sorte*. Et à vérifier aussi l'inconnu qu'on ne regarde plus. Et pour autant je m'applique à regarder dehors. Car l'inconnu est toujours à recommencer. Le voyage n'a pas de fin. La retraite est-elle une fin ? Limoilou est-il la fin de Cartier ? Cartier n'est-il pas et encore toujours dans son *brief récit* qui regarde le dehors du monde ? Qui m'incite à regarder dehors ? Et je lis dans ma cabine les *Relations* pour apprendre le froid de loup… à la chaleur.

14. … au cœur du glacier…

Chapitre XXIV

Le cœur du froid

Ici, au large du Labrador, toutes brises sont nordiques, d'où qu'elles viennent. Le vent est vigoureux, rigoureux. Il bouscule tout sur son passage. Il momifie les paysages. Il agresse toute vie qui s'aventure. Et je songe à la vigie des anciens voiliers ; le marin de vigie apprenait tous les vents de la rose. Et comme disait la femme inquiéteuse de Havre-Saint-Pierre, *le vent du nord d'où qu'il vienne, il fait froid.* Le nord fomente le nord. Tous les nords.

Qui sait encore aujourd'hui que la rose des vents indiquait 32 directions ? Qui, encore aujourd'hui, passerait des heures dans la tête des mâts à observer les icebergs ? Nous regardons dehors cherchant l'abri du vent, nous résistons un moment puis retraitons pour chercher refuge dans la chaleur bien tempérée des cabines. Rien ne nous oblige à passer des heures dans la tête des mâts. Nous irons vivre le froid, le vent, la glace, dans un livre sur les expéditions polaires. Bien à l'abri, les pieds sur la bavette du poêle.

Est-ce qu'on peut apprendre les vents de la rose sans mettre le nez dehors ? Encore un instant avant de chercher refuge dans la cabine et son confort, nous faisons face au vent pour comprendre un peu le paysage, pour observer les glaces. Devant nous, les innombrables désirs du froid concassé, des ruines d'hiver, les pierres éparses d'une immense châtellerie qui s'écroule, qui se désagrège, les morceaux innombrables d'un casse-tête impossible, les mots croisés d'une langue perdue.

Pourtant c'est l'été et le soleil tourne autour de l'horizon sans le toucher, sans nous quitter, comme pour combattre les restes de la nuit polaire. Mais qu'en est-il du froid quand le soleil nous abandonne à la nuit? Quand la banquise en travail se disloque, se chevauche, enfourche la proximité, s'érige en crête, en barrage, en cimetière, en ruines cyclopéennes? Les mots n'en peuvent plus de dire cet immense événement du froid, tranchant comme une épée invisible, le froid en apparence immobile, pour ainsi dire immuable, qui ne cesse de bousculer, de rompre, de vibrer comme un avion au départ, le froid du grand silence à perte de vue qui grince, craque, ricane, hurle dans la nuit des loups, et on croirait entendre une étrange symphonie, une musique irréelle, dodécaphonique, en stéréophonie dont les sons viendraient de partout, se rapprochant à toute allure, s'éloignant comme des inquiétudes, fuyant jusqu'à perte de vue, provenant de partout, d'ailleurs, du plus loin, de tous les vents de la rose. Rien de semblable nulle part dans mes mémoires. Rien de plus beau peut-être. Et c'est l'action du froid sur la banquise, sur le glacier, sur le silence lui-même qui grelotte, sur toutes bêtes et de toutes parts. Je cherche à comprendre le lemming légendaire, le renard affamé, le caribou de Noël, le rare loup blanc, l'homme du froid dans les yeux de neige. Comment être en amour avec l'amour dans la coupole de neige? J'imagine que les mots ne sont pas les mêmes, les gestes. Peut-être même que l'âme sans bras ni jambes ne trouvait pas ses mots, balbutiait, cherchait en vain la chaleur qui amorce les gestes. Quel échange incommunicable au confort des cabines? Peut-être fallait-il se résoudre à un amour sans âme, sans parole dans la ruche des extases entre les ivoires de chair, pour perpétuer à tâtons l'intolérable. Je cherche à comprendre l'homme réfugié dans les peaux de caribou. Comprendre les souffles qui neigent, givrent, frimassent et s'échangent.

Comment la vie en arrive-t-elle à faire ce choix de l'ultime? À s'installer dans la détresse, au sommet du froid, là où l'herbe s'amenuise? Loin du confort qui nous cajole. Dans la cage du givre. Sur les parois du soleil de minuit.

Ils abordèrent et ne virent d'herbe nulle part,

dit la saga d'Éric le Rouge. Pourtant à l'abri d'une laine saisonnière, le bœuf musqué ne recule devant rien. Et pour ainsi dire et comme autant que lui, dans son abri de laines échevelées, dans sa défroque de chevalier errant, l'homme du polaire nyctale habite une maison de neige pour résister au froid dans le dos, méprisant la peur du froid qui s'empare des hommes du sud devant la moindre neige. Pour bien comprendre l'un et l'autre, peut-être faut-il savoir que la température de l'iglou doit être maintenue sous le point de congélation. Sinon l'iglou se liquéfie. C'est alors que le froid de glace qui ne peut rien contre la neige s'empare de l'eau des parois et les transforme en glace. La neige est isolante, garde le moindre froid, éloigne le pire. La glace laisse pénétrer le pire, le grand froid implacable qui rend l'iglou inhabitable. La neige insolente repousse l'ange exterminateur et les ailes cinglantes du froid. Elle préserve la vie jusqu'au bout de la nuit.

Comment comprendre le froid, le cœur du froid, quand on n'en connaît que les vestiges, les miettes, la banquise en déroute, les icebergs à la dérive, le frasil, les bourguignons, les bouscueils, les ramas, les rompis, les remparts, les ruines éparses? Comment reconstituer l'immense forteresse du froid qui s'élève jusqu'au sommet des glaciers, qui s'enfonce dans le pergélisol jusqu'à plus de huit cents mètres de profondeur, qui banquise la calotte polaire? Et je cherche en vain le lieu où s'exprime le froid le plus intense. Est-ce que la mort suffirait à l'exprimer, cette absence de l'âme? Les glaces éparses devant notre course me parlent du froid comme la frontière parle d'un pays, à mots couverts.

Nous regardons passer l'immense cortège. Bien à l'abri dans l'été. Bien vêtus. Car il faut encore se défendre d'une fraîcheur qui s'échappe de cette blancheur. Du froid qui se libère de la prison des glaces. Mais nous sommes loin du froid de la grande nuit livrée sans frein à la démence du vent. Et le retour de la lune pleine ne peut rien contre le froid nyctale.

Aussi bien nous reculons devant l'indicible, nous contentant d'évoquer les explorateurs du XVIe siècle qui ont cherché à parcourir à la voile cette muraille infranchissable où *on ne peut ni marcher ni naviguer*. C'est, paraît-il, le savant explorateur Pythéas de Marseille, trois cents ans avant notre ère, qui en avait jugé ainsi, mais l'homme n'entend pas facilement raison, sa curiosité est sans bornes. *Les garde-fous ne gardent que les sages,* disait mon vieux professeur de mathématiques. Je n'ai pas oublié que la sagesse ne risque rien, et disserte de tout et de rien *sans s'aventurer ny mectre leur personne aux dangers* (Jacques Cartier). Comme on dit à l'île aux Coudres : celui qui achète son lait ne peut pas perdre sa vache.

Je cherche un iceberg comme pour me situer, comme s'il pouvait servir de borne au bout de patience. Pour échapper à ce nulle part qui m'environne, me dépayse. Qu'est-ce donc qu'un iceberg, sinon ce monument au froid, ce piédestal du polaire, ce débris des glaciations ? C'est le hasard des fractures qui invente ces visages hiératiques. Un grand discours, une sorte de poème grandiloquent, excessif, presque barbare qui dérive, qui s'éloigne vers l'ailleurs, qui s'engage à dire au monde le boréal comme une aurore. Sans y parvenir. Je cherche un iceberg comme une ville sainte dans le désert où vivent les sarcophages, où dorment les écritures, où s'accumulent les siècles. En silence !

Je cherche un iceberg. Et je cherche dans ma langue un mot pour désigner des géants blancs vêlés par les glaciers du Groenland. Parlait-il, Cartier, des icebergs quand il nommait la *Baye des Chasteaulx* ? On ne le saura jamais. Mais comment ne pas songer à de blanches châtelleries même si le mot n'est pas dans le *Robert*, même si le *Robert* accrédite sur la même page le mot titiller pour chatouiller ? Pauvre *Robert*.

Découvrir, c'est nommer. Ceux qui viennent après le découvreur, on dirait que l'innocence leur fait défaut pour nommer. Il nous faudrait invoquer Louis-Edmond Hamelin, le géographe infatigable, qui a déjà inventé le mot *nordicité* et bien d'autres mots, et surtout le mot *engel* qui m'a délivré de *freeze-up* que j'entendais toujours sur la Basse-Côte-Nord. Inventer un mot, c'est conquérir un espace sans pour autant le revendiquer. Les conquêtes du langage sont peut-être les plus significatives et les seules qui importent vraiment. L'empire diffuse sa médiocrité et impose le mot iceberg et le mot hamburger et ses lamentables McDonald. Est-ce que Louis-Edmond Hamelin pourrait nous délivrer ? Je cherche un mot pour dire iceberg… et me défendre un tant soit peu contre la barbarie du *biggest in the world*.

15. ... parmi les icebergs indolents, comme endormis, grandes bêtes monstrueuses, sans bras ni jambes, sans nage ni vol, emportés par les dérives vers la fatale destination de la fonte...

Chapitre XXV

La molaire de Dieu

Icebergs. Icebergs, cathédrales sans religion…
Henri MICHAUX

POUR DIRE le froid, que dire ? J'ai le sentiment de rebrousser l'histoire, de chercher quelque part au nord du monde les vestiges du premier hiver à Stadaconé. Je voudrais raconter la neige fossile de l'iglou là où ni feu ni flamme ne donne ni chaleur ni lumière, pour comprendre l'ombre du doute qui ouvre grandes ses ailes sur la nuit des temps. À quoi rêvaient-ils, les braves marins, parmi les présages sinistres et dans la précarité du givre ? J'invoque la spirale de neige qui coupole le froid et *la mèche de linaigrette qui s'éteint dans la lampe de pierre,* non sans savoir que les hommes du premier hiver ont connu plus grande détresse n'ayant aucune expérience des extrémités. Je voudrais vantardiser ces hommes habitués à la tempérance des climats, forcés d'affronter les cinglances de l'hiver sans merci, *alitrés* par les animosités du froid et les crinières du vent, gercés de gélivures comme les arbres, tordus par l'arthrite vénielle, hommes à la hauteur des neiges et à l'air de tous les temps. Ce qui ne les empêchait pas d'entendre à rire.

Pour dire le froid, qu'ajouter à la neige qu'ils ont vécue dans la peau du froid ? N'avions-nous pas, depuis la nuit des temps, ce troublant rendez-vous avec le gel et ses extrémités sur cette terre d'armes blanches ? Pour dire le froid, que dire de plus ? Qui donc me répudiera de mon admiration pour la pierre blanche d'un harfang, pur lingot du froid qui ne connaît de bornes que lui-même ?

Je cherche, ce matin, par tous les mots, à célébrer le froid triomphal. Comme pour justifier ma présence indue sur cette terre d'amertume. Comme pour revendiquer des vestiges de sauvagerie. Tout fin seul dans la salle à manger parmi les restes du petit déjeuner, à griffonner péniblement dans mon petit calepin docile. Pour revendiquer une épopée de chair vive tombée dans l'oubli du chauffage central.

Cependant, parmi les coursives qui se perdent dans les escaliers, sur tous les ponts qui fouillent les horizons, Doris nous cherche. Sans ménagements, elle nous dérobe à nos interrogations. Nous étions en quête d'un secret bien gardé, celui du voyage au cœur du froid le plus hautain. Elle nous propose une visite des machines en compagnie de Jean Allaire, mécanicien senior. Hier, nous avons longuement parlé de la mécanique avec lui et le chef mécanicien, Alain Neault. Avec des mots approximatifs. Comment mettre en mots la monstruosité ? Aujourd'hui, nous verrons que la réalité est encore plus mystérieuse, plus grandiose, en visitant les entrailles de l'iceberg. Car le monstre de la mécanique est aussi indicible que les châteaux de cristal qui nous entourent, en route vers une plus que mort. Et les mots boitillent.

Jean Allaire donne une image du marin de tous les temps avec son regard sévère, ses cheveux drus, son bras tatoué. Son bel uniforme ne l'adoucit pas. Il respire l'intensité, la volonté, la détermination. Il personnifie le commandement. Il nous montre ses machines dont il est aussi fier qu'un grand-père de son petit-fils. Et nous voilà en train d'écouter Jean Allaire qui nous exhibe avec orgueil le propulseur d'étrave, le système de gîte, le système d'assiette. Il ne nous parle même pas de la propulsion proprement dite, comme si elle allait de soi, mais de cette machinerie complexe qui permet au *Pierre-Radisson* de se tirer d'affaire dans l'embarras des glaces.

Nous regardons, un peu incrédules, les intestins de la bête, les manettes, les soupapes, les cadrans, les tuyaux, les fils qui s'entrecroisent, une panoplie de contrôles de sécurité; mais de tout son discours qui n'arrive pas à nous faire comprendre la cité infernale, je n'ai retenu que les récits, sans parvenir à savoir s'il avait vu ou rêvé un troupeau de morses à grandes dents qui attaque le navire ennemi et qui, au lieu de fuir le démon de fer et d'acier, se laisse écraser par l'infernale machine comme pour défendre un territoire. Il nous raconte comme la moindre des choses un ours polaire qui, de la même façon, apparemment pour protéger ses oursons, affronte lui aussi avec l'énergie du désespoir le navire impétueux. Il a vu de ses yeux une mouvée de phoques qui, à cause sans doute de la grandeur de la glace où ils sont couchés, n'arrivent pas à fuir, surtout les bébés, et sont broyés par l'impitoyable progression.

A-t-il vu ou rêvé un narval qui reste longtemps la queue hors de l'eau comme s'il s'efforçait d'arracher du fond avec sa dent d'ivoire quelques coquillages dont il se nourrit? Et pourtant les biologistes racontent qu'ils ne connaissent d'usage à cette licorne qu'ornemental. Toutes bêtes et événements que je guette d'une glace à l'autre, espérant à tout moment de la mer voir apparaître une belle présence animale qui légende le voyage, comme autrefois sur les cartes on voyait nager le dauphin de la découverte. Existe-t-elle, la mer, sans la surprise animale? Existe-t-il le voyage ailleurs que dans les récits? Comment cet homme enfermé dans le ventre d'un navire peut-il avoir vu tant de choses, surtout que, par ailleurs, on le voit rarement sur les ponts? Mais il y a la rumeur, le ouï-dire, ou peut-être même quelques récits lus, au hasard des salles d'attente, qu'il récupère pour justifier la mer qui l'entoure. Pour se donner l'illusion d'avoir couru les mers qu'il ne rencontre pas dans la chambre des machines. Sinon, la mer n'existe pas, ni l'air sans un vol d'oies blanches, mais je préfère penser que je n'ai pas eu de chance encore. Que, à mon tour, je verrai surgir la réalité pour déjouer la légende. Nous attendons, penchés au-dessus de l'eau, que se répète l'événement qui justifiera la mer, qui l'accréditera aux yeux du voyageur incrédule.

Comme lui, cependant, j'invoque mes mémoires d'une grande allure. Je me raconte l'émouvante rencontre, l'imperturbable surface qui ne semble susceptible que de reflets, capable que de la couleur du ciel comme un miroir. Mais soudain, sans avertissement, la déchirure. Est-ce une légende que cette voile noire qui souffle, qui plonge en douceur, qui étale la grande godille de sa queue blanche, qui refait surface un peu plus loin ? Est-ce une illusion que cette baleine à bosse qui s'amuse de la nage comme une vraie folle ? Ne dirait-on pas qu'elle rigole et nous acclame ? C'était dans les environs de Blanc-Sablon, si mon souvenir est bon. C'était comme une naissance océane que cette énorme mémoire de la mer qui a peut-être un jour désigné l'Amérique à quelque baleinier basque et obstiné, à quelque drakkar aventureux. Sur cette image du souvenir, j'entends Cartier en sourdine résumant ses rencontres avec les baleines du fleuve. C'était dans les parages de l'Anticoste.

> *… et n'est mémoyre de jamais avoir tant veu*
> *de ballaines que nous vismes celle journée*
> *le travers dudict fleuve…*

Nous savons désormais que la baleine fabuleuse n'est pas une fable et que le chef mécanicien ne nous raconte pas une légende et qu'il a sans doute vu les morses morveux agresser le brise-glace invincible.

Cependant, notre navigation est sans baleine, pour ainsi dire sans histoire. Il est onze heures trente, un samedi, 31 juillet. Nous sommes pour ainsi dire nulle part. Sommes-nous dans le temps ? Qu'indique une date ? Et l'heure au soleil de minuit ? Heureusement, la carte nous propose une direction. Direction Groenland sur le détroit de Davis. Est-ce un mirage ? Existe-t-il vraiment, le Groenland ? Je ne l'ai jamais vu que du haut des airs, mais j'en ai envie à cause des sagas. J'ai beaucoup voyagé dans les sagas. J'ai beaucoup voyagé dans les récits de Cartier. Ce sont mes livres de rêves parce qu'ils me disent la réalité de ceux qui n'ont pas hésité *d'eulx mectre en l'aventure d'iceulx périlz et dangers*. Comme si j'avais besoin de fonder le voyage ailleurs que dans les mythes. Comme pour pénétrer dans l'inconnu par la porte des récits qui l'ont vécu. Je n'ai que faire de Moby Dick.

J'attendais impatiemment d'apercevoir le Groenland, où notre brise-glace devait se rendre pour prendre en escorte un cargo jusqu'à Nanisivik, au nord de la terre de Baffin, près de l'endroit nommé Arctic Bay. Je m'imaginais candidement que nous aurions la chance d'une escale à l'île Disko sur la côte Ouest et peut-être de comprendre un peu mieux les sagas pour autant. Car il convient de rapprocher la terre de ces descriptions et le narval des récits pour mettre un peu de plomb dans la tête des mots. J'avoue être un peu beaucoup fasciné par les sagas. On y raconte qu'Éric le Rouge s'est établi en Islande avec son père Thorvald chassé de Norvège pour s'être un peu cavalièrement rendu justice lui-même. Éric, à son tour, quelques années plus tard, est chassé d'Islande pour les mêmes raisons. À père délinquant, fils criminel. Mais où aller quand on habite déjà le bout du monde, l'extrême Thulé des anciens ? Il est chassé du connu, il ne lui reste que l'inconnu. Il est chassé de l'habité et de l'habitable, il lui reste l'inhabité dont il ne sait pas encore s'il est habitable. Mais toutes les directions se proposent à l'insulaire… Laquelle prendre ? De toutes les directions possibles, pourquoi avoir justement choisi la plus nordique ? Peut-être aurait-il quelque chose à dire sur l'appel du Nord ? En vérité, s'il faut en croire la saga, Éric cherchait une terre inhabitée et sans loi, étant lui-même un hors-la-loi. Mais il n'a pas choisi la direction du savoir. Il a, semble-t-il, emprunté la route des rumeurs et des mirages qui laissaient entrevoir une terre à l'ouest de la terre. La saga dit :

> *Éric prit la mer*
> *au large du glacier des Monts des Neiges*
> *et il arriva près du glacier*
> *que l'on nomme le Manteau.*

Nous approchons à notre tour du pays des glaciers. Quelqu'un nous annonce l'événement attendu pour mettre au monde de la réalité le voyage en grand danger de croire à la légende, de se contenter des écritures : un iceberg!... enfin!... à bâbord!

Un iceberg! Devant nous, un iceberg! Image du froid! Débris du froid! Lingot du polaire! Vestige des préhistoires! Négation du feu! *Molaire de Dieu*, dirait Michel Garneau. Comment nommer ce monstre de glace qui n'est que parcelle du glacier? Un iceberg dérive devant nous, motivé par les courants marins. Magnifique châtellerie assiégée par l'eau qui le refaçonne comme un sculpteur qui recommence inlassablement son œuvre jusqu'à l'anéantir.

Quelqu'un nous raconte qu'il faut se méfier de la proximité de l'iceberg et de l'impassibilité du glacier. L'un bascule, l'autre vêle. Quand on marche sur le glacier, au seuil du grandiose, on sent qu'il n'est ni immobile ni immuable. On devine qu'il est en marche vers la mer. On l'entend gronder, rugir, menacer de toutes ses neiges. On comprend que cette dérive des glaciers, formés par les neiges millénaires, cherche à échapper à l'emprise du froid, à prendre le large. À voyager vers l'inconnu. À la recherche d'un paradis, d'un passage vers l'Inde. Nous n'irons pas jusqu'à l'île Disko. Nous ne verrons pas sur la côte de la terre d'Éric les grands sites de vêlage des glaciers, nous n'assisterons pas à la naissance tourbillon des icebergs. Nous garderons la distance respectueuse. Le voyage s'arrête-t-il au seuil du voyage? Le Groenland existe-t-il ailleurs que sur la carte?

L'eau polaire n'est pas vraiment chaude. Elle hésite entre tous ses états. À un degré Celsius, elle a besoin de tout son temps pour venir à bout du glacier. Quelqu'un, je ne sais plus qui, nous explique :

Les glaciers sont formés d'eau douce et de neige
qui a gelé il y a des millions d'années
en sorte que la glace est très dure.

Quelle est la température de la glace millénaire? Question sans réponse. On parle de -17 °C dans les livres. Faut-il dix-sept tonnes d'eau pour faire fondre une tonne de glace? Bien sûr, je réponds à la légère, cherchant à estimer, à mesurer la résistance des murailles. On dit qu'il faut jusqu'à trois ans de mer pour venir à bout d'un iceberg. Abandonné par le glacier, l'iceberg est condamné aux dérives et à la fonte des neiges. La glace du glacier a tenu bon durant des millénaires, accumulant toutes les neiges. Elle résiste au soleil de minuit de tous ses remparts. Mais elle perd du terrain. Le glacier lui-même perd du terrain chaque jour comme un empire. L'empire ne cesse de s'élargir, mais les marches du royaume ne cessent de se désagréger. Le glacier qui débute au sommet s'effrite au pied de la montagne. Il s'avance vers l'ennemi, il s'avance dans la mer jusqu'à ce qu'il se détache, cédant aux dérives. Nous le frôlons de loin. Poliment! Comment ne pas jauger notre petitesse? Nous aurions voulu l'approche. *À saultéz à terre* (Jacques Cartier).

Un iceberg vêlé par le glacier à l'est de la terre d'Éric est condamné à une longue errance. Les courants s'en emparent et l'obligent à suivre la côte est jusqu'au cap Farewell. Là, il change sa course et remonte vers le nord le long de la côte ouest du Groenland où nous le rencontrons ce jour d'huy. Le prochain hiver l'immobilisera quelque part dans le détroit de Davis ou dans la baie de Baffin, prisonnier de la banquise. Le printemps suivant, à la remorque des courants marins, il longe la terre de Baffin, mettant une fois de plus le cap vers le sud jusqu'au Labrador, statué par un Conseil privé couvert d'hermine et de préjugés qui réfute pour des raisons saxonnes la géographie des frères Maristes. De là, il change encore une fois sa course vers le sud-ouest s'excusant d'éviter les échouages. Certains s'engagent dans le détroit de Belle-Isle pour finir leurs jours dans le golfe. D'autres bucolisent le long de la côte de Terre-Neuve et jettent un froid sur les jardins précaires. Vont-ils élire domicile dans un village, parmi ces maisons de bois? On dirait des monuments, des églises, des maisons blanches parmi les maisons grises. Ils passent des jours sinon des années à l'échouage, combattant le froid de l'eau et la maigre chaleur de l'été.

Je crois comprendre un peu, mais je ne sais rien en vérité du froid qui s'empare de l'eau pour construire ses donjons, ses tours, ses remparts, ses murailles de Chine, du froid qui fréquente l'éternité, du grand froid qui habite la nuit polaire et que je rencontre maintenant au soleil de minuit. Au large du Groenland, je regarde passer les icebergs impassibles et je fais des photos maladroites pour garder une mémoire. Et plus tard, bien installé dans le retour, je regarderai les photos. Je les regarde aujourd'hui, cherchant à retrouver des miettes d'une colossale réalité qui s'évanouit dans les mémoires. Au premier plan, le navire avec ses instruments, ses bastingages, ses filières. Ensuite l'eau à peine émue par un vent léger. Et au milieu de l'eau, à bonne distance, la blanche dérive imperceptible. On devine en surface une douceur de neige récente. On est fasciné par la cassure, l'escarpement, la crevasse. On devine le vêlage qui éclabousse. Plus loin, un autre iceberg à peine visible. L'immense dérive, l'opulente agonie peut durer trois années. Au retour du brise-glace, l'année prochaine, on pourrait rencontrer et reconnaître le long de la terre de Baffin les icebergs que nous croisons aujourd'hui près de l'île Disko.

Comment mémoriser un iceberg ? Comment mémoriser un brise-glace ? Du brise-glace, je regarde de tous mes yeux les icebergs, tous semblables, tous différents. Je chevauche cette superbe bête d'acier, pleine d'entrailles qui grondent, percée de coursives qui relient entre elles les solitudes des cabines, le silence d'église de la timonerie, le branle-bas des cuisines, tout un monde qui usine : propulsion et chaleur... et se promène parmi les monstres flottants. Nous accomplissons un périple qui n'étonne plus personne et nous conduit là où autrefois se perdaient les navires de la Marine royale, parmi les glaces de la banquise et les icebergs indolents, passifs, comme endormis, bêtes monstrueuses sans bras ni jambes, sans nage ni vol, seulement emportés, charriés par les dérives et les vents vers la fatale destination de la fonte.

Je m'imprègne de l'indomptable réalité, de l'imperceptible dérive comme pour faire reculer la légende. J'ai rêvé d'un dernier film qui raconterait la vie d'un iceberg depuis son vêlage jusqu'à sa sublimation dans les eaux chaudes des grands bancs. Un voyage de trois années. Un superbe défi pour un cinéaste, si j'en suis. Est-ce qu'une institution aurait soutenu l'idée un peu chimérique ?

Mais il ne faut jamais faire son dernier film.

Chapitre XXVI

La soif de gloire

Le voyageur n'apprend rien à quiconque d'autre que lui même.
Jean O'NEIL

Encore et toujours le même 13 juillet 1991, l'inépuisable 13 juillet. Comment passer à autre chose ? Le spectacle interminable. Mais le sentiment que tout nous échappe. Peut-on mémoriser un iceberg ?

Nous parcourons tous les ponts comme pour ne rien perdre. Je fais une photo pour m'emparer de l'instant et de l'immuable, pour emprisonner, dans une mémoire indélébile, le fugace.

Deux ans plus tard, la photo sur ma table et je ne vois que des apparences. L'image ne décrit que des apparences. Je regarde la photo du *Pierre-Radisson* et je ne vois qu'un brise-glace, mais derrière la photo une légende précise, une longueur : *Quatre-vingt-dix-huit mètres*. L'iceberg de la photo est-il plus ou moins long ? Comment savoir ? L'iceberg de la réalité n'en dit pas plus d'ailleurs. Et à quoi bon savoir puisque le prochain sera différent ? Je me déclare satisfait des apparences. L'un n'est pas l'autre ! Certains sont émouvants, d'autres tragiques, les plus banals sont sans doute les plus récents, ceux que la mer n'a pas encore ciselés. Il me suffit de savoir que tout est possible et je m'attends à tout de cette armada, depuis le *bourdignon* qui porte à peine un homme jusqu'à l'*iceberg adulte géant* qui peut mesurer jusqu'à deux cents mètres de long sur soixante-quinze de haut. En dehors de l'eau.

J'emprunte ces chiffres à des livres, et je m'impressionne moi-même en imaginant des monstruosités, en songeant à des icebergs mammouths qui sont des glaciers entiers à la dérive, tel celui qui a été vu en 1882 près de la terre de Baffin et qui mesurait des kilomètres : onze kilomètres de long et six de large! On n'a pas d'autre choix que de le contourner. Ou encore celui de la baie de Disko qui avait deux cent dix mètres de haut au-dessus de l'eau. Un véritable gratte-ciel! Mais que reste-t-il sous la ligne de flottaison? Comment savoir concrètement autrement que par des chiffres? On ne voit de la baleine que sa dorsale. La photo nous donne une idée de ce qui dépasse, de la dorsale justement. Elle ne parle pas du tirant d'eau. Il faut l'imaginer faute d'un guide averti. Encore faut-il le croire sur paroles. Que pensent les baleines qui côtoient la majesté des icebergs et des brise-glaces? Vont-elles s'y frôler pour se rafraîchir? Cherchent-elles à les jauger? À les comparer à elles-mêmes, à leur propre majesté?

Derrière la photo du *Pierre-Radisson*, on indique un tirant d'eau de sept mètres et demi. L'iceberg prend tout son sens dans sa jauge, dans ses fondations. On ne peut juger de l'arbre sans ses racines, ni du navire sans son tirant d'eau qui l'empêche de gîter. Mais l'iceberg qu'on voit n'est rien auprès de celui qui navigue sous l'eau. Il est fondé dans l'eau par les gravitations. Si l'équilibre change, l'iceberg bascule, se renverse sur lui-même, montre sa face cachée. Il se déracine. Et il se recommence. Et il se renouvelle. Ce qui n'est pas à la portée du premier brise-glace venu.

Et je n'arrive pas à ne pas songer à la glace des glaciers qui a tenu bon durant des siècles sur son lit... tombée en neige sur un sommet peut-être avant la préhistoire... accumulée par le temps qui ne compte pas son temps. Elle coule jusqu'au pied des pentes, jusqu'à la périphérie, jusqu'à la mer, jusqu'au dégel, jusqu'à la crevasse, à l'éboulis, au vêlage, jusqu'à la catastrophe du vêlage, cette étrange et sublime mise bas d'un glacier, qui glisse sur les pentes à vitesse variable jusqu'à se jeter dans la mer le long des côtes du Groenland à la rencontre de notre voyage éberlué. À la vitesse incroyable de trente mètres par jour. L'immense glacier paresseux et indolent en apparence fonce vers les eaux libres à la vitesse incroyable de trente mètres par jour. C'est ce qu'on dit dans les livres. Faut-il les croire ?

En fin de journée, lassé ou peut-être épuisé par le spectacle pourtant plus grandiose que tout ce qu'on peut produire dans une salle de spectacle, je lis à propos de Franklin qui cherche à retrouver la mer de Beaufort en suivant le fleuve Mackenzie. À propos des exploits de Franklin qui me paraissent un peu bien petits auprès d'un iceberg même modeste. Mais l'iceberg a un sens de la grandeur et de l'épopée qui échappe aux explorateurs en quête de leur propre gloriole. Je cherche l'appel du Nord dans cette démence. J'essaie de comprendre cette *soif de gloire et ce désir d'avancement* qui motivent certains hommes à fréquenter la catastrophe. Franklin a accumulé les échecs, les désastres, les disputes, les morts de froid, de scorbut, de faim, de rage, de colère, d'épuisement, toutes les morts, sans se lasser, durant vingt-cinq ans d'expéditions polaires de toutes sortes. Le Nord est-il pour quelque chose dans cette démence? Dans l'entêtement de Peary à se rendre au pôle avec sept orteils en moins? Dans les échecs répétés de Franklin qui est allé jusqu'à manger ses bottes bien avant que Charlot ne dévore ses lacets… Cet homme dont on dit qu'il n'aurait pas tué une mouche, qu'est-ce qui l'a poussé à sacrifier autant de vies et même la sienne? Quand on y regarde de plus près, on se rend compte que tous les explorateurs ou presque, de l'époque de Franklin, avaient en commun leur appartenance à une institution au sommet de sa gloire, la *Royal Navy*, la Marine royale britannique, qui s'est, pour ainsi dire, trouvée en chômage au début du XIXe siècle. Faute de Napoléon à combattre. Quelle misère! Surtout si l'on tient compte du fait que ce passage du Nord-Ouest qu'ils recherchaient s'avérait déjà impraticable. Franklin est peut-être de tous les explorateurs du

XIXᵉ siècle celui qui a le moins réussi, accumulant les échecs et pourtant, c'est celui qui est le plus glorieux parce qu'il est le plus maladroit, celui qui a souffert, celui qui y a laissé sa peau.

Et celle des autres !

Les soldats font la guerre que les généraux gagnent. Comment fait-on pour persuader des hommes qui ont bien mieux à faire, de s'engager dans les armées, de se battre contre d'autres hommes, de mourir au champ d'honneur, pour la plus grande gloire d'un général ? Les hommes de Franklin appartenaient à la *Royal Navy* et on leur avait promis la gloire pour récompense. Qu'est-ce que la gloire ? Est-ce que les icebergs réclament la Légion d'honneur ?

Que faire sans Napoléon de tous ces jeunes officiers avides de s'illustrer ? Après Trafalgar, y a-t-il un avenir pour un marin de la *Royal Navy* ? Pas de combat naval en perspective ! Pas de victoire en vue ! Pas de gloire, pas la moindre médaille à espérer ! On leur avait enseigné à s'illustrer, à rêver de gloire, à mourir pour la patrie. Mais qu'est-ce donc que la gloire ? Montaigne, qui est un sage, dit qu'elle est…

la plus inutile, vaine et fausse monnaie
qui soit à notre usage…

Pascal de son côté, pourtant sage, mais pour ne pas faire une ombre au soleil de son siècle sans doute, reconnaît que…

la douceur de la gloire est si grande
qu'à quelque objet qu'on l'attache,
même à la mort
on l'aime…

Aujourd'hui, les hommes préfèrent la célébrité. Comme si la mort n'était plus glorieuse ! Comme si la mort n'était plus possible, n'avait plus cours. Il reste le suicide pour les plus ambitieux. Comme si la gloire n'avait plus besoin de la mort pour s'édifier un piédestal ! Mais à l'époque où la guerre se faisait surtout à l'arme blanche, aucun mot n'a connu un tel achalandage. *Le Robert* en six volumes en parle sur quatre colonnes citant plusieurs autorités, de Ronsard à Hugo. Même le doux La Fontaine écrit qu'…

> *aucun chemin de fleur ne conduit à la gloire…*

sans doute pour se moquer. Franklin, qui n'est pas en reste, méprise tous ceux qui ne sont pas comme lui, affirmant que n'importe quel marin anglais est toujours prêt…

> *à se lancer dans n'importe quelle aventure*
> *sans se poser de questions, en dépit des dangers,*
> *sans même chercher à savoir*
> *ni le pourquoi ni le comment…*

Franklin, au fond, souhaite qu'on lui obéisse aveuglément. Comment priver l'homme de son instinct de survie sans lui offrir un objet qui semblera avoir plus de valeur que sa vie ? Les empires, les royaumes, les principautés ont cultivé l'orgueil et la vanité des hommes. Ils leur ont offert la gloire, les honneurs, les médailles en échange de leur vie. L'amirauté britannique, au début du XIXe siècle, n'a trouvé mieux à offrir à ses officiers désireux de *se couvrir de gloire*, comme on disait, que ce fameux passage du Nord-Ouest dont on commençait déjà à réaliser qu'il était impraticable et sans intérêt. En proposant la gloire, il est facile de faire un héros, de changer l'homme de la rue en soldat et de faire du soldat un mort à la guerre. Franklin s'est ainsi couvert de gloire sans sépulture. Il est mort au pied du froid, embaumé par le froid comme un pharaon. On n'a jamais retrouvé sa momie. Pas encore du moins, même si Robert Grenier, archéologue, m'apprend qu'on espère retrouver ses navires.

Est-ce là ce qu'on pourrait appeler l'appel du Nord ?

Comment démêler l'écheveau des motivations ? Qu'y a-t-il de commun entre les marins de Franklin, celui qui ne regarde jamais dehors, et notre inoffensive curiosité ?

16. Devant le va-et-vient des glaces éparses, j'essaie de comprendre…

Chapitre XXVII

Le brise-glace de Noé

Devant le va-et-vient des glaces éparses, j'essaie de comprendre...

cette soif de gloire et ce désir d'avancement

qui poussaient Franklin et tant d'autres à dépasser les forces humaines, à repousser l'aide des chiens, à mépriser l'abri de neiges et à poursuivre l'illusoire.

Dans ma cabine tout confort, le livre de Pierre Berton, *The Arctic Grail*, me raconte tous ces courages en pure perte. Ne suis-je pas moi-même en train d'entreprendre sans risque le voyage d'une écriture tout aussi futile ?

Heureusement, Yolande me ramène à la réalité. Elle propose un tour sur les ponts. Y a-t-il encore à regarder ? Les eaux, les glaces ! Les glaces, les eaux ! Mais la contemplation est une richesse renouvelable. S'il n'y a rien à voir de nouveau, l'ancien est toujours là, le même. Aussi beau. Et puis marcher, respirer, espérer. Il n'y a que le grand air à respirer mais à perte de vue. Il n'y a que les bruits des moteurs à entendre, mais on finit par les oublier. Au dernier pont, il n'y a que de rares oiseaux de mer à voir dans ces parages d'oiseaux, mais ils démontrent la mer.

Et où sont donc les autres oiseaux de mer ? Sans doute près des côtes à refaire les populations d'oiseaux puisque c'est l'été. Pour résister à l'éternité des neiges à leur manière.

Ici, on ne voit guère que des fulmars. Qu'est-ce qu'un fulmar qui ressemble tant à un goéland ? C'est une espèce de pétrel, genre d'oiseau palmipède qui marche sur les eaux. Autant il vole avec aisance, autant il est maladroit sur terre. Par contre, pour prendre son vol il se sert de ses pattes ; il marche sur les eaux comme si ses fines ailes courtes ne suffisaient pas à le soulever. Voilà pourquoi la grande rumeur océane les nomme pétrels, pour faire allusion à saint Pierre qui a marché, dit-on, sur les eaux. Présence des écritures.

Plusieurs d'entre eux nous accompagneront pendant tout le voyage et jusque dans la baie de l'Amirauté, au nord de la terre de Baffin, où ils nichent en très grand nombre. La seule colonie de pétrels sur la terre de Baffin était estimée à deux cent mille oiseaux en 1950. Les livres parlent abondamment de leurs narines tubulaires et carénées, de leur bec crochu composé de plusieurs parties aux sutures apparentes mais, du bateau, cela n'est guère visible. Il reste qu'un vol de fulmars autour d'un *Pierre-Radisson* est plus difficile à lire qu'une écriture, mais d'autant plus vrai. Ils vous tournent autour sans cesse. Que font-ils, faute de brise-glace ?

Ils nous satellisent. Serions-nous une attraction ? Ou alors peut-être se prennent-ils pour les aiguilles d'une montre ? Mais quel temps mesurent-ils ? Nous nous amusons à les voir contourner l'étrave, inlassablement, sans comprendre. Nous sommes une île dont ils espèrent des débris. Comme les goélands-vidangeurs. Mais les navires n'ont plus le droit de jeter les déchets à la mer. Si les fulmars s'entêtent, c'est sans doute que certains navires ne s'en privent pas.

Et maintenant, il pleut. Il pleut sur la mer. Un univers aquatique, humide, encore plus semblable à lui-même. Maintenant, il pleut. Qu'est-ce que ça change à la monotonie ?

Nous sommes à deux cent quarante milles de Disko, nous sommes à deux cent quarante milles du Labrador, dit la carte, et il pleut doucement dehors. Il ne pleut pas sur la carte. Mais soudain, une rumeur fait le tour du bateau. Chacun se précipite. Est-ce l'événement tant attendu au large de nulle part ? Au centre même de l'ennui ? Un nouveau passager nous arrive, sans billet ni passeport. Il s'est posé sur un pont. C'est un sizerin flammé à tête rouge. Un oiseau de terre, s'il en est. Une sorte de pinson très nordique. Une sorte de René Richard qui préfère le froid et les neiges à la nonchalance floridienne. Que fait-il au large de nulle part ? D'où vient-il ? Nous sommes à deux cent quarante milles au large de partout. Nous ne sommes qu'une immense ferraille où il n'y a rien à manger. Traverse-t-il délibérément le détroit de Davis ? Va-t-il voir dans la baie de Disko les glaciers qui mettent bas les icebergs de l'année ? Ou bien est-il perdu sans boussole ? De la timonerie, nous l'apercevons qui se déplace en sautillant. En fait, il y en a deux, l'un bousculant l'autre. Ils vont d'un perchoir à l'autre nerveusement comme pour inspecter cette terre neuve et y chercher un abri ou un passage. Nous allons d'une fenêtre à l'autre pour les surveiller. Deux oiseaux, autrement quelconques, prennent d'un seul coup une importance capitale. Ils prennent toute l'importance. On se donne des nouvelles, on les surveille, on s'en inquiète comme si tout le reste n'était que machinal, comme si tout le reste n'était que mécanique bien huilée, changements de quarts, repas à heures fixes, exercices de sauvetage, rencontres dans les coursives, va-et-vient sans importance qui ne surprend plus personne. La surprise, toute la surprise, c'est l'oiseau dérouté. Cherche-t-il à son tour un passage ? Le passage du Nord-Est, peut-être ? Tout un équipage prisonnier de la routine s'en émerveille et s'en inquiète. Celui qui ne regarde jamais dehors est-il venu regarder les oiseaux ?

Depuis toujours, les oiseaux ont accompagné les navigations. La mer est inconcevable sans les oiseaux et, quoi qu'on en dise en vérité, la mer est couverte d'oiseaux. Mais les oiseaux de mer ne savent rien de la terre. Aussi bien, Noé, pour avoir des nouvelles de la terre, interroge les oiseaux de terre. Il lâche d'abord un corbeau, on ne sait trop pourquoi, puis une colombe, qui reviennent à l'arche, n'ayant pas trouvé où se poser. Au bout de sept jours, il lâche de nouveau la colombe qui revient tenant dans son bec une feuille d'olivier. Il attend encore sept jours pour lâcher de nouveau la colombe qui ne revient pas. Ainsi Noé obtient-il des nouvelles de la terre.

Deux oiseaux sont venus jusqu'à notre arche. Ils sont maintenant branchés sur les chaloupes de sauvetage. Émoi dans la timonerie. C'est le grand étonnement. Apportent-ils des nouvelles de la terre? La terre est-elle disparue, noyée sous un nouveau déluge? Les a-t-elle déroutés? Comment nous ont-ils trouvés?

On s'endort en parlant de nos deux oiseaux. Le lendemain de nouveau on les revoit. La timonerie est rassurée. Nous sommes rassurés. Tout le monde est rassuré.

Le sizerin avec sa calotte rouge nous semble un peu agressif. L'autre nous intrigue. Est-ce une femelle sizerin? Il n'a pas la calotte rouge, il a des taches jaunes. Je pense au chardonneret des pins. Je lis dans Godfrey, je cherche à vérifier l'habitat. Ils sont tous deux nordiques. Mais le chardonneret des pins n'a pas été repéré, semble-t-il, au nord de Terre-Neuve et du Labrador. Aurait-il été enlevé par un sizerin flammé amoureux? De son côté, le sizerin à tête rouge fréquente, au-delà du Labrador, la terre de Baffin et même le Groenland. Il se trouve bien chez lui. Mais que fait-il au large du monde? Au beau milieu du détroit de Davis? Sur un brise-glace?

Tout le monde sur le bateau s'inquiète de nos petits passagers, spécule sur leur avenir, leurs chances de rejoindre la terre. Personne ne semble pouvoir les identifier. Je suis promu expert, je fais de mon mieux, de nouveau j'interroge le livre. Pour ce qui est du sizerin à tête rouge, je n'ai pas d'hésitation. Pour ce qui est de l'autre, je n'ose pas me prononcer. Et pour tout vous avouer, je suis plutôt daltonien, mais tout le monde donnait son avis. Nous ne saurons jamais son nom. Il sera l'oiseau de passage. Peut-être un sizerin femelle. Sans la calotte rouge.

Il est seize heures.

Calme plat. Nos oiseaux font toujours la manchette. Quelqu'un me dit qu'il les a aperçus, très tôt ce matin, et prétend qu'ils resteront sur le bateau tant qu'on ne sera pas en vue d'une terre… car ils sont oiseaux de terre. Depuis quand sont-ils avec nous ? Peut-être nous prennent-ils pour l'arche de Noé ? Peut-être nous prennent-ils pour un traversier ? Qu'ils empruntent pour faire l'économie de la tire-d'aile jusqu'à la terre d'Éric.

Si la Bible raconte une histoire de colombe qui annonce la terre, qui donne des nouvelles de la terre, c'est sans doute que les hommes d'autrefois avaient observé que les oiseaux de terre savaient repérer la terre de loin. Leur arrive-t-il par contre de se perdre en mer ? Leur arrive-t-il d'être déboussolés ? Peuvent-ils être déroutés par la fureur des vents ? Ou bien entreprennent-ils délibérément d'aussi grandes traversées ? Combien d'oiseaux ont naufragé dans cet espace qui sépare les perchoirs et qu'on nomme océan ? Combien de navires n'ont jamais retrouvé l'Amérique à l'époque où le vent servait de moteur ? L'homme de roue rapporte qu'il a aperçu ces jours-ci deux labbes à longue queue, superbes oiseaux de haut vol qui passent l'été dans l'Arctique pour nicher et préfèrent passer l'hiver dans l'hémisphère austral. Toujours parlant d'oiseaux, on croise quelques godes et marmettes qui ne nous étonnent pas, car ils sont oiseaux de grand large. Tout le monde parle d'oiseaux comme si nous entreprenions un nouveau voyage. Nous regardons dehors.

Un autre homme, originaire de l'île aux Œufs, nous raconte que deux faucons pèlerins ont habité le bateau durant plusieurs jours et, à une autre occasion, il aurait vu l'énigmatique harfang des neiges mangeur de lemmings. Comment imaginer un harfang des neiges au-dessus des grandes eaux, là où les lemmings ne passent pas, que je sache, à moins qu'il n'ait suivi les étranges migrations de ces petites bêtes, à la nage, en détresse, à la recherche de nouveaux pâturages, quand la surpopulation réduit à néant leur habitat ? C'est alors qu'ils entreprennent leurs énigmatiques migrations. Je n'en ai jamais vu, mais Alwin Pedersen, qui a beaucoup fréquenté les animaux polaires, raconte l'étrange événement qu'il a observé :

> *… ce curieux phénomène […]*
> *se produisit au cœur de l'hiver et au début du printemps.*
> *Soudain, au milieu de janvier,*
> *les lemmings se mirent à traverser le fjord gelé.*
> *Leur nombre augmentait de jour en jour*
> *et, bientôt, l'on trouva leurs traces sur toute la surface du fjord.*
> *Passant en traîneau dans cette contrée,*
> *on avait le plus grand mal à tenir les chiens rassemblés*
> *et à les empêcher de poursuivre les lemmings*
> *qui se faufilaient sur la glace devant eux*
> *comme de petits lutins blancs.*
> *Les lemmings qui traversaient l'embouchure du fjord*
> *furent arrêtés au milieu*
> *par l'eau libre,*
> *mais au lieu de suivre le bord de la glace*
> *de telle sorte qu'ils auraient pu atteindre l'autre rive du fjord,*
> *ils cherchèrent à sauter de la glace ferme*
> *sur les glaçons dérivants.*
> *Et beaucoup tombèrent à l'eau et nagèrent vaillamment.*
> *Mais la plupart périrent ainsi.*
> *Je ne crois même pas qu'un seul ait réussi à traverser […]*
> *car, tôt ou tard, ils avaient à passer un bras de mer*
> *large de dix kilomètres*
> *avant d'atteindre la glace sur l'autre bord du fjord.*

Une autre découverte dans le voyage de l'écriture. J'ignorais que le lemming est variable comme notre lièvre. Le lemming est un rongeur qui se nourrit surtout de plantes. Pourquoi donc s'aventure-t-il sur la glace où il n'y a rien à ronger en plein hiver ? La légende, bien sûr, la légende parle de sorcellerie. Aujourd'hui, on explique ce geste par une sorte de suicide collectif. En vérité, cela me paraît assez mystérieux et inexplicable, aussi mystérieux que l'entêtement de Franklin et de ses équipages qui reviennent, une expédition après l'autre, affronter le froid, la nuit polaire et l'impitoyable scorbut. Peut-être s'agit-il de l'appel du Nord ? N'y aurait-il pas une démence du Nord ? Comment expliquer autrement ces deux folies ? Et Pedersen ajoute :

> *Les lemmings qui ne s'étaient pas jetés à l'eau*
> *étaient poursuivis*
> *par les corbeaux, les harfangs des neiges*
> *et les renards.*

Et les lemmings disparaissent, les uns noyés ou dévorés, les autres sans doute affamés, ayant eux-mêmes anéanti les pâturages. Laissant aux herbes la chance de recommencer les pâturages.

La présence occasionnelle des oiseaux dans la réalité de la mer et dans la fantaisie biblique a certainement influencé autant les timoniers à la roue que les raconteurs à la légende. Il n'est cependant pas facile de savoir si le récit de la découverte de l'Islande s'est inspiré de la réalité ou des écritures, mais il n'est pas sans témoigner en faveur des oiseaux et de notre émerveillement. Le voici, tel que raconté par Jeannette Mirsky dans son livre intitulé *L'Arctique, enfer de glace* :

> *Un peu après le milieu du IXe siècle,*
> *un homme partit de la Norvège en direction du nord-ouest*
> *pour découvrir de nouvelles terres. N'ayant pas de boussole,*
> *il emmena avec lui trois corbeaux sacrés.*
> *Au bout d'un certain temps,*
> *il lâcha le premier corbeau*
> *qui retourna tout droit vers la Norvège*
> *et il comprit qu'il ne s'était pas assez aventuré.*
> *Quand il lâcha le second corbeau,*
> *celui-ci se mit à tournoyer au-dessus du bateau*
> *comme s'il ne savait pas où se trouvait la terre la plus proche*
> *et finalement repartit lui aussi vers la Norvège.*

*Le marin comprit qu'il était à peu près à mi-chemin.
Un peu plus tard,
le troisième corbeau vola aussitôt droit vers l'avant ;
l'homme le suivit et découvrit la terre...
il s'appelait Rabni Floki, c'est-à-dire Floki les Corbeaux,
et venait d'aborder en Islande...*

On pourrait sans doute trouver un peu partout des tas d'histoires semblables qui font penser aux colombes de l'arche de Noé et ça n'étonnerait personne. Une chose me paraît remarquable cependant : c'est à quel point l'apparition d'un oiseau de terre sur un navire rendu au cœur de l'uniformité reste un événement de taille, émouvant, presque plus important que la rencontre des glaces, le souffle des baleines, le passage d'un iceberg ou l'apparition d'un autre navire. Ne suis-je pas l'homme sur l'épaule duquel un oiseau-mouche s'est posé ? D'une pareille surprise, on n'en revient jamais. Dès lors, on s'inquiète du moindre oiseau, sachant que certains colibris sont très nordiques et n'en meurent pas.

Pour l'instant, rien à l'horizon que la ligne d'horizon. Au large, peut-on encore prendre le large ? Le *Pierre-Radisson* reste à égale distance de tous les horizons, comme immobile. Ni glaces, ni bêtes, à peine quelques vols noirs et blancs, gras et dodus, maladroits et empressés de godes et de marmettes. Ce sont de petits pingouins polaires, injustement méconnus au profit des manchots antarctiques et du grand pingouin disparu dont on parle dans les livres de contes. Et pourtant, ils sont incontestablement pingouins et joyeusement exubérants. Je me contenterai de raconter le pingouin commun, que Cartier nomme gode, avec son bec de perroquet, une ligne blanche sur une tête noire, laquelle va d'un œil à l'autre comme s'il s'agissait d'une mascarade, un dos noir, un ventre blanc, les pattes en guise de queue en vol et de rames en nage. C'est un oiseau à peine sorti de l'eau, maladroit en l'air et qui ne va à terre que pour nicher, mais il nage aussi allègrement que le grand pingouin disparu qui ne volait pas du tout, lui.

Le bateau s'approche de l'oiseau noir et blanc qui se résigne à fuir. Il bat de l'aile et des pattes comme d'une hélice pour prendre son élan, mais il n'arrive pas à décoller, à lever, à prendre son envol. *Ventre plein n'a pas d'ailes*, et il se réfugie dans la nage à toutes rames des pieds et des ailes. Et il se nomme gode de par tout le fleuve et le golfe.

Je m'étonne que les Français aient retiré le mot gode des dictionnaires, à l'encontre de Cartier, à l'encontre sans doute aussi de toutes les Bretagnes de la mer. À l'encontre des gens du fleuve qui n'ont pas oublié Cartier ni les noms d'oiseaux qu'ils transportaient eux-mêmes dans leur mémoire. C'était leur seule richesse, leurs seuls outils pour se paysager, leurs seuls matériaux pour se faire nid en terre neuve. Les mots sont indispensables. Et de les avoir vécus de père en fils leur attribue des lettres de noblesse qu'on n'a pas le droit d'écarter. Après les grands pingouins disparus qui…

> *sont tousjours en la mer*
> *sans jamais povair voller en l'air*
> *pour ce qu'ilz ont petites æsles*
> *comme la moitié d'une main*
> *de quoy ilz vollent aussi fort dedans la mer*
> *comme les aultres ouaiseaulx font en l'air…*

Cartier décrit méticuleusement…

> *une aultre sorte d'ouaiseaulx*
> *qui sont plus petiz*
> *que l'on nomme godez*
> *qui se ariment et meptent à ladite isle*
> *soubz les plus grans.*

C'est, en nomenclature, le pingouin commun (*alca torda*) qui, depuis Cartier et bien avant, se nomme gode. De quel droit les dictionnaires écartent-ils les mots vulgaires, les plus beaux noms d'oiseaux ?

Faut-il à tout prix corriger la découverte ? Ceux qui parlent encore de gode, de calculot, de margaulx, de marsouin blanc devancent les écritures. Ils ancêtrent le voyage. Pour décrire le voyage de Cartier, je dis que Cartier s'est précédé lui-même. Il arrive dans la découverte en connaissance de cause. Cartier savait déjà, en 1534, les noms des lieux. Il n'était pas le premier venu puisqu'il était déjà venu. Il connaissait aussi les noms des oiseaux de mer puisqu'il était marin et que l'océan réunit l'Amérique à l'Europe. Et quand il aborde l'*isle aux Ouaiseaulx*, il est en terrain connu, il sait à quoi s'en tenir. Et quand il arrive aux îles de la Madeleine, il nomme l'île Brion, et à propos des autres îles où il y a un phare aujourd'hui, il écrit :

> ... *nous nommames icelles isles*
> *isles de Margaulx...*
>
> *icelles isles estoient aussi plaines de ouaiseaulx*
> *que ung pré de herbe...*

Comment mieux dire l'innombrable ?

Il découvre les îles et s'émerveille du grand nombre d'oiseaux. Il nomme les îles qu'il découvre. Il ne nomme pas les oiseaux. Ils sont déjà nommés *margaulx*. Et on les nomme encore margaulx au pays de Toutes Isles. En Bretagne, le mot est devenu *margatte* mais on le reconnaît facilement. Par contre, le mot existe toujours dans le Bordelais où il désigne un château grand cru et aussi une commune de la Gironde, mais personne ne reconnaît l'oiseau. Et pourtant il est présent et magnifique dans ce pays gouleyant du golfe de Gascogne où on ne connaît que le fou de Bassan. Un nom d'oiseau est devenu un nom de château dont on a, semble-t-il, perdu le sens. Ce que j'ai eu l'occasion de vérifier à plusieurs reprises. Et Cartier continue sa description de l'*isle des Ouaiseaulx*, et le lisant ici au large du monde, j'ai l'impression de recommencer la découverte et de fraterniser avec le bel oiseau de chasse et de pêche dont on peut dire qu'il est un peu fou.

> *... davantaige*
> *y a une aultre sorte d'ouaiseaulx*
> *plus grans qui sont blans*
> *qui se mettent à part des aultres*
> *en une partie de l'isle*
> *qui sont fort mauvais à assallir*
> *car ilz mordent comme chiens*
> *et sont nomméz Margaulx...*

Et *sont nomméz Margaulx*, écrit Cartier respectueusement. Il reconnaît la nomenclature vulgaire. Il ne dénomme pas ce qui est déjà nommé, comme font les dictionnaires. Dès l'abord, avons été dépouillés par toutes sortes de conquérants. Mais notre vulgarité reste indéfectible. Et Cartier nous démontre et nous fonde et personne ne décidera en notre lieu et place du sort de l'Amérique et du nom des oiseaux. Et pour dire mon admiration pour le *margaulx* de nos rivages, j'invoquerai le *cérémonial de l'envol* tel que raconté par un descendant de Cartier, tout autant que moi émerveillé par les mots expulsés des dictionnaires, les mots de la langue parlée qui sont le devoir de ceux qui écrivent :

> *cet oiseau-là qui pense à s'envoler,*
> *regardez-le*
> *qui vire sur lui-même d'un air rêveur,*
> *la tête levée*
> *il fixe le ciel de ses yeux jaune paille,*
> *il se propose*
> *de gagner en douceur le surplomb de la falaise,*
> *il commence d'aller*
> *chaloupant à travers la foule nonchalante,*
> *l'aile mi-ouverte*
> *il coudoie son prochain avec précaution,*
> *court de pattes*
> *il tutoie les aspérités,*

il arrive à pieds larges palmés
lentement,
componctueusement,
le voilà qui marche sur le bord du vide
à la manière des somnambules,
et qui soudain s'arrête,
il se campe face à la mer,
se tient très roide,
bombe le jabot,
allonge le cou,
pointe son bec vers les nues,
ouvre tout grand
ses longues ailes d'ange blanc rémigées de noir,
se positionne en croix à l'extrême de l'à-pic,
il est hiératique,
enfin à Dieu sait quel appel
il se jette à l'espace
en poussant un cri rauque,
dès lors
il n'est plus qu'un beau corps aérien
dont l'ombre apparaît ou disparaît
selon la hauteur qu'il met entre lui et la surface des eaux.

Tristan Corbière, qui les nomme *margattes,* qui les surnomme *grands poètes d'ouragans,* ancêtre le grand respect que nous avons pour cet oiseau dévoué à tous les larges, qui habite les îles, et qui éclabousse le miroir de l'eau pour se nourrir comme une flèche. Et je le regarde dans le poème de Pichette. Et je le trouve *superbe de solennité* avec son *regard d'illuminé.* Et il me raconte la mer mieux que personne.

Chapitre XXVIII

Le cercle polaire

Détroit de Davis à l'approche de Disko. C'est un matin de soleil d'un horizon à l'autre. Où sont nos petits rescapés ? Peut-être ont-ils aperçu la terre d'Éric le Rouge ? Peut-être nous ont-ils abandonnés ? Un iceberg au loin pourrait leur servir d'escale ! Il fait presque doux : clémence du soleil qui paraît presque anachronique dans ce décor d'éternité. On approche du cercle polaire. Est-ce une autre raison pour délier les langues ? On se parle, d'une table à l'autre, de soleil et de cercle polaire. Et d'oiseaux bien sûr. On fait des allusions au passage du cercle. Des menaces à peine voilées dans la direction de Doris ! De Dominique aussi ! On est pour ainsi dire épargnés, Yolande et moi, à cause peut-être de notre âge et aussi sans doute parce que nous avons déjà à quelques reprises traversé le cercle polaire. En avion cependant, ce qui en principe n'est pas valable.

Le cercle arctique, un peu comme l'équateur, renverse notre vision du monde. Rien n'est plus imperceptible que cette ligne abstraite qui cependant dénonce notre position par rapport au soleil et à son inclinaison et correspond à une géométrie céleste, précise comme une horlogerie. Et nous vivons en équilibre instable et saisonnier grâce à cette inclinaison. Quelque part entre le soleil de minuit et la nuit polaire. Entre deux extrêmes.

Peut-être bien que cette curieuse émotion qui s'empare d'un navire au passage du cercle provient d'une ancienne tradition qui, ayant constaté le phénomène sans parvenir à l'expliquer, a imaginé une sorte de mystère. Le fait de traverser cette ligne devenait un événement d'importance qu'il convenait de saluer. Les Scandinaves d'aujourd'hui, grands constructeurs de drakkars et fameux pirates et découvreurs d'autrefois, habitants au nord du cercle arctique, deviennent un peu fous à l'arrivée ou au départ de la lumière. Un peu partout sur le pas des portes on voit des petites chandelles qui brûlent et proposent de prendre la relève du soleil. Avant l'électricité, la nuit polaire devait avoir plus de signification qu'aujourd'hui. La petite fragile lueur de la chandelle prenait toute la place. Et d'une certaine façon on continue à lui rendre hommage. Plus que le radar qui arrive à voir dans la nuit, c'est la lumière rendue facile qui différencie aujourd'hui d'autrefois. La chandelle cède la place à l'électricité. Mais la tradition ne cesse de saluer la chandelle.

Comment ne pas saluer l'événement? Un soleil qui refuse de faire la nuit. Comment ne pas penser à la chandelle des Scandinaves? À *la mèche linaigrette dans la lampe de pierre*? Au vieux fanal des grands-pères? C'est le grand jeu. L'équipage promet le baptême, annonce le dieu Neptune, décrivant les épreuves que devront subir tous ceux qui traversent pour la première fois le 66e parallèle! C'est une vieille coutume de la marine. La dure épreuve donnait toutefois certains privilèges à ceux qui la subissaient. Jeannette Mirsky, auteur de *L'Arctique, enfer de glace*, raconte :

> *Il n'y a pas si longtemps,*
> *une coutume chez les marins permettait*
> *à ceux qui avaient doublé le cap Horn*
> *de mettre un pied sur la table après le dîner*
> *et à ceux qui avaient franchi le cercle arctique*
> *d'y mettre les deux pieds.*

Mais doubler le cap Horn ou passer le cercle polaire arctique n'a plus, il faut l'admettre, le même sens que du temps de la marine à voile. Aussi, quand les coutumes se survivent, elles deviennent un peu ridicules de ne pas trouver à se justifier dans l'héroïsme des longues navigations de bois. Elles deviennent folkloriques.

Il est évident que personne ne met plus les pieds sur la table après dîner, ni n'en a plus envie d'ailleurs. Alors donc pourquoi l'initiation ? Sinon pour la simple taquinerie, pour faire peur à Doris, parce que Doris est peureuse et crédule. Elle croit qu'on va lui imposer un bain de mer ! Laure-Anne ne la dissuade pas. Petite cruauté inoffensive dont se régalent les initiés. Peut-être est-ce aussi une façon de briser la glace, de faire plus ample connaissance. L'initiation sans cruauté qui attend les non-initiés de demain permettra-t-elle de brûler les étapes, de rapprocher des mondes, de mieux connaître l'autre ?

Marc et Lucie s'affairent à enlever les couverts ; ils s'empressent, ayant d'autres tâches. Je les retarde peut-être. À une autre table, Léon Corriveau de dos, magnifique crinière, beau visage serein, en santé. Je le regarde du coin de l'œil pour en parler. Il ne me propose que des apparences. Qu'en dire ? Un homme n'est jamais exprimé par ce qu'il donne à voir. Il se lève à son tour, passe près de moi, me demande si je me remémore mes vieux péchés. Je saute sur l'occasion. Je lui avoue que je me fabrique une mémoire, que je me raconte le fur et à mesure, que je me parle des petits oiseaux, nos passagers clandestins. Clandestins comme nous, avec nos préoccupations radiophoniques. Il doit bien soupçonner que je suis en train de le mémoriser lui aussi. On parle d'oiseaux. Il me raconte une histoire de perdrix blanche :

Un jour, le brise-glace
se trouve mouillé quelque part dans le détroit d'Hudson
durant une tempête.
Plus d'une soixantaine de perdrix
se sont perchées sur le bateau.

Le vent soufflait,
la neige tombait en rafales
et les gros flocons de neige se sont posés sur les cordages,
les filières, les chaloupes, les rampes,
sur tous les ponts.
Sans doute les perdrix avaient-elles été surprises
par la tempête, en cours de migration.

Le lagopède est un oiseau migrateur, contrairement à la gélinotte qui n'est que marcheur. On peut observer d'ailleurs que la gélinotte a une chair blanche, tandis que la chair brune du lagopède est abondamment irriguée par un cœur beaucoup plus gros que celui de la gélinotte. Le lagopède est le plus nordique de nos oiseaux terrestres, avec son bel habit de plumes et ses pattes recouvertes de poils comme celles d'un lièvre. Il supporte les plus grands froids et, pourtant, il migre vers le sud au plus fort de l'hiver. Toujours en état de neige. On en rencontre tout l'hiver jusqu'à 70° de latitude Nord. Il délaisse le plus que nord pour un moindre nord.

De tous les voyages, les voyageurs rapportent des plumes. Colomb a rapporté des perroquets. Noé s'est intercédé la colombe, Rabni Flocki, pour découvrir l'Islande, s'est servi de trois corbeaux, et Colomb guette les oiseaux vers la fin du voyage pour présager de la terre. Il note dans son journal du 14 septembre 1492 que les marins de la *Niña* ont vu une…

hirondelle de mer et ung paille-en-queue
qui jamais ne s'éloigne de la terre
à plus de 25 lieuz…

Et par ce présage, il empêche ses équipages de perdre patience. La présence des oiseaux lui servant à obtenir des renseignements que la boussole ne peut lui fournir, Colomb ne manque pas d'en tirer des conclusions qui annoncent la terre.

J'imagine les marins de haute-mer qui aperçoivent enfin les oiseaux. La rumeur qui circule à tire-d'aile d'un bateau à l'autre. La mer soudain n'est plus la même, le voyage prend de la consistance, l'éventuel devient probable, l'espéré devient quasi certain. La mer donne à espérer la terre, comme si elle n'avait rien d'autre à offrir. Un mirage d'oiseaux préoccupe trois caravelles. Colomb nous dit :

> *... un simple ouaiseaul*
> *qui semblait une hirondelle de mer...*

Mais peut-on compter sur une semblance ? Et il ajoute :

> *... mais c'estoit ung ouaiseaul de fleuve*
> *et non de mer*
> *puisques il avoit lez pattes comme une mouette...*

Et pour mieux se rassurer et rassurer ses équipages, il renchérit :

> *... à la pointe du jour,*
> *deuz ou trois petiz ouaiseaulx de terre*
> *vinrent au navire en chantant.*
> *Il s'agit d'ouaiseaulx de terre ou de fleuve...*

Colomb insiste. Il s'agit d'oiseaux de terre ou de fleuve. Non sans parfois forcer un peu la note quand il affirme avoir aperçu une *ballaine* (signe qu'ils étaient près de la terre), parce que *toujours, ellez vont près des côtes*. Il ne cesse d'accumuler les indices et le 23 septembre, il signale une...

> *tourterelle, ung albatros...*
> *ung aultre petit ouaiseaul de fleuve...*
> *et d'aultres ouaiseaulx blancq...*

Fragiles balises ! Curieux repères ! Faibles indices destinés à faire espérer la Terre Promise ! Mais à force d'invoquer la tourterelle et l'albatros et la baleine, à force de donner à espérer, on finit par décevoir. Le livre raconte :

> *... plus les indices de terre mentionnés se révélaient vains,*
> *plus la peur des marins grandissait*
> *ainsi que les occasions de murmurer...*

Les oiseaux pour conjurer la peur ! Mais la peur pour conjurer les oiseaux ! Ils étaient partis un vendredi 3 août ; ils ne virent la terre que le 7 octobre, un dimanche. Ils avaient parcouru pas mal d'Atlantique sans trop d'encombres. Ils avaient navigué beaucoup de légendes sans trop s'inquiéter. Car les marins ne peuvent s'empêcher de vivre dans les mémoires, de cultiver les présages. Certains disaient que la terre était ronde, mais comment s'en assurer ? D'autres, depuis si longtemps, prétendaient qu'elle était plate, ce qui tombait sous le sens. Est-ce qu'on peut vraiment atteindre l'est en naviguant vers l'ouest, dans la direction contraire ?

C'est en voyageant vers l'Orient que Marco Polo a rencontré la Chine. Comment imaginer qu'en tournant le dos aux Indes, on va y aboutir ? Les marins les plus craintifs s'attendent à tomber dans le vide, au bout du monde. Y a-t-il seulement un bout du monde ? Comment démontrer que la mer a une fin ? Déjà, ils ont traversé les Sargasses et le livre dit :

> *... comme on sait que la peur*
> *fait imaginer les pires choses,*
> *ils craignaient de la trouver si épaisse,*
> *cette mer des Sargasses,*
> *qu'il leur arrivât [...] que les navires ne peuvent plus avancer*
> *comme en la mer gelée...*

Colomb a beau jeter ses oiseaux de toutes sortes dans les balances de la peur, le temps qui se prolonge pèse lourd dans l'autre plateau et, tandis que les marins menacent Colomb de *le jeter à la mer*, Colomb les harangue de son côté, tantôt *les menaçant de châtiments*, tantôt leur rappelant *les signes et les indices*, leur énumérant les oiseaux de sorte...

> *qu'ilz estoient si attentifs à ces signes*
> *que jusques à la terre [...]*
> *chaque heure leur devint une année...*

Colomb utilisait les oiseaux pour prédire la mer, pour annoncer la terre, pour promettre la Terre Promise. Et nous faisons de même, n'ayant pas trouvé mieux. Notre mémoire est encombrée d'oiseaux, les uns pour dire le voyage de présent, les autres pour se remémorer d'anciens voyages. Sans eux et quelques rares dorsales, qu'aurions-nous à dire de la mer? Sans des images d'oiseaux, comment se faire une image de la mer?

Comment baliser la mémoire? Comment baliser l'océan? Un sizerin? Un cercle polaire? Les récits anciens? Les oiseaux de Colomb pour mentir? Les oiseaux de Cartier pour révéler? Les mémoires récentes? À vrai dire, c'est chacun son océan. Il y a celui qui ne regarde jamais dehors. Il y a celui qui court les ponts espérant l'inattendu. J'ai choisi entre les ponts sans histoire et les histoires d'une cabine, un voyage de mémoire et de glaces flottantes. Et l'illusion d'un cercle polaire qui n'est visible que par les instruments.

17. ... il n'y a que de rares oiseaux de mer dans ces parages d'oiseaux... Ici on ne voit guère que des fulmars qui ressemblent à s'y méprendre aux goélands.

Chapitre XXIX

Les images d'oiseaux

Nous naviguons la mer des glaces et les images d'oiseaux. Les images d'oiseaux ont-elles plus de poids que la réalité d'oiseaux? Nous tournons autour du bateau de proue en poupe et d'un pont à l'autre pour accumuler des images pour le retour. Pour n'avoir pas voyagé en vain. Le voyage existe-t-il sans image? Et je songe aux peintures rupestres, ces mémoires de la préhistoire aux parois des cavernes.

Dans quel but l'homme des cavernes dessinait-il l'animal sur les parois des cavernes? Avait-il seulement une intention? Et c'est peut-être malgré lui que l'image devenait quelque chose de plus que l'animal. Elle devenait sacrée. Le monde devenait image du monde. Sur le pile ou face des pièces de monnaie, sur les murs de la salle à manger d'un brise-glace, le portrait d'une reine opère-t-il de la même façon dans le déluge d'images qui nous entoure... et ne nous concerne pas vraiment?

Cependant, par le hublot minuscule qui perce la paroi de la salle à manger comme une entrée de caverne, je peux voir défiler le soleil sur le détroit de Davis, les icebergs dans le soleil, des moments de cet

Arctique qui me préoccupent bien davantage qu'une reine en apparat sur sa paroi de contreplaqué... Qui m'échappent aussi au fur et mesure... Qui rentrent dans la mémoire pour en sortir à l'instant. Et à grands coups de stylo feutre, je m'évertue à en fabriquer des écritures pour ne pas être entièrement dépossédé par l'oubli qui s'acharne à tout effacer, par une reine qui s'empare de tout le territoire. Et qui s'impose, excluant ma présence et mes désirs. La terre est-elle appropriée par des images sur des monnaies ? Que reste-t-il pour celui qui ne fait que passer ?

L'Arctique est d'ailleurs possédé par les images. Chaque île est une possession. Toutes les îles ou presque sont nommées par une reine, un amiral quelconque, un Barrow, un Melville, des princesses, des princes que je ne connais pas, un roi Guillaume, une reine Charlotte, un prince Régent ou même tout un empire britannique pour désigner une chaîne de montagnes. Le roi n'est pas mon cousin. Je ne me sens pas tout à fait en famille ! Et il n'est pas indifférent que les Inuits aient imposé récemment leurs nominations : une baie de Frobisher est devenue Iqaluit, un fort Chimo, Kuujjuaq. Il n'est pas indifférent qu'une rue Dorchester devienne un boulevard René-Lévesque. Les images et les signes expriment une prise de possession, ils imposent au territoire brut les désirs du territoire de l'âme, ils cherchent à légitimer un désir, à conquérir un territoire. Il n'y a pas d'autres façons d'être vivant au monde. L'avenir repose sur les images du présent dans la mesure où elles ne se laissent pas pervertir par les images de l'autre.

J'en arrive à me demander si ce n'est pas le jeu innocent des peintures rupestres qui a enseigné aux hommes le goût de posséder, de conquérir, d'imposer à la terre sa propre image, de donner son nom à un lac, de nommer les îles, de dénommer un fleuve en dépit des *sauvaiges que avions* :

> *... et nous ont lesdits sauvaiges certiffyé*
> *estre le chemyn et commencement*
> *du grand fleuve de Hochelaga*

> *et chemyn de Canada,*
> *lequel alloit tousiours en estroississant...*

De quel droit le sanctifier sinon pour s'emparer d'un fleuve Saint-Laurent ? Toponyme dérisoire. Cartier respecte assez les noms indigènes qu'il rencontre, comme images d'une terre qui n'est pas la sienne, bien qu'il ait le mandat de se l'approprier. Et j'en arrive à penser que le territoire de chasse commence et vient à l'esprit à l'instant même où l'esprit parvient à inscrire un objet symbole sur un mur. Et l'animal rupestre serait le premier acte notarié donnant droit à une personne ou à une tribu de s'emparer à son avantage du territoire environnant, en créant une espèce de rapport mystérieux qu'on a souvent défini par le mot sacré. Comme une signature, un graffiti dont le mur serait l'acte.

Mais le premier royaume n'est pas de dépendance. L'image rupestre dispose de ces magies en faveur de tous. Le clan n'a pas encore ni chef ni roi. La chasse est un partage. Chacun son rôle dans la battue. Et chacun sa part dans la chance. Il n'y a pas encore appropriation. Le territoire est encore celui de l'animal peut-être. Et le partage, le résultat de la chasse. Mais l'image est de plus en plus de pouvoir. Et le pouvoir demande à posséder. Le sorcier, le mage, sont-ils les responsables de l'image ? Ou l'image, responsable de la sorcellerie ? En tout état, ils maîtrisent la représentation et parviennent en conséquence à avoir une puissance sur les autres et peut-être même sur le réel. Du moins on finit par le croire. L'image devient une invocation capable de modifier les destins de la chasse et du monde. Petit à petit, la tribu, le clan se hiérarchise. L'image modifie la perception du monde, la possession du monde. L'avenir appartient à l'image. Aujourd'hui plus que jamais peut-être. L'image est une mémoire qui se superpose à la réalité. Les peintures rupestres sont au début de la possession, définissent le territoire, l'attribuent au maître des parois. La chambre noire des caméramages est devenue le maître des parois et des représentations.

On peut se demander si les hommes des cavernes se reconnaissent entre eux. Peut-être ont-ils d'abord reconnu, identifié l'animal.

Avaient-ils un nom ? Étaient-ils objets de généalogie même si on peut dire de la généalogie qu'elle est une des premières sciences ? La Bible n'est-elle pas, pour ainsi dire, un immense arbre généalogique ? Mais au cours de la préhistoire, avait-on imaginé de donner un nom qui attribuait l'enfant à sa mère ? Au début, l'enfant n'appartenait-il pas à tous, comme le lièvre de la chasse ? Mais petit à petit les différences ont désigné l'individu et la généalogie, la race et le langage. Les images et les récits sont intervenus, modifiant les parois, façonnant la mémoire. Il n'y a pas de mémoire sans signes. Pas de récit sans langage. Tout ce qui est nommé, représenté devient possession, territoire. Tout ce qui n'est pas nommé engendre la dépossession.

Les rois ont vite compris l'importance de l'image. Ils ont inventé la couronne pour affirmer la puissance, le sceptre pour imposer la domination. Ils ont requis les troubadours pour célébrer les exploits. L'empire est fondé sur les images du triomphe, de la victoire, sur les mausolées, les arcs de triomphe, les obélisques, les pyramides, *La Chanson de Roland*, *La Légende des siècles*, le cinéma western. C'est la victoire qu'on célèbre et qui agglomère. Et je pense au hockey qui est tout compte fait une image qui raconte une victoire, qui donne à espérer une victoire. Victoire purement chimérique qui pourtant s'exprime en exubérance, en cohérence, en animosité. En émeute. L'autre devient incompatible. Les hooligans n'ont pas d'autre allégeance. Ils ont tout investi dans la victoire. Dans le blason. Chaque équipe propose son totem. Les Bisons, les Pingouins, et les supporteurs deviennent pingouins ou bisons. Est-ce la communion des Saints qui amorce une adhésion, qui compose le clan, la tribu, la horde, le troupeau, la mouvée, la foule ?

Je me surprends à essayer de comprendre les oiseaux qui nous accompagnent, en invoquant les parois des cavernes. Drôle de réflexion pour le passager d'un brise-glace sur le point de franchir le cercle arctique. Mais comment interrompre la folle du logis ?

Je ne peux m'empêcher de songer un instant à la quantité d'images enregistrées sur les parois de la mémoire. Le territoire de l'âme est agressé, assiégé par des images qui cherchent à emporter une adhésion. À assujettir. Chaque mot est une image de la réalité, approximative j'en conviens, mais c'est aussi le langage, la merveille du langage, qui nous façonne. Les mots importent à l'âme, les mots justifient l'être et l'existence. La poésie est-elle une armée qui s'empare du territoire en écartant les nominations *sauvaiges* en faveur d'un Saint-Laurent? La poésie, n'est-ce pas plutôt tout simplement confier au silence bien gardé quelque secret qui crève les yeux?

Mais il se trouve que les mots exercent une puissance, persuadent, agressent, façonnent l'homme. Sommes-nous aussi victimes du langage, proie des mots? Chacun a une forteresse à défendre contre les images qui s'emparent inlassablement du territoire de l'âme. Les guerres sont de moins en moins atomiques. De plus en plus médiatiques.

Je me suis résigné à quitter la salle à manger et mon petit cahier vert pour lui donner un peu de répit. Pour respirer un peu de cet air du large qui est plus pur qu'ailleurs de n'avoir été respiré que par les phoques épars, les morses invisibles et les narvals qui se dérobent.

Si je regarde vers le large, je me sens libre comme l'air que je respire, sinon je deviens la proie des couleurs, des signes et des appartenances. Je suis à nouveau assiégé par les images. Comment imposer mes propres images quand tout est déjà nommé? Et je constate mon absence dans ce monde possédé par les images. Il reste que mon petit cahier me suit partout comme une caverne où je m'inscris en mémoire. Je deviens rupestre comme une peinture.

Pour me légitimer, je cherche à retrouver mes petits oiseaux. Ont-ils quitté la branche d'un brise-glace? Se sentent-ils possédés par les emblèmes qui les entourent, les feuilles d'érable? Partout des images! Des signes! Une possession! La raison du plus fort!

Comment, sans l'aide des images, des mots, des signes, rassembler les morceaux de la banquise humaine? Comment retrouver la cohérence de l'histoire, résister à l'attrait des courants, remonter les vents, échapper au soleil de minuit, résister aux facilités, aux modes, à la désintégration? Je regarde les glaces en proie aux forces contradictoires, déjà entamées par le creuset des eaux de fonte, hésitant entre le chaud et le froid, lentement acheminées vers l'inéluctable, et je me demande jusqu'à quel point les hommes ne sont pas autant que les glaces victimes de toutes les forces souterraines qui les attirent, qui les séduisent, qui les aliènent et plus que jamais en ces temps où l'image s'introduit partout, nommant toute chose pour persuader... La lutte est inégale et mon petit carnet vert ne peut rien contre la machine à produire des images. Et l'empire ne cesse de s'agrandir, de repousser la réalité qui nous justifie en faveur de l'image qui nous assujettit.

Et, petit à petit, nous nous méprenons sur nous-mêmes. Ce sont les images qui nous donnent une âme quand l'âme n'arrive plus à se fabriquer ses propres images. Je m'abandonne à songer à ces éventualités, ici, au sommet de ce petit monde qui est le nôtre, parce que j'ai constaté à quel point notre humble navigation repose sur les ondes au moyen desquelles on arrive à transmettre toutes sortes d'images et de signes. Les messages nous environnent de vigilance et de contraintes, on nous transmet des cartes météo, la carte des glaces, des ordres, des contre-ordres, par radio, télégraphie, téléphonie. Même les satellites sont mis à contribution. Nous sommes sous haute surveillance et l'image tonitruante et rocambolesque nous réduit au silence, prenant toute la place.

Il nous est même arrivé à quelques reprises, au col de Sverdrup dans le haut Arctique, là où se trouve le Grand Nord, de ne plus pouvoir communiquer avec le reste du monde à cause d'une explosion solaire qui provoquait des orages électromagnétiques et des aurores boréales. Le soleil imposait sa loi. Nous étions coupés du monde par des aurores boréales invisibles! En effet, le pôle, qui semble produire ces phénomènes si émouvants, ne peut les apercevoir. Le soleil de minuit efface l'aurore boréale qui nous réduit au silence, et c'est pourtant ce soleil-là qui la produit. Et je m'amuse à songer que je regarde à minuit le même soleil qui indique midi quelque part en Sibérie. Et que cette réalité du soleil brouille les ondes et nous prive d'images.

C'est alors que le silence n'est pas une privation et j'ai l'impression d'être au commencement du monde. Préhistorique. Archaïque. Libre enfin, ayant tout à recommencer. Est-ce pure illusion ? Car je suis pieds et poings liés par les images en rafales qui m'environnent. Le maître des images est-il le maître du monde ? Une image d'oiseaux parviendra-t-elle à affranchir un simple passager, à résister aux parois des camérages ?

18. À toute allure, Henri et Rosaire Otis naviguent à l'œil et à l'estime les parages de l'île d'Anticosti, comme des Vikings…

Chapitre XXX

La boussole

À PROXIMITÉ du Groenland. Le cercle polaire arctique se trouve à 66° 37' de latitude Nord, et nous l'avons traversé à douze heures douze hier. Sans nous en apercevoir! En réalité, rien n'y paraît. Absolument rien. La mer est la même. Rien n'est plus abstrait, rien n'est plus géométrique que ce cercle polaire. Il faut croire sur parole. Nous naviguons aveuglément. Nous naviguons dans les géométries grâce à toutes sortes d'instruments qui, autrefois, restaient cachés dans l'habitacle, dans une armoire, un quasi-tabernacle, un presque lieu de vénération.

Pourquoi? Certains pensent qu'on dissimulait aux marins la boussole, soi-disant parce que les pouvoirs de l'aimant étaient associés à la magie, ce qui n'est pas impossible. La magie n'est pas dans le mage mais dans la crédulité de l'ignorance. Toutes sortes de légendes entourent la boussole, ce qui démontre bien son importance et le besoin d'expliquer son pouvoir. On ne saura jamais si les Chinois l'ont vraiment inventée. Certains pensent qu'elle nous est venue de Scandinavie. Mais il reste que les premières, les plus anciennes n'ont pas laissé de traces. Les premières boussoles étaient en vérité futiles.

Elles n'avaient pas de corps. Elles étaient pour ainsi dire immatérielles, composées d'une marinette, soit d'une simple aiguille fixée sur un bouchon de liège ou un fétu de paille à la dérive dans un récipient rempli d'eau. L'aiguille aimantée n'avait à vaincre que la capillarité pour entraîner le futile fétu ou le léger bouchon dans la direction du pôle magnétique. Plus tard, la marinette est devenue boussole, la boussole désignant la boîte où se trouve la marinette. C'est le contenant qui a donné son nom au contenu.

Tous les instruments de cette magie, du loch au sablier, du renard à l'arbalestrille, de l'astrolabe à la boussole, se retrouvent bien cachés dans le secret de l'habitacle, à l'abri des indiscrétions, car le compas était considéré comme occulte. On craignait de libérer des maléfices, on redoutait ses pouvoirs, le pouvoir de l'oxyde de fer qu'on a nommé *magnétite*. Pourquoi? On ne connaît pas bien l'origine du mot qui a beaucoup voyagé du grec au latin, de l'allemand au français, du français à l'anglais ou inversement. Certains pensent que le mot pourrait provenir d'une ancienne région de Thessalie, la Magnésie. C'est dans cette région qu'un berger aurait découvert l'objet magique en constatant que ses chaussures cloutées adhéraient au sol qu'il parcourait. En fait, il est vrai que la pierre d'aimant y est abondante. On a fini par lui attribuer toutes sortes de pouvoirs autant maléfiques que bénéfiques, certains disant qu'elle pouvait guérir et même servir de contraceptif! La fable n'est pas loin.

N'est-il pas étonnant que la légende attribue plus que souvent toutes sortes de découvertes à quelque berger anonyme? À celui justement qui a tout son temps et ses montagnes pour contempler les étoiles. Comme les mages, ces oiseaux de nuit lisaient dans le ciel l'avenir des hommes. Mais il n'y a plus de bergers pour nous dire le monde. Pour nous signaler les étoiles.

Par contre, on accuse la croyance populaire de construire ainsi toutes sortes d'édifices autour du mystère, mais peut-être bien que les savants du temps abusaient de la crédulité des gens pour se rendre intéressants, diffusant des explications chimériques pour enluminer leur ignorance. C'est ainsi qu'il suffisait d'avoir une haleine parfumée d'ail ou d'oignon pour combattre les effets de la magnétite. Voilà pourquoi la boussole était redoutée et bien cachée dans l'habitacle, et même consultée en secret. En conséquence, l'ail et l'oignon étaient interdits sur les navires de peur qu'ils ne démagnétisent l'aiguille des compas et privent le navire de ce fragile instrument. Ça nous paraît aujourd'hui un peu farfelu, mais à cette époque le farfelu servait de monnaie d'échange dans les explications du monde.

La peur a toujours servi à entourer le mystère et à le crédibiliser, et le mystère conférait à ceux qui le manipulaient une sorte de pouvoir de persuasion. Celui qui possédait le pouvoir hésitait à le partager. Il était le sage, le mage ou le savant. *Le savant du temps*, comme on désignait les charpentiers de goélettes qui possédaient le secret de la charpenterie. La connaissance autorisait le savant. Elle lui donnait l'autorité, le pouvoir. Celui qui manœuvrait le compas choisissait les directions, pilotait le navire d'autorité et cachait ses instruments pour préserver son pouvoir ; on l'accusait même de commerce avec le diable. Cependant que les bergers questionnaient les étoiles.

Bien sûr, il y a le mystère de la pierre d'aimant, la géométrie de l'astrolabe, la jurisprudence de l'estime qui conjugue le loch, le loch qui mesure la distance, et le sablier qui mesure le temps, mais par-dessus tout et avant tout, il y a la science qui construit l'embarcation, une connaissance encore plus ancienne et quasiment aussi secrète que la navigation, qui se transmettait de père en fils. Les maléfices de la magnétite et le secret de l'habitacle ont sans doute été inventés pour éloigner les curiosités. Pour garder le secret. Les secrets, dont celui de la charpenterie. Car toute connaissance, même chimérique, est un pouvoir. Surtout chimérique. Mais la timonerie du *Radisson* n'est pas accessible à l'ignorance. Elle ne se cache pas. Elle reluit dans la lumière du jour le plus long. Elle intimide le simple passager. Elle est vaste, silencieuse comme un sanctuaire, à croire qu'elle garde des secrets comme un habitacle, elle aussi. Pourtant je discute avec Stéphane Beaudoin, officier de navigation.

et il ne garde pas le secret. Il répond à toutes mes questions mais, en vérité, le secret se garde tout seul. Autrefois, la boussole ou l'astrolabe se manipulait plutôt facilement. Aujourd'hui, Stéphane m'explique gentiment le sextant. J'ai encore assez de notions plutôt rouillées de géométrie pour comprendre la démarche. Je pourrais immédiatement reproduire le geste, appliquer la formule, me servir de l'instrument et même comprendre les calculs, au risque d'avoir tout oublié demain. Ce qui m'émerveille surtout, c'est de mesurer la distance qui me sépare du sextant. J'essaie d'imaginer le long cheminement d'étoiles et de magie qui a fini par aboutir à cet instrument dont les navigateurs ne se servent déjà plus. Je me rends compte que s'il fallait refaire toutes les étapes, recommencer à l'étoile et au soleil, reprendre la réflexion qui a permis de comprendre que la hauteur du soleil à midi pouvait indiquer la position en latitude sur une terre ronde, construire l'astrolabe qui permet de lire la hauteur, réinventer toute la navigation hauturière, il faudrait investir des siècles et peut-être aussi un peu de chance et, surtout, accumuler toutes ces mémoires comme un itinéraire dont a oublié le commencement. La timonerie est une bibliothèque d'Alexandrie.

Est-elle à l'abri du feu? Sommes-nous menacés un jour par quelque cataclysme, de ceux qui ont détruit la bibliothèque d'Alexandrie ou qui ont exterminé les dinosauriens? Et alors faudra-t-il réinventer la magie? Car ce n'est qu'à partir du moment où nous cessons d'attribuer la cause des phénomènes à Dieu ou à diable que nous commençons à découvrir les causes. Y sommes-nous encore parvenus tout à fait? Nous avons encore beaucoup de magie à évacuer. Il reste qu'on ne peut faire l'économie du mystère. L'astrolabe reste pour moi un mystère. Que dire de la timonerie du *Radisson*? Même la boussole n'est pas évidente puisqu'elle dévie. Pourtant Stéphane Beaudoin s'efforce gentiment de m'expliquer le sextant de long en large.

J'ai compris qu'il était une simplification de l'astrolabe. Grâce à un jeu de miroirs permettant de viser du même œil l'horizon et le soleil, puis de lire un angle sur un cadran qui indique une élévation du soleil, on peut déduire une position en latitude. La connaissance du monde est-elle géométrique ? En tout état de cause, la géométrie donne une bonne mesure de mon ignorance. Mais l'ignorance pose des questions, ce qui permet à Stéphane de nous démontrer qu'il maîtrise l'astrolabe. J'en demeure abasourdi. Je m'éloigne discrètement. Un peu découragé.

Que faire sur un brise-glace à moins que l'on ne songe ? J'ai songé ! J'ai songé à la pyramide de Khéops… Est-ce bien le moment ? C'est la faute d'une navigation. La pyramide renferme les restes d'un roi tombé en quenouille. Il ne reste d'un pharaon que l'immense géométrie d'une pyramide. Cependant, la pyramide raconte la géométrie toujours vivante. Elle a presque entièrement perdu sa signification historique mais elle témoigne de Thalès qui, paraît-il…

*a mesuré la hauteur des pyramides
d'après leur ombre
ayant observé le temps où notre propre ombre
est égale à notre hauteur…*

Je répète ma leçon. Ce que j'ai lu dans *L'Histoire de la géométrie* de Michel Serres. J'ai compris que l'aiguille du cadran solaire reproduit aussi bien la pyramide que l'homme qui projette son ombre sur le sable du désert. Le cadran solaire, comme la Pyramide, parle aux hommes… du ciel, de la hauteur du soleil à midi suivant les saisons, suivant les latitudes, suivant qu'on est plus ou moins loin du pôle ou de l'équateur. N'est-ce pas simple comme bonjour ? Oui et non. Mais c'est certainement le début de l'astronomie encore embourbée dans l'astrologie. Le commencement de la fin des légendes et des bergers.

Est-ce à cause de cette pyramide simplifiée, le cadran solaire, que l'homme a fini par comprendre les mouvements des astres et que la Terre était ronde ? Comprendre le ciel nous a permis de nous situer sur la Terre. Comment ne pas s'émerveiller de l'astrolabe et du fait qu'il nous arrive d'aussi loin ? D'où l'importance du soleil qui a été notre premier maître de calcul. L'homme en a déduit toute la géométrie. Et le passager curieux d'un brise-glace, sans trop s'en rendre compte, voyage dans la géométrie. Ébloui par le savoir. Émerveillé de son ignorance. La boussole dit toujours la vérité, affirme Colomb quand il ne rêve pas aux Écritures. Encore faut-il savoir lire.

Chapitre XXXI

Une migration polaire

Brume. Nous sommes encore une fois nulle part dans l'espace. Un mardi 16 juillet dans le temps. Brume partout avec un soleil qui translucide et frôle la minuit. La rumeur parle du Groenland tout près. Trop loin! Invisible! Nous sommes en face de la grande île Disko. La mer est d'huile, pesante et large, qui reproduit tout ce qu'elle voit. Le monde est miroir du monde. Le bateau se regarde dans l'eau. Sans sillage! Il est immobile. En proie aux dérives comme un iceberg. Il attend. Encore une quinzaine d'heures : le navire qu'on devait escorter n'est pas encore arrivé. La terre n'est pas très loin même si elle est invisible. Dans le brumage. Je n'aurai plus jamais l'occasion de revenir. Je voudrais bien voir le glacier mettre bas ses icebergs. Jamais plus je ne serai aussi près. Le commandant pourrait bien me prêter une chaloupe. Je suis prêt à ramer! J'ai quinze heures à investir. Il me semble qu'on n'a pas le droit de me retenir au large du pays des sagas qui ont parlé d'Amérique avant les Indes de Colomb.

Nous sommes à vingt-cinq milles de la terre à l'ouest de l'île Disko qui n'est même pas mentionné dans le gros *Larousse*, mais qui est sur les cartes avec, entre parenthèses, un nom en langue esquimaude que je ne me risque pas à prononcer. Et c'est là, paraît-il, qu'on rencontre les plus grands sites de vêlage au pied de l'immense glacier du Groenland. Ils me seront inaccessibles. Je devrai me contenter de mes bouquins pour les convoquer, pour les incorporer au voyage. Le bateau n'est-il pas une sorte de prison qui nous achemine au large du désir? Haut lieu des frustrations?

Je regarde la carte pour me consoler et j'essaie d'imaginer ce qu'il en a coûté de vies, de navires, d'engelures, de doigts, d'orteils pour que cette côte du Groenland qui est à longue portée de ma petite vie soit inscrite, nommée et détaillée sur une carte. Ce qui m'étonne, c'est que les sagas ne parlent pas du froid. Mais il semble, justement, qu'autour de l'an 1000 le climat était un peu moins froid. Et il est probable que les Vikings venant d'Islande aient été mieux aguerris que les touristes de Key West. Ou les marins de la *Royal Navy*.

J'aurais bien voulu me rapprocher de Disko, de l'immense Groenland de glace, du glacier qui se recommence en neige, qui se décompose en vêlant pour le plaisir des yeux. J'aurais bien aimé rencontrer les hommes du froid pour comprendre pourquoi ils ont choisi de tenir tête à l'ultime. Ont-ils emprunté leur entêtement aux cornes du bœuf musqué à la merci de la nuit polaire? Pour comprendre comment ils affrontent le présent sans merci, car rien n'est facile pour ces populations réfugiées aux extrémités.

Passer de l'âge de pierre à l'âge atomique en quelques générations n'est pas une mince affaire. On apprend facilement à conduire une motoneige. Mais comment changer d'âme, abolir le monde intérieur, se dépouiller d'une vision du monde façonnée par...

la mèche de linaigrette [...] dans la lampe de pierre

dont parle Jacques Rousseau? Que reste-t-il des Esquimaux du premier contact? Pour me raconter l'empremier, je devrai encore recourir aux écritures. Je retourne à ma cabine et relis le beau livre difficile de Guy Mary-Rousselière, missionnaire oblat à Pond Inlet, sur la terre de Baffin. C'est l'histoire d'une migration polaire qui n'était pas effacée des mémoires. Une histoire qui ressemble à celle d'Éric le Rouge et au début de l'humanité alors que les hommes cherchaient à occuper toute la terre encore habitée. À occuper la neige vierge comme une forêt. Et le missionnaire a interrogé les mémoires. Et il nous raconte *une migration polaire*.

Ils sont donc partis de la terre de Baffin à la suite d'une affaire de meurtre et de vengeance, et ils ont continué jusqu'au nord du Nord sans autre motif apparent que d'aller voir au-delà de la ligne d'horizon. Du nord de la terre de Baffin, ils ont traversé le détroit de Lancastre puis l'île Bylot, qui est en grande partie coiffée de la tuque blanche d'un impitoyable glacier, enfin la grande île Devon, pour aborder la terre d'Ellesmere également couverte de glaciers, et atteindre enfin le cap Sabine qui regarde la terre d'Inglefield au nord-ouest de la Terre Verte qu'est l'immense Groenland. Un immense voyage dans l'hostilité.

L'immense périple a duré des années sans la moindre rencontre. Ils ont franchi l'infranchissable sur la foi du chef du clan qui était sorcier, qui pouvait voir plus loin que l'horizon et se nommait Qitlag, rapporte la tradition patiemment recueillie par le missionnaire. Rendus au nord de la terre d'Ellesmere, ils ont traversé sur les glaces jusqu'à la terre d'Éric où ils espéraient rencontrer des hommes de leur culture. D'autres hommes, de foi trempée comme eux, capables de tirer leur subsistance dans ce pays sans feu ni lieu. Ce pays de nulle part où l'homme loge au bout de la marche. En vérité, ils ont été rencontrés par John Ross en 1818. Et le témoignage de John Ross confirme en tout point la tradition qui raconte *une migration polaire* effectuée vers 1855, il y aura bientôt cent cinquante ans. D'aussi loin que nulle part, on arrive à recevoir des nouvelles d'ailleurs et d'autrefois.

En bout de course, les hommes de Baffin ont donc rencontré les hommes du nord du Groenland qui parlaient à peu près la même langue qu'eux. Gestes à l'appui, ils sont arrivés à se comprendre. Depuis combien de siècles ces populations étaient-elles séparées l'une de l'autre ? Elles vivront ensemble durant quelques années jusqu'à ce que Qitlag, le sorcier, décide de revenir vers son point de départ. Mais ceci est une autre histoire… bien lamentable.

Ces deux populations auront donc des choses à échanger. Des chansons, peut-être! Des gènes, certainement! Des légendes, sans doute! Des récits de chasse, bien sûr! Mais surtout des techniques. Car les hommes du nord du Groenland, qui habitaient près de l'endroit qu'on nomme aujourd'hui abusivement (car le Nord ne s'y termine pas encore) Thulé, ces hommes sont encore et toujours du paléolithique et ne possèdent ni arcs, ni flèches, ni embarcations, ni hameçons. Ceci est attesté par différents explorateurs. Donc, des hommes du paléolithique rencontraient, en 1855, des hommes du néolithique. Ils étaient en tout cent cinquante personnes n'ayant eu aucun contact avec aucune autre population depuis on ne sait combien de temps. Ils chassaient avec des harpons et des pièges le morse et le phoque, l'ours polaire, le lièvre et le renard, occasionnellement le narval et le dauphin. Ils ne considéraient même pas la possibilité de poursuivre le caribou. Voilà qui est stupéfiant. Comment cela a-t-il été possible?

Partout ailleurs, du Groenland à l'Alaska, les Esquimaux, devenus Inuits au moment où ils cessent d'être Esquimaux, possédaient l'art raffiné de construire le kayak, de fabriquer des arcs, flèches, harpons, hameçons, tantôt avec l'ivoire ou la corne, parfois avec du bois de grève. Se peut-il que ce petit groupe ait perdu la mémoire de ces techniques vitales? On peut imaginer que cette région, coincée entre deux rivages et isolée de toutes autres eaux par les banquises et les glaciers, ne fournisse pas de bois de grève, que faute de bois une population oublie l'art de construire le kayak, presque oiseau, quasi-dauphin, et de fabriquer l'arc qui donne des ailes à la flèche. Il semble bien que l'alimentation de ces Esquimaux polaires dépendait surtout des mergules nains, espèce de petits pingouins, qu'ils capturaient dans les falaises, où ils venaient nicher par milliers, avec des filets à longs manches et, raconte le père Rousselière:

… ils conservaient ces oiseaux
dans des outres de peau remplies d'huile de phoque…

Ce qui explique peut-être l'absence du kayak, pour ainsi dire devenu superflu. Ce qui n'en est pas moins étonnant. Mais il faut dire que tant de choses que nous avons apprises autrefois sont effacées de notre mémoire actuelle. Je ne sais plus déduire une position à l'aide d'une élévation. La mémoire d'une culture est une œuvre collective et il a peut-être suffi d'une génération pour que les Esquimaux polaires retournent au paléolithique. Je raconte cette histoire pour m'émerveiller que nous n'ayons pas perdu l'astrolabe. Pas tout à fait, même si notre mémoire est quasi archéologique.

En tout état, grâce à la mémoire du livre, notre voyage auprès de la Terre d'Éric aura été en connaissance de cause jusqu'à un certain point. Mais nous sommes sous l'impression d'avoir voyagé plus loin dans le temps que dans l'espace. Plus dans la mémoire que dans la réalité. Que nous devenons de plus en plus encyclopédique, comme Homère. Mais nous interrogeons le savoir plutôt que la légende.

19. Pour voir au fond de l'eau les coquillages, Daniel Monger, de Tête-à-la-Baleine, a versé sur l'eau ridée par le moindre vent un peu d'huile de foie de morue pour se fabriquer une mer d'huile.

Chapitre XXXII

Une mer d'huile

La brume s'estompe, légère, comme une voile au vent... l'air est frais... le temps humide... le bateau immobile... la dérive imperceptible et indubitable... le bruit de fond des machines empêche les oiseaux de s'exprimer... nous sommes au nord du monde et l'air est climatisé dans notre iglou flottant... car un bateau est une usine à refaire le monde... à fabriquer de l'eau douce à même l'eau salée... de l'électricité... du chauffage... de la cuisson... de la téléphonie... de la télévision... des ondes de toutes sortes. Une usine à communiquer, aussi, avec l'univers... avec le fond de l'eau... avec le haut du ciel satellite... avec les icebergs passifs... avec les navires environnants... Comme un immense cerveau, le navire lance et reçoit des messages du ciel, de la terre, de l'hélicoptère en maraude, d'un avion de passage, de la mer, du fond de l'eau, de tous les horizons, du plus près au *plus oultre*. Un autre système relie entre elles toutes les parties du navire, éliminant les sifflets d'autrefois. Un capitaine communique avec ses équipages par interphone.

Mais quand je griffonne ces notes dans mon petit carnet, je me raconte d'anciennes navigations, je m'illusionne, je navigue au doigt et à l'œil sans effort, un peu comme autrefois, sans instrument que ma curiosité, sans vigie que ma vigilance. Je navigue à mon gré une autre navigation que celle du navire, celle des yeux pour voir et du cœur pour admirer, celle des yeux pour lire, celle de l'âme en sursis qui se cherche des excuses pour cet immense privilège de m'aventurer sans avoir à piloter. Comme un Esquimau qui n'a plus besoin du kayak à cause du mergule innombrable. Comme l'homme du paléolithique.

Yolande vient m'annoncer la présence de sept icebergs dans les environnements : sept icebergs comme les sept îles de Cartier ! Je me laisse arracher à mes écritures nostalgiques pour reprendre le voyagement. Les icebergs exigent qu'on les regarde ! Je fais quelques photos pour m'emparer de l'iceberg. Comment rendre compte avec une image de l'immense privilège de regarder, d'être là tout simplement, d'être là justement dans le même temps que la mer, que l'iceberg et que l'oiseau. J'observe une bonne centaine de fulmars dans l'huile des miroirs autour du navire, mouillés comme le navire parmi les icebergs. Hier, ils volaient autour de nous sans arrêt, comme les chevaux du manège ; aujourd'hui, ils flottent comme le liège des bouchons, attendant notre départ. À gauche, un bel iceberg presque noir dans une mer d'huile.

Pourquoi dit-on une mer d'huile ? On sait pourtant que l'huile est son pire ennemi ; et pour comprendre malgré tout la mer d'huile, je me souviens de Daniel Monger, de Tête-à-la-Baleine. Entre deux îles, dans son *canotte*, armé d'un long *vasigotte* qu'il nomme aussi *salebarde*, il pêche les padoues, ces coquilles Saint-Jacques géantes qui fréquentent les hauts-fonds de la région de *Toutes Isles*. Mais pour voir au fond de l'eau, Daniel a versé sur les *ridents* de l'eau ridée par le moindre vent, un peu d'huile de foie de morue... en sorte que le moindre vent ne parvienne pas à *rider la face de l'eau*. J'ai lu quelque part dans mon enfance aventureuse et livresque que des marins en détresse dans une mer tourmentée, pour atténuer la fureur des vagues sans pitié, déversaient des barriques d'huile de baleine pour se fabriquer, comme Daniel, une mer d'huile.

UNE MER D'HUILE

Après avoir consulté ma mémoire et l'avoir mise en doute, après avoir mis en doute les écritures qui aventuraient notre enfance et nous émerveillaient de leurs fables, j'ai quand même rencontré le beau livre-témoignage de Louis Lacroix, capitaine au long cours sur les bancs des morutiers. Il raconte, dans un chapitre émouvant, les dangers que courent les voiliers de pêche sur les Grands Bancs :

> *… durant un coup de vent*
> *le séjour au mouillage, sans aucun abri*
> *sur les hauts-fonds du large,*
> *devient souvent impossible…*

Et ce vieux capitaine de pêche sur les Grands Bancs ajoute qu'en telle concurrence mieux vaut se trouver…

> *sous voiles en pleine mer,*
> *car là, en effet,*
> *[le capitaine] peut choisir l'allure*
> *qui lui convient le mieux pour se protéger des coups de mer,*
> *prendre la cape*
> *pour que la dérive l'abrite des brisants les plus menaçants,*
> *mettre en fuite pour échapper aux lames déferlantes*
> *et, dans tous les cas, filer de l'huile pour calmer la mer,*
> *chose impossible quand il est sur la chaîne.*

Voilà une mer d'huile bien documentée. L'huile calme la mer. Sur un morutier à voiles, y a-t-il une autre huile à filer que celle des morues ? Sur baleinier, que d'huile de baleine ? Que reste-t-il au retour pour payer les équipages ?

20. Peut-on mémoriser un iceberg?

Chapitre XXXIII

La naissance d'un iceberg

L'HORIZON est rond comme la Terre. L'horizon est rond autour de nous... inlassablement... majestueusement... sauf l'arrogance des icebergs qui se jettent à l'eau du glacier, comme de la banquise, les morses turbulents. Et le glacier qui est tout près (mais trop loin pour nos yeux) continue à vêler à haute voix, s'exclamant, s'ébouriffant, éclaboussant, si loin qu'il faut l'imaginer, si près qu'il nous convie, si loin qu'il nous échappe. Et pourtant, nous savons que l'immobile se meut. Nous savons qu'une exubérance s'empare du glacier de minuit. Parfois à toute allure, il progresse à une vitesse pouvant atteindre trente-cinq mètres par jour. Enfin rendu au fin bord de la mer où il se trouve en porte-à-faux, il s'effondre en rugissant... en frémissant... comme dans un lancement titanesque... en grondant comme la colère... éclaboussant l'eau qui jaillit en fontaine... en cascade... Plusieurs fois par jour, le glacier met au monde ses nouveau-nés encore ébouriffés, brandissant la cassure immense et pourtant minuscule comme un simple éclat de silex à l'échelle du glacier.

Je n'ai pas vu dans mon voyage la mise bas d'un iceberg par le glacier. Mais j'ai vu dans ma tête des centaines de vêlages éblouissants. Il reste que je regretterai toujours d'avoir été à proximité et d'avoir eu à me contenter d'approximations, même éblouissantes. À me contenter de l'imaginaire.

On dit que nulle part ailleurs que près de Disko un site de vêlage ne produit autant de mises bas. On se croirait dans les tourbières du grand lac Champdoré, là où les caribous innombrables se retrouvent chaque printemps pour accomplir dans sa saison le grand geste reproducteur. Puis les caribous se remettent en marche vers les hautes terres du Labrador. Chaque femelle gonflée de lait, escortée par son veau, accompagnée de loin par le regard aigu, inquisiteur, des grands loups blancs qui guettent le moment propice. Comment passer inaperçue ?

Mais ici, la grande vache accouchante reste accrochée à son glacier, abandonnant à la dérive les veaux blancs comme du lait qui se nourrissent de leur propre substance. J'ai appris dans mes livres que ce grand glacier qui porte un nom danois, Jakobshavn, progresse chaque jour de vingt mètres vers la mer, se dépouillant, s'allégeant, s'épouillant comme l'oumigmag, se déchargeant chaque jour d'environ trente millions de tonnes de glace… produisant bon an mal an mille trois cent cinquante icebergs… Et chaque iceberg, comme un débris du temps passé, emprunte la voie royale des courants… navigant une aveugle navigation… puissant… arrogant… menaçant… agressé à son tour par la fonte qui le cisèle… par la vague qui le façonne sans cesse… le polissant et le repolissant jusqu'à ce que, d'un seul coup, il chavire dans les gravitations comme une grande bête qui se retourne dans son sommeil.

Dans ce pays du jour noir et de la nuit blanche, les icebergs commencent une longue déroute, surtout ceux qui se forment sur la côte est du Groenland. Actionnés, émus, remués par l'hélice des courants, ils se déplacent le long de cette côte percée de fjords et doublent le cap Farewell au sud… puis remontent vers le nord en suivant la côte ouest du Groenland, rejoignent la baie de Disko, continuent de concert avec les icebergs indigènes vers le nord jusque dans les parages de Thulé… puis, toujours entraînés par les

LA NAISSANCE D'UN ICEBERG

courants, ils longent vers le sud la terre d'Ellesmere, l'île Devon et l'immense terre de Baffin, pour se retrouver le long de la côte du Labrador puis au large de Terre-Neuve... certains ayant choisi de passer par le détroit de Belle-Isle pour aller finir leurs jours dans le golfe Saint-Laurent... d'autres, plus nombreux, viennent s'échouer au large de Bonavista ou vont se perdre au-dessus des Grands Bancs de pêche au large du détroit de Cabot... là où ils rencontrent les humeurs du Gulf Stream qui les dévorent lentement... là où ils rencontrent aussi parfois les mille feux d'un Titanic qui sabre le champagne et danse en robes du soir sans songer que deux ou trois ans auparavant un glacier a mis bas la bête monstrueuse au nord de la terre d'Éric.

Mais la plus belle et triste histoire, à la fois triste et à la fois belle, nous est racontée par Louis Lacroix, capitaine au long cours, dans son livre sur les derniers voiliers morutiers, ceux qu'on appelait les terreneuvas. Il nous aide à mieux comprendre l'énorme inertie du froid enfermé depuis plus de dix mille ans dans ces immenses glacières, à la dérive depuis plusieurs années et qui sont encore redoutables quand elles croisent à tâtons dans les parages des Grands Bancs. Il écrit :

*Au cours d'une violente tempête de neige,
en avril 1923,
le navire, un Saint-Pierrais,
s'était crevé contre un énorme glaçon
sur lequel deux hommes trouvèrent un refuge
et vécurent sans doute quelque temps
avant de mourir de froid et de faim...
un banquaie* [navire faisant la pêche sur les bancs],
*qui changeait de mouillage l'année suivante,
se trouva encalminé
près d'un immense bloc transparent
au centre duquel on distinguait... des formes humaines ;
intrigué, le capitaine envoya des hommes*

avec un doris,
qui réussirent à dégager les corps parfaitement conservés
des deux malheureux étroitement enlacés
et saisis par la mort dans la position
où ils avaient essayé de se protéger contre le froid.

En regardant passer... lentement... paisiblement... presque bucoliquement autour de nous le troupeau des blancs glaçons géants, on imagine mal qu'ils puissent devenir aussi impitoyables. Mais la mer d'ici est d'huile et le soleil, de minuit. Ailleurs, il y a la brume, le vent, le mouillage. Ailleurs, il y a la fête qui rend insouciant, la vigie qui s'endort, le radar qu'on oublie de consulter ou quoi encore. Et de plus, il y a ce fait quasi invraisemblable qu'un iceberg en bout de course sur les bancs, après quasiment trois ans de dérive, ait pu ainsi occasionner un naufrage... ait pu accueillir une détresse... Mais surtout qu'il ait pu, sans doute échoué, attendre tout un hiver pour remettre ses victimes à la terre de Bretagne qui ensevelit ses morts sous une pierre du Labrador parfois. *In memoriam.*

Et encore une fois l'envie me prend de l'abordage... d'aller à la rencontre du palais de glace... de m'approcher de la blancheur... de visiter la grande lessive d'un glacier échoué juste devant une petite maison de bois avec son jardin et son enclos. Car rien n'est plus étonnant, dans le vert verdoyant de l'été, que d'apercevoir près du chafaud de pêche d'un pêcheur terre-neuvien, un iceberg échoué qui frappe à la porte du quotidien, qui a l'air de prendre plaisir à ornementer le jardin, de vouloir pénétrer dans le petit enclos de bois, parmi les légumes et leurs soucis du soleil pour combattre le grand souffle polaire. C'est là ou ailleurs que se termine l'interminable, cet immense combat entre la glace et l'eau, combat qui a débuté le long du Groenland deux ou trois ans plus tôt. Et de cette guerre des icebergs à la dérive et des banquises à la voile, naîtra par toutes sortes de subterfuges une carte des glaces pour indiquer une route à suivre parmi les mouvances imprévisibles à l'œil nu. Nous voilà donc embarqués de bon gré dans une navigation. Rien en apparence ne nous relie à la terre. Les dérives nous prennent pour un iceberg, et dans le secret de l'électronique, une fée des glaces, pour prévoir les itinéraires, consulte une carte des glaces, une carte météo, les ondes du radar, toutes sortes de frémissements invisibles. Un loup-marin à barbiche barbote dans l'eau du miroir, moitié phoque, moitié mirage, tout entier miracle, démontrant l'existence d'un autre monde, un monde sous-marin invisible à nos yeux comme la route à suivre.

Les loups-marins vont-ils parfois dormir sur la plage d'un iceberg ? La mer ne répond pas à toutes les questions et il faudrait plusieurs vies pour tout voir.

21. … l'ombre s'allonge à l'infini quand l'ombre est à minuit…

Chapitre XXXIV

Les enfants trouvés
et le phoque du Groenland

*Lors gelèrent en l'air
les parolles et crys des hommes et femmes
les chaplis des masses, les hurtys des harnoys,
les hannissements des chevaulx
et tout aultre effroy de combat.*
Rabelais

Yolande s'exclame. Un gros phoque vient de passer juste devant nous. Encore une fois, il franchit la surface. Superbe lingot gris noir sur le clair de gris de l'eau. Nous déployons le regard et l'exclamation non sans constater la fugacité. Peut-on capturer dans le regard l'inaperçu ? Faut-il à tout prix imaginer que les paroles gèlent pour dire le froid ?

Mais il y a toujours à voir. Yolande nous signale un iceberg qui sort de l'ombre, qui s'illumine. On dirait un éclat de quartz blanc dans le gris de l'eau. Pour un archéologue, tout ressemble au paléolithique, aux éclats de silex, aux pointes de flèche. Là où il n'y a rien de minéral, elle voit une fabuleuse exposition de sculptures, préhistoriques, bien sûr. L'iceberg est une montagne de granit ouvragée, polie, façonnée par le temps, les dérives, la mer. Une sculpture à même le glacier. On dirait un théâtre où les glaces apparaissent, se multiplient, proposent le chant des formes... un rituel du temps qui refaçonne la terre. On dirait un opéra, ce haut lieu de la grandiloquence. On n'entend rien que ce qu'on voit, mais rien n'empêche que nous sommes tout yeux tout oreilles et tout exclamations. Cherchant à justifier notre présence, *à la limite de la parole* (Rabelais). Parole de glace des glaciers, comme un alignement de menhirs qui se mettraient en marche vers les fatalités.

Il y a un monde de l'eau et un monde de l'air! Un monde du vol et un monde de la nage! Et nous sommes quelque part et partout entre les deux! Incontestablement terriens! Empruntant la nage au canot! Dérobant le vol à l'avion. Fascinés par l'eau! Fascinés par l'air! Cherchant inlassablement à fréquenter tous les possibles et même l'improbable et jusqu'au chimérique parfois! Grossièrement certes, maladroitement en effet, bruyamment toujours, consommant du pétrole, explosant, polluant l'air et l'eau et se repentant. Je me raconte l'histoire des millénaires et je me dis que le discours écologique alarmiste ne tient pas compte du temps qu'il faut pour construire un iceberg, pour démolir un navire. La Terre prend tout son temps et le monde n'est pas près d'en finir avec nos harcèlements.

Depuis combien de temps le soleil de minuit accompagne-t-il la dérive des glaces? Il est minuit justement. Nous sommes entre hier et demain. Ici, le jour commence à ne plus finir. Le soleil frôle la nuit. Combien de temps s'est-il passé depuis que cette terre était tropicale? Sans doute n'était-elle pas polaire à l'époque. Notre présent est bien petit quand on y regarde de près. Les pôles sont-ils transhumants comme les bergers?

J'ai raté mon premier soleil de minuit du voyage. C'est la brume qui s'en est emparé. En échange, je me propose des images de phoques, cet ami des uns qui est devenu l'ennemi des autres. Le phoque du Groenland est ici chez lui, mais il partage le territoire des glaces avec l'ours, l'épaulard et le chasseur. Il ne manque pas d'ennemis, mais il se reproduit par millions. Il est ici dans son royaume. Et comme les herbivores sur la terre des herbes, il résiste à toutes les prédations. Va-t-il résister à Green Peace et à l'apitoiement ?

Aucun animal n'a été autant décrit, nommé, chassé, revendiqué. Napoléon-Alexandre Comeau, célèbre chasseur de la Basse-Côte-Nord qui a donné son nom à Baie-Comeau, énumère toutes les nominations qu'on lui a données de Terre-Neuve aux îles de la Madeleine, de l'île aux Coudres à Blanc-Sablon. Personne dans ces pays ne parle de phoques du Groenland et, selon son âge et la couleur de son poil, on le nomme…

> *harpe, pivelé, barre sale, barre noire,*
> *cœur marqué, gommeux, brasseux…*

Et au bout de son énumération, Napoléon-Alexandre Comeau ajoute : … *et le reste !* Pour permettre à chacun de le décrire à sa guise et d'allonger la liste. Les frères Otis, des Escoumins, le nomment aussi… *loup-marin de glace*, et les chasseurs de Tête-à-la-Baleine… *baie Saint-Georges*, parce que les grands mâles ressemblent à une carte géographique avec leur tache noire sur le dos en forme de baie Saint-Georges.

C'est encore et toujours le même phoque du Groenland, dont on a protégé à tort et à travers les blanchons pour apitoyer les bonnes âmes et pour faciliter l'industrie d'une fourrure artificielle fabriquée à base de pétrole, qui se retrouvera un jour ou l'autre à brûler dans nos dépotoirs. Ma mère disait : *Qui fait l'ange fait la bête.* Et les bonnes âmes sont pavées de bonnes intentions. Comme l'enfer.

Je prends à témoin cette surabondance de mots pour dire la moindre chose, de sorte que nous sachions que si nous ne sommes pas sur les cartes, nous maintenons une présence poétique dans le vernaculaire. C'est peut-être la poésie qui accouche des mots qui servent à nommer, des mots qui servent à aimer un pays du fleuve qui tombe petit à petit entre les mains huileuses des pétroliers, qui pourtant finira par légitimer notre présence en terre d'Amérique.

Un pays n'appartient-il pas à ceux qui le nomment et qui l'aiment plutôt qu'à ceux qui l'exploitent ?

Cependant, il faut voir à tout et ne rien négliger. Où sont-ils nos clandestins, nos chercheurs d'asile, nos petits oiseaux de la veille ? Je n'ai pas d'ailes et ne verrai pas le Groenland. Ils ont bien dû nous quitter pour aller voir ce que je ne connaîtrai que par ouï-dire. Mais au contraire, au lieu de nous quitter, ils se poursuivent à tire-d'aile dans les coursives, paraît-il. C'est le grand événement de la nouvelle journée, tirant de l'aile dans toutes les directions, effrayés par nos présences mais confortés par cette terre d'accueil, cette île tantôt mouillée, tantôt mouvante. Peut-être espèrent-ils que nous allons les emmener plus près de la terre ? Peut-être comptent-ils dîner ce soir à la table du commandant ? Ils sont un peu comme les enfants trouvés des anciens morutiers, et je cite encore une fois Louis Lacroix, de Bretagne :

Les enfants de nos côtes,
élevés parmi les marins,
n'entendant parler que de voyages
et de choses qui leur paraissent extraordinaires,
ont souvent le goût de l'aventure...
aussi, les embarquements clandestins
sur les navires en partance,
ont-ils été de tout temps...
on en a sans doute jamais compté autant
que sur les bateaux transportant les pêcheurs
à notre petite colonie des Miquelon...
à l'un des voyages du Burgundia,
on a dénombré plus de cent cinquante trouvés,
c'est le nom qu'on donnait aux passagers clandestins...
enfants des rues ou des quais,
enthousiasmés par les récits colorés des Terre-Neuvas,
ils n'avaient qu'un désir :
quitter le sol natal,

où ils miséraient,
pour un pays où tout était à discrétion…

Les apprentis mousses, embarqués clandestinement, trouvaient à se blottir un peu partout, mais au bout d'une douzaine d'heures, à cause de l'ennui, de la faim ou du mal de mer, ils finissaient par se montrer le bout du nez, un peu timidement de peur d'être bottés, car les vieux marins avaient le pied léger et le soulier ferré. Rendus à destination, les navires qui avaient leur compte de mousses et de moussaillons, débarquaient leur cargaison clandestine aux îles où ils finissaient bien par se trouver quelque besogne, ou alors on les retrouvait sur les graves (grèves) de Saint-Pierre à retourner la morue qu'on faisait sécher au soleil, métier plutôt misérable en vérité.

Presque tous originaires des côtes du nord,
les petits graviers
dont l'âge variait entre quinze et dix-huit ans,

travaillaient d'une étoile à l'autre et sept jours sur sept durant huit à neuf mois, plutôt mal nourris, misérablement logés, pour douze à quinze francs par jour, *la paye d'un bon domestique*, dit le livre. Pourtant, plusieurs revenaient chaque année. Pourquoi ? Par goût de la pêche ou de la mer ? Appel du Nord ? Rêve d'Amérique ? On comprend de moins en moins que certains se sentent attirés par ces endroits où ils sont condamnés à manger de la misère, *à misérer*, dit Louis Lacroix, sans autre consolation que la botte au cul par temps et autre. Pourtant, Botrel, le chansonnier des pêcherons, les prévenait tendrement :

À quinze ans, aux baies de Terre-Neuve,
Pauvres petits graviers, combien partez-vous ?

Nous sommes pour le moins cinq à six centaines
Qui partons là-bas mais n'en reviennent pas tous.

Partis en hiver, on rentre en automne,
Nous ne r'verrons plus les été si doux.

Sortis des bateaux le cœur tout malade,
Pauvres petits graviers, où débarquez-vous ?

La misère des graviers n'empêchait pas celle des autres, bullotiers, dorissiers et surtout celle des mousses sur les ponts qui ébrayaient la morue, la tranchaient pour la retrouver à la baille, c'est-à-dire dans l'eau glacée où on l'énoctait et la lavait avant qu'elle ne se retrouve dans la cale où elle était mise à saler. Il fallait voir les mains couvertes de *conasses* (crevasses) et les poignets cerclés de *choux de Terre-Neuve*, ces énormes furoncles dont on n'arrivait pas à se guérir de toute la campagne. Et ils revenaient, semble-t-il, années après années, manger de la misère,

enthousiasmés par les récits colorés

des marins pêcheurs. S'agit-il encore de la chimère qui a armé plus d'un navire ? J'ai rencontré à Cancale deux navigateurs qui s'étaient engagés à treize ans pour aller, comme mousses, pêcher sur les bancs. Et ils n'avaient aucun regret.

Chapitre XXXV

La libellule

C'EST LE MATIN comme chaque jour. C'est le matin d'un seul jour qui est le mercredi 17 juillet 1991. On nous annonce une reconnaissance des glaces en hélicoptère. On nous invite. Comment refuser ? Nous avons perdu le Groenland, qu'allons-nous retrouver ? Les glaces, bien sûr, sont là devant nous, obstruant l'horizon, bouchant le passage. L'eau s'est désistée. Notre œil ne voit plus d'eau à l'infini. Départ prévu pour neuf heures. Il y a deux places libres ! Nous sommes quatre ! Nous offrons la place à Doris, notre *capitaine de radio*. C'est elle qui commande et elle nous commande de monter. Il y a des moments où j'ai l'obéissance facile. La fée des glaces nous met bientôt au parfum, car elle en sait plus long que le regard.

Nous savons qu'il y a beaucoup de glaces à l'avant du navire. Nous partons donc en hélicoptère voir dans quel état sont ces glaces sur une quarantaine de milles en suivant la route qu'empruntera le navire.

Nous allons donc à la rencontre des glaces pour les apprécier. À la rencontre des apparences pour les déjouer, chercher un passage si possible, attaquer la banquise là où elle est plus fragile. Le regard rencontre *le chiné, le zébré, le moiré, le damassé...* pour dénoncer si possible avec des mots les apparences qui dénoncent les consistances. Les textures répondent du contenu, de la nature de l'obstacle. En utilisant d'autres mots, moins poétiques, plus précis, la fée des glaces balise une course dans les épars, dans les couleurs, dans *le chiné, le zébré, le moiré, le damassé* des apparences.

Dans le beau jouet libellule, dans la bulle d'air de l'hélicoptère, nous nous dirigeons bruyamment vers le détroit de Baffin. On nous a mis des écouteurs pour ne pas entendre le moteur tonitruant, pour parvenir à converser. Plein nord! À toute allure! Vers le détroit de Lancastre, le fameux détroit où toutes les îles racontent *de lugubres histoires* (Victor Hugo). Le fameux détroit qui a servi de voie royale à Edward Parry, en 1819, pour se rendre jusqu'à l'île Melville où il a hiverné sans trop d'encombres. Il a presque réussi le Passage, à la faveur d'un été plus chaud et sans doute d'un hiver moins froid. Il a navigué la bonne fortune.

Pour l'instant, nous approchons de la baie de Baffin, la bête noire des baleiniers et des explorateurs qui devaient affronter à la voile le grand obstacle de la banquise et des icebergs dont ils ne pouvaient prévoir l'importance, n'ayant qu'une vigie en tête de mât... qu'un homme de quart au bossoir... pour se choisir une route parmi tant d'obstacles. Notre vigie sur le *Pierre-Radisson*, notre tête de mât, notre nid de pie, c'est l'hélicoptère, où nous sommes en ce moment, ne sachant où regarder, qui confirmera ou infirmera les données de la carte des glaces expédiée d'Ottawa. Nous sommes en service commandé, nous devons nous rendre compte, prévoir un avenir. Le pilote pilotera, Nicole, la fée des glaces, examinant le moindre indice, cherchera une route. Nous témoignerons de l'oiseau qui revient à l'arche avec des nouvelles de la mer. Serions-nous le corbeau de Floki, la colombe de Noé?

Nous sommes à sept mille pieds d'altitude. À la tête du mât. En charge de la vigilance. Il y a quelques icebergs erratiques ici et là, le reste est la banquise et ses multiplicités, ses complexités. La banquise, c'est quoi ? La banquise, c'est la grande glace d'eau salée. On vole vers le brouhaha des glaces. Je manque d'yeux, de mots, de temps. Comment traduire chaque couleur, chaque relief, chaque dessin ? Impuissance, frustration, émerveillement. On approche d'une grande glace qu'Alexis Tremblay de l'île aux Coudres nommerait glace de lac, un grand morceau du continent de glace qui n'est pas encore *rompu et départi par pièces*. C'est l'obstacle. L'infranchissable. La fée des glaces le signale : c'est le froid bouclier à éviter. On la mesure en multipliant le temps par la vitesse de l'hélicoptère : à peu près deux milles de diamètre. Elle dicte donc en conséquence une nouvelle course. Un capitaine reçoit le message dans ses écouteurs. Dicte une nouvelle direction au timonier. On est loin de la vigie dans son nid à la tête du mât. Loin du corbeau de Rabni Floki et de la colombe de Noé.

Nicole sait où elle va. Je suis perdu, moi, parmi tous les tissus de cet incroyable marchand de draps. Incapable de dire autre chose que les apparences, que la beauté sans signification. Ici, le ceinturon violet d'un chanoine, ailleurs le chapeau rouge d'un cardinal, plus loin la soutane blanche d'un pape. J'aperçois même la tiare, sertie de pierres précieuses. Et partout les dentelleries, les draperies, les châtelleries, les mâchicoulis. Les flamboyances. Je voudrais que toutes les dentellières de Bruges ou d'Alençon nous accompagnent. Je voudrais que la mère de Yolande, qui aimait tant crocheter les rideaux, les napperons et les nappes, ait vu ce que je vois, ces exubérances de formes, ces intensités de couleurs. Mais qu'est-ce que le poème quand on survole d'oiseau la réalité d'une banquise dans une baie de Baffin ? Pour trouver la meilleure route ?

Comment partager les dentelles de la dentellière avec les n'importe qui du retour ? Comment décrire l'immense voyagement du froid circumpolaire, du froid migrateur qui peut dormir du sommeil du glacier durant des siècles, attendant son heure pour naître et s'exprimer à sa manière en dentellerie, en châtellerie, en coloris, en beauté… et en significations pour une fée des glaces qui sait lire les couleurs ?

Je n'ai guère le choix. Dans mon nid de pie, dans mon vol d'oiseau à cent cinquante kilomètres heure, je déclique à droite, je déclique à gauche, comme pour archiver tous les points de la grande tapisserie. Mais il faudrait filmer la calotte entière pour tout dire. Je m'arrête. Je regarde à mon tour. Je me laisse impressionner comme une pellicule. Au risque de tout oublier.

Quoi qu'on dise, il ne faut pas croire sur paroles au retour celui qui n'en revient pas. Et pourtant je voudrais bien partager le privilège, ce moment privilégié. Est-ce possible ? J'en parle à tort et à travers, je dis ce qui me vient à l'esprit, maladroitement. Pour au moins rendre compte de l'émotion du spectateur sinon du spectacle. L'émotion brute, l'émerveillement béat, faute de mots à la hauteur du réel. Et je raconte… lentement… progressivement… modestement l'invraisemblable tapisserie… l'immense saga en ruine… les voyagements sans histoire du froid circumpolaire… du froid migrateur comme un oiseau… du froid qui fréquente l'éternité… du sommeil sarcophage du glacier qui archive des milliers d'années de pollen, attendant son heure pour s'échapper et naître de lui-même en parcelles et s'exprimer à son tour à sa manière dentellière… en châtellerie… en arabesques comme les grands textes coraniques… en hébraïque comme dans les grands textes bibliques… en volutes… en rinceaux… en mauresques… en caprices… en humeur… en bizarrerie… en extravagance… en fantaisie… en saillie… en torsade… en vertige… en escapade… en fredaine… en tout ce qu'on peut imaginer sans le moindrement parvenir à traduire le moindrement le fugace… l'éphémère… le périssable… l'incertain… l'incontestable… le variable comme un lièvre.

Autant prendre des photos et saluer l'infaillibilité de la pellicule.

Voici sur le chemin du retour la belle rencontre d'un iceberg comme un prince sur sa monture entouré de ses sujets jusqu'à bout d'horizon. La libellule ronronnante s'approche à toute allure et tourne autour comme un gros bourdon pour hommager la fleur sans défense. Je ne sais plus où donner de la tête… où donner de la lentille à travers le mince carreau de la bulle ailée. Dans l'étroit habitacle, je me contorsionne pour m'emparer de l'horizon, pour viser la majesté. En tournant autour du regard, la libellule penche comme un metteur en scène. Elle nous fournit le meilleur angle. La vue est imprenable. Au XIXe siècle, personne n'a vu ce que nous voyons. Je cède toute ma mémoire et tous les mots qui me viennent à l'esprit à la lentille qui s'énerve pour s'emparer du plus que possible. Je cède à la caméra les centièmes de seconde dont elle s'acquitte impeccablement. Au retour, c'est elle qui sera la preuve à l'appui.

Voici l'immense châtellerie de cette *baye des Chasteaulx*. D'abord la muraille, infranchissable comme un donjon. Puis les remparts creusés de créneaux. Enfin une immense brèche s'ouvre sur une sorte de cour intérieure qui semble attendre quelque illustre visiteur ou un simple loup-marin qui se chauffe au soleil. C'est l'iceberg.

Nous sommes toujours le même jour à n'en plus finir. Nous continuons le vol d'oiseau qui élargit les horizons et prend tout son temps. Nous cherchons un chemin parmi tous les chemins. Nous cherchons un temps parmi tous les temps. Pour un peu faire le point du voyage parmi tous les voyages. Et je compare les temps. Et je compare les voyages.

Je compare, de but en blanc, Nansen à Homère et je dis à ceux qui lisent Homère de lire Nansen. C'est la plus belle odyssée qui soit, le plus beau livre d'exploration que je connaisse, d'abord et avant tout parce que Nansen accorde moins d'importance à son rêve de jeunesse, à son rêve d'atteindre le pôle, qu'à la réalité impitoyable qu'il s'efforce de parcourir sans la suppléance des divinités. Il consulte les charpentiers de navires pour échapper aux étreintes des glaces, car il a formé le dessein de se laisser emporter par la banquise dans l'espoir d'atteindre le pôle. Il bride le vent grâce à une éolienne! Il forge le fer au besoin! Il garde tous les outils de la ferblanterie… de la menuiserie… de la mécanique… pour faire face à toute éventualité! Et il apporte du tabac pour sa pipe! Mais surtout, il consulte, il consulte ceux qui ont survécu au polaire, ceux qui s'en nourrissent depuis des millénaires, ceux qui ont vaincu la longue nuit sans aide, sans outils, sans navire, sans chauffage, sans provisions. Grâce à des moyens empruntés aux

Lapons, il a passé trois ans enfermé dans les dérives, dont plusieurs mois sur la calotte mouvante avec un compagnon, vingt-huit chiens, deux traîneaux et deux kayaks. Loin des hélicoptères. Et il s'en est tiré sans autre encombre qu'un lumbago qui lui a duré deux jours.

L'Odyssée, la véritable, la vraie, la superbe, l'incomparable, c'est bien elle, celle de Nansen et de son compagnon. Nansen, seul avec un compagnon et ses chiens, sur la glace mouvante, dans le froid cinglant, le vent meurtrier et toutes les forces contraires, aurait pu implorer le divin. Au contraire, il avait apporté des outils. Si, au lieu de lire Homère, on s'intéressait à Nansen, on comprendrait que les dieux ne sont que fiction et servent à réparer nos erreurs et à justifier notre ignorance. Tandis que Franklin, le pieux, sorte d'Ulysse des temps modernes, accumule les catastrophes et les erreurs, les unes étant responsables des autres, et finalement de se perdre avec ses équipages, corps et biens, dans la nuit polaire, emporté par le scorbut, le froid, le vent, la glace et l'ennui, autant de dieux polaires impitoyables qui tuent ceux qui n'ont pas de bonnes mitaines.

Nansen, de son côté, a appris tout bonnement qu'en se nourrissant de nourriture indigène, il évitait le scorbut... qu'en utilisant les chiens, il franchissait les distances... qu'en se vêtant de peaux, il résistait au froid et au vent...

En survolant avec une telle facilité, ce matin, les glaces en hélicoptère, je ne peux m'empêcher, de mon piédestal, d'estimer l'immense obstacle et pour ainsi dire de peiner avec tous ceux qui, un jour ou l'autre, pour chasser la baleine ou chercher le Passage, ont voulu traverser, en été, la baie de Baffin. Sans propulsion que la voile, sans armure que la fragilité du bois, sans vigie que la tête des mâts, ils ont affronté la banquise en déroute qui finissait souvent par les immobiliser et les entraîner dans la chicane des dérives.

Je les imagine, cherchant à s'insinuer dans les saignées, là où la glace cédait un mince passage toujours susceptible de se refermer. En songeant à la folie des pôles. Des hommes un jour ont voulu fouler le pôle, fouler du pied le pôle Nord géographique. Mais il n'est nulle part le pôle Nord! On ne peut pas planter un drapeau sur le pôle. Car le pôle cesse à tout instant d'être le pôle. Il est toujours en mouvement. Il est une abstraction géographique, sans gouverne, en dérive, qui ne cesse de perdre le nord. Pour satisfaire l'étrange besoin d'atteindre le pôle, combien d'efforts! Quelles difficultés! Quels dangers ont-ils courus! Tous les dangers : le froid, la solitude, les centaines de milles de la calotte polaire, le vent, l'absence de gibier, le rugissement des glaces qui se choquent, les chiens qui crèvent, les saignées d'eau dans la cuirasse des glaces et surtout, par-dessus tout, l'inlassable obstacle, le presque infranchissable, les crêtes de pression du bouscueil à franchir avec des attelages, les chiens qu'on détache, les traîneaux qui se brisent, les charges à transporter, les murailles à franchir, la glace sournoise qui trompe le pied en quête d'un appui. Tous les explorateurs en ont témoigné : c'est l'enfer, même au soleil de minuit.

Que dirait Homère du vol d'oiseau et de son pilote? Il lui donnerait un nom pour l'élever au rang des dieux.

Le pilote, Yvan Giroux, nous signale à gauche de l'hélicoptère ce qu'il nomme le *floe*, ce que Cartier décrivait comme *un bancq de glasses rompues et départies par pièces*, ce qu'on pourrait encore nommer banquise puisque, même en hiver, la banquise travaillée par toutes sortes de contractions n'est pas d'un seul tenant, mais rompue et départie elle aussi. Il nous fait remarquer le mirage. En effet, on dirait qu'elle flotte au-dessus de l'eau. Ce phénomène permet parfois de voir des objets que normalement on ne verrait pas parce qu'ils sont au-delà de l'horizon. Grâce à ce miroir de l'air humide, la banquise se regarde dans l'eau qui flotte au-dessus d'elle. On observe très souvent ce phénomène sur le fleuve, mais devant ce glacier qui vole, qui plane, qui survole, je ne peux pas ne pas évoquer Éric le Rouge. Chassé d'Islande après avoir été chassé de Norvège pour ses délinquances, a-t-il choisi d'aller vers l'ouest par pur hasard? La saga raconte au contraire qu'Éric…

*avait l'intention de partir
à la recherche du pays qu'avait vu Gunnbjörn,
fils d'Ulf le Corbeau,
quand il naviguait à la dérive vers l'ouest…*

Encore une fois, la saga fait état de la rumeur, il n'y a pas de voyage sans rumeurs, il n'y a pas de rumeurs sans terre. Je ne parle pas de légende, mais de ces rumeurs qui circulent d'un tonneau à l'autre à l'heure où la Rue-de-la-Soif ferme ses portes. Mais comment naissent les rumeurs? Souvent du hasard, quelquefois de l'inopiné, souvent de la dérive, parfois du naufrage, à l'occasion du mirage. Je regarde sur une carte l'Islande volcanique, tournée vers le Groenland, tous deux couverts de glaciers vénérables. La distance qui sépare l'Islande neigeuse des hautes terres du roi Christian IX… le glacier des Monts des Neiges en Islande du mont Gunnbjörn, haut de trois mille sept cents mètres, au Groenland… est considérable. Mais entre les deux rivages, il y a la mer et ses mirages. Il n'est pas impensable qu'entre ces deux terres, à cent vingt-quatre milles l'une de l'autre, ait pu survenir l'événement d'un mirage, qu'un certain Gunnbjörn, fils d'Ulf le Corbeau, ait pu apercevoir le sommet, qui porte aujourd'hui son nom, flottant dans les airs comme nous voyons, devant nous, de l'hélicoptère, un morceau de banquise au-dessus de l'horizon. Et pourquoi ne pas naviguer dans cette direction? Et découvrir une Amérique! Il n'y a plus d'Amérique à découvrir. Mais des milliers d'Amériques à connaître, à rencontrer, à raconter.

J'ai bien envie de me raconter une belle histoire de glace, de loups-marins sur les glaces et de chasseurs de loups-marins. C'est une histoire que je n'ai pas vécue, c'est une histoire que je n'ai pas lue. C'est une histoire que j'ai entendue, il y a bien longtemps déjà. C'était au début de mes voyagements sur ce fleuve du langage qui est celui que je préfère. J'étais, immense privilège, parmi *les apôtres du Havre-Saint-Pierre*; c'est ainsi qu'on appelait cette douzaine d'hommes qui tenaient parlement autour d'une pipe et de leur mémoire, presque chaque soir, pour se répéter inlassablement les belles chouennes des anciennes chasses aux loups-marins sur les glaces, du temps où il leur fallait scier, avec de grandes scies à glace, comme godendard, la banquise chaque printemps pour lancer les bateaux… du temps où le loup-marin courait autour des îles de l'archipel de Mingan et même dans les parages de l'Anticoste. C'était l'aventure irrésistible. Au risque d'être *englassés* dedans les glaces jusqu'à *dégolfer*... au risque d'être serrés dedans les glaces jusqu'à écraser. À tous risques, en somme. Ce qui rendait les femmes inquiéteuses, forcément.

C'est ainsi que ce soir-là des années cinquante, la verve ne tarissant pas, j'ai appris un peu de ces chasses héroïques que les gens de Havre-Saint-Pierre entreprenaient chaque printemps sur les glaces pour le plaisir de la chasse et pour un petit casuel. Et parmi tous ces périls qui les menaçaient et parmi tous ces dangers qu'ils bravaient, il y avait celui des *peaux-de-bœuf*. Parmi toutes les glaces de printemps qu'ils affrontaient, c'était les plus dangereuses. Je ne sais plus bien lequel des apôtres, chacun parlant à son tour... était-ce William Cyr ou Ovila Dupuis... celui-là ou un autre m'a raconté le danger de courir sur les glaces pour en rapporter quelques peaux de blanchons qui ne valaient pas, bien sûr, des millions.

Et les femmes s'inquiétaient, les femmes dans le dos des hommes, encore frémissantes à seulement les entendre raconter l'histoire des courses folles sur la glace fine quand les hommes, tout de blanc vêtus pour se camoufler, à pas feutrés, approchent une belle mouvée de quarante ou cinquante loups-marins du Groenland, ceux-là justement qui se nomment, selon l'âge et le pelage, des harpes, des baie Saint-Georges, des loups-marins d'hiver, tantôt pivelés ou marbrés, tantôt barres sales ou barres noires, et dont les petits se nomment blanchons. Voilà donc, devant les chasseurs qui s'avancent, les mâles, les femelles et les nouveau-nés, étendus, dormillant au soleil, paisiblement, paresseusement, sans s'inquiéter le moins du monde, sur une plage de blanche glace.

Cependant, toute étrangeté qui cesse de respecter la distance éveille la susceptibilité, chatouille leur inquiétude. Les têtes se redressent, les museaux prennent le vent, l'homme est identifié par son odeur ou par sa silhouette ou autrement, le remue-ménage s'amorce, le branle-bas est sonné. On cherche à échapper au danger... lourdement... maladroitement... car la glace n'est pas leur élément. Et pendant ce temps, les chasseurs ont réussi à les cerner, la retraite est coupée. Les longues têtes effilées hument l'air et sentent la menace, les chasseurs approchent en courant, le danger est de plus en plus pressant.

C'est alors que d'un commun accord les loups-marins resserrent les rangs comme pour faire front, cherchant refuge peut-être dans une grégarité. Mais en vérité, les voilà qui grimpent les uns sur les autres... s'accumulant pour former petit à petit un monceau. Sont-ils à ce point effrayés qu'ils cherchent à fuir en empruntant cette montagne qu'ils sont à construire? Sont-ils assez bêtes pour miser sur une stratégie qui les rend encore plus vulnérables? Les chasseurs sans expérience peuvent le croire, les autres s'inquiètent, n'osant plus avancer, car les loups-marins savent bien que la glace est mince et, en s'entassant, ils cherchent à la briser pour libérer l'eau de la fuite. Le chasseur trop enthousiaste risque fort de prendre un bain forcé et, s'il s'en tire, d'attraper un coup de froid pour peu que la goélette soit un peu trop loin.

Dur métier et combien dangereuse cette chasse sur les glaces du Golfe qui pouvait durer des mois, finir par une *serrade* dans un bouscueil ou se continuer outre mesure pour peu qu'ils soient *dégolfés* par les dérives, que la sensiblerie des faux prophètes de Green Peace ou les cartes postales sous-marines de Cousteau, plus intéressés à l'éclat de leurs interventions qu'à leur bien-fondé, ont aboli sans compensation pour remplacer, par du pétrole non renouvelable et fatalement polluant, la fourrure qui est censée tenir au chaud des dames qui n'ont pas tant froid que le désir de se faire voir.

C'est ce même soir, il me semble, et au même endroit, qu'on m'a raconté l'histoire de *la femme inquiéteuse*. Elle avait passé sa vie à craindre pour son mari qui ne résistait pas à l'envie de courir sur les glaces, chaque printemps, le risque d'un naufrage ou l'aventure entre amis d'une chasse fructueuse, pour se faciliter la tâche et joindre les deux bouts. Mais elle savait bien, la femme inquiéteuse, tout ce qui pouvait arriver de pire : les serrades entre les glaces qui démolissaient une goélette, les vents qui entraînaient plusieurs bateaux à dégolfer. Les noyades aussi, pour les plus jeunes et les plus téméraires, sur les glaces minces qu'on appelait *peaux-de-bœuf*. À tel point, qu'après tant d'inquiétude, la femme inquiéteuse contemplant, alors qu'il était très vieux, son mari endormi pour toujours dans sa bière, finit par dire :

Je l'aime mieux là que dans son canotte.

La brave femme était veuve, mais cela lui était moins pénible que la peur qui la tenait en alerte jour et nuit quand son homme chassait le loup-marin de printemps... et qu'elle n'attendait que son retour. C'était avant le téléphone et le radar.

De son nid de pie héliporté, Nicole, la fée des glaces, ne consulte pas *l'Odyssée* et ne réclame pas le fil d'Ariane pour trouver sa route dans ce labyrinthe bien plus difficile à démêler que celui de la mythologie. J'admire les connaissances de Nicole qui regarde les glaces et les analyse au lieu de chercher dans les étoiles les cheminements du destin. De notre côté, armés d'écouteurs pour pouvoir communiquer, car notre libellule est trop bruyante, nous faisons entière confiance à Nicole et nous contemplons le beau napperon de dentelle, l'œuvre de toutes les contraintes qui bousculent les glaces les unes contre les autres, les rabotant, les érodant, les sabotant d'une étrange façon, de sorte que nous apercevons d'innombrables et d'immenses feuilles de nénuphars blancs dont les bords sont relevés par les écopeaux de glace de l'usure et nous admirons sans réserve les œuvres construites et déconstruites sans cesse par le hasard absolu.

Y a-t-il plus grand artiste que ce hasard qui démolit les armures du froid, les engage dans la dérive, les bouscule n'importe comment, de sorte que, du haut de notre hélicoptère, nous ne savons plus où donner de la caméra ? Cependant, Nicole consulte plutôt les couleurs d'abord et aussi les formes, non pas pour les admirer béatement comme nous, cherchant l'œuvre d'art, mais pour en déduire toutes sortes de renseignements qui serviront de guide au navire. Les formes informent et les couleurs aussi. Elle localise surtout les grandes glaces blanches qu'il faudra contourner et qui ressemblent à des pays entiers; elles sont percées de fjords, d'anses, de golfes, de havres, parcourues de ruisseaux en surface, couvertes de crevasses et parfois entrouvertes, libérant des passages d'eau vive et libre de glace. Grâce à tous ces signes qu'elle a lus, elle dictera une course qui ne sera pas celle d'Ariane, mais celle de la connaissance. Sans consulter les augures. Sans l'intercession de la divinité. Notre voyage est raisonnable et s'en remet à la réalité innombrable que je m'efforce d'apprendre.

La divinité cependant est à la portée de tous tandis que le savoir appartient à quelques-uns.

Chapitre XXXVI

« Grant comme une vache aussi blanc comme ung signe »

J'ATTENDS toujours de la mer la bonne surprise d'une dorsale. Il fut un temps où une baie de Baffin était fréquentée par les baleiniers. En 1818, Ross et Parry, sur l'*Isabelle* et l'*Alexander*, rencontrent trente-six navires baleiniers dans les parages. Et nous n'avons pas même vu une dorsale ! On ne se fatigue pas d'espérer.

Mais où sont les baleines d'antan ? En ce jeudi, 18 juillet.

Maintenant que nous sommes à nouveau en course, il ne nous reste plus qu'à regarder passer la mer. Lourde tâche. La mer, la même mer depuis dix jours, la même mer depuis toujours. Nous tournons autour du navire comme les fulmars. Qu'attendent-ils du navire, les fulmars ? Qu'attendons-nous de la mer des fulmars ? Quel rendez-vous et pour quand ? Peut-être verrons-nous l'ours que le pilote de l'hélicoptère guette de tous ses yeux. J'espère pour ma part l'ours de Cartier. Je passe mon temps à le surveiller de tous les ponts. Notre voyage est peut-être trop succinct. Ou trop puissant. L'ours se laissait-il plus facilement séduire par la douceur des voilures de Cartier ? En vérité, je l'ai déjà rencontré. Autrefois. Il est dans le livre que je relis pour passer le temps. Et je le vois avec les yeux de la belle écriture de Cartier, l'ours dont il dit qu'il est…

*grant comme une vache
aussi blanc comme ung signe…*

L'ours polaire est le grand voyageur de l'Arctique, aussi à l'aise par terre que dans l'eau. Et quand il rencontre des peaux-de-bœuf qui ne le portent pas, il plonge et va un peu plus loin briser la glace avec sa tête, se creusant une saignée. En sorte qu'on peut dire qu'il est mi-marin, mi-terrestre. Et même sous-marin. En vérité, il habite les glaces en dérive où il chasse les phoques et surtout les bébés phoques dont il apprécie la chair tendre. Il est la toute-puissance. Et pourtant cet animal qui est en quelque sorte la force incarnée, qui peut d'un coup de patte vous arracher la tête, quand il attrape un phoque dans son trou de respiration, qui parvient à le sortir du trou trop étroit comme si de rien… de telle sorte qu'il en brise tous les os en miettes… reste extrêmement vulnérable. Et les Esquimaux ont depuis toujours compris sa faiblesse et vite inventé une stratégie pour le chasser. Quand ils aperçoivent au loin en travers de la banquise l'ours flâneur et sans inquiétude, ils coupent les traits des chiens qui partent à la course, rejoignent l'animal, l'entourent en aboyant et l'obligent à s'asseoir. Car l'ours craint par-dessus tout qu'on lui morde les fesses. Est-il particulièrement sensible du train arrière ? Bien assis sur son derrière, il attend la fin de l'assaut. De temps à autre, il attrape un chien et l'envoie hurler dans les étoiles. Mais pendant ce temps, le chasseur s'approche avec sa lance… ou avec son arc et ses flèches… ou désormais avec son fusil. Dès lors, l'ours polaire est irrémédiablement vaincu. Tous les animaux en somme sont vulnérables, d'une façon ou de l'autre. Chacun a pour ainsi dire son talon d'Achille.

Vulnérable, disent les gens du froid de la bête du froid. *Aussi bonne à manger comme d'une génisse de deux ans*, affirme Cartier. Tandis que Nansen raconte qu'il s'en nourrit durant trois ans sans se lasser. Et les gens du froid affirment que c'est la chair sauvage qui se rapproche le plus de la chair humaine. Et ils en parlent en connaissance de cause ayant eu, plus souvent qu'à leur tour, à vivre la détresse de la dernière extrémité. Au cours d'*une migration polaire*.

Ce *cavalier des banquises*, ce *chien de Dieu*, qui a *la force de douze hommes et la finesse de onze*, disent les gens du froid qui le respectent au point d'affirmer qu'il est *presque un Esquimau*, fait chaque année le tour du froid sans poétiser. Dans le seul but d'atteindre une proie à engloutir. Ce presque Esquimau marche à l'amble sur la corde raide des méridiens et des parallèles un jour ou l'autre qui se rejoindront dans ce haut lieu de l'inaccessible pôle. Toujours en proie aux dérives. Sans jamais se perdre puisqu'ils sont chez eux partout et que rien ne les arrête. Est-ce qu'ils cherchent, eux aussi, un passage comme les lamentables héros de la *Royal Navy* qui n'ont trouvé que la mort ? En vérité, ils n'ont d'autre souci que de se nourrir sans s'inquiéter des Indes. Et ils savent où ils vont puisqu'ils vont où ils s'arrêtent.

Le capitaine Otto Sverdrup, compagnon de Nansen sur le *Fram*, raconte qu'il cherchait un passage pour traverser la terre d'Ellesmere. C'est en suivant la piste d'un ours polaire qu'il a trouvé le col qui porte aujourd'hui son nom, où nous avons, ces dernières années, passé plusieurs mois à filmer le bœuf musqué. C'est là, un soir, à la fin d'août, alors que le soleil de minuit se trouvait à peine caché par les montagnes, ce qui nous enveloppait de brunante, que Bernard Gosselin m'a désigné, au milieu de la vallée qui fait bien deux kilomètres de large, quelques boules blanches qui gambadaient. C'étaient des lièvres arctiques. Ces petites boules blanches sur le sable jaune racontent aussi à leur manière les extrémités. Comment un rongeur peut-il survivre à l'hiver qui congèle la moindre brindille ? Comment le bœuf musqué trouve-t-il à brouter ? L'ours à gloutonner ?

Je regarde les lièvres blancs comme un vestige de l'hiver sans trop comprendre pourquoi Bernard m'a fait sortir de ma tente.

C'est alors, avec son petit sourire pince-sans-rire, qu'il me fait remarquer, de l'autre côté de la vallée, loin derrière les lièvres qui s'ébattent dans les bras du soleil de minuit, une autre blancheur qui marche à l'amble sans nous regarder. Ambleur, hâbleur, indifférent à notre présence pourtant ostensible et olfactive. Une blancheur plus lointaine et pourtant plus grande que celle des lièvres gambadants. On nous rendait visite du bout du monde.

C'était tout simplement un ours polaire qui traversait le col de Sverdrup, passage vers les polynies qui leur servent de garde-manger. On s'empresse d'aller avertir tous ceux qui se promènent dans les alentours et, ce soir-là, plutôt que de se retirer chacun dans sa tente, nous nous sommes tous retrouvés dans la tente commune. Pour ne pas jouer avec le destin. On n'a plus jamais revu cet ours. Mais on ne peut pas affirmer qu'on n'y a plus jamais pensé. Un peu vexés peut-être de l'indifférence polaire. L'ours a-t-il préféré les phoques des polynies?

Vers quelle destination amblait-il? Pourquoi traverser le col de Sverdrup d'est en ouest, d'une mer à l'autre, du bassin de Fox à la mer du Groenland? Pour la nourriture? Peut-être avait-il le ventre plein de loup-marin, ce qui expliquerait son indifférence. Ce qui n'explique pas ses transhumances. Et comment trouvent-ils leur chemin parmi tous les possibles? Ils sont de grands voyageurs, de quoi faire honte à Franklin. Est-ce qu'ils s'orientent à l'odeur, allant d'un repas à l'autre, et tous lieux leur conviennent pourvu qu'ils y trouvent à manger? Ils ne semblent jamais souffrir de la faim que je sache, ce qui n'est pas le cas des bœufs musqués auxquels ils ne s'attaquent pas vraiment cependant, semble-t-il.

Du large, nous ne verrons pas, bien sûr, de bœufs musqués, ces grands prêtres du silence, affublés dans leur liturgie laineuse, ornementés de la double crosse des cornes imperturbables. Mais comment parler du polaire sans évoquer cet herbivore du désert souvent condamné à la famine par les conditions atmosphériques, et c'est alors seulement que l'ours polaire ose l'attaquer? Autrement cet animal débonnaire est-il invulnérable? C'est Jérémie, médecin sur les bateaux d'Iberville qui fréquentaient la baie d'Hudson pour en déloger les forces britanniques, le premier qui a décrit et nommé le bœuf musqué :

> *... il y a une espèce de bœuf*
> *que nous nommons* bœufs musqués
> *à cause qu'ils sentent si fort le musc*
> *que, dans certaines saisons de l'année,*
> *il est impossible d'en manger...*

Le nom proposé par Jérémie lui est resté en dépit des savants qui préfèrent *ovibos,* en dépit de Sverdrup qui les a rencontrés, fréquentés, racontés :

> *Je ne vois pas pourquoi on appellerait ces animaux*
> bœufs musqués *puisque j'en ai mangé,*
> *j'en ai tué pendant des années*
> *et j'ai même bu le lait des femelles,*
> *mais je n'ai jamais senti l'odeur de musc.*

Cependant, jour après jour, le pilote de l'hélicoptère ne cesse de chercher l'ours polaire. Nous continuons de ne pas trop espérer, nous contentant d'observer les glaces qui tambourinent le long des parois du navire. Le pilote revient de chaque randonnée de plus en plus bredouille. Il ne cesse de ne pas apercevoir sur la banquise qu'il survole le grand animal nonchalant et la curiosité de son long cou humant l'air environnant. On en parle facilement mais ils ne sont pas faciles à distinguer puisqu'ils sont de neige et le minuscule point noir de leur nez ne saute pas aux yeux. En vérité, pour les apercevoir quand ils marchent, il faut un peu compter sur leur ombre, une ombre qui marche à côté d'un fantôme, à l'amble aussi, comme un ours noir sur la neige blanche. En fin de compte, on pourra dire du pilote d'hélicoptère qu'il n'a pas vu l'ombre d'un ours polaire. Et nous avons dû nous contenter de l'ours...

> *grant comme une vache*
> *aussi blanc comme ung signe...*

que nous raconte le *Brief Récit*. Mais je m'amuse à imaginer que l'ombre de l'ours s'allonge presque à l'infini quand le soleil frôle l'horizon, en sorte qu'il devient plus visible quand le soleil est à minuit. Le pilote de l'hélicoptère s'en doutait-il ?

Chapitre XXXVII

Le morse morveux, deux huards à gorge rousse et autres mammifères marins

Au large de partout dans la baie de Baffin. Je suis toujours en proue près de l'écubier sans trop compter sur l'ours des neiges. Est-ce la peine puisque je l'ai déjà rencontré à l'*isle aux Ouaiseaulx* en lisant Cartier ? Je ne m'inquiète pas trop de l'ours des neiges pour ne pas rater le narval de la fable et ses gestes de chevalier, pour ne pas laisser passer inaperçu le morse morveux d'où pendouille l'ivoire, pour ne pas omettre le rocher nu où les morses se pressent. En vérité, tout peut arriver et je m'attends à tout ce que j'ai appris. Je m'attends à l'ours des neiges, pour l'avoir lu et relu, au narval, à cause de la licorne chevaleresque et parce que j'en possède deux dents doucement torsadées, ce qui me l'a rendu presque familier, au morse, pour l'avoir déjà rencontré à la proue d'un bateau de pêche, dans une mer des miroirs, approchant lentement un gros rocher rond qui affleurait droit devant : c'était dans un film documentaire de l'Office national du film, je pense. Il y a très long-temps. Comment ne pas l'espérer ? Car il y a des images qu'on n'oublie pas, même si on ne les a pas vécues. Nous sommes en plein aujourd'hui, un vendredi 19 juillet. Mais les morses que je connais appartiennent à l'autrefois d'un petit bateau de pêche. À un pêcheur d'images.

Petit à petit, au fur et à mesure que le petit bateau approche le rocher nu où il n'y a apparemment que le rocher et nulle âme qui vive, toute la surface de pierre plate s'est mise à frémir, à remuer, à lever la tête, à regarder vers nous. Nous avons aperçu tout à coup, deux à deux comme des vermisseaux sur une carcasse, comme des oiseaux sur une caille, les tombantes dents d'ivoire. Toutes ces barbiches blanches se sont tournées vers la barque, comme hébétées, pour identifier l'intrus. Et j'aperçois mille dents morveuses, et autant de regards hébétés, et les moustaches hirsutes des naseaux, et le regard rond comme un œuf, encore endormi d'incrédulité. C'est alors, après une longue et inerte réflexion ornementée par la frise d'ivoire dantesque que, comme une terre qui s'ébranle, toute la mouvée compacte s'est lourdement désagrégée comme un seul homme, comme s'il s'agissait d'une seule et même bête, lourde comme le granit, maladroite comme des pingouins, cherchant refuge dans la nage où ils sont comme oiseaux dans l'air, où ils sont comme poissons dans l'eau. Comme autant de questions d'ivoire, les morses nous ont regardé venir d'un autre monde. Savent-ils, les morses, que nous existons? Savent-ils que nous ne sommes pas une image? Et maintenant qu'ils nagent autour du bateau, je les vois surgir, apparaître, respirer, avec leurs longs glaçons pendant-de-nez. La curiosité ne dure pas, ils s'éloignent et il ne reste plus que le rocher toujours présent, un peu amaigri, certainement allégé, toujours accueillant, comme un rivage, à la superbe paresse morveuse d'ivoire. Un film documentaire habite ma mémoire comme si j'y étais, comme si cette réalité inaccessible au brise-glace faisait partie du voyage. Et je le partage avec mes compagnons de votyage.

Notre course continue sans cesse, et l'écubier n'a rien à me proposer que mes mémoires. Je n'ai que de vieilles images jaunies à proposer à un vrai voyage, dont celles de Cartier, en 1534, qui a vu de ses yeux à Blanc-Sablon et un peu partout dans le Golfe où on pouvait encore en rencontrer...

LE MORSE MORVEUX, DEUX HUARDS À GORGE ROUSSE...

plusieurs grandes bestes comme grans beuffs,
lesquelles ont deux dans en la gueulle
comme dans d'olifant...

Et je m'étonne d'emprunter à Cartier les mots quasi irremplaçables pour décrire une superbe rencontre d'un rocher couvert de morses grâce à un film documentaire accroché dans mes mémoires.

Aussi, je voyage aujourd'hui dans le souvenir d'un grand voyage que nous avons fait autrefois avec les frères Otis de l'Anse-aux-Basques, en quête d'un fleuve à raconter. Mais un fleuve, c'est comme la mer, trop grand pour un seul homme, et nous espérions l'événement, la belle surprise. Mais la mer se laissait désirer. Comme toujours. Elle se dissimule et ne se révèle qu'à la longue patience.

Ce jour-là, nous faisions le tour de l'île, le tour de la plus grande île du fleuve, l'Anticoste. Montés sur de légères embarcations construites en contreplaqué par les frères Otis et poussées par de gros hors-bord de soixante-cinq chevaux, nous approchions à l'œil et à l'estime de l'île d'Anticosti. Henri et Rosaire naviguent comme des Vikings, sans se servir d'instruments, d'expérience, grâce en partie...

au chiné, au moiré, au damassé et au zébré...

grâce à l'indéfinissable sixième sens, grâce à la tête d'oiseau. Nous longions à toute allure les collines de Puyjalon quand nous avons aperçu sur une plage caillouteuse...

grant nombre de cesdicts poissons
qui ont forme de chevaulx...

dont parle Cartier quand il rencontre l'embouchure de la rivière Moisie.

La belle aubaine! Environ cinq cents loups-marins gris que les frères Otis désignent comme des *têtes de cheval*. Cinq cents loups-marins tête-de-cheval sur un lit de galets comme des outres pleines et qui n'avaient aucune envie de quitter le sommeil et la plage du soleil, comme des touristes bedonnants le long des côtes de Floride.

À notre approche tonitruante, ils ont levé leur tête de cheval barbichante, cous allongés, humant l'air pour comprendre ce qui leur arrivait. Qu'est-ce qu'une odeur bruyante donne à comprendre de l'intrusion ? Puis quand la distance qui nous séparait est devenue intolérable à leur méfiance, ils se sont précipités vers la mer, lourds et balourds sur la terre caillouteuse, gracieux et habiles dans la mer accueillante, à croire qu'ils ne nous craignaient plus dans cet élément propice, alors que la terre les rend pleins de maladresse. Ils nageaient autour de notre canot léger comme au ralenti, nous regardant du coin de l'œil sans frayeur, curieux avec leurs barbiches de chat, fronçant la brosse de leurs sourcils et le balai de leur barbe. Surgissant hors de l'eau comme des torpilles, fuyant en apparence, en vérité nous suivant, éclaboussant, soufflant, battant l'eau de leurs nageoires puissantes comme la queue des castors, comme pour nous effrayer, comme pour éloigner notre présence à moteur dans leur vie à la nage.

Comment résister au désir de la chasse quand on est chasseur de père en fils, d'une chasse périlleuse dont on tire bon an mal an à peine de quoi survivre ? Il reste que le chasseur né dans la chasse comme le phoque dans l'eau, chasse aussi pour le plaisir et pour se donner l'illusion de conquérir le monde, comme s'il refaisait à son compte toutes les étapes de la vie, de la hache de pierre au fusil furibond, qui ont permis à l'homme de s'émanciper de la cueillette, piteuse pitance. Le chasseur n'est-il pas au commencement de l'homme ? C'est par la chasse qu'il a appris à connaître, à occuper la terre, à la représenter, à la disséquer et à comprendre un peu ce qui se passe dans le creux des ventres. Et ils n'ont pas résisté au plaisir d'abattre quelques bêtes énormes pour se donner une mince victoire sur toute la mer, pour la fourrure qui les réduit à la pauvreté, pour investir leur pauvreté dans l'épopée. Et je songe à l'exubérance de leurs sillages d'un travers à l'autre du fleuve. Comment se contenter de moins que l'épopée ? Ils ont investi toute leur vaillance dans le panache des sillages exubérants et ils hésitent à abandonner une vie qui les nourrit mal mais qui les glorifie. Comme s'ils avaient eux aussi le mal du Nord.

De mon écubier qui vise le soleil de minuit et qui me donne à passer du pareil au même, je les remémore et les revois, Henri et Rosaire, Rosaire et Henri, tous deux Otis et tous deux chasseurs, regardant autour d'eux pour découvrir la moindre présence, déceler le plus petit ridan, apercevoir le moindre sillage, dénoncer la moindre boufiolle, ayant arrêté le moteur pour tout entendre, sur l'eau des miroirs, parce que regarder importe plus que voir, tandis que les loups-marins continuent autour de nous leur beau grand ballet de curiosité. Et leur regard, instruit de la mer, autour de l'horizon, et qui se croise sans se voir, est bien un des plus beaux moments de mes mémoires du fleuve. J'ai toujours admiré l'œil du chasseur. On peut dire que, comme les Indiens, tout ce qui bouge les intéresse.

Que sert à l'homme de parcourir la baie de Baffin s'il ne trouve pas à se souvenir ? S'il ne rencontre pas le grand discours cétacé ? S'il ne rapporte pas à raconter ? S'il ne ramène pas dans ses bagages l'exclamation ? N'importe laquelle ! Peut-être celle de Cartier qui rencontre dans les environs de l'Anticoste l'émouvante mouvée :

> *… et n'est mémoire d'homme*
> *de jamais avoyr tant veu de ballaines*
> *que nous vismes cette journée*
> *le travers dudict cap…*

Pour ne pas être en reste avec Cartier, je convoque d'autres voyages et je me rappelle les islets Sainte-Marie où, un jour, j'ai assisté à un des plus beaux spectacles de mer qu'il m'ait été donné de voir. J'étais avec Pierre Morency, nous avions traversé à pied le plus grand des islets, là où la plupart des oiseaux nichent, fientent et piaillent. Rien n'est plus agréable et facile que de marcher sur ce sol de mousse et de lichen qu'on nomme *toundra*, que les Montagnais nomment *mouchoua*, ce que mon ami Alexis Joveneau, missionnaire à La Romaine, plus poète que curé, traduisait par *Pays de la terre sans arbre*. Plaisir donc pour les yeux qui s'amusent à identifier toutes les plantes, du lédon à la plaquebière, à nommer tous les oiseaux. Plaisir aussi pour les oreilles charmées par le charivari des oiseaux qui ne savent pas où donner de la tête, tournoyant autour de nous jusqu'à nous frôler de leurs ailes maladroites. Les calculots ne parviendraient peut-être pas à voler sans la palme de leurs pieds.

Nous regardions de tous nos yeux, ceux de Pierre Morency étant les plus vifs et les plus instruits, car ses yeux ont des oreilles, ce qui me laissait loin derrière lui! Il parvenait à identifier à peu près n'importe quel oiseau, et même les plus petits bruants, à seulement les entendre. Ce qui pour moi est pareil, pour lui porte un nom différent, et ça lui paraissait le plus naturel du monde. Il ne comprenait pas qu'on puisse être à ce point démuni, qu'on ne parvienne pas à distinguer le violon de la clarinette, le petit frédéric de la grivolive. En somme, on peut dire de lui qu'il identifie tous les instruments de l'orchestre les yeux fermés.

Parvenus sur le versant nord de l'île, nous avons trouvé un endroit propice pour nous arrêter un moment, histoire de contempler, pour devenir moins ostensibles après une longue randonnée. Bien assis sur notre promontoire, évoquions la présence basque dans un environnement qui n'a guère changé depuis 1534. Le bazar est toujours là. Cartier a vu les mêmes oiseaux, les mêmes calculots qui nous volent au-dessus de la tête, les mêmes courtes ailes qui battent, les mêmes pattes qui leur servent de freins parfois, de gouvernail souvent, ce qui leur donne des allures de pantins. On sent presque l'air de leurs ailes tant ils nous frôlent. Leurs nids qu'ils cachent dans des terriers ne doivent pas être bien loin. Ils nous regardent curieusement. On les dérange sans doute, car ils reviennent à la charge pour nous éloigner. En vérité, ils nous amusent de leurs gambades.

Nous vivons quasiment la découverte. Un galion précédé de quelques baleinières à toutes voiles et à toutes rames pourrait surgir derrière quelques baleines indolentes et s'étonner de nous apercevoir autant que nous de les rencontrer. À nos pieds, justement, quelques baleines soufflent paresseusement pour nous dépayser, pour évoquer le temps. On les entend, tantôt ici, tantôt là, par le coup de canon de l'air qu'elles expulsent propulsant un jet de vapeur d'eau, et par l'air qu'elles aspirent aussitôt dans le temps si bref qu'elles concèdent au monde de l'air. Nous admirons sans nuance les grands dos suaves qui glissent sur l'eau, dessinant une belle courbe noire sur la blancheur de l'eau à peine argentée de reflets.

Nous savons cependant que ce ne sont pas là les baleines des baleiniers basques, qui poursuivaient plutôt les baleines franches et les baleines du Groenland. En effet, ces cousines de moyenne grandeur nageaient plus lentement et en surface, ce qui facilitait l'approche des harponneurs, mais surtout, une fois harponnées, elles flottaient au lieu de couler à pic comme les rorquals. C'est pourquoi on disait qu'elles étaient franches, *the right whales*, c'est-à-dire bonnes à chasser.

On regardait donc de tous nos yeux et de toutes nos oreilles et on entendait souffler et plonger devant nous le rorqual commun au long bec effilé, grand amateur de capelans et de harengs, dont on peut dire qu'il a le bec fin, d'autant qu'il mange couché sur le côté comme les Romains, laissant parfois apercevoir son beau ventre blanc.

Les mêmes parages sont aussi fréquentés par le petit rorqual que les gens des Escoumins et de Tadoussac nomment *gibard*, je ne sais trop pourquoi, et ceux de Havre-Saint-Pierre, *baleineau*, sans doute à cause de sa dimension qui reste modeste puisqu'il atteint à peine huit mètres, ce qui est encore respectable. Mais il est le plus familier et le plus sédentaire. On le reconnaît par sa nageoire en forme de crochet et la douceur de ses lignes. Il lui arrive de se prendre pour une torpille et de sortir entièrement de l'eau pour s'y replonger tête première comme une truite! Quand il nage dans les eaux calmes, on dirait qu'il se confond avec son sillage tant ses lignes sont harmonieuses. C'est le gibard que j'ai d'abord rencontré grâce à Rosaire et Henri qui m'ont initié au fleuve cétacé; ils m'ont appris son beau nom de pays et aussi que le marsouin commun qui danse sur les vagues se nommait, dans leur langage, *pourcil*. Grâce à eux, je pouvais avec des mots vulgaires commencer à dire le fleuve delphinidé, le fleuve cétacé. J'ai aussi parfois, plus rarement, rencontré la colossale jubarte trapue, pleine de bosses comme de gros furoncles, qui se prend pour une danseuse mais qui est surtout une chanteuse remarquable, presque émouvante. Les savants la nomment mégaptère parce qu'elle a des nageoires démesurées. Je préfère la nommer jubarte même si j'ignore l'origine du mot qui est vulgaire, ce qui l'accrédite à mes yeux. Elle a peut-être un nom de fleuve mais les frères Otis ne me l'ont pas appris.

Un jour, encore avec les frères Otis, près du cap Thiennot, le long des grandes dunes qui vont de Natashquan à Kegaska, nous en avons approché une à la toucher. Elle dormait sur ses deux oreilles, comme une île, et nous avons eu la tentation de prendre pied. Lentement, paresseusement, elle s'est mise en branle. Notre embarcation paraissait bien futile auprès de cette masse encore à moitié endormie. Il semble que les baleines se réveillent lentement. Je me souviens (c'était ma première baleine à bosse) de mon étonnement quand j'ai aperçu de chaque côté de la baleine noire deux marsouins blancs de bonne taille qu'elle semblait allaiter. C'était ses nageoires pectorales impeccablement blanches! C'est aussi la plus cocasse, la plus drôle des baleines. Un vrai clown. Elle se donne en spectacle et ne semble pas dédaigner la présence de notre curiosité.

En général, ces grands animaux qui ont beaucoup à faire pour se nourrir et tourner autour de la terre, ont plutôt l'air sévère, et on est un peu porté à les prendre au sérieux. Mais celles-ci cabriolent, chantent et s'amusent à sauter hors de l'eau à tout instant, comme pour amuser les badauds. On dit qu'elles chantent comme un canari et qu'elles vocalisent comme une catastrophe. Je ne les ai entendues que souffler au bout de ma rame et, après avoir plongé sous le canot pour ne pas nous faire de mal, émettre un cri strident comme si elles désapprouvaient notre présence zodiacale. Mais il semble que leurs cris ou leurs chants varient d'un individu à l'autre et, quand elle est en voix, elle n'a de cesse. Cela, paraît-il, peut durer jusqu'à trente minutes, un vrai discours, une chouenne de Charlevoix, et on ne peut s'empêcher de penser que le chant qui semble contenir des phrases puisse être interprété, compris par les autres jubartes. Et qu'il s'agisse d'un vrai discours. À moins qu'il ne soit qu'opératique. Et comme une cantatrice, elle cherche à se faire voir et entendre sans s'inquiéter d'être compréhensible.

Ce jour-là, les baleines n'étaient pas à bosse et beaucoup plus sérieuses, ce qui n'empêchait pas que leur lente évolution et le canon de leur souffle nous impressionnent et, sur notre escarpement rocheux, nous deux entourés d'ailes précipitées, de pattes rouges et d'arabesques alcidées, n'en demandions pas davantage. Et c'est à ce moment-là, justement, que l'imprévu est arrivé. De nulle part, sans prévenir, à nos pieds, nous avons vu sortir de l'eau, majestueux et sereins, gracieux comme des loutres, pointus comme des dagues, deux huards à gorge rousse… C'était presque trop ! Ils ont interrompu la mer, occupant tout l'espace, effaçant les baleines, rendant superflus les calculots ; ils prenaient toute la place, nous éblouissant.

Durant de longues minutes, nous avons assisté à la parade grégorienne. Je ne me risquerai pas à décrire le spectacle, à reproduire les ondulations du chant comme un immense cortège de notes dont la première avalait la dernière comme pour répondre à l'infini, comme si l'écho lui-même se taisait, complètement médusé. La baleine à bosse, avec ses longues phrases modulées, n'arrive pas à composer ce climat de tragédie comme un rayon de mort dans la gorge enrouée. Mais le plus beau est aussi indicible. Voilà pourquoi je souhaite un jour retrouver dans un prochain livre de Pierre Morency une description de l'instant propice qu'il nous a été donné de vivre ensemble sur un promontoire des islets Sainte-Marie, où il y a un phare, où il y avait encore à l'époque un gardien de phare, un jour de juillet, parmi les baleines de toutes sortes et la curiosité cocasse des calculots.

La mer n'est nulle part autant la mer qu'en ce lieu du golfe, ce jour-là. Et de mon écubier, je l'évoque comme pour restaurer notre voyage, comme pour l'orner de plumes, l'embellir de ce chant des huards à gorge rousse en pariade qui ressemble à un éclat d'éternité.

Cependant, le *Radisson* poursuit sa course, escortant un cargo maladroit. Cependant, je continue mon voyage dans le voyage et dans mes souvenirs. Et je comprends que quinze jours de brise-glace n'arrivent pas à contenir tout un fleuve et toutes les mers que j'ai parcourues. Sans hélicoptère. À hauteur d'eau.

Chapitre XXXVIII

Le narval dantesque

Encore et toujours dans l'espérance de l'imprévu. Car rien n'arrive même si tout peut arriver à tout instant. À croire que ceux qui nagent à gauche évitent celui qui regarde à droite ! Et il faut bien dormir, même s'il fait jour à minuit ! Et il faut bien manger pour écouter les dires de chacun ! La mer encore et toujours rumeur de la mer. Et il faut bien regarder toujours pour voir enfin. Mais pour voir, peut-être faut-il s'armer de patience ? Et l'homme est désarmé devant le temps perdu de la réalité. Il abandonne la vigilance des vigies pour perdre patience, pour ne plus espérer.

Cet hivernement de Cartier qui a frôlé la catastrophe du scorbut m'incite à parler neige et froidure à ceux qui ne veulent rien espérer. Et je n'ai de cesse de comprendre cette terre qui fomente l'hiver des plus belles courbes, qui torsade à double tour les dents excessives et parfois jumelles du narval. Je ne cesse de ne pas voir le narval par le trou de l'écubier, mais sur le manteau de ma cheminée, sculpté par Louis Lebeau, armoirier, pour surpasser la légende et la prendre en défaut de licorne, j'ai placé obliquement, côte à côte, deux dents de narval et d'ivoire. Comme une espérance ! Pour hommager le froid lui-même. Comment ne pas espérer de tous ses yeux quand tout est probable, possible, éventuel ?

Le voyage, comme la chasse, est une œuvre du désir. Aussi bien, j'espère. Aussi bien, je m'attends à tout instant au narval comme pour apparenter le fleuve au polaire, car il n'a pas osé, le narval, s'aventurer jusque dans le fleuve tandis que son voisin de glace, le beau dauphin blanc, le fréquente depuis avant Cartier, ayant même donné son nom de marsouin aux gens de l'île aux Coudres. Je m'attends au narval et qu'il corrobore son étrangeté asymétrique, sa dentition erratique, la torsade de son ivoire, et qu'il me raconte comment, par quels caprices de la genèse, il autorise une de ses canines à traverser sa lèvre supérieure et à grandir démesurément. Certaines atteignent jusqu'à trois mètres. Quelle est cette œuvre d'art dont on ne connaît pas l'usage ? Est-ce le froid qui exorbite, cherchant une issue pour s'échapper ? Le froid est-il pour quelque chose dans l'ivoire du morse ou la corne du bœuf musqué ? Une chose cependant est certaine et indubitable : le froid impose ses règles et ses rigueurs autant au vivant qu'à l'inerte et, par toutes sortes de subterfuges, il s'empare de l'eau et en fait son affaire... jusqu'à la châtellerie exubérante des glaciers qui façonnent patiemment le bijou incomparable des icebergs. Comment ne pas croire que le froid est pour quelque chose dans la dent du narval ?

À tout instant, je m'attends au narval et ne rencontre que la mer de glace qu'il habite. Je l'évoque en ce lieu propice grâce à des images souvenirs : non pas celles des tapisseries de la licorne qui entourent de faste une grande salle du musée de Cluny mais celle, dans un coin de cette salle, d'une dent de narval plus haute qu'un homme grand. Et je l'évoque aussi grâce à un film sans prétention, tourné par une équipe du Lac Saint-Jean, qui s'intitule *La Quête du narval*, et que j'ai beaucoup aimé même si on n'y voit pas tellement de narvals, mais surtout des hommes qui fraternisent avec d'autres hommes. Et j'évoque aussi, car comment voyager autrement, la banalité d'une simple carte postale achetée en grande quantité à Resolute ou à Iqaluit et montrant deux narvals qui croisent l'ivoire au-dessus de l'eau comme pour laisser croire à quelque tournoi. Je me réjouis du spectacle, même si je ne l'ai jamais vu en réalité, même si je ne le verrai jamais, de ces longues défenses d'ivoire au-dessus de l'eau noire qui se rencontrent et se croisent sans combattre et sans s'expliquer pour autant.

Le soleil de minuit empêche-t-il le temps de passer ? Le soleil de minuit dans l'écubier, à toute allure, qui dévore l'espace et qui n'a rien à m'offrir que mes souvenirs et mes propres images, dont celle d'un Esquimau ni très grand ni très petit et, à côté de lui, une tête de narval ornée de deux belles dents d'ivoire de presque égale longueur et deux fois plus haute que l'homme debout qui la tient comme un trophée. Je ne m'explique pas le phénomène : faute de la symétrie, erreur de la génétique ou exploration de la biologie qui s'ouvre à une nouvelle éventualité ? Habituellement, le narval n'a qu'une dent, en voici deux. Quand il porte deux dents, ce qui est assez rare semble-t-il, l'une est habituellement plus courte et plus torsadée que l'autre. Or voici que l'animal de la photo a deux dents, ce qui est possible, d'égale longueur, ce qui est exceptionnel, dont l'une n'est que légèrement plus torsadée que l'autre, ce qui est tout à fait étonnant.

Il faut ajouter qu'en général, seul le mâle est affublé d'un tel appendice, mais il arrive, semble-t-il, que certaines femelles possèdent cet attribut comme pour franchir une certaine frontière vers un temps nouveau. On ne peut pas tout comprendre et ce qui intrigue n'a peut-être pas de sens, mais je ne peux m'empêcher de me demander pourquoi, quand un narval a deux défenses, leurs spirales tournent dans le même sens tandis que chez tous les animaux possédant des cornes, comme le bœuf musqué, le bélier ou le mouflon, elles se déroulent en sens inverse. Il est de plus à noter que leurs spirales vont de droite à gauche, contrairement à la marche des aiguilles d'une montre qui tournent dans le même sens que la Terre elle-même. Il n'y a pas de narval dans l'Antarctique mais, s'il y en avait, il serait intéressant d'observer dans quel sens leurs dents seraient torsadées... Peut-être faudrait-il en implanter pour voir si la biologie obéit aux aiguilles d'une montre ou au magnétisme des pôles. Qu'est-ce qui empêche le narval boréal d'être austral ?

Je me laisse séduire par toutes les images qui me montent à la tête sans me résoudre à abandonner mon poste de vigie. Cependant la mer immense reste immensément vide. Je diffuse des rumeurs de narvals, de marsouins, d'ours des neiges, de morses baveux. Nos yeux nous font-ils défaut? Pour lire la mer, il faut des yeux de chasseur. Des yeux qui savent lire, des yeux qui savent où aller, des yeux qui côtoient, des yeux qui zigzaguent, des yeux qui voient la moindre bouffiole, le plus petit rident, des yeux de chasseur? Peut-être que nos yeux ne sont pas aussi vigilants que ceux des vigies du temps de la voile? Peut-être aussi que le temps nous fait défaut? On ne peut pas tout voir dans un seul voyage.

Nous sommes pourtant dans la baie de Baffin dont on raconte dans les histoires qu'elle est fréquentée depuis des siècles par l'innombrable cétacé, l'aimable delphinidé et l'incalculable phocidé. Devant mon écubier qui n'a rien à dire que les glaces à l'infini, encore une fois j'évoque la mémoire des écritures. On dit de la baie de Baffin qu'elle était, au XIXe siècle, fréquentée par les baleiniers qui préféraient les baleines de la réalité à la licorne des chimères. Parry et Ross, en 1818, rencontraient la flotte des baleiniers qui étaient de bien meilleurs marins que les officiers de la *Royal Navy*, et aussi des mégalopoles de glaces de toutes les couleurs et de toutes les formes en tous points semblables aux glaces d'alors.

Or, s'il y avait trente-six baleiniers, il devait bien y avoir trente-six baleines! Même s'il n'y a plus de baleinières, il devrait y avoir encore des baleines puisqu'il y a encore des glaces. Nous sommes loin du 25 juin 1819 alors que les deux navires de Parry s'efforcent de rejoindre l'embouchure du détroit de Lancastre, la voie royale vers l'ouest et peut-être le passage rêvé. Les deux navires se trouvent coincés par les glaces, privés de la nage, menacés d'être écrasés par les pressions. Nous imaginons les efforts dérisoires des équipages qui essaient de remorquer les navires empêtrés dans les glaces au moyen des embarcations de secours propulsées à force de rames dans les étroites saignées. Les rameurs vite épuisés ne peuvent pas grand-chose. D'autres tournent en suant autour des cabestans pour ramener les amarres ancrées dans la glace. Efforts complètement inutiles! Dérisoires. Alors commence l'épuisement des équipages qui devront affronter et l'hiver et la nuit polaire et déjà le bout des forces.

Nous ne rencontrerons pas non plus les deux cent cinquante baleiniers britanniques qui poursuivaient la baleine autour du Groenland. Nous ne viendrons pas à la rescousse des douze navires de différentes nationalités qui se trouvèrent prisonniers des glaces, en 1777, à l'est du Groenland, et qui, forcés de se laisser emporter par les dérives, un à un, par la formidable pression exercée par les vents et les courants contradictoires sur la banquise, étaient écrasés, chacun leur tour, et coulaient à pic jusqu'au dernier sur lequel les douze équipages avaient cherché refuge. Nous n'aurons pas l'occasion de rescaper ceux qui, réfugiés sur une glace, réussirent à rejoindre le cap Farewell où ils furent sauvés. Nous ne verrons pas non plus le célèbre et vaillant capitaine des baleiniers, William Scoresby, qui a inventé le nid de pie pour étudier et un peu prévoir les mouvements des glaces et choisir une route dans ce labyrinthe. On raconte qu'il passait des heures, à moitié gelé, avec son fils, en tête de mât, pour lui apprendre à prévoir l'imprévisible. Il semble bien cependant qu'il y parvenait puisque, sur trente campagnes, il n'a jamais perdu un seul bâtiment. En voilà enfin un qui mérite qu'on se souvienne de lui.

Notre course dans cet enfer de glace continue sans effort. Pourquoi faut-il toujours que les hommes tentent l'impossible avant de l'avoir rendu possible? Il y a une folie dans le courage et beaucoup de courage dans la folie. Je m'émerveille de toutes les manières imaginées par les marins d'autrefois pour échapper aux emprises des glaces. Je me remémore les équipages de Ross, prisonniers des glaces durant quatre hivers, dans le golfe de Boothia, à l'ouest de la terre de Baffin. Pour retrouver la liberté des eaux, chaque printemps, ils essayaient de se creuser un passage en sciant l'épaisse glace de l'hiver sans y parvenir. Ils ont dû concéder aux glaces la victoire, abandonner leur navire nommé *Victoire* et retourner à pied jusqu'au détroit de Lancastre où ils ont eu la chance de rencontrer l'*Isabella* qui les a ramenés en Angleterre. Vaincus par la glace. Sauvés par beaucoup de courage et pas mal de chance. L'*Isabella* aurait pu ne pas passer par là. La voie royale du détroit de Lancastre n'était pas très fréquentée. Nous l'approchons : aucune voile ni navire à l'horizon depuis le détroit de Belle-Isle sauf le bateau que nous escortons. Autrefois, ces eaux étaient fréquentées par la chasse des baleiniers et les chimères des découvreurs de passage.

Sur un bateau, on dirait que tout le monde garde un secret, comme l'eau qui se referme sur le loup-marin qui plonge. Ce soir, c'est l'été de minuit ; demain, on peut s'attendre au pire. Hier, le *Radisson* a gagné la guerre des glaces. Il ne reste qu'un seul iceberg à l'horizon ! La glace a disparu, emportée vers le sud par les courants et les vents. J'ai songé aux obstacles et à la délivrance. Nous sommes sans doute le premier navire de l'année à parcourir les eaux encombrées de la baie des baleiniers. Mais comment un navire à voiles de la Marine royale, peu manœuvrier, aurait-il traversé la journée d'hier ? Ces quelques cent milles que nous avons parcourus sans difficulté grâce à la vapeur des chevaux, grâce aux messages de la libellule en reconnaissance, grâce à la carte des glaces qui nous arrive d'Ottawa et grâce à la fée des glaces, à ses observations, ses informations. Comment aurait-il navigué sans vent avec la vigie fragile des yeux qui ne voient que la proximité ? Et je songe au capitaine Bernier qui a fréquenté ces parages à voiles et que l'histoire a bien vite oublié.

Nous nous tournons vers Yolande. Le capitaine Bernier vient de L'Islet, juste en face de Baie-Saint-Paul. Elle a beaucoup à dire.

> *Le capitaine Joseph-Elzéar Bernier est de la lignée des Cartier, Radisson et d'Iberville. Il est le dernier de nos grands découvreurs, de nos grands explorateurs. Fils et petit-fils de marin, mousse à quatorze ans, capitaine à dix-sept ans, il a traversé deux cent soixante-neuf fois l'Atlantique avant de s'aventurer dans les eaux alors à peine connues du Grand Nord. Son époque, de 1852 à 1934, est celle des derniers grands voiliers,*

du commerce exotique florissant de Rio à Liverpool ou Gibraltar, des dynamiques chantiers navals de Québec, de la discipline de fer à bord et du naufrage qui guette chaque voyage.

Bref, ce que nous propose le capitaine Bernier, c'est la traversée de cent ans d'histoire. Ce marin de talent a été salué par des princes. Il a baptisé des îles, renfloué des navires, accumulé les défis par plaisir plus que par devoir, acquis des connaissances considérables, écrit régulièrement son journal, amassé une fortune puis l'a dépensée à convaincre ses concitoyens de rapatrier le Nord. Légendaire de son vivant, il fut pourtant vite oublié après sa mort. Mais à mesure que le progrès rapetisse la planète, ne retrouvons-nous pas la nostalgie des grandes épopées? Celle du capitaine Bernier s'avère l'une des plus passionnantes de notre proche histoire. Même si sa gloire n'a pas eu un éclat retentissant, il reste pour moi un grand homme parce qu'il a fonctionné avec son intelligence d'une difficulté à une autre. Il était vraiment brillant. Il avait une intelligence naturelle et non une intelligence scolaire ou universitaire, et il a su la faire valoir. La mer est un grand maître à penser.

En l'écoutant faire l'éloge de ce marin du Saint-Laurent, nous voulons savoir ce qu'il a découvert. Yolande est intarissable au sujet de cet homme qui est presque de son village. Car ils ont le fleuve en commun.

On ne peut pas dire qu'il ait découvert des lieux, mais si le pôle Nord n'a pas été découvert par un Canadien, la faute n'en est pas à ce vaillant marin. Il était l'homme tout trouvé, mais le gouvernement Laurier n'a jamais eu le courage d'affronter en Chambre la critique anglophone canadienne et d'accorder au capitaine Bernier une expédition bien organisée. Il ne faisait pas partie de la Marine royale anglaise, et un gouverneur général, prétend-on, avait chuchoté qu'on ne devait pas donner à un Canadien français la chance de conquérir une gloire vraiment recherchée par les plus célèbres navigateurs de l'Angleterre. À bon entendeur, salut!

Je ne suis pas prêt à en douter. Et je suis heureux de posséder une dent de narval qu'il aurait rapportée du Grand Nord. À moins que l'antiquaire Lacasse, de la rue Laurier, ne m'ait raconté une légende. Tous les antiquaires sont un peu hâbleurs et lui, plus que bien d'autres. Mais il arrive qu'une légende corrobore une réalité. Car la réalité est aussi vaste que le temps et l'espace. Et on n'a qu'une vie pour la parcourir. Et souvent la brume la dissimule dans ses robes. Et l'histoire dans ses archives. On raconte qu'on l'aurait rappelé d'Ottawa pour l'empêcher d'aller plus loin. Notre capitaine reçoit lui aussi ses ordres d'Ottawa, c'est pourquoi nous ne verrons pas de près l'île Bylot qu'on vient d'apercevoir à travers la brume qui se dissipe. Apparition fantomatique d'une immense muraille de neige et de glace, d'une incroyable blancheur, à cent vingt kilomètres du navire, entourée d'une couronne de verdure où nichent les oies blanches comme des linaigrettes.

On se rapproche doucement, nous voilà enfin à environ cinquante milles au large de l'île Bylot. Je vois cet immense glacier, cette façade incroyablement blanche et je suis terriblement malheureux qu'on ne l'aborde pas. Car chaque printemps et chaque automne, quand les oies partent vers le nord, ou reviennent au cap Tourmente, je pense à l'île Bylot. Et elles sont là, tout près de nous! Le bateau passe... Confidentiellement, j'ai insisté auprès du commandant, mais je n'ai pas réussi à le décider. Les ordres nous arrivent du ciel. Le capitaine habite Ottawa. On est loin, mais on peut voir à travers les jumelles la splendeur de ce paysage. Je n'ai jamais vu quelque chose d'aussi blanc. Même l'hiver n'est pas aussi blanc parce que l'hiver, c'est du blanc sur du blanc, mais là, c'est du blanc sur le bleu de la mer bleue et le vert des prairies environnantes. Quel écrin pour exprimer un glacier!

Yolande s'étonne de voir tant de neige. Elle cherche la végétation qui nourrit les oies qui doivent se refaire après le grand effort de la tire-d'aile, avant de pondre leurs œufs à même le sol. Car elle n'est pas ici en villégiature, la grande oie des neiges. Elle cherche le sommet de la reproduction. En quête des herbes rares, précieuses, dont elle a besoin. À croire que la scirpe du cap Tourmente, la spartine de l'île au Massacre, le trèfle et le mil fourragers ne suffisent pas à satisfaire le désir nuptial. On peut se demander pourquoi elles ont choisi ce site éblouissant? Pour la beauté? Pour la renouée vivipare (*polygonum viviparum*) ou ce jargeau polaire qui porte le nom barbare d'*oxytropis maydelliana*? Pour profiter du soleil de minuit? On passe au large du glacier enrobé de blancheur et d'éternité jusqu'à son pied. Yolande s'étonne. Elle qui adore les fleurs cherche la végétation dont se nourrissent les oies. Petit à petit, on finit par apercevoir autour de ce Fouji-Yama colossal de plus de cent kilomètres de diamètre, au pied du glacier, une couronne de verdure. Mais à cause de la distance, on ne voit pas d'oies blanches, d'autant qu'elles ne volent pas, qu'elles sont sur les nids, qu'elles montent la garde contre les manigances du renard arctique, grand amateur de poulailler.

J'aurais tant voulu voir de près l'île où vont estiver les millions d'oies blanches du cap Tourmente. Elles sont notre printemps et notre automne. J'aurais voulu voir d'un peu plus près leur été, frôler cette terre étrange sommée de glaciers, entourée de toundra, envolée d'oies blanches, absorbée par les nichées fragiles, là où se fomentent les belles écritures de leur vol paginé.

Impitoyablement notre brise-glace s'éloigne d'une île Bylot que je n'aurai plus jamais l'occasion de rencontrer. Mes regrets ne durent pas. Nous pénétrons dans le détroit de Lancastre, libre de glace, haut lieu des grandes explorations. J'apprécie le privilège.

À deux heures du matin, nous sommes arrivés à destination. Je dors à poing. Qu'est-ce qu'une destination sinon la fin du voyage? Je n'ai pas envie de regarder, un peu frustré d'avoir manqué Bylot après le Groenland, frustré de cette navigation qui ne donne à voir qu'à bout de focale et sans surprise. Pas le moindre narval. À sept heures, je jette un œil. Nous sommes ancrés à un mille de terre, en face de la mine de Nanisivik. Le navire escorté est déjà à quai en train de charger le minerai. Nous sommes entourés de montagnes arides, stériles en apparence, où la lumière répand des couleurs, un déluge de couleurs, des couleurs qu'on ne voit nulle part ailleurs, comme si la verdure dérobait la lumière sans la rendre. Il reste peu de neige de l'hiver dernier, non pas qu'il fasse tellement chaud pour fondre l'hiver, mais parce qu'ici l'hiver neige à peine.

Près du quai sonore, les bâtiments de la mine. Caserne sans fenêtres! Cavernes de poussière! Désolation! Triste! Désastreux! La lumière n'arrive pas à animer le sinistre. Est-ce notre civilisation, ici, qui naufrage et qui retire au paysage une partie de sa splendeur? Étrange sensation. Nous sommes immobilisés. Le navire existe-t-il sans sillage? Nous tournons autour du bateau, de poupe en proue, en proie au désœuvrement. C'est l'ennui soudain de la mer. Que faire sur un bateau mouillé au fond d'un fjord de Strathcona, dans une journée sans vent, au nord de la baie de Baffin, à Nanisivik, où il y a une mine de zinc et de plomb... et des tonnes de poussière?

Le navire est mouillé comme une poule. Raymond Dumais accompagne l'hélicoptère qui débarrasse le navire de ses vidanges. Nous sommes à l'ère écologique, les navires ne nourrissent plus les sillages d'oiseaux, les sacs verts s'entassent en poupe, dont il faut bien disposer. L'hélicoptère s'envole. C'est l'événement! Tout le monde regarde ceux qui ont la chance de quitter le navire mouillé au large. Raymond, le tendre, en profite pour téléphoner à son épouse. Chacun rêve de renouer avec le secret du monde qu'il a laissé derrière lui. Raymond, lui, espère sa retraite à cinquante-six ans et rêve d'un chalet près d'un lac habité par un huard. Je trouve émouvant le rêve de Raymond Dumais, officier préposé aux machines sur un brise-glace de la Marine canadienne. Car j'ai fréquenté le huard symphonique et je sais qu'il parle à l'âme.

Chacun à sa manière, les gens de l'équipage transforment la vie pour qu'elle ne les brise pas trop. Je ne connais pas la manière de chacun. Raymond rêve d'un huard sur le lac de la retraite. Laure-Anne Déry, elle, photocopie des fleurs sur son papier à lettres. D'autres écrivent des secrets dans des poèmes qu'ils ne montrent à personne, des morceaux d'âme. Il y a celui qui me charge de faire parvenir une chemisette aux armes du *Radisson* à Denis Villeneuve, qui a fait la *Course destination monde*, et il m'admire de connaître son correspondant cinéaste qui lui envoyait un film chaque semaine de toute la terre; il se nomme André Lavoie. Je ne saurai jamais tout à fait le secret de chacun ni celui d'André Lavoie, matelot sur le *Radisson* qui s'intéresse à la *Course destination monde*. Je me sens enrichi d'avoir reçu des bribes en échange. En échange de quoi? En échange de mes histoires, en échange de souvenirs, en échange de notre présence et des fleurs de Yolande. En échange du narval dantesque, du narval torsadé, d'un duel d'ivoire, d'un narval armé de deux lances, du narval inaccessible.

Mais le voyage tire à sa fin et le brise-glace est sur le point de repartir sans nous, vers tout ce que nous ne verrons jamais : la suite de l'histoire.

22. On voit ici que le narval de la photo a deux dents, ce qui est assez rare semble-t-il, d'égale longueur, ce qui est exceptionnel, dont l'une n'est que légèrement plus torsadée que l'autre, ce qui est tout à fait étonnant (Photographie : Kerry FINLAY, *Natural History*, vol. 90, n° 8, août 1981).

Chapitre XXXIX

Le fin bout de l'infini

L'HÉLICOPTÈRE continue son va-et-vient du navire au rivage, du rivage au navire. Il ne prend pas la peine de regarder. Il fait la navette pour libérer l'équipage, lui permettre de prendre terre. De se dégourdir. Délivrer tout un chacun du navire où l'on tourne en rond. À notre tour enfin. Je dérobe quelques images à vol de libellule. La pellicule arrive à voir et enregistrer ce que nos yeux n'ont pas le temps de mémoriser.

Déjà, il nous dépose au bout d'un quai, à Arctic Bay, village polaire esquimau au fond de la baie Arctique, laquelle est elle-même située sur le versant est de la grande baie de l'Amirauté qui donne sur le détroit de Lancastre, avenue royale des découvertes. Des enfants, morveux et noirs, de toute beauté, nous regardent curieusement et continuent leurs jeux d'enfant. Le plus morveux s'approche de moi et me demande à brûle-pourpoint et en anglais : *As-tu un quatre-roues ?* C'est la culture de l'empire. Un quatre-roues l'été, un *skidou* l'hiver, c'est ce qui donne de l'importance et du prestige à un homme. Celui qui n'a pas de quatre-roues est évidemment un moins que rien, même s'il arrive du ciel en hélicoptère ! D'ailleurs, ni l'hélicoptère ni le navire n'arrivent plus à étonner un enfant esquimau. Rien ne l'intéresse autant que ces machines trépidantes qui le libèrent de la distance. Et qu'il prend pour un jouet.

Toutes les directions sont disponibles. Nous marchons d'abord vers le village. Curieusement. Est-ce la peine de venir aussi loin s'il n'est rien à rapporter qui ne soit que ce qu'ailleurs on voit? Malgré la distance qui le sépare de la mine, on perçoit l'influence de l'industrie qui nomadise de par le monde, creusant ses galeries, épuisant les filons, toujours sur le point de fermer boutique pour négocier à rabais avec ses travailleurs.

Qu'y a-t-il dans ce village qui ressemble à n'importe quel village minier, avec ses maisons peintes préfabriquées plus ou moins bien rangées, qui vaille la peine qu'on en parle? Et à première vue, car nous n'aurons que le temps de la première vue à disposer. Je joue encore au jeu de la photo pour préserver le fugace et je regarde maintenant la photo de ce village presque neuf au pied de la lourde falaise, sombre, tristement ravinée. On dirait un mur, une muraille creusée de poternes, ou encore une façade de cathédrale avec ses personnages bibliques, ses géants pharaoniques, ses taureaux babyloniens. On dirait un haut lieu de la préhistoire qui contemple l'éphémère présent d'un village préfabriqué.

Sur le flanc de la colline, à mi-hauteur, en grandes lettres blanches, les mots *Arctic Bay*. Pour dire quoi à qui? Est-ce un lieu touristique? Est-ce pour aider les avions qui passent à se repérer? On dirait une gare qui signale son identité. D'ailleurs, les maisons ressemblent à des wagons. Un enfant à bicyclette nous regarde, sa mèche noire sur le front. Il est mon étranger, je suis son étranger. Le temps nous manque pour franchir la méfiance biologique, la distance respectueuse qui sépare l'un des autres. Autour de lui, des embarcations qui n'ont rien à voir avec le kayak, cet outil merveilleux pour approcher le loup-marin entre les glaces. Comment se fait-il qu'il ait été aboli et remplacé par nos embarcations en fibre de verre? Mais comment comparer le chien au *skidou*? L'aviron au moteur? Les mocassins aux quatre-roues? La hache de pierre à la hache de fer? Et comment mesurer leur dépendance à notre égard? Parviendront-ils un jour à franchir cet abîme qui nous sépare si nous refusons de consentir au partage? Et pourquoi le partage est-il la pensée des démunis, de ceux qui n'ont rien à partager? Nous qui avons tout, comment arrivons-nous à refuser le partage, à ne leur consentir que le bien-être qui les appauvrit? Qui leur appauvrit l'âme. Pourtant, ils nous ont donné un royaume en échange de nos miroirs.

Je regarde le large pour me consoler de ce que je n'arrive pas à comprendre. Cependant la grève est éparse de toutes sortes d'objets hétéroclites, de vieilles caisses, de cabanes à chien, d'embarcations crevées, mais ce désordre n'entame pas la magnificence. L'horizon est parsemé de collines bleues comme un lointain qui se regarde dans l'eau blanche. Un bois de caribou encore velu nous ramène sur la terre de Baffin. C'est l'été, les caribous construisent leur panache à même la cladonie tendre et blanche. Œuvre du lichen. Je fais une photo de petites fleurs blanches sans importance qui poussent n'importe où. Ce sont des stellaires, m'enseignera Yolande en regardant la photo. Ailleurs, tout est sable, cailloux et poussière. Le magasin de la coopérative, quelques peaux de renard, des cartes postales, pour le reste, la pire des banalités. Ce que nous pouvons offrir de pire qui occupe notre espace quotidien, en boîte, en plastique, de la camelote qu'ils doivent payer le prix fort à cause du transport. Et de voir ici notre banalité au fin bout du monde qui envahit leur environnement, sans compensation, est infiniment désolant. N'avons-nous rien de mieux à leur offrir? Que deviendra leur âme de babiche? Et le royaume qu'ils réclament, n'est-il pas déjà investi par nos poubelles?

J'allais sortir, n'ayant rien à découvrir dans ce caravansérail. C'est pourtant là que j'ai appris que dans ce pays de lichen, au nord du monde, au large des hommes de fer et de querelle, comme dans une ancienne chevalerie teutonique, on pouvait croiser l'ivoire. Cette chose rare et que personne ne voit jamais, je l'ai apprise grâce à une carte postale que je vous décris : sur une eau calme, dorée par le soleil de minuit qui n'en finit plus de se coucher, deux dents de narvals croisées comme des épées. J'ai rapporté cette image dans ma mémoire, mais j'en ai acheté cinquante copies ! Avec Yolande, nous avons écrit à tous nos amis pour leur faire part du grand mystère d'une chevalerie marine qui n'a pas encore livré tous ses secrets. Parfois dans une cuisine amie, nous retrouverons piquée sur le liège, cette image du polaire. Il y a des images qui obsèdent. Dont il faut bien reparler.

Nous déambulons avec notre curiosité superficielle dans ce village silencieux peuplé d'enfants effrontés et superbement désinvoltes, qui s'intéressent plus peut-être aux quatre-roues qu'au narval. Encore que le bel ivoire de la dent de narval se vende plutôt bien. En échange, on dirait qu'on ne leur donne que notre camelote. Nous ne sommes pas loin des miroirs d'autrefois. Les *skidous* remplacent la hache de fer que Cartier offrait à Donnacona, en 1534, à Gaspé, en échange d'un royaume.

J'entreprends de m'éloigner, de reculer, de prendre du recul, de regarder de haut ce village. Je marche dans la toundra mouilleuse. Je vois des corbeaux, j'en conclus au dépotoir. Un canard me canarde, mais je n'arrive pas à le voir. Deux plectrophanes pierreux. Je randonne seul pour casser mes bottes neuves ; j'ai mal aux pieds. Je me suis encore trompé, les bottes de marche marchent mal ! Mes pieds préfèrent les bottes de caoutchouc. À ma gauche, le village n'est plus le même à cause de la distance ; il est aggloméré, les maisons se touchent, taches de couleur sur le vert des herbes et le brun des collines. Derrière la muraille, les montagnes ! Dans les crevasses, des lambeaux de neige ! L'ombre des nuages est bleutée, l'eau marine. C'est curieux de voir toutes ces maisons serrées les unes contre les autres, entourées de silence à perte de vue. C'est presque beau. De loin.

Et maintenant, je regarde vers le large. Au premier plan, une gerbe de pavots, une rocaille herbeuse ; au loin, l'eau marine tachée de glaces, semée d'îles, entourée de montagnes. Nous sommes au fond d'une baie qui regarde le fjord de l'Amirauté, un des plus grands du monde. Je refais la même photo en mettant au point les pavots. Le lointain est un peu flou, mais ses couleurs de tous les bleus rehaussent les pavots de tous les ors. Les couleurs cheminent au hasard. Pour en arriver à quoi ?

Une affiche. Montréal : 3 070 kilomètres. Pôle Nord : 1 920 kilomètres. On est encore loin du pôle. On est pourtant au Nord. Au cœur du Nord. Qui rêve encore du pôle ?

Retour au brise-glace. Facilité de l'hélicoptère. Le brise-glace est toujours à l'ancre dans la même baie. Hier, c'était la cérémonie de l'initiation pour le passage de la ligne du cercle arctique. On ne franchit pas l'équateur ou le cercle polaire impunément en bateau. Rituel bon enfant qui n'échappe pas tout à fait à la vulgarité. Que je n'ai pas envie de raconter. Je n'ai jamais bien compris les débordements. Est-ce là qu'on entend l'appel du Nord ?

Après l'étrange initiation qui nous fut épargnée, à laquelle la plupart se sont soumis sauf la petite Claudette qu'on a gardée pour le dessert, mais elle proteste des quatre fers, résiste… se rebiffe… On l'encourage en rigolant grassement… elle fulmine… refuse de jouer le jeu… et je lui donne raison… sans comprendre que des hommes bons en arrivent à se réjouir de sa frayeur…

Le commandant, Gérard Guesneau, invite tout le monde à se rendre sur le pont pour la photo souvenir. Un an plus tard, je regarde les photos de la belle famille avec laquelle nous avons vécu pendant quinze jours. Il y avait cinquante-trois personnes à bord d'après la liste des équipages. Sans nous compter. Nous ne faisions pas partie de l'équipage, bien sûr : invités, nourris, logés, sans fonction. Intrus partout, curieux de tout, innocents de tout, ignorants de tout. Quinze jours pour apprendre cinquante-trois personnes, leur nom, leurs fonctions, leurs secrets, c'est bien peu et c'est mon plus grand regret. Certes, je n'ai pas vu le narval à deux cornes torsadées dans le même sens, ni l'ours blanc comme neige qui se baigne dans le polaire comme un villégiateur pansu dans la mer du Gulf Stream, et je n'ai guère réussi à devenir membre de l'équipage. Il ne suffit pas d'une curiosité, d'une initiation de quinze jours. Il faut encore une participation et je ne suis pas marin ; la seule façon d'aller plus à fond dans le cœur d'un brise-glace, serait d'y consacrer plus de temps et d'ajouter à ma mémoire fragile la puissance du regard cinématographique, mais on ne peut pas faire un film chaque fois qu'on a envie d'être heureux…

En regardant la photo, j'ai une nostalgie. Quelque chose m'a échappé. Les noms de chacun. Puis on se retrouve tous dans la salle à manger pour fêter quelque chose. Peut-être le passage du cercle arctique. Peut-être l'appel du Nord. Peut-être une amorce de fraternité qui déjà s'efface. Réciproquement.

Yolande a fleuri les tables de toutes les fleurs de la toundra… de linaigrettes immortelles comme une neige à bout de bras… de pavots arctiques ajoutant l'or de leurs pétales à la rocaille des aridités… d'épilobes pourpres… de drabas qui sont la monnaie du pape de l'Arctique. À la fin du repas, on s'est aperçu que les pavots avaient disparu. Était-ce pour leur seule beauté qu'on les avait dérobés ?

Nous voilà rendus à terre. C'est triste, la mer est finie, nous dit le poète qui se cache dans le marin. Chacun nous offre quelque chose, car nous sommes sur le point de partir. Le poète nous offre sa tristesse, d'autres des cailloux comme de l'or ; il y a celle qui nous offre une photocopie d'une branche de saule ; celui qui écrit des chansons pour la fée des glaces en plus d'être cuisinier et amoureux de Sylvie ; il nous partage son bonheur celui qui, en grand secret, nous écrit une lettre en forme de poème parce qu'il nous prend pour des poètes, elle, des fleurs, moi, des mots ; celui qui lave des planchers et demande qu'on lui donne des linaigrettes à rapporter à sa mère ; ceux, hier, qui ont volé les pavots de l'Arctique, espérant un passage vers l'Inde, se prenant pour Colomb. Qui sait ?

Le *Radisson* est à quai, faisant grincer ses amarres, déserté par les équipages. Chacun se cherche une raison d'être à terre, chacun randonne, chacun recueille un objet pour démontrer son passage sur cette terre de Baffin qui propose le désertique. Les fleurs sont fragiles, on peut les glisser dans un livre et les oublier pour plus tard ! Les cailloux, encore plus difficiles que les fleurs ! Les bois de grève rares et si précieux pour l'Esquimau d'autrefois qui n'avait que l'ivoire pour se fabriquer des outils, mais qui n'ont pas beaucoup de valeur ni de sens pour celui qui vit dans des pays forestiers! Celui qui ne rapporte rien de sa découverte, a-t-il découvert la terre de Baffin? La terre de Baffin, là où il y a une mine et des mineurs, n'est plus à découvrir. Il faudrait pouvoir marcher plus loin. Mais on doit revenir pour les repas. C'est dimanche, le navire est à quai, le cargo est parti sans escorte et chacun revient avec son petit bagage tangible, sa preuve, son caillou. Le bateau est leur raison d'être, leur appel du Nord. La preuve de leur vie. Ont-ils le mal du Nord comme on a le mal du pays? Sans doute. Ils préfèrent le bateau à tout autre travail. Le brise-glace est peut-être leur pays.

Nous visitons la mine avec un guide espagnol. Je ne suis ni mineur ni géologue. Je me contente des apparences. Nous parcourons en camion de longs tunnels tous semblables. Il fait nuit, les phares nous guident dans ce labyrinthe. Nous sommes au cœur du pergélisol, ce qui n'est pas banal. Il fait -10 °C en plein juillet et les parois sont couvertes de givre. On dirait une caverne creusée dans le marbre ou dans le glacier lui-même. J'ai l'impression de me trouver prisonnier de l'hiver de 1535 sur les navires de Cartier, dans un grand linceul prophétique comme celui qu'il raconte dans ses récits...

et par dedans nosdits navires
tant bas que hault estoit
la glasse contre les borz à quatre doidz d'espesseur,
en sorte que noz breuvaiges estoient tout gellez
dedans les fustailles...

Je n'ai pas à raconter grand-chose de la mine. J'en déduis que ces visites industrielles pour les profanes ne donnent pas beaucoup de résultats et, pourtant, j'étais plein de questions. Il est vrai que j'ai négligé de prendre des notes, donc de nourrir la mémoire. Nous allons à l'aéroport pour bien vérifier l'heure du départ et si la compagnie aérienne ne nous a pas égarés dans ses ordinateurs. Nous parcourons un pays de plus en plus désertique. Des barils d'huile perdus, transportés par le vent qui rigole... quelques taches de pavots ou d'épilobes… des vallonnements monotones et doux qui seraient tristes à mourir sans cette lumière qui emprunte aux ombres des nuages et à la distance une incroyable palette de couleurs de sorte qu'on peut voir ce qui n'existe peut-être pas. Le sol est pierreux, couleur de sable, et les quelques fleurs minuscules deviennent imperceptibles à faible distance. Mais tout ce désertique en arrive à s'exprimer par la couleur dérobée à l'air, à l'espace, à l'ombre des nuages, à on ne sait quoi. Et la couleur cherche à nous séduire. Peut-être est-ce justement la couleur qui a donné au peintre René Richard ce qu'il nomme le mal du Nord !

On fait le tour du village de Nanisivik, le village de la mine. On se croirait en banlieue de n'importe quelle grande ville nord-américaine, sauf pour la poussière soulevée par les véhicules. Peu de gens circulent à pied, quelques enfants à bicyclette sur le chemin rocailleux. Derrière le village, un champ de linaigrettes. On a l'impression qu'il a neigé. C'est la linaigrette triste, comme pour annoncer que le voyage est terminé pour nous, qu'il faudra demain saluer tout le monde et commencer à s'oublier. Nous marchons dans ce champ de coton blanc. Est-il vraisemblable qu'un marécage produise autant de merveilles, autant de tristesse ? Une neige qu'on peut cueillir et garder longtemps. En souvenir. Mieux qu'une carte postale.

En revenant du village de Nanisivik et du champ de neige linaigrette triste, je vois le bateau à quai et je me rends compte que le quai, les amarres sont autant la fin du voyage pour nous que le début d'un autre voyage pour l'équipage.

Il est presque minuit. Les ombres s'allongent, mais le soleil illumine. La pierre est dorée, bleutée. Encore des glaces à la dérive, espérant que le froid revienne et les sauve du désastre. Seul le navire s'inquiète de l'état de l'eau et de l'état des glaces. J'aime l'eau, j'aime la glace, et je ne pense pas la glace en termes d'obstacles, mais de spectacle. Comme pour la brume. Je ne suis pas un marin, c'est évident. Et je ne cherche pas le fin bout de l'infini.

Épilogue

J'AI RACONTÉ ce voyage du *Radisson* avec les yeux de celui qui chante dans la brume, qui ne sont pas les yeux de celui qui navigue dans la brume. Mon discours est sujet à caution. Les marins qui ont navigué à la recherche du passage du Nord-Ouest sont-ils d'accord avec Lord Tennyson qui écrit :

> *On ne peut pas passer sa vie*
> *à vivre pour quelque chose de plus valable*
> *que de donner son nom*
> *à une terre arctique.*

Est-ce un mot de poète qui n'a jamais navigué ? On pourrait le croire si le commandant Inglefield n'avait pas, pour le récompenser de cette bonne parole, nommé par son nom un endroit quelconque dans les parages du détroit de Smith. Quand on regarde la carte de l'Arctique, on peut constater que beaucoup de rois, de reines, de princes qui n'ont jamais navigué ont donné leur nom à beaucoup d'îles, baies, havres, détroits qu'ils n'ont jamais vus. Tandis que les marins qui crevaient de froid, de fatigue ou du scorbut n'ont jamais *donné leur nom à une terre arctique.*

Il y a une poésie de l'exploit, il y a des poètes qui ont chanté les gladiateurs, Roland et Olivier. Camoens a raconté les caravelles du Christ. On fête Colomb à grand renfort de mauvaise conscience. Le *National Geographic Magazine* continue de défendre les exploits de Peary qui est censé avoir atteint le pôle Nord. Scott est mieux connu qu'Amundsen qui l'a précédé au pôle Sud, simplement parce qu'il a souffert davantage et parce que, surtout, il en est mort. On aime ceux qui ont beaucoup souffert, même si c'est à cause de leur incurie. Franklin a accumulé les erreurs qui ont coûté la vie à des centaines de personnes. Il a fait l'objet de recherches pendant six années, on a constaté son échec, mais il est resté dans la légende et on en parle plus que de ceux qui ont réussi. La mort est-elle la preuve du courage? Risquer sa vie est devenu un sport. Grimper l'Himalaya ou l'Annapurna, y laisser des doigts, des orteils ou la vie, semble séduire le public et ceux qui écrivent des histoires.

L'appel du Nord serait-il le fait d'un désir de mort? Ou bien la mort, partout présente, dans l'histoire et sur les grèves, exercerait-elle une attirance, une séduction sur certains individus, sur ceux qui cherchent les défis et à vaincre à tout prix l'invincible? Est-ce le pôle, le Nord, le passage qui attirent ou simplement l'exploit, le désir d'épater la galerie? Parce que la galerie adore les jeux sanglants, la boxe, les courses de taureaux, les exploits de toutes sortes. On vit une culture de l'exploit dans un monde où l'exploit n'est plus nécessaire. Celui qui traverse l'île d'Ellesmere à skis, qui cherche à atteindre le pôle Nord en ultra-léger, en *skidou*, en traîneau à chiens ou à pied, ne s'intéresse pas au pôle mais à l'exploit, et il soigne sa publicité. Il écrira un livre s'il revient, il fera des conférences, il monnaiera l'aventure. La célébrité a remplacé la gloire. Il reste possible de mourir en mer pour accréditer sa légende.

Mais il y en a tant d'autres dont on ne parle pas. David Gray, par exemple, qui passe des jours et des jours, par tous les temps, à observer le bœuf musqué et qui en fait un livre qui ne sera pas un succès de librairie. Ou Joseph Svoboda qui, durant dix ans avec ses étudiants, d'avril à août, regarde les fleurs pour essayer de comprendre comment le désert du froid, les glaciers, le pergélisol et un soleil de minuit qui toujours frôle le gel parviennent à nourrir le bœuf musqué, le lemming, le lièvre arctique, à même quelques herbes, d'innombrables fleurs, le saule rampant. Mais la connaissance s'incline devant la légende. La réalité se nomme botanique, la discrète, la patiente botanique.

Pour ma part, l'Arctique ne m'intéresse que s'il a quelque chose à m'apprendre. Je lui ai posé d'innombrables questions profanes, j'ai interrogé les botanistes, les biologistes, les archéologues, les géologues. Je n'en sais pas beaucoup plus long qu'à mon lever. Suis-je devenu plus sage ? Une seule chose est certaine : j'ai terminé un film à l'été 1991 sur le bœuf musqué intitulé *Cornouailles*, j'ai fait le voyage sur le *Pierre-Radisson* de la Garde côtière canadienne, j'avais déjà fait le tour du Québec jusqu'à Ivujivik sur le *Maurice-Desgagnés*, j'ai passé quatre étés au col de Sverdrup, plusieurs saisons sur le fleuve George, un été à la rivière aux Feuilles... Pourquoi ? Pour qui ?

Cet été, je resterai dans ces pays chauds qui alanguissent et je songerai à ce Nord énigmatique et à la belle bête laineuse que les Esquimaux nomment *oumigmag* mais que j'ai baptisée *oumigmatique* parce qu'elle m'intrigue et ne répond pas à mes questions. Elle ne me dit pas pourquoi la biologie millénaire l'a destinée à cette extrémité du froid où fleurissent les fleurs les plus modestes.

Et je ne sais pas encore très bien s'il existe un appel du Nord, au bout du compte... Mais je comprends mieux peut-être *le mal du Nord* qui a nourri toute sa vie le peintre René Richard. Et il m'en a tellement parlé que j'ai fini par y croire.

Liste des cartes

Carte I. – Région parcourue par le *Pierre-Radisson* 7
Carte II. – « Choronymes chez Jacques Cartier » .... Hors texte

Table des illustrations

1. ... j'interroge le polaire pour appréhender la véhémence...* 20
2. ... ce pays encore bouleversé de fond en comble par les gros sabots des glaciers... 32
3. L'oncle Georges, ami de René Pomerleau, a trouvé derrière la vieille maison d'énormes lycoperdons qui pesaient jusqu'à vingt livres 56
4. Le N.G.C.C. *Pierre-Radisson* (Garde côtière canadienne) .. 62
5. ... même les glaces définissent le territoire, seul l'empire prétend s'émanciper du territoire... 66
6. ... un fleuve sans fin se propose à nos voyagements... 72
7. ... ils abordèrent et ne virent d'herbe nulle part... (Saga d'Éric le Rouge) 80
8. ... quinze jours de brise-glace n'arrivent pas à contenir toutes les mers... 98
9. Devant le capitaine Dussault, sorte de jeteur de sort qui corrige le compas magnétique, je n'ai à proposer que la foi du charbonnier... 104

* Sauf indication contraire, les photographies sont de l'auteur.

10. Blanc-Sablon… 118
11. … *laquelle isle estoit toute avironnée et circuitte
    d'un bancq de glasses rompues et départies par pièces…* … 124
12. … et il ne camoufle pas les grands froids
    qui ont bien failli décimer des équipages… 142
13. … nous naviguons l'indescriptible… 200
14. … au cœur du glacier… 246
15. … parmi les icebergs indolents, comme endormis,
    grandes bêtes monstrueuses, sans bras ni jambes,
    sans nage ni vol, emportés par les dérives
    vers la fatale destination de la fonte… 252
16. Devant le va-et-vient des glaces éparses,
    j'essaie de comprendre… 266
17. … il n'y a que de rares oiseaux de mer dans ces parages
    d'oiseaux… Ici on ne voit guère que des fulmars
    qui ressemblent à s'y méprendre aux goélands 286
18. À toute allure, Henri et Rosaire Otis naviguent
    à l'œil et à l'estime les parages de l'île d'Anticosti,
    comme des Vikings… 294
19. Pour voir au fond de l'eau les coquillages,
    Daniel Monger, de Tête-à-la-Baleine, a versé
    sur l'eau ridée par le moindre vent un peu
    d'huile de foie de morue
    pour se fabriquer une mer d'huile 306
20. Peut-on mémoriser un iceberg? 310
21. … l'ombre s'allonge à l'infini
    quand l'ombre est à minuit… 316
22. On voit ici que le narval de la photo a deux dents,
    ce qui est assez rare semble-t-il, d'égale longueur,
    ce qui est exceptionnel, dont l'une n'est que légèrement
    plus torsadée que l'autre, ce qui est tout à fait étonnant
    (Photographie : Kerry FINLAY) 362

Table des matières

Avant-propos	....	9
Chapitre premier	Destination inconnue	13
Chapitre II	Le pays de la chouenne	21
Chapitre III	René Richard,	
	rôdeur des bois et du nordique	33
Chapitre IV	Le Pomerleau des champignons	57
Chapitre V	L'équipage	63
Chapitre VI	Les *Relations* de Cartier	67
Chapitre VII	La cabine et le cap Diamant	73
Chapitre VIII	Troisième inconnu :	
	le Nord en personne	81
Chapitre IX	Les plaines de la déconfiture	87
Chapitre X	Les trois navires	91
Chapitre XI	La rue Sous-le-Cap	99
Chapitre XII	Le sorcier du compas	105
Chapitre XIII	L'archipel des Sorciers	111
Chapitre XIV	L'Anticoste	119
Chapitre XV	La fée des glaces	125
Chapitre XVI	Prisonniers des glaces	133
Chapitre XVII	Les révélations de l'astrolabe	143

Chapitre XVIII	Les premières glaces	177
Chapitre XIX	La chambre des machinations	201
Chapitre XX	Un appel de détresse	215
Chapitre XXI	Un petit matin phocidé et une Marie-Nonante naissante	223
Chapitre XXII	La mer pour un marin	227
Chapitre XXIII	« Alors commença la maladie entour nous d'une merveilleuse sorte et la plus incongnue »	231
Chapitre XXIV	Le cœur du froid	247
Chapitre XXV	La molaire de Dieu	253
Chapitre XXVI	La soif de gloire	261
Chapitre XXVII	Le brise-glace de Noé	267
Chapitre XXVIII	Le cercle polaire	279
Chapitre XXIX	Les images d'oiseaux	287
Chapitre XXX	La boussole	295
Chapitre XXXI	Une migration polaire	301
Chapitre XXXII	Une mer d'huile	307
Chapitre XXXIII	La naissance d'un iceberg	311
Chapitre XXXIV	Les enfants trouvés et le phoque du Groenland	317
Chapitre XXXV	La libellule	323
Chapitre XXXVI	« Grant comme une vache aussi blanc comme ung signe »	335
Chapitre XXXVII	Le morse morveux, deux huards à gorge rousse et autres mammifères marins	341
Chapitre XXXVIII	Le narval dantesque	351
Chapitre XXXIX	Le fin bout de l'infini	363
Épilogue		371
Liste des cartes		375
Table des illustrations		377

PAO : réalisation des Éditions Vents d'Ouest inc. (Hull)
Impression : Imprimerie Gauvin limitée. (Hull)

Achevé d'imprimer en avril
mil neuf cent quatre-vingt-dix-neuf

Imprimé au Québec (Canada)

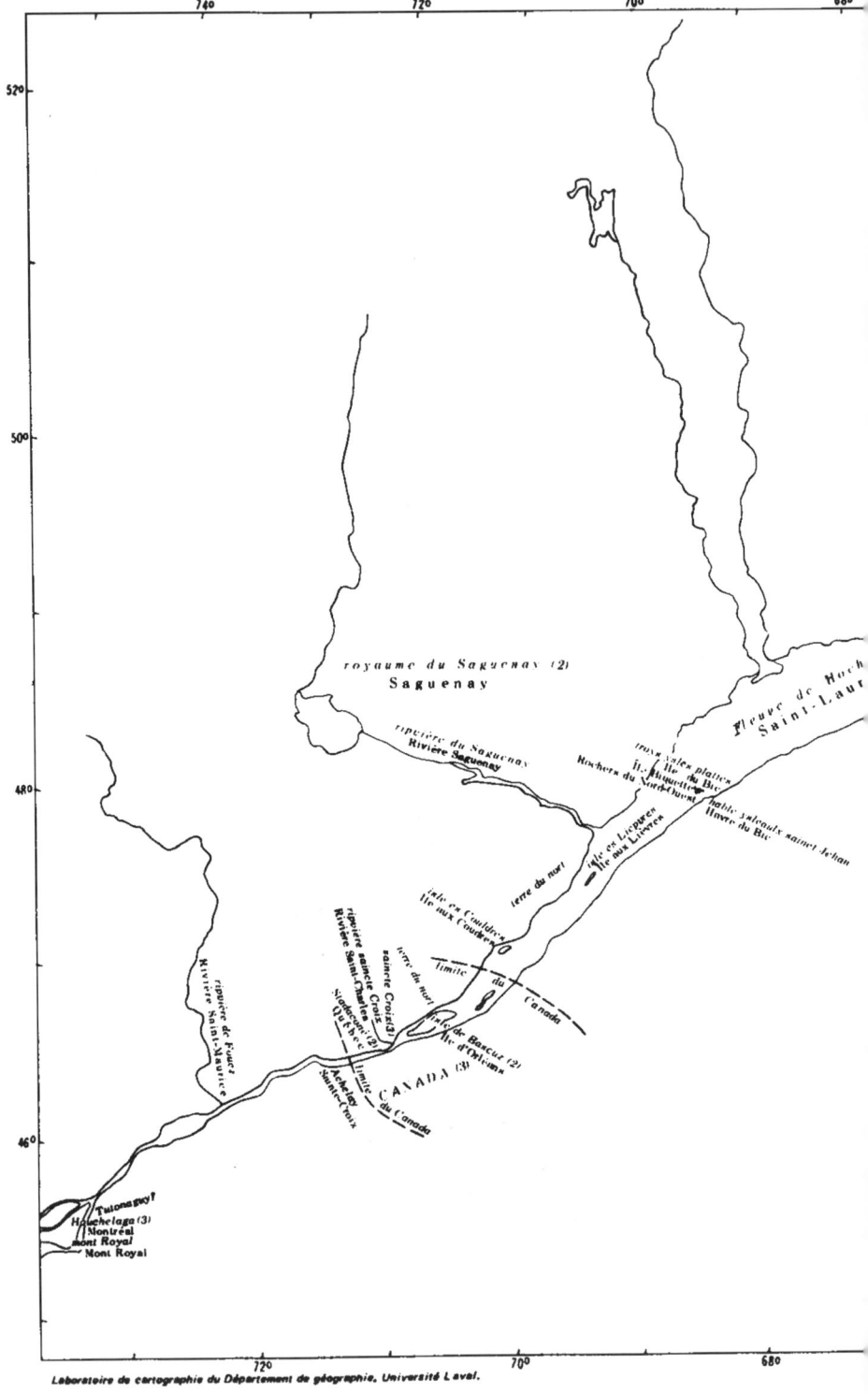

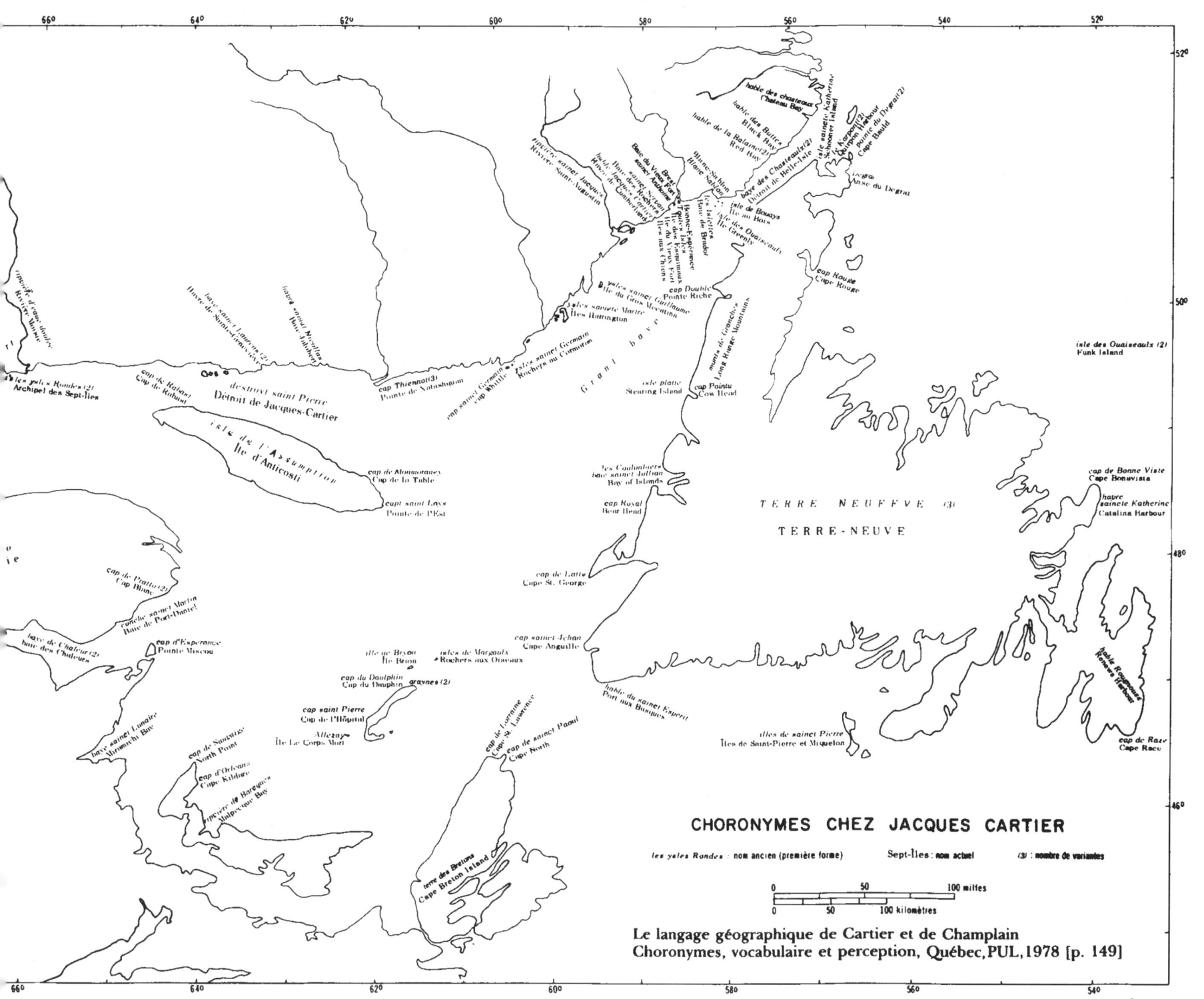

II. – « Choronymes chez Jacques Cartier ». (Source : Christian MORISSONNEAU, *Le langage géographique de Cartier et de Champlain : Choronymie, vocabulaire et perception*, Québec, PUL, 1978, [p. 149]. Reproduit avec l'aimable autorisation des Presses de l'Université Laval.)